"Descaradamente optimista... El gran éxito de esta novela es que muestra cómo la tiranía, aunque uno pueda ocultarse viviendo una vida silenciosa, acaba robando la alegría y el amor. De Robertis escribe con una visión precisa y sobrecogedora, capturando la agonía diaria de vivir bajo una dictadura... *Cantoras* es audaz y sin complejos, un reto a la noción de la normalidad y un tributo al poder del amor, la amistad, y la resistencia política. Es una fábula revolucionaria, ideal para este momento, escrita con sabiduría y amor".

—Dina Nayeri,
The New York Times Book Review

"Arrasadora y verdaderamente asombrosa... Además de la apasionante narrativa que entreteje sin esfuerzo los éxitos y fracasos personales de las protagonistas con la compleja lucha política de Uruguay por retornar a la democracia, la prosa de De Robertis es razón suficiente para leer este libro. Como sus apasionados personajes, la escritura de De Robertis llega a la esencia de lo que significa sentirse frustrada, condenada y aislada por tus creencias e identidad. Pero también explora lo que significa ser vulnerable y sentirse empoderada a la vez, y lo que es ser una mujer infinitamente hermosa y plena. Sus palabras dan en el blanco de una manera tan directa y elocuente que prácticamente cantan".

—Alexis Burling, *San Francisco Chronicle*

"Es imposible no enamorarse de estas mujeres apasionadas —homosexuales, valientes y aventureras— a medida que van encontrando la libertad en sus relaciones en medio de una despiadada dictadura".

—Angie Cruz, *Vanity Fair*

"Asombrosa... *Cantoras* es una joya de novela que brilla en todas las facetas creativas... Si este libro fuera una ópera, los aplausos a De Robertis ensordecerían cada vez que se cerrara el telón. [*Cantoras*] es, por decir lo menos, una memorable historia que trae consigo una llamada a la esperanza".

—Janet Levine, *New York Journal of Books*

"Abrasadora... Con sensibilidad y precisión, la autora toca temas de homosexualidad, comunidad y perseverancia".

—David Canfield, *Entertainment Weekly*

"De Robertis escribe sobre las fortunas de estas mujeres durante el curso de treinta y cinco años, mientras estas se enamoran y desenamoran, y navegan la política tumultuosa de su país. El hecho de que *Cantoras* esté escrita con una prosa tan bella es un valor añadido".

—Tomi Obaro, Buzzfeed

"*Cantoras* es ficción histórica en su máxima expresión. Una historia mágica sobre mujeres, amor y turbulencia política bajo el telón de fondo del paisaje de Uruguay".

—Karin Greenberg, *Woodbury Magazine*

"Tierna, subversiva, asombrosa, emocionante y sensacional. He quedado seducido y emocionado por esta novela. Cuenta una historia sobre mujeres en tiempos oscuros, que uno siente que no pudo haber sido contada antes de que llegara Carolina De Robertis. Está a la altura de una novela política del siglo XIX, como si Virginia Woolf hubiera sido inspirada o enfurecida por *El agente secreto*, y se hubiera dejado llevar".

—Francisco Goldman

CAROLINA DE ROBERTIS

Cantoras

Carolina De Robertis es una escritora de origen uruguayo, autora de *Perla, de Los dioses del tango,* y del bestseller internacional *La montaña invisible.* Sus novelas se han traducido a diecisiete idiomas y han sido galardonadas con el Stonewall Book Award, el Premio Rhegium Julii en Italia, y el National Endowment for the Arts, entre otros. De Robertis también es traductora de literatura latinoamericana y española, y editora de una antología. En 2017, el Centro de Artes Yerba Buena nombró a De Robertis como una de las 100 personas, organizaciones y movimientos que están formando el futuro de la cultura. De Robertis es profesora en San Francisco State University. Vive en Oakland, California, con su esposa y dos hijos.

Cantoras

Cantoras

Una novela

CAROLINA DE ROBERTIS

VINTAGE ESPAÑOL
Una división de Penguin Random House LLC
Nueva York

PRIMERA EDICIÓN VINTAGE ESPAÑOL, SEPTIEMBRE 2020

Copyright de la traducción © 2020 por Carolina De Robertis

Todos los derechos reservados. Publicado en los Estados Unidos de América
por Vintage Español, una división de Penguin Random House LLC, Nueva York,
y distribuido en Canadá por Penguin Random House Canada Limited, Toronto.
Originalmente publicado en inglés bajo el título *Cantoras* por Alfred A. Knopf,
una división de Penguin Random House LLC, Nueva York, en 2019.
Copyright © 2019 por Carolina De Robertis.

Vintage es una marca registrada y Vintage Español y su colofón
son marcas de Penguin Random House LLC.

Información de catalogación de publicaciones disponible
en la Biblioteca del Congreso de los Estados Unidos.

Vintage Español ISBN en tapa blanda: 978-0-593-08245-4
eBook ISBN: 978-0-593-08246-1

Para venta exclusiva en EE.UU., Canadá, Puerto Rico y Filipinas

www.vintageespanol.com

Impreso en los Estados Unidos de América
10 9 8 7 6 5 4 3 2 1

Para las chicas
y toda la gente queer
y todas las mujeres
que han vivido
afuera

"Estaba decidida a convertirme a toda costa en una persona que amaría sin límites".

—Qiu Miaojin, *Notas de un cocodrilo*

"¿Nunca llevasteis dentro una estrella dormida
Que os abrasara enteros sin dar fulgor?".

—Delmira Agustini, "Lo inefable"

Índice

Primera Parte

1977-1979

I

Escape

La primera vez —que se convertiría en leyenda entre ellas— entraron en la oscuridad. La noche abrazaba las dunas. Las estrellas clamaban alrededor de un trozo exiguo de luna.

No encontrarían nada en Cabo Polonio, dijo el carretero: ni electricidad ni agua potable. El carretero vivía en un pueblo cercano y hacía ese viaje dos veces por semana para abastecer el pequeño almacén que servía al farero y a algunos pocos pescadores. No había calle; había que saber llegar. Era un lugar muy solitario, destacó, mirándolas de reojo, aunque no se animó a preguntar qué hacían allí, por qué viajaban justamente a *ese* lugar, las cinco solas, sin hombres, y menos mal que no lo hizo, porque no tenían ninguna respuesta decente. Los árboles se alejaron poco a poco, pero los matorrales aún levantaban sus cabezas enmarañadas como si acabaran de nacer. La carreta se movía lentamente, metódicamente, chirriando bajo el peso de sus pasajeras, y la arena suelta amortiguaba los cascos de los caballos. Las viajeras quedaron atónitas frente a las dunas y su inmensa vida. Se ensimismaron en sus pensamientos. Las cinco horas que habían pasado en el ómnibus en la carretera parecían una memoria distante, desprendida de este lugar, como un sueño del cual recién se habían despertado. Las dunas se desplegaban a su alrededor, un paisaje desnudo, el paisaje de otro planeta, como si la partida de Montevideo también las hubiera lanzado de la Tierra, al igual que ese cohete que años atrás había llevado hombres a la Luna, salvo que ellas no eran hombres y esto no era la Luna, sino otra cosa, ellas eran otra cosa, algo que los astrónomos jamás habían registrado. El faro surgió más allá, su luz giraba lentamente. Se acercaron al cabo a través de una playa, con el océano a la derecha, resplandeciendo en la oscuridad y conversando continuamente con la arena. La carreta pasó unos ranchitos chiquitos, como cajitas, ranchitos de pescadores, negros contra el cielo negro. Se bajaron de la carreta, le pagaron al carretero y cargaron sus mochilas repletas de comida y ropa y mantas mientras deambulaban, mirando hacia la noche. El océano las rodeaba por tres lados de aquel cabo, aquella casi-isla, un pulgar extendido de la mano del mundo conocido. Al fin encontraron el lugar adecuado o lo más cercano posible a él, una casa vacía que podía protegerlas del viento mientras dormían. Estaba construida a medias, con paredes inacabadas y sin techo. Cuatro muros inacabados y un cielo abierto. Adentro había abundante espacio para lo que buscaban; hubiera sido una casa amplia si no hubiera sido abandonada a la voracidad de la intemperie. Cuando ya habían acomodado sus cosas, salieron y armaron un fuego. Se levantó una brisa. Les refrescó la piel y el whisky que pasaban de mano en mano las abrigó. Sándwiches de queso y salame para la cena alrededor de la fogata. La emoción de encender la leña y mantenerla ardiendo. Surgieron risotadas en la conversación y, en las pausas, el silencio, alimentado por las llamas, tuvo cierto brillo. Estaban felices. No estaban acostumbradas a ser felices. Esa sensación las mantuvo despiertas hasta muy tarde, embelesadas por la victoria y el asombro. Lo habían logrado. Estaban fuera. Se habían desvestido de la ciudad como de una prenda peligrosa y habían llegado al fin del mundo.

Finalmente se dirigieron hacia sus mantas apiladas y durmieron al compás suave de las olas.

Pero en las horas más profundas de la noche, Paz despertó de golpe. El cielo relucía. La luna estaba baja, a punto de ponerse. El océano le llenaba los oídos y lo aceptó como una invitación, imposible de resistir. Se deslizó fuera de las mantas y caminó por las rocas hacia la orilla. El océano rugió como el hambre voraz y se extendió hacia sus pies.

Era la más joven del grupo. Tenía dieciséis años. Había vivido bajo dictadura desde los doce. No sabía que era posible saborear el aire así, sentirlo tan amplio, tan abierto. Su cuerpo, una bienvenida. La piel despierta. El mundo era más de lo que había entendido, aunque fuera solo por ese instante, o solo en este lugar. Se permitió abrir los labios y la brisa entró en su boca, fresca en su lengua, llena de estrellas. ¿Cómo cabía tanto resplandor en el cielo nocturno? ¿Cómo cabía tanto océano dentro de ella? ¿Quién era ella en este lugar? Parada en aquella orilla, mirando al Atlántico, con esas mujeres —que no eran como otras mujeres— durmiendo a unos metros de distancia, sintió algo tan extraño que pareció un hechizo con poder para derrumbarla. Se sintió libre.

*

A la mañana siguiente, Flaca se despertó primero. Se acercó a la ventana vacía de la casa abandonada y observó el paisaje a su alrededor, que durante el día se veía tan diferente, con el gran océano azul visible en tres direcciones como si estuvieran en una isla chiquita, desconectadas del resto del Uruguay. Rocas y pasto seco, el agua más allá, un faro y algunos ranchitos en la distancia, hogares de pescadores y, entre ellos, una cajita que servía de almacén. Hoy la buscaría. Saldría a explorar.

Dentro de ella surgió la curiosidad, una sensación poco común que se había acostumbrado a suprimir automáticamente, sin pensarlo. La ciudad, Montevideo, no era un lugar para sentirte curiosa, sino un lugar para achicarte y meterte en lo tuyo, para tener cuidado, mantener las cortinas cerradas y la boca cerrada con gente desconocida porque cualquiera podía delatarte al gobierno y allí podías desaparecer, y todo esto se veía en la gente por la calle, las miradas apagadas, el andar temeroso tan conocido que ya se había vuelto corriente.

Casi ni se daba cuenta, ahora, de la tensión constante en su espalda, que se intensificaba cada vez que un vehículo blindado circulaba con pesadez o, dentro de su visión periférica, un policía paraba a alguien. Solo después la tensión disminuía a su nivel normal. Acá, ahora, esa tensión solo se notaba por su ausencia, como el zumbido de una heladera que solamente se oye cuando se detiene.

A explorar.

Con las demás, si la acompañaban.

Se dio vuelta para mirarlas: cuatro mujeres dormidas. Muchachas. Muchachas-mujeres. ¿Sería posible? ¿Estaban allí? Las miró un largo rato. Malena estaba boca arriba, con los labios abiertos, las cejas arqueadas como si sus sueños la sorprendiesen. A más o menos un metro de distancia, Romina se enroscaba como un soldado que protegía algo —una joya, una carta— escondido bajo la remera. Hasta dormida se veía tensa. ¿En algún momento se tranquilizaría? ¿O estaría como un resorte tirante toda la semana en la playa? Había algo reconfortante en su tensión, por más que eso la hiciera sentir culpable a Flaca, sabiendo todo lo que su amiga había sufrido. Romina siempre había cuidado a Flaca y su vigorosa amistad había ayudado a Flaca a correr riesgos, a buscar experiencias como esta. Experiencias como Anita, tendida a un metro de Romina, con su pelo suntuoso atado en una trenza larga y medio suelta para dormir. Pelo que, librado de la trenza, se desparramaba como un mundo castaño y exuberante que podía ser buceado, inhalado, su olor embriagador. Pero no ahora. No estaban solas. Más allá, al borde del grupo, estaba Paz, una chiquilina, casi una nena. Tal vez no debían haberla llevado. Tal vez Romina tenía razón (como tantas otras veces). Pero Flaca no había visto otra opción. La primera vez que vio a Paz en la carnicería, tenía tanto aspecto de estar fuera de lugar en el mundo común que Flaca sintió una punzada de comprensión. Las chicas como ella debían ser salvadas de sí mismas. Debían ser salvadas de los horrores de la normalidad, de la jaula del "no-ser". Que era la jaula del país entero y aún más para gente como ellas. Paz le recordaba a Flaca sus propios primeros años de adolescencia. Se puso a charlar amablemente con ella. Al principio, la chica demostró poca reacción a aquella amabilidad: contestaba con pocas palabras y rechazó la primera invitación a tomar mate detrás del mostrador. Pero, a pesar de ello, sus ojos lo decían todo.

Flaca caminó más allá de las paredes inacabadas para buscar leña para un fuego. Primer proyecto: calentar agua para el mate. Eso sería el desayuno. Anoche había reservado la cantidad de agua necesaria para una buena ronda de mate para todas. Después tendrían que salir a buscar más agua. Mientras arreglaba la leña en el círculo de piedras que había construido el día anterior, de nuevo le dio las gracias a su padre por haberle enseñado a armar un fuego todos aquellos domingos de parrilla, aunque también se quejaba de no tener hijos a quienes enseñarles esas destrezas. "Tres hijas y ningún varón", decía, encogiéndose de hombros, "y bueh, ¿quién puede cambiar el destino?". Ella, Flaca, era la única que mostraba algún interés en aprender a cuidar las llamas hasta que la leña se convirtiera en brasas sobre las cuales la carne se asaría toda la tarde. Las llamas subían, las brasas bajaban, brillaban. No era la estudiante ideal, pero sabía que algunos padres nunca le enseñarían eso a una hija, sabía que tenía suerte, que no habría podido hacer este fuego ahora si su padre hubiera sido menos hombre de lo que era.

Romina empezó a moverse justo cuando el agua estaba por hervir.

—Buen día —dijo Flaca—. ¿Cómo sabías que el mate estaba listo? ¿Tenés sensores en el cerebro?

—Antenas tengo. Soy extraterrestre.

—Claro que lo sos. Del planeta Yerba.

—Suena como mi hogar, sí —dijo Romina y echó un vistazo al océano—. Qué lugar más hermoso, carajo.

—Es lo que esperaba oír. —Flaca sonrió—. ¿Cómo dormiste?

—Como una piedra. Más bien: sobre piedras. Creo que durmieron mejor que yo. Las piedras, digo.

—Quizás esta noche dormís mejor.

—Ah, no pasa nada. He dormido en lugares peores.

Eso las calló por unos momentos. Flaca llenó el mate y se lo pasó a Romina, y ella lo bebió hasta que las hojas gorgotearon. Luego le devolvió el mate a Flaca, quien lo cebó de vuelta y tomó por la bombilla. El sabor amargo y herboso la calmó y despertó su mente. Era la primera vez que Romina, de propia voluntad, aludía a su detención, y era un alivio ver la facilidad de sus gestos, oír su comentario irónico sobre el hecho solo dos semanas después. Flaca no tenía idea de cómo abordar el tema y había intentado una variedad de estrategias (palabras cariñosas, rabia justificada, silencio cauteloso) desde que Romina volviera al mundo de los vivos, pero no importaba lo que hiciera o dijera, siempre se encontraba con los mismos ojos vacíos. En realidad, cuando detuvieron a Romina, hacía dos semanas, el Día de los Difuntos nada menos, Flaca sintió terror. La mayoría de los detenidos no volvía. Había una vecina a quien hacía años que no veía y cuya existencia diaria luchaba para no imaginar. Y estaba el hermano de Romina, por supuesto, y otros también —clientes habituales de la carnicería, el primo de una vieja amiga de una hermana de Flaca—, pero ninguno de los otros a quienes se llevaron eran tan cercanos como Romina, su mejor amiga desde que se conocieron en una reunión del Partido Comunista a principios de 1973, cuando Flaca tenía diecisiete años y el mundo entero aún parecía una historia larga a punto de desenvolverse frente a ella, en gran medida porque no leía el diario ni seguía la política. En ese entonces, a pesar de los esporádicos toques de queda y la presencia repentina de soldados en las calles, todavía podía ver el mundo más o menos normal, los problemas del país con posible solución a largo plazo. Esas eran las ventajas de no prestar atención. En esos días pensaba que la política no tenía mucho que ver con ella o con sus esperanzas para el futuro, que eran, a esas alturas, buscar una forma de mantenerse viva y, a la vez, ser ella misma. Solo fue a la reunión del Partido Comunista porque estaba aburrida y porque había recibido el volante de una estudiante universitaria bonita de cabello lustroso y embriagador y Flaca tenía ganas de verla otra vez. La estudiante universitaria bonita no estaba en la reunión, que resultó interminable y caótica, llena de monólogos apasionados de hombres jóvenes y viejos que se servían bizcochos de las bandejas sin decir gracias a las mujeres y chicas que los llevaban. El comunismo, pensó Flaca, no es lo mío. La mejor parte fue Romina, una de las entusiastas proveedoras de bizcochos, de dieciocho años de edad. El cabello de Romina no era lustroso; de hecho, era lo contrario, una oscura profusión de rulos. Bueno para nadar y ahogarse en él. Había algo en ella, una intensidad creciente en sus ojos, que despertó en Flaca el deseo de quedarse mirándola toda la noche y más. Cuando la reunión casi terminaba, Romina finalmente tuvo la oportunidad de hablar y lo hizo con tanta pasión que Flaca cayó del todo en la obsesión. Hundió esa obsesión bajo una manta de amistad —cerquísima amistad, devota amistad, una amistad de nos-contamos-todo— por un mes, hasta que por fin, una noche, se besaron en el baño de un boliche en Ciudad Vieja después de bailar con una serie de infelices muchachos. Se quedó estupefacta al darse cuenta de que podía pasar eso, de que una chica podía devolverle un beso. Era tan bueno como en sus sueños. Incluso mejor. El mundo se había dado vuelta al revés para crear espacio para sus sueños. Entre el mundo del varón y el mundo de la hembra, habían encontrado un desfiladero del cual no hablaba nadie. Juntas cayeron dentro. Se encontraban en sus casas cuando sus padres estaban en el trabajo y sus madres en un juego de cartas o en la peluquería, y el sexo era furtivo, agudo, por el peligro de ser descubiertas. En tres ocasiones gloriosas, ahorraron pesos para un cuarto de hotel barato donde, cuando llegaron, los recepcionistas aburridos supusieron que eran hermanas, y donde nunca gastaron una sola hora en dormir. Se deleitaron en una clandestinidad absoluta. Luego llegó el golpe y Romina desapareció. Sus padres no dijeron nada; cuando Flaca llamó, colgaron al momento que oyeron el nombre de Romina. Flaca no se atrevía a tocar a su puerta. Romina, arrestada: sus sueños se llenaron de imágenes del cuerpo de Romina torcido o magullado, irreconocible. Para distraerse y para ahogar el desespero que zumbaba en ella constantemente, aprovechó su trabajo después de la escuela en la carnicería de sus padres para seducir a una joven e inquieta ama de casa con muslos acrobáticos y a una funcionaria de la Biblioteca Nacional con labios sensuales que insistía en que Flaca le pegara con su ejemplar del *Inferno* de Dante repujada en oro. Le parecía a Flaca que ambas amantes estaban cargadas de una furiosa energía erótica desatada por esos días de caos y peligro, aunque ninguna de las dos jamás se refería directamente al golpe. Nunca había seducido a una mujer tan mayor que ella; la emoción la ayudó a sobrevivir el terror de sus días. Solo tenía diecisiete años, pero había pasado mucho tiempo estudiando a los hombres, su forma de actuar, como si ya tuvieran las respuestas antes de que se formularan las preguntas; como si llevaran las respuestas en sus bocas y sus pantalones. Parecía que sus amantes se olvidaban de lo joven que era, quizá porque querían olvidarse, o porque estaban voraces por la distracción y el placer mientras el mundo giraba fuera de control. Por el resto de su vida, Flaca se preguntaría si aquella época la había convertido en un donjuán o si simplemente había revelado lo que ya estaba dentro de ella. Nunca encontraría la respuesta. Cuando Romina apareció —no había sido detenida esa vez, se había escondido en la casa de una tía en el lejano pueblo de Tacuarembó, estaba bien—, descubrió esos amoríos rápidamente porque Flaca ni trató de mentir. Romina explotó. No le habló a Flaca por un año. Finalmente, un día llegó a la carnicería y el corazón de Flaca latió fuerte en su pecho. A esa altura, el ama de casa había retrocedido, en pánico, a su matrimonio, y la bibliotecaria había expandido su repertorio de formas de mezclar los libros con el sexo. Y Flaca había extrañado a Romina cada día.

—No te creas —dijo Romina. Te quiero y sos mi amiga, pero entre nosotras no habrá nada de chucu-chucu, jamás.

Era suficiente para Flaca. No insistió. A partir de ese momento, su lazo fue seguro y sin condiciones. Compartían todos los secretos y dependían la una de la otra cuando precisaban ayuda.

Los años pasaron y Romina parecía a salvo. Pero entonces, justo dos semanas atrás, Romina desapareció por segunda vez y a Flaca la poseyó el temor de nunca volver a verla, de que hubiese sido tragada por la gran máquina oculta. Estaba equivocada en cuanto a su primer temor, pero tenía razón sobre el segundo. Después de tres noches,

Romina apareció al costado de una ruta en las afueras de la ciudad, casi pero no completamente desnuda y más o menos sin heridas, a excepción de algunas quemaduras de cigarrillo y una nueva mirada vidriosa en sus ojos que la separaba de la mujer que había sido antes. Flaca se inundó de gratitud por tenerla de vuelta, una gratitud entremezclada con rabia y dolor por los cigarrillos, por aquello que había causado esa mirada vidriosa. Quería ofrecerle algo, una forma de olvidarse, una forma de salir, una forma de trascender. Algo especial, pensó. Un alivio temporal, un escape.

—Vamos a celebrar —le dijo a Romina mientras tomaban mate en la carnicería.

Romina la miró como si Flaca estuviera loca; era la primera vez que la miraba a los ojos esa tarde. —¿Qué carajo hay para celebrar?

—El hecho de que estás viva.

Romina no contestó.

Flaca sacó un mapa de la costa uruguaya y lo desplegó sobre el mostrador donde solía envolver carne para sus clientes.

—Hay un lugar del cual me ha contado mi tía. Una playa. Una playa divina —dijo.

—Ya conozco Punta del Este. No volveré nunca.

—¡Bah! No hablo de Punta del Este. Esto es lo contrario. Nada de boliches cursis, bikinis caros, apartamentos lujosos. De hecho, en este lugar no hay ni gota de lujo.

—¿No? —Romina no lograba reprimir su curiosidad.

Flaca sonrió y pensó: esto funcionará, este proyecto la sacará del pozo en su mente, la ocupará en otra cosa.

—No. Nada. Hay un faro, unos ranchitos de pescadores y ya está. Ni electricidad ni agua potable. Hay que usar puras velas y lámparas de aceite...

—¿Y linternas? ¿Se usan linternas o es que por allá tampoco se pueden usar pilas?

—No sé. Podríamos llevar unas linternas. Mirá, no te preocupes. Lo que vale es estar lejos de la ciudad, lejos del ruido de... todo esto. Será divertido, tipo un festejo. En la naturaleza.

—¿Sin agua potable? ¿Qué vamos a hacer? ¿Cagar detrás de un árbol?

—De cualquier manera, será una celebración porque estaremos juntas —respondió Flaca—. Y... hay una mujer a quien también me gustaría llevar.

—¡Ajá! ¡De eso se trataba! —exclamó Romina.

Flaca alzó las manos con un gesto exagerado de inocencia.

—No tengo idea de lo que hablás —dijo.

—Lo que tú querés es una aventura romántica, ¡mirá que sos seductora!, y a mí me arrastrás a tu escapadita de amantes...

—Si fuera así, ¿te parece que te invitaría?

Romina hizo una pausa y vio el dolor en la cara de Flaca.

—Lo siento, Flaca. Estaba jorobando.

—Este es *nuestro* viaje, Romina. En serio; para decirte la verdad, el viaje me asusta un montón. Nunca, ni por un día, he vivido sin agua potable o electricidad. No tengo idea de cómo cagaremos ni qué nos pasará. Capaz que nos morimos de hambre, o de frío, o capaz que al fin del viaje nos odiamos, no sé. La verdad es que no son para nada vacaciones.

—¿Qué son, entonces?

—No sé. Una exploración. No. Más que eso. Una prueba.

—¿Prueba de qué?

—De... mantenernos vivas. De volver a la vida. Porque...

Se detuvo, y miró a Romina. Las palabras se trabaron en su garganta.

—Decilo —susurró Romina—. Decilo así nomás, Flaca.

—Acá en la ciudad, estoy muerta. Así estamos todos, somos cadáveres ambulantes. Tengo que salir de acá para descubrir que todavía puedo vivir. Montevideo es una prisión de la puta madre, una prisión enorme sin techo, y lo lamento si eso parece minimizar lo que tú sufriste, pero...

—Pará un momento —dijo Romina. Agarró el paquete de cigarrillos de Flaca que estaba sobre el mostrador. Flaca prendió un fósforo y le encendió el cigarrillo. Sus manos temblaban y, se dio cuenta de que las manos de Romina también. Ambas fingieron no advertirlo. Romina inhaló.

—Romina, perdoná, es que...

—Pará, dije.

Flaca asintió. Encendió un cigarrillo para sí misma. Un buen rasguño profundo en sus pulmones.

—Entiendo —dijo Romina, trazando el humo con la vista—. Voy.

Y así se armó el viaje. Por las tardes, se encontraban en el dormitorio de Flaca para planear, mientras sus padres miraban la tele en el *living*. Flaca abrió tres mapas diferentes y los colocó sobre la cama, trató de familiarizarse con ellos y empezó varias listas de artículos que precisarían para sobrevivir en la naturaleza. La última noche antes de partir, mientras Flaca empacaba y organizaba su mochila, Romina llevó a una amiga: Malena, una mujer que Romina había conocido durante la hora del almuerzo en la plaza más cercana al instituto donde estudiaba. Ambas disfrutaban de empanadas de una panadería del lugar. Tenían un ritual paralelo de comprar una empanada de jamón y queso y otra de humita y guardar un cachito de la masa para las palomas; por lo tanto, obviamente, habían empezado a charlar. Malena trabajaba en una oficina y tenía ese tipo de aspecto: eficiente, puritana, pulcra. Bonita, sí, con una boca sensual y ojos en forma de almendra, pero su rodete era bien apretado y su sonrisa también. Tenía tres años más que Romina, veinticinco, y se vestía como una persona del doble de su edad. Ese cárdigan de señora. Flaca nunca hubiera adivinado que esta mujer era una de ellas.

—Malena nunca ha visto una foca —declaró Romina, como si eso resolviera todo.

Flaca no expresó ninguna duda hasta que Malena salió al pasillo para buscar el baño.

—¿Estás segura de esto? —le preguntó a Romina.

—Está bien. Todo bien con ella. Es como nosotras...

—¿Le preguntaste?

—¿Tú les preguntás a las mujeres lo que son, antes de acostarte con ellas?

—¿Te estás *acostando con ella*?

—No... pero mirá que si fuera así, no me podrías decir nada.

Flaca suspiró. No podía pelearse con Romina y ganar; su amiga la conocía demasiado bien.

—De todos modos —siguió Romina—, tú traés a tu como-se-llame ama de casa nuevita, así que es lo justo.

—Ella es más que un ama de casa nueva. Es...

—¡Ajá! Así que *sí* es ama de casa. ¡Lo sabía!

—Es diferente....

Romina pareció dudar.

—¿Diferente? ¿En qué sentido?

—No sé. Pero lo es. —Flaca estaba inquieta. Había esperado todo lo posible para darle la noticia que ahora le tocaba contar—. Y también, eh, invité a una persona más.

—¿A quién?

—A una chica que conocí en la carnicería.

Romina se rio.

—¿Y tu como-se-llame qué va a decir cuando se entere de *esto*?

—No, no es así. Con esta chica, digo. Ella es... no te enojes, Romina, ¿eh? Es joven.

—¿Cómo que joven?

Flaca bajó la mirada.

—Flaca. ¿Cuánto tiene?

Había pensado en mentirle a Romina para ocultar este detalle, pero, ¿qué sentido tenía mentirle a alguien que podía verte por dentro? Al final, siempre quedaba expuesta. Y con todas las mentiras y todos los silencios que Flaca precisaba para mantener su vida a salvo, era justamente por esto, por este poder-ser-vista-por-dentro, que su lazo con Romina era tan esencial como el aliento.

—Dieciséis.

—*Flaca.*

—Pero seguro que es como nosotras. Y parece que está sola.

—¿Le preguntaste? ¿Si es "como nosotras"?

Flaca clavó la mirada en una mancha en la pared como si de repente revelara unos jeroglíficos secretos.

—Ahí me agarraste —dijo por fin.

—Esto es loco —dijo Romina—. Completamente temerario. Cinco de, bueno, ya sabés, de... ¿nosotras? ¿Alguna vez hiciste algo semejante?

Flaca contempló esas palabras. *Nosotras.* El vocablo se deslizó por su mente como una hoja o una piedra que perturbaba las aguas. A través de los años, había conocido una gama de mujeres que podrían ser consideradas como parte de ese *nosotras*, sin importar si ellas mismas lo admitían. Ella y Romina confiaban la una en la otra, tenían una conexión, un club secreto y milagroso de dos personas. Pero, cinco... ¿Cinco? Todas en el mismo lugar, todas admitiendo lo que eran. Claro, todas las que formarían parte de este viaje no lo admitían, pero, ¿el sumarse al viaje no era una forma de incriminarse? Cinco, juntas. Nunca había oído sobre algo así. Acá, ahora, en este Uruguay, podían detenerte por invitar a cinco personas o más a tu casa sin autorización. Y en cuanto a la homosexualidad, te podía meter en las mismas prisiones donde encerraban a los guerrilleros y los periodistas, prisión con tortura, prisión sin juicio. No había ley contra la homosexualidad, pero eso no importaba porque el gobierno hacía lo que quería, con ley o sin ley, y también porque sí había ley contra el ultraje público al pudor y desde muchos años antes del golpe no había ultraje más grave, más asqueroso. Ningún insulto era peor que *puto* para un hombre. Los hombres eran los más agraviados. Y más visibles.

—No.

—Me dejás asombrada, Flaca.

—Estaremos bien —dijo, inciertamente—. Allá afuera es diferente de la ciudad. No hay nadie para denunciarnos, para enterarse de lo que hacemos o... de lo que somos.

—¿Y cómo lo sabes?

—Por lo que me contó mi tía.

Romina se quedó mirándola como si hiciera una cálculo furioso.

—Esta playa tuya. O va a ser Ítaca o va a ser Escila.

Otra vez con las alusiones literarias, pensó Flaca. Era de *La odisea*, ¿no? La tuvo que leer en la escuela. Un sitio era el de un naufragio, el otro era un hogar, pero ¿cuál era cuál? No se acordaba; a diferencia de Romina, había sido mala estudiante, no le había importado.

Malena había vuelto y les estudiaba las caras como si intuyera que se había perdido de algo. ¿Había estado escuchando desde el pasillo? ¿Hace cuánto se había oído la descarga del inodoro?

—¿Qué pensás tú, Malena? —dijo Romina, mirándolas a las dos irónicamente—. ¿Nos vamos a Ítaca, o a Escila?

—No sé —dijo Malena, con una gravedad que sorprendió a ambas.

Las tres mujeres se miraron en silencio durante varios segundos que se estiraron y ardieron a su alrededor.

—Supongo —siguió Malena—, que la verdadera pregunta es, ¿cuál buscamos?

*

¿Dónde carajo estoy?, pensó Anita al instante de abrir los ojos. Se llenó de confusión mientras miraba el cielo azul, llenándose ya de sol. Se incorporó y miró a su alrededor. Una casa incompleta. Rocas, océano. Flaca y Romina estaban a algunos pasos de distancia, sentadas, tomando mate juntas en un silencio cómodo. Anita se había sentido nerviosa por el encuentro con Romina, la mejor amiga de su amante, que también parecía ser la examante de su amante; el tema de conocer a la examante de tu amante parecía una materia combustible, algo que ninguna mujer debería hacer por voluntad propia; una invitación al asesinato. Pero acá, las reglas parecían diferentes, distorsionadas, como si hubieran sido dejadas al sol para que se derritieran. La forma en la que Flaca había hablado de Romina no le había dado la impresión a Anita de que Romina fuera una examante celosa, sino como una hermana confiable, cuya aprobación sería clave para que todo aquello durara.

¿Y quiero que dure?

La pregunta ardió en ella. Había sido una locura, lanzar esta cosa con Flaca, devolverle la mirada. Nunca se le había ocurrido pensar en una mujer de la manera en que se piensa en un hombre —no conscientemente, no con la parte seria de su mente— hasta que vio esa expresión en los ojos de Flaca mientras le entregaba la carne cruda hábilmente envuelta. Esos largos segundos. Ese mensaje de hambre, una declaración de ganas, todo en una mirada. No se le había ocurrido que una mujer sería capaz de realizarlo. Lo esperaba de los hombres, pero ¿de una mujer? Se desorientó. Fingió no darse cuenta y rápidamente guardó la carne en su bolsa de compras. Toda la noche mientras cocinaba y asentía a las largas quejas de su esposo sobre el trabajo, y mientras ella lavaba los platos y él miraba las noticias en la tele donde contaban las mismas mentiras de siempre, pensó en esa mirada. Lo que podría significar, lo que posiblemente significara que una mujer mirara a otra mujer de esa forma. A lo mejor lo había inventado o había entendido mal, pensó mientras secaba las copas de vino. No era nada. Qué estúpida. No había razón para seguir pensando en esa carnicera con su gracia esbelta y sus brazos musculosos. Oyó un sonido lleno de astillas y solo entonces se dio cuenta de que la copa que lavaba había explotado bajo la presión de sus manos.

Volvió a la carnicería a la tarde siguiente, aunque le quedaba lejos, no era su local normal, y solo había pasado por allí espontáneamente de camino a casa después de un té en lo de una amiga. Volvía solamente para estar segura. Eso es lo que se dijo a sí misma. Solo para entender.

Flaca había estado allí y lista y ahora los días de Anita estaban llenos de Flaca o de pensamientos sobre ella cuando estaban separadas.

El horror en las caras de sus amigas si lo supieran. No sabía si aún podría llamarlas "amigas" a esas compañeras de escuela de la infancia, con quienes había jugado porque crecieron en la misma cuadra en el barrio tranquilo de La Blanqueada. Cada una había sido criada para convertirse en buena esposa, en madre, con el pelo cuidadosamente arreglado y demasiado perfume floral. Las veía a veces los domingos, cuando todas volvían a las casas de sus padres para los almuerzos familiares y se encontraban en la plaza del barrio después. Llegaban bien vestiditas y maquilladas, pero de una forma obediente y remilgada, como si ya se entrenaran para ser viejitas. ¿Qué contás?, se preguntaban una a otra, ansiosas por chismear y hablar mal sobre otros. Una vez, cuando Flaca le hacía el amor, Anita se imaginó a esas amigas de la infancia juntas contra la pared, mirándolas, inundadas de horror, y acabó con una ferocidad que las asombró a las dos.

Había partes de su propio ser que ni se había imaginado, de cuya existencia no se había enterado porque habían estado cerradas con llave hasta que llegó la llave reluciente de Flaca.

¿Quiero que dure?

No sabía la respuesta ni quería saberla, aún no. Solo sabía que quería tener la opción de continuar. Quería ganar. Siempre le había encantado ganar. Había elegido a su esposo entre una bandada de hombres que se hubieran casado con ella en un santiamén. Ella fue el premio en ese entonces. Ahora, cinco años después, se sentía vieja, desgastada a los veinticinco años, su vida ya achicada y definida hasta la muerte. Quería escapar de aquello. Quería seguir a Flaca hacia una realidad donde otras cosas eran posibles: por ejemplo, la alegría. La expansión. Y quería algo más, también, algo nebuloso, algo que ardía: entender este club secreto en el cual se había metido sin saber lo que hacía, este extraño laberinto de mujeres. Saber qué tenía que ver, si tenía algo que ver, con su propia vida. ¿Era una de ellas? ¿La aceptarían como parte de lo que eran? ¿Quién seré, pensó, después de siete días sola con estas mujeres extrañas? La pregunta la asustó; reprimió el miedo y se levantó.

Se estiró y miró por la ventana. El paisaje se extendía verde y liso hacia las rocas y las playas arenosas, lánguido contra el azul. Había tanto azul. El océano relucía, vasto, majestuoso. Tenía una calidad que la hirió.

—Por Dios —se dijo.

—Buen día —dijo Flaca.

Se miraron. Ese fuego en sus ojos. Anita no podía parar de mirarla.

—Ay, por Dios, ya basta las dos —dijo Romina, pero no sin humor—. ¿No les parece un poco temprano para eso?

—Nunca es demasiado temprano —dijo Flaca—, para decir buen día. Y es lo único que dije.

—¡Ay! —exclamó Romina—. Flaca la inocente.

—¿Por qué no? —Flaca sonrió, cebó otro mate, y se lo entregó a Anita.

Romina resopló, pero le sonrió a Anita, quien tomó mate, aliviada y aturdida por la manera tranquila de Romina.

—No sabía lo hermoso que iba a ser este lugar —dijo Anita.

—Eso mismo siento yo— añadió Romina.

—¿Qué? ¿Ninguna de las dos me creyó? —preguntó Flaca.

—Ay, calmate. —Romina golpeó a Flaca en el brazo—. En todo caso, tú tampoco habías estado acá, ¿verdad?

—Verdad.

—Pues de veras no sabías.

—No —admitió Flaca—. No sabía. Pero es que mi tía lo describió tan vívidamente que tenía alguna idea.

Suficiente para arrastrarlas a este lugar como una loca, pensó.

—Yo ni había oído hablar de Cabo Polonio. —Anita terminó de tomar su mate y se lo entregó—. Toda mi vida pensé que conocía las playas de Rocha, por lo menos de nombre. ¿Pero esto?

—La mejor parte —dijo Romina— es cuánta gente tampoco sabe nada de este lugar. Es como si hubiéramos llegado a una zona donde no nos va a encontrar nadie.

Se callaron por un momento. Anita se puso inquieta, insegura de qué decir. Sabía de la detención reciente de Romina y había estado con Flaca dos semanas atrás mientras Flaca luchaba contra las lágrimas y el pánico de no saber qué pasaba, dónde estaba su amiga, si la vería de nuevo alguna vez. La vuelta rápida de Romina había sido un alivio profundo; pero eso no significaba que no hubiera horrores. Como todo el mundo que ella conocía, estos últimos años Anita había aprendido a evitar los temas de detenciones, tortura, terror, censura. ¿Romina hacía ahora una alusión directa o había sido por casualidad? No la conocía lo suficientemente bien como para saberlo.

—Eso —dijo Flaca sosteniendo el mate a su turno—, eso mismo es lo que cuenta.

Después de unos mates más, Malena despertó y se sumó al círculo.

Flaca sacó lo que quedaba del queso, pan y salame, los cortó en pedazos, y los repartió. Charlaron tranquilamente sobre cómo habían dormido, el viaje por las dunas, el paisaje increíble que las rodeaba, su rareza, su hermosura, la falta absoluta de inodoros. ¿En serio iban a excavar pozos para cagar? Pues sí, dijo Flaca, y la pala está lista, ¿quién primero? Nadie se animó. Los intestinos de todas estaban enredados. Hechos nudos infinitos, dijo Romina, como el macramé de mi madre. Se rieron de sus intestinos de macramé. Se rieron de Paz, la nena, dormida todavía a pesar de todo, bajo el sol creciente.

—¿Cómo puede dormir con el sol en la cara? —dijo Anita—. Es que ya hace tanto calor.

—Especialmente para noviembre —dijo Flaca—. La primera ola de calor del verano.

—¡Todavía no es verano!— dijo Anita.

Flaca sonrió. —Bastante cerca.

—¿Bastante cerca para qué?

—Para sentir calor —dijo Flaca.

—¡Ya basta las dos! —Romina agarró unas piedritas y las tiró hacia Flaca, pero riendo a carcajadas—. Son lo peor. Ambas.

Anita sintió ruborizarse. Le echó una mirada a Flaca, esperando que dijera algo para cambiar de tema o de tono. Pero Flaca no parecía incómoda para nada; le sonreía a Romina, pícara y tranquila. Así que este era su modo de ser. Ahora que no estaban rodeadas por desconocidos —en la ciudad, en el ómnibus por la costa— este era el lenguaje de ellas. Miró a Malena, quien había observado el intercambio en silencio, con su pelo ya en un rodete prolijito, ¿cuándo se había peinado? ¿Y por qué arreglarse así, por qué tan tiesa, en un lugar como este? No tenía sentido, a menos que arreglarse el pelo fuera un tipo de armadura que Malena no quería soltar. Daba la impresión de ser precavida esta Malena; una mujer que pensaba mucho más de lo que decía.

—Solo digo —declaró Flaca —que va a ser un día de mucho calor.

—Ajá, y tú feliz por lo mismo —dijo Romina.

—Bueno, esperaba meterme en el océano.

—Yo también —dijo Anita.

—Andá nomás, entonces. —Romina recibió el mate y empezó a beber.

—¿Ahora?

—¿Por qué no? Nada te detiene. Podemos hacer lo que queramos, ¿no es por eso que vinimos?

Anita contempló estas palabras. Miró el sol, algo que su madre siempre le dijo que nunca debía hacer, y luego la playa en el sur.

—Creo que primero debemos ir a buscar provisiones. Parece que viene un barco de pesca, allá, mirá, pronto llega.

Todas miraron. Una mota roja y oscura se deslizaba sobre el agua hacia la orilla.

—Tal vez nos vendan algo de su pesca. —Anita miró a Flaca—. ¿No es lo que dijiste que ibas a hacer? ¿Comprar pescado de los pescadores? Tenías todo un plan.

—Para hacer aparecer pescado —dijo Romina.

—Como Jesucristo —dijo Malena.

Romina se rio y Anita también. Malena las miró con asombro por un instante, como si no hubiera percibido el humor en sus propias palabras, y después sonrió con indecisión. Flaca se sintió a la vez aturullada al ser el punto del chiste y también orgullosa de haber creado un círculo de mujeres que ya se llevaban tan bien. Había esperado que lo hicieran, pero esto era imprevisto, que se unieran en una burla amistosa, y en el primer día, nada menos. Tenía que ser una señal positiva.

—O como una pilota. Nuestra pilota —dijo Romina, dando un saludo de marinero burlón.

—Encontraremos pescado —dijo Flaca, con incertidumbre—. Y hay un almacén. Pero mejor empezar por esos barcos.

Anita se levantó. Las otras mujeres miraron sus piernas, que se desplegaban indolentemente bajo su pollera larga y diáfana; Anita sintió sus miradas, cálidas, entusiastas, como los ojos de los hombres pero de parte de mujeres y de esa forma renovada. Placer agudo, caliente.

—Voy a hablarles —dijo.

—Yo voy también. —Flaca se sumó rápidamente—. Precisamos agua y, si ellos pueden dárnosla, puedo cargarla.

—Yo voy también, Pilota —dijo Romina, feliz de sentir el nuevo apodo que se burlaba de su amiga y la homenajeaba a la misma vez—. No queremos permitir que esta mujer hermosa esté sin compañía.

Flaca bajó la mirada tímidamente; luego miró a Anita con una sonrisa.

Algo brincó dentro de Anita en ese momento, la parte indómita de ella misma que se ponía cada vez más salvaje, la cosa que Flaca había abierto con su llave reluciente y su contoneo viril: *ah, qué es esto acá dentro de ti, a ver si lo abrimos, vamos, a ver lo que hay.* Esa sonrisa pícara de Flaca. Las cosas que seguían esa sonrisa cuando estaban a solas. La mujer que era ella bajo las manos de Flaca: el fulgor, la ferocidad. Cómo se desplegaban, voraces, pareciendo infinitas, hasta que el tiempo ponía sus fronteras y ella lo enrollaba todo de vuelta en un rincón de su ser para hacer espacio para la muchacha buena, la esposa buena, la imagen de una buena esposa. Solo que ahora, hoy, por primera vez, las cosas eran diferentes, dado que no tenía que crear ni un centímetro de espacio para la buena esposa por siete días, siete días ferozmente dulces sin inodoros ni teléfonos ni maridos.

—Vení conmigo, pues— dijo Anita.

Entonces se fueron Flaca, Anita y Romina, y dejaron a Malena a cuidar el fuego y la chica durmiente.

Romina se sentía animada, liviana, al caminar por el pasto. Tal vez, pensó, esto es todo lo que la vida nos puede brindar, me puede brindar, el regalo más voluptuoso que jamás me ofrecerá. Un día. Un día en el cual tus límites se expandan hacia los límites del cielo, hasta que el cielo quepa dentro de ti, y ninguna calle ni temor al secuestro ni obligaciones familiares te puedan acorralar, achicar, o enroscarte por dentro. Caminaba sobre el pasto, hacia un sendero cuesta abajo. Estaba vestida de luz del sol. Estaba libre, respirando, sin fingimientos, desatada de las mentiras diarias de la supervivencia. Caminaba con una amiga y su amante. El deseo entre las dos chispeaba en el aire, hacía brillar el aire y, aunque no le pertenecía a Romina, la llenaba de algo así como la felicidad. Desatadas. Reales. ¿Cuánto tiempo había cargado ella por dentro esa hambre de expansión, esa necesidad de más espacio? Esa necesidad de poder respirar con los pulmones enteros. La ciudad era un puño que agarraba con fuerza; siempre había algo contra el pecho, duro como el plomo, cerrándote. Ella se cerraba. Se apagaba. Había aprendido a vivir dentro de un caparazón, las partes vulnerables escondidas adentro. El miedo ahora era tan conocido que ya no lo veía, no sentía sus límites, no podía medir su profundidad en su propia mente. En Montevideo, el aire mismo era una criatura hostil, acechante, invisible, una amenaza que respiraba. La gente ya no se hablaba. El almacenero no sonreía ni la miraba a los ojos mientras envolvía la lechuga y medía el arroz. Cuando salía el sol, afuera, casi no lo sentía en la piel. No existía lugar seguro. En su interior lo sabía, lo entendía, en la piel, el no-es-seguro de su cuerpo, de sus días.

Romina había sabido, durante estos cuatro años, que la podían llevar en cualquier momento y, por lo tanto, cuando al fin ocurrió, fue casi un alivio. *Bueno, ta, aquí va, el deslizamiento hacia abajo, la caída, ya empieza*, aunque a la misma vez otra parte de su mente se había resistido a la posibilidad: *no, eso no pasaría, a mí no, claro que no, no me van a agarrar, no soy guerrillera tupamara, ni estoy tan comprometida con el comunismo, no como mi hermano Felipe, ni Graciela ni Walter ni Manuelito ni Pablo ni Alma ni los demás, los verdaderos subversivos, no soy como ellos, e incluso lo peor de los secuestros ya pasó*, y eso era cierto, el gobierno había desacelerado su máquina agotada, pero eso no explicaba por qué se habían llevado al vecino de al lado recién el año pasado, en el 76, por qué su esposa ahora se paraba en la ventana de su cocina con los brazos hundidos en un cubo de agua sucia y platos, sin lavar, solo parada, quieta, contemplando la ventana con ojos vacíos. Como si la hubieran sacado de su propio cuerpo.

Cuando llegó el golpe, en el 73, Romina recién había empezado su primer año en el instituto donde estudiaba para recibirse de maestra. Era junio y se preparaba para los exámenes, estudiaba en la cocina sobre la mesa de linóleo mientras los primeros vientos fríos del invierno soplaban contra la ventana. Ella era estudiosa, una niña-buena según sus exigentes padres, enamorada de Flaca, por quien había sentido rechazo al conocerla en la reunión del Partido Comunista, porque se dio cuenta inmediatamente de lo que Flaca era, rebosaba masculinidad como si fuera colonia, hasta usaba colonia, una masculina, así de atrevida era. Pelo atado en una cola brusca, hombros anchos, el toque de esa fragancia masculina. Una mirada fija. Muchacha. Peligrosa como una víbora, enrollada y hambrienta, lista para morder. Y allí estaba Romina: servía café y arreglaba papeles porque ayudaba a cambiar el mundo, habría justicia para los trabajadores y un nuevo día para Uruguay, una revolución que brillaría como la de Cuba, ¡trabajadores del mundo, únanse! Creía en eso, en todo eso. No tenía novio. Había sido tan fácil ser una niña-buena, distraerse con los libros y no dar bola a los varones y sus atenciones, ¿qué le importaban los varones? Luego llegó Flaca con su fascinación desnuda. Sintió la frialdad de sus camaradas hacia Flaca, la desaprobación por su colita corta y su sencilla remera celeste. Su propio hermano, Felipe, el que la había traído a la reunión, tenía veintiún años, estudiaba derecho, y miraba a Flaca con una mezcla de desdén y temor. A Romina le costaba dejar de mirarla. Víbora al acecho. ¿Qué tipo de víbora? ¿Anaconda majestuosa? ¿Boa que podría envolverte en su cuerpo largo y musculoso y quitarte el aliento? Flaca envolviéndola, Flaca fuerte y esbelta, enrollá, agitá, mordé. Así empezó. Con la invasión de su imaginación. Los meses juntas se precipitaron, llenísimos de descubrimientos. Sexo, su primer sexo, a los dieciocho años de edad. Llamas ardientes se desataron, se desparramaron de un cuerpo a otro. El vigor del deseo. Su peso, sus punzadas. Como comerte el océano y quedarte con ganas de más. Disolverse en cenizas y luego, cuando vuelve el cuerpo, cuando vuelve el cuarto, allí está ella aún, mujer, muchacha, mirándote con ojos de animal. Todo cubierto en un chal de silencio. Juntas eran perfectas o, más bien, juntas formaron la perfección de la nada y la acurrucaron en sus brazos. Romina estaba feliz. Hasta cuando la situación alrededor de ellas se puso más caótica y el gobierno intensificó su mano dura, mantuvo la esperanza de un mejor mundo por empezar, ¡trabajadores del mundo, únanse! Y ¿qué tal si en ese nuevo mundo —idea apasionante, idea salvaje— hubiera más espacio para mujeres como ella y Flaca? ¿Los comunistas lucharían por ellas también? No había ni gota de evidencia de que lo fueran a hacer. Solo se atrevía a soñarlo en el resplandor después del sexo, tendida y desnuda, las extremidades entretejidas con las de su amante.

Como tanta otra gente, como su propio hermano comunista, no vio que se venía la dictadura, ya que su país supuestamente era inmune a ese tipo de derrumbe. Uruguay era especial. Un oasis chiquito de tranquilidad. Sus vecinos sudamericanos eran otra cosa, con sus democracias tambaleantes, sus herencias políticas sórdidas, la pobreza, la represión, el peronismo, la corrupción. Pero Uruguay, el Uruguay anodino, el Uruguay chiquitito, era el hermanito estable, el buen niño, el seguro, la Suiza de América del Sur; habían logrado varios avances —la abolición de la esclavitud, el sufragio de las mujeres, la separación de la Iglesia y el Estado, la jornada de ocho horas, el derecho al divorcio— antes que las naciones gigantes a su lado. En la clase de historia de su escuela secundaria se había narrado un cuento sobre una democracia progresista, un modelo, una joya latinoamericana, usando esa misma palabra, *joya,* por lo cual imaginó una gema minúscula pero exquisitamente pulida con la forma de Uruguay, rodeada de piedras grandes y adustas. Ella nunca había salido de Uruguay, entonces, ¿qué sabía realmente, salvo lo que veía con sus propios ojos y oía con sus propios oídos? Había oído poco en las conversaciones a su alrededor como para prepararla para el golpe.

Esa mañana, la mañana del 27 de junio de 1973, el titular era enorme y de letras más anchas y negras de lo que jamás había visto. DISOLVIERON LAS CÁMARAS. El presidente Bordaberry había entregado poderes especiales a las Fuerzas Armadas, una institución a la cual los uruguayos habían dado poca atención hasta estos años recientes, cuando las tropas habían sido llamadas para reprimir los paros de los obreros y detener a los tupamaros. Ya había agitación desde hacía bastante tiempo y toques de queda para los civiles, registros de casas particulares sin aviso previo, rumores de tortura en las prisiones donde tenían a los subversivos, pero, a pesar de todo, ¿esto? ¿un golpe? No lo llamaban golpe. *Traspaso de poderes,* decían. Como la entrega de un llavero. Tomá, agarrame esto. Cuidámelo, mientras ando por allá, por esa senda, hacia el mar, hacia el abismo. El presidente estaba en las fotos de la tapa del diario, y no se le veía encadenado ni herido ni asustado, nomás serio mientras firmaba un papel sobre su escritorio con los generales encumbrados a su alrededor. Ella se preguntó lo que pasaría por su mente, si en secreto el presidente temía por su vida o si se sentía seguro entre ese círculo de generales, más seguro que los demás, si dormiría profundamente en las noches que vendrían, qué soñaría. Después de eso, su hermano desapareció. Fue al almacén y nunca volvió a casa. Sus padres la enfrentaron, aterrados, y se enteraron de la verdad sobre la participación de sus hijos en las reuniones del Partido Comunista. ¿También eran tupamaros?, preguntaron. ¿Puede ser? Su madre revisó bajo el colchón de Romina y en su ropero en busca de armas escondidas. No, claro que no, mamá, nunca fuimos tupas, dijo Romina, pensando que la idea era ridícula porque el movimiento guerrillero tupamaro y el Partido Comunista no se habían llevado bien, los comunistas acusaban a los tupamaros de impetuosidad y los tupamaros decían que los comunistas hablaban mucho y no hacían nada. Pero de eso sus padres obviamente no sabían nada; solo sabían que sus hijos estaban en peligro, y que ese peligro no era tan diferente al otro del cual la familia de mamá escapó cuando huyó de la Ucrania, y de Rusia antes de eso. Sus padres la sacaron de la escuela y la mandaron a Tacuarembó, en el norte, a refugiarse con una tía y, como era de esperar, fue justo a tiempo, porque los soldados llegaron y registraron la casa a las 3:15 de la madrugada, aunque no encontraron ni a Romina ni sus libros o folletos comunistas. Había zafado, y cuando volvió a Montevideo (y a la infidelidad de Flaca, que al principio le reventó pero que ahora interpretaba como Flaca siendo Flaca), volvió a sus estudios con la cabeza gacha.

Pasaron cuatro años.

Cuatro años sin ser detenida.

Una suerte casi obscena, si se considera el destino de tantos de sus compañeros y de su hermano, cuyo nombre no se pronunciaba más en la casa. Romina cargaba todo el peso de la expectativa familiar, en ella recaía el aliviar la ausencia de su hermano con su propia actuación perfecta del papel de hija. Pero nunca era suficiente. Los silencios durante la cena ardían y picaban, los tres en la mesa cuadrada donde antes siempre había un lado para cada miembro de la familia. Cuando por fin la detuvieron, dos semanas atrás, el gran alivio fue que no había sucedido en casa, en la presencia de sus padres; ese siempre había sido su peor miedo, que la detuvieran frente a sus padres, que ellos tuvieran que verlo sin poder hacer nada. Ya les había dado bastante sufrimiento y desilusión con su pasado comunista y su aspecto insulso y ningún novio a la vista, nunca tan bonita como su madre lo había sido, aunque nunca se lo dijeran directamente y ese tampoco era el caso, tenés ojos tan lindos, si te pusieras un cachito más de maquillaje y sonrieras más, decían, aunque estos días lo hacían con un tono de resignación. De todos modos, no habían visto el arresto, no se habían ensuciado los ojos u oídos; afortunadamente, ocurrió en su caminata a casa desde la Biblioteca Nacional, después de una larga tarde de estudios. Dos hombres en la vereda la flanquearon de repente, un auto a la espera, un empujón. Capucha sobre su cabeza. Manejada larga. Círculos —sabía ella— para que no se diera cuenta de hacia dónde iban y, aunque intentó registrar el rumbo, su firme sentido de orientación le falló, se desintegró después de un giro particularmente brusco. No hubo paliza hasta que llegaron a la celda. Querían nombres. Parecía que alguien, un detenido, les había dado su nombre. Quién. Quién. No importa, no pienses en eso, no pienses. No les des nombres. No tenés nombres. Decilo en voz alta: no tengo nombres, no conozco a nadie. No sé. No soy. Fría. La pared fría. Esperando la violación. No viene. El que no venga lo hace más aterrador. Segundo día, la máquina. Eléctrica. No. Sabía que lo sería. Sabía. No, eso no, allí no. No dejará marcas, lo sabe. Sabe, pero el saber no protege. No tengas nada, no tengas nombres. Lo siento. Lo siento, lo siento. No los puedo ayudar. Hacete la estúpida, la mujer estúpida, inútil. Inútil es bueno. Hablan. Preguntan. Exigen. No sos. Pero al fin paran y ella está de vuelta en el cuarto de antes y la segunda noche la violación es solo de uno. Solo uno. Dónde están los demás. Por qué esta suerte. Qué suerte. Una detención desanimada. Por qué. ¿Será que todo el maldito país está cansado? Y qué sigue, ¿esto es para siempre? ¿Jamás verá el cielo? Al día siguiente, nada de máquina. No hay violación. No hay paliza. Ignorada. De noche, la violación vuelve y es el mismo, no quiere reconocerlo, pero lo hace igual, lo conoce, siempre lo conocerá para bien o para mal, y será para mal. Esta vez no está solo, los cuenta, uno, dos, tres. Solamente. Tres. Solo tres. Las historias son de números mucho más grandes que tres. Cómo lo hacen las demás, piensa, cómo sobreviven números más grandes que este conteo, y dígame alguien si es verdad, lo que dicen, las historias, y ¿esta historia es verdad?, este cuento que la atrapa, ¿es su eternidad?, ¿su mundo ahora será uno, dos, tres todas las noches, sin parar? Al fin se van. Ignorada otra vez. Qué es esto. Qué es esto. Y luego arrastrada para afuera, sin explicación, empujada dentro de un auto y después expulsada hacia afuera en alguna periferia de la ciudad. Sola. Viva. Suerte. Suerte. Cielo.

Es menos, lo que a ella le pasó. Se dice eso cuando se despierta de noche.

Y ahora, acá, Polonio, luz del sol. Copiosa. Resplandeciente. Océano por todas partes.

A celebrar, había dicho Flaca.

No le contaría a Flaca lo de la celda, la máquina, los Solo-tres. No porque no quisiera, sino porque el lenguaje no podía contenerlo. Le fallaba la lengua. No se podía pronunciar lo que habían sido esos días, esas noches, ni cómo el terror se desparramó en los días que siguieron, hasta el momento actual aquí en esta playa y hacia el futuro, que ya no sería el mismo porque esos días habían sucedido, y más aún si no llegaba su período, y ese era el pensamiento que no podía pensar, el pensamiento que la desgarraba. Constantemente buscaba en su cuerpo señales de la menstruación, un goteo, un dolorcito, cualquier cosa. Sangrá, cuerpo. Sangrá y liberame. ¡Sangrá! La felicidad de este momento manchada por ese rezo feroz. Eso tampoco lo podía pronunciar. Eso tampoco lo podía decir. La alegría amplia de estar acá era un licor que podía tomar para ahogar todo, para olvidarse.

¿Pero qué tal si el licor le dificultaba cerrarse de nuevo?

¿Qué tal si tanto vivir la volvía peligrosa?

*

Llegaron a la playa antes de que el barco de pesca llegara a la orilla y se pararon a esperarlo como familiares perdidos hacía tiempo. Los pescadores no se sorprendieron al verlas, o por lo menos no mostraron ni curiosidad ni asombro. Había tres, con caras curtidas y brazos musculosos, y recibieron a las mujeres con el silencio amable que viene de años de labor dura, o así pensó Flaca, quien provenía de una larga línea de hombres semejantes. Flaca se había preparado para miradas demasiado largas, para un interés lascivo en ellas como visitantes femeninas sin compañía masculina, comentarios de soslayo como los que había hecho el carretero la noche anterior sobre dónde estaban sus esposos, por qué estaban solas, qué buscaban en un lugar tan aislado. Pero nada de eso llegó.

—Estamos de visita —les dijo—. ¿Nos venderían algo de la pesca?

El hombre en la popa asintió. Parecía el más joven, quizá tenía veintipico. Movió la canasta hacia ellas para que vieran los pescados adentro. Pilas carnales, plateadas, frescas.

Flaca vadeó hasta el barco, se inclinó para ver lo que había y eligió pescado para el almuerzo mientras las olas envolvían sus tobillos. La espuma acarició sus pantorrillas, le lamió las piernas. Se puso a charlar con el joven. Se llamaba Óscar. Su suegro, el Lobo, era el dueño del pequeño almacén de Cabo Polonio, que se encontraba por allá, decía, señalando en su dirección. Flaca estaba acostumbrada a que los hombres se pusieran tensos cerca de ella y la tranquilidad seria de este pescador era un cambio bienvenido. Puso los pescados en un balde que había llevado para eso mismo.

Anita, aún en la orilla, admiró a Flaca, tan capaz, tan preparada, parecía que había pensado en todo. Podría confiarle mi propia vida a esa chica, pensó. Tan joven pero tan hábil. Esas manos, tan seguras de sí mismas en los pescados resbaladizos. Alzaba sus cuerpos hasta el punto preciso donde los quería. Los hacía curvar y destellar bajo el sol.

—¿Cuánto? —preguntó Flaca, señalando al balde lleno.

El pescador se encogió de hombros. —Lo que les parezca.

Flaca contó los pesos y se los entregó al hombre, una cantidad generosa, y empezaron la caminata de vuelta a su campamento improvisado. Estaba eufórica. Podían procurarse comida, y los pescadores las dejarían tranquilas en su refugio. Ahora estaban acá, más que nunca.

—Qué tal si dejamos todo esto en el campamento y nos metemos en el agua —dijo Flaca.

—Buena idea, ya hace mucho calor —dijo Romina.

Manos, pensó Anita. Las manos de Flaca. Bajo el agua, en el océano, nadie vería. —Sí—dijo. —Hace calor.

*

Paz por fin estaba despierta, aún un poco mareada pero sonriente, así que las cinco se pusieron los trajes de baño y tomaron el caminito hacia la playa. El agua las llamaba, cubría la arena con su rugido bajo. Vengan, vengan. Bajen por la cuesta, a la orilla, a las olas. Al largo azul. Pies descalzos, saltando, hundiéndose en la arena húmeda, arena oscura, en la húmeda oscuridad. Pies en la espuma.

Flaca entró primero, a zancadas, luego Romina.

—¡Qué frío! —gritó Romina.

—No te preocupes, te acostumbrarás. Tomá... —Flaca juntó agua entre sus dos manos y se la tiró.

—¡Ay!

—¡Te va a ayudar!

—¡Ah, qué ayuda! —Romina le salpicó agua en respuesta, haciéndose la ofendida.

Malena estaba justamente detrás de ella, sumergida hasta el cuello, entregándose inmediatamente al océano.

Paz tomó valor al ver a Malena deslizarse por el agua, los ojos cerrados como si estuviera en un estado indestructible de oración. Ella también quería eso. El frío le picaba las pantorrillas; no había estado en el océano desde los once años, desde antes de la dictadura, cuando su madre todavía la llevaba un par de semanas cada verano a la casa de vacaciones de una prima, que quedaba por la costa. Ahora a veces se metía en el Río de la Plata, en la playa Pocitos, una playa urbana siempre llena de gente en el verano, a la cual llegaba rápido en ómnibus o lentamente caminando desde casa. Y el río allá era cómo el mar, tan ancho que no se veía la otra orilla, tan ancho que ella solía pensar que eran la misma cosa, que eran casi la misma cosa. Pero no era lo mismo. Esta agua tenía otra potencia, otra majestuosidad. El Atlántico. Rugía. Se extendía hasta África. Estas olas eran solo el principio, conectadas a un mundo más amplio. Paz dio unos pasos más y hundió el pecho, el cuello, la cabeza hasta que todo su ser fue capturado por una presencia aún más hambrienta que la suya.

—¡Mirá eso! —dijo Flaca. Paz y Malena lo hicieron—. ¿Ya ves, Romina? No hay razón para tener miedo.

Anita había llegado al lado de Flaca. —¿Ninguna?

Antes de que Flaca pudiera responder, Anita la empapó de agua.

—¡Ja! —dijo Romina—. Ya ves, Pilota, tenés que tener cuidado, ¡tengo aliadas!

Flaca, goteando, miró a Anita con asombro. Anita en su bikini a lunares azules. Reducía el mundo a curvas y lujuria. Nunca había visto el cuerpo de su amante, ni el cuerpo de ninguna amante, bajo los rayos del sol. Las amantes eran solo para lugares secretos. Lugares oscuros. Ahora, esto, tanto cielo, tanta luz, y un cuerpo capturando toda esa luz en su piel.

Anita le tomó la mano y la bajó al agua fría.

—Ven a nadar conmigo —le susurró a Flaca al oído.

Se fueron y Romina las miró con una punzada de envidia, no porque desease a una u otra como ellas se deseaban. No había estado con nadie desde Flaca; había decidido enfocarse en sus estudios y cuidarse después del golpe, lo que le resultó fácil, dado que las mujeres no hacían avances bajo la dictadura (menos Flaca, por supuesto, ella lo convirtió en su especialidad) y los avances de muchachos y hombres le resultaban fáciles de ignorar. No. Lo que le causaba envidia era la facilidad y libertad que tenían, el flujo del propio deseo entre ellas. El poder venir a un lugar que les facilitaba hacer eso, a plena luz del día. Mirala a Flaca: amaba a una mujer tan abiertamente, bajo un cielo enorme y despejado. Qué ebriedad. La había visto pasar por la cara de Flaca. Se preguntaba si ella, Romina, alguna vez sabría cómo se sentía eso. El poder querer tan abiertamente por solo un minuto de su vida. Y si le llegaba la oportunidad, ¿podría tomarla? Aunque los otros dos milagros se lograran (una mujer que la amara, y un lugar donde poder amar), ¿tendría la capacidad de devolver ese amor? ¿Qué tal si esto nunca se iba, esta tensión contra el Tres-solo-tres, el hedor de ellos en sus fosas nasales, el recuerdo marcado en su piel como si fuera una cicatriz? No podía pensar a tan largo plazo. Aún no sabía cuánto habían hecho. Lo que estaba dentro de ella, muerto o vivo. Si lo habían hecho, si habían empezado una vida... pero no. Océano, no. ¿Me escuchás? No podés no puedo así que por favor. Se hundió más en el agua, hasta el cuello, ¿me escuchás? Más hondo. Cara debajo del agua y lágrimas mezcladas con las olas. De sal a sal. Dolor al océano. Tomame. Salvame. Sosteneme, agua. Y el agua lo hizo.

*

Flaca y Anita nadaron hasta una roca que se asomaba entre las olas, y cuando llegaron Anita agarró a Flaca y la besó en la boca. Flaca le devolvió el beso. Besarse en el medio del océano, pensó, pues qué cosa, para todo hay una primera vez. Anita empujó sus pechos casi descubiertos contra Flaca, su lengua insistente, piel exigente, y pronto Flaca dejó de pensar y sus manos recorrían ansiosas el cuerpo de Anita, alucinadas, siempre alucinadas, y Anita llenaba sus manos como la alegría y estaba todo tan cerca, allí nomás, bajo la parte inferior del bikini mínimo que realmente no era nada, solo una cintita ligerita de tela debajo de la cual Flaca podía deslizarse, así nomás. Sus pies no tenían puntos de apoyo, las olas las apretaban, olas tranquilas por ahora y qué suerte porque Anita se retorcía con una furia capaz de ahogarla. —No pares —murmuró, pero Flaca pensó: ¿Qué? ¿Cómo seguir? Ridículo, no podemos seguir, un resbalón y nos ahogamos las dos o nuestros cráneos se revientan contra las rocas. Pero entonces Anita lo dijo de vuelta: —No pares. Qué me hará esta mujer, pensó, salvajemente, embriagada por la pregunta, y sabía que debía parar, pero no lo hizo, dio vuelta a Anita para que enfrentara la roca y se agarrara a ella por las dos, y lo hizo bruscamente, con esa forma de tomar control que, ya lo sabía bien, tanto le gustaba a Anita. La posición era complicada e inestable, pero qué importaba. Flaca no podía negarle nada a una mujer como Anita. —Agarrate bien —le susurró al oído mientras entraba en ella por detrás y, aferrándose a la cintura de Anita con la mano libre, cumplió con la orden de su amante, haciéndose la poderosa cuando en realidad su vida estaba a merced del agarre firme de Anita.

*

Las otras tres mujeres oyeron los gemidos lejanos que planeaban por el agua. Podrían haber sido el canto de un pájaro distante y exótico o, quizás, la melodía de la sal en el agua, surgida del océano mismo. Romina estudió a Malena, quien, o no había oído o se hacía la que no sabía nada con tanta habilidad que resultaba ser lo mismo, esa pinta de sosegada y serena que frecuentemente tenía mientras organizaba sus cosas después del almuerzo para volver a la oficina, todo en orden, todo en su lugar. Luego miró a Paz, quien parecía que trataba de esconder su reacción y fallaba en el esfuerzo. Tenía la boca abierta, los ojos grandes. Deberían haber tenido más cuidado, Flaca y Anita, especialmente con Paz por acá. Sin embargo, Romina no podía culparlas del todo. En la ciudad, Flaca vivía con sus padres, Anita con su esposo. Siempre estaban luchando por los trozos más chiquitos de privacidad. Ella misma sabía cómo era. Pero, igual, Paz era muy joven. Era una situación sin mapa definido.

—¿Estás bien? —le preguntó Romina a Paz.

—¿Qué? —Paz se quedó mirándola—. Oh. Eh... sí. —Su cara se veía seria—. Digo, nunca he estado mejor.

Ahora Romina quedó sorprendida. Miró a la chiquilina por un tiempo largo. ¿Quién era? ¿Qué pasaría por su cabeza? Tenía una temeridad o indiferencia a la normalidad que asombraba a Romina, un atrevimiento que ella misma, a esa edad, nunca se podría haber imaginado. A lo mejor Flaca tenía razón en cuanto a ella. ¿Cómo lo había sabido?

—Me alegra que estés acá —dijo.

Paz parpadeó furiosamente. Le mostró una sonrisa repentina que desapareció tan rápido como había llegado. Luego se fue, flotó boca arriba en las aguas bajas y dejó a Romina conversando con el océano.

La pareja se tomó mucho tiempo en volver. Cuando por fin lo hicieron, Anita llegó primero: surgió de las olas, empapada, alta, voluptuosa, con el cabello largo pegado a los hombros y pechos, las rodillas raspadas por las rocas. Anita, resplandeciente, triunfante en la espuma. Tenía la figura, pensó Romina, de las mujeres en las revistas de historietas de superhéroes que habían obsesionado tanto a sus primos varones, con las cuales seguramente se masturbaban de noche, dos de las cuales ella, de adolescente, les había robado para usarlas de la misma forma. Romina no pudo dejar de mirar, ni cuando Flaca surgió del agua unos pasos detrás de ella.

Flaca notó a Romina mirándola. Vio a Paz mirándola también, más cerca de la orilla. Se acercó a Anita, sus piernas aún temblaban por el sexo, se movía como si fuera para salvarla (¿cómo? ¿de qué?), pero la postura de Anita la detuvo. Su amante no precisaba rescate. Estaba radiante. Gozaba. Como si las miradas de las otras mujeres fueran rayos de sol.

Paz miraba como si el último oxígeno del mundo llenara esas curvas.

La desea, pensó Flaca, desea a mi mujer. ¿Y por qué no? Una punzada de sorpresa y orgullo y un ínfimo pinchazo de miedo.

Pero lo que Paz realmente deseaba, lo que no podía parar de consumir con sus ojos, era otra cosa. Algo más grande que Anita, algo que se extendía alrededor de ella bajo el sol. Felicidad. Realización. Una forma secreta de ser mujer. Una forma que explotaba las cosas, que derretía el mapa de la realidad. Dos mujeres, enamoradas. Que una mujer como Flaca pudiera existir, que supiera qué hacer con una mujer como Anita, que tuviera el poder de crear en ella esos sonidos que se habían deslizado por las olas. Eran los sonidos de un mundo que se abría, que estallaba, que tomaba una forma más amplia de lo que seguramente jamás había sido. Se sentía caliente y húmeda y achicada por su propia ignorancia. Añoraba saber lo que sabía Flaca. ¿Qué había pasado, allá en las rocas? ¿Cómo se lograba que una mujer como Anita te mirara así? No tenía idea. Ardía por saberlo. Lo que había pasado en un sótano años atrás no le daba respuestas, solo preguntas. La chiquilina, le dijeron en la caminata a la playa, y ella se rio con ellas, pero la verdad era que no se sentía niña. A los dieciséis años se sentía vieja ya, en una trampa gris que se llamaba mundo. Todos los adultos a su alrededor estaban cerrados, como si no tuvieran vida interna, como si la vida interna no existiera ya. Te cerrás y te enfocás en lo tuyo y nunca hacés olas, puesto que hasta la ondita más chiquita te podría matar. No tenía amigas de su propia edad porque las chicas en la escuela eran demasiado absurdas con su parloteo sobre el maquillaje y cómo plancharse el pelo, ni querían ellas ser amigas de una chica rara y larguirucha como Paz. En cuanto a los varones, no querían nada con ella tampoco, porque les había dejado muy claro que de ninguna manera los acompañaría al oscuro depósito de la limpieza al final del pasillo del sótano y ellos no tenían ningún otro uso para ella. Paz tampoco tenía uso para ellos. No pertenecía a ningún lugar. O, más precisamente, no había pertenecido a ningún lugar hasta que esta mujer, esta Flaca, la había sacado del olvido con una mirada, una ronda de mate, una invitación a la playa. *¿Qué querés ser cuando crezcas?*, le habían preguntado, toda la vida, todos los adultos que la rodeaban, aunque en estos últimos años lo preguntaban con un nuevo tono monótono que insinuaba que debía contestar con un sueño de tamaño modesto, una palabra como *secretaria* o a lo sumo *maestra* y seguramente nunca *trabajadora social* ni *periodista*, profesiones que te hacían desaparecer. Nunca había tenido una respuesta para los adultos monótonos; el futuro se veía demasiado desolador como para contemplarlo. Pero ahora, parada allí con las olas hasta las rodillas, le parecía que no había mayor logro de vida que esto, que aprender los secretos de cómo derretir a una mujer. Y pensó, sí, por qué no, eso es lo que quiero ser cuando crezca, una mujer como Flaca, y a cagar con el peligro, a cagar con las celdas de prisión, a cagar con la desaprobación de mi madre, ni me importa si me matan por lo que haré. Por lo menos habré vivido por el camino.

Flaca le salpicó agua a Romina y rompió el encanto. —¡Epa!

Romina gritó cuando el agua le pegó y tiró agua de vuelta. —¡Sos una diabla!

—Mirá quién habla.

—No sé a qué te referís.

—¡Oh! ¡Qué puritanita!

Anita juntó las dos manos, las hundió en el agua, y vertió agua sobre su cuerpo.

—Hablando de puritanas —dijo—. ¿Dónde está Malena?

Las demás se miraron. No se habían dado cuenta de que Malena ya no estaba. Ni Paz ni Romina sabían cuánto tiempo hacía desde que la habían visto. Echaron vistazos por el horizonte, la arena, las rocas a los bordes de la playa, y luego, por fin, la vieron, una mota oscura contra el agua. Había nadado más lejos que nadie. No la habían encontrado antes porque se había camuflado entre las olas.

La llamaron, luego más fuerte, y por fin la tercera vez se dio vuelta y saludó con la mano.

Años después, tras el derrumbe, todas pensarían en este momento: la conmoción de la distancia y cómo se alzó el brazo de Malena, su gesto resuelto y minúsculo contra el infinito azul.

2

Fuegos nocturnos

En Cabo Polonio, la noche cayó como una mortaja: suavemente al principio, luego decididamente y con una potencia que abarcaba todo. Nada se escapaba de la oscuridad. Esa segunda noche, Flaca armó un fuego en el círculo de piedras que había construido y las amigas empezaron a preparar la cena. Tenían demasiada hambre después de estar en el agua como para molestarse en cocinar el pescado para el almuerzo, y en su lugar habían devorado el pan, el salame, el queso y las manzanas que habían traído de la capital. Así que ahora, en la oscuridad, a las once de la noche según Malena, que era la única que había llevado reloj, se dedicaron a limpiar los pescados para la parrilla.

—Puf, no me hagas destriparlos —dijo Anita.

—Yo lo haré, oh, bella damisela. —Flaca hizo una reverencia dramática.

Romina cortaba zanahorias a su lado. —¿Y qué, buen caballero, recibirás a cambio?

—Un verdadero caballero no pide nada a cambio.

—Tal vez no sos ningún caballero —dijo Anita—, sino *caballera*.

—¡Oh! —Romina alzó el cuchillo al aire—. ¡Una palabra inventada! ¿Y qué diría la Real Academia Española sobre el tema?

—Olvidémonos de ella —dijo Anita—. No es la dueña de la lengua española.

—En realidad —dijo Romina—, sí. En mi capacidad de futura maestra, es mi triste función declarar que si la Academia no pone una palabra en su diccionario, no forma parte de nuestra gran lengua materna.

—Bueno, en mi papel de estudiante de secundaria —añadió Paz—, coincido con Anita. —Estaba sentada en la oscuridad, de piernas cruzadas; las miraba a la luz parpadeante del fuego.

Romina la miró con ironía. —Por supuesto que estás con Anita.

Anita le sonrió a Paz, quien se agitó y bajó la mirada antes de alzar la vista y devolverle la sonrisa.

Flaca, con la mano en un pescado frío, sintió una punzada de posesividad y rápidamente la reprimió. Qué exagerada. Sí, ta, había aprendido esta tarde que su amante disfrutaba de la atención de otras mujeres. ¿Y qué? No quería decir nada, ¿verdad? Solo bromeaba con Paz, quien a fin de cuentas era solo una nena. Una nena que Flaca había traído acá para poder protegerla. Había confiado en su propia evaluación de la chica; ahora, no cabía duda. Era una de ellas, y cuánto lo era. No podía culparla de tener los ojos abiertos y ella misma hubiera pensado de la misma manera en su lugar. ¿Y cómo hubiera sido estar en ese lugar, en un grupo como este a los dieciséis años, en una nación cerrada como una jaula? Difícil de imaginar. Esperaba que pudieran ayudar a Paz de alguna forma. Que todas pudieran ayudarse. Nunca en la historia del Uruguay había habido una noche como esta. Cortó y abrió otro vientre resbaladizo. Los pescados eran mucho más suaves que la carne de res con la que se manejaba en la carnicería todos los días, aquí había que tener cuidado de tajar con agilidad, no solo con firmeza. Cómo le encantaban los cuchillos, su potencia lisa, su lógica sencilla, su forma de abrir y abrir la carne. No para dañar, sino para alimentar. Abrir la carne podía ser un regalo. Los carniceros podían ser bondadosos, amorosos y estar motivados por la generosidad. Su padre era así y su abuelo había sido igual.

—No, pero lo digo en serio —siguió Paz—. ¿Por qué esos viejos estirados de Madrid deben decidir si nosotras podemos decir "caballera"?

—¿O "cantora"? —dijo Romina.

—¿Cantora? —Anita pareció confundida—. Es decir, ¿"cantante"?

—Ay, mi paloma dulce e inocente —dijo Flaca, y le dolía el pecho con ternura al decirlo.

—No me digas nada de dulce e inocente —dijo Anita—. Me falta mucho pa' aprender, pero estoy aprendiendo rápido.

—Ah, eso nadie lo duda —dijo Romina.

Las carcajadas surgieron y las envolvieron.

—Bueno, sí, una cantora es una cantante —dijo Romina—, para la Real Academia Española. Pero para nosotras tiene otro significado.

—Una cantora —dijo Flaca mientras agregaba otro pescado a la pila— es una mujer que *canta*.

—Una mujer como nosotras —dijo Malena, con una voz tan clara y firme que todas la miraron con asombro. Había estado tan silenciosa durante toda la conversación que se habían olvidado de que estaba. Su tarea era juntar ladrillos de la casa abandonada para sostener la parrilla chata que Flaca había traído de casa; estaban amontonados a su lado.

Romina se fijó en Malena. —¿Lo sos, entonces? ¿Una cantora?

Malena la miró, ojos grandes. —Supongo que eso es lo que dije.

—La verdad que sí —dijo Anita.

Todas esperaron a que Malena dijera más, pero ella se quedó con los ojos clavados en el fuego y el silencio se llenó del suave rugido de las olas.

La palabra rodó por la mente de Anita. Cantora. Sus connotaciones eran hermosas, pero también obscenas; dependía en cómo las abordaras.

Notaron el rayo de luz del faro en su giro lento que las cubrió con un pulso brillante.

Romina colocó una olla de agua en el fuego para hervir las zanahorias, y las mujeres se juntaron alrededor de la fogata.

—Bueno, Romina —dijo Anita—. ¿Qué tal si nos contás cómo conociste a la Flaca?

Para sorpresa de Anita, Romina cumplió con lo pedido y detalló la historia de la reunión del Partido Comunista, qué bien olía Flaca con su colonia masculina, *tan atrevida, ¿te lo imaginás?* y Anita repuso *sí, yo sí,* y el mes de amistad que culminó en el baño de un boliche. Eso inspiró gritos de deleite de las otras tres mujeres; hasta Malena pareció animarse y mostrarse curiosa. Romina siguió con un resumen de los meses de las dos juntas y luego sus meses de fuga a Tacuarembó cuando olas de secuestros sacudieron a la ciudad. Para alivio de Flaca, Romina no mencionó la parte sobre las otras amantes que Flaca había tenido mientras Romina estaba escondida y finalizó, en lugar de ello, con el regreso a la ciudad —intacta pero perturbada—, el hermano desaparecido, Flaca aún presente.

—Qué relato —dijo Anita.

—No es un relato —dijo Romina con severidad—. Es lo que me pasó. —Sacó las zanahorias del fuego y se alejó de las llamas.

—Perdoná, es que...

—No quiso decirlo así —dijo Flaca, suavemente.

Romina se encogió de hombros y vertió el agua de las zanahorias en la tierra oscura. Agua caliente. Corría al barro. No caigas de vuelta a la celda donde los Tres-solo-tres... eso no, no ahora, salí de allí, salí ahora, pero no hay salida...

—Romina —dijo Flaca.

—¿Qué?

—No te enojes.

—Ta —dijo Romina—. Está bien. Son todas historias. Todos tenemos una historia. Y yo quiero oír la historia de ella, de la Venus —agregó, moviendo su cabeza hacia Anita.

Anita se irguió y trató de ocultar su placer al oír el apodo. —¿Esa soy yo?

—¿Quién más? —Romina miró al círculo. —Sin querer ofender a las presentes... son todas hermosas, muchachas.

—Ninguna ofensa —dijo Malena con amabilidad—. Si todas sabemos ver.

—Ninguna —dijo Paz. Y recordó esa tarde, el bikini, la espuma, la fuerza del sol sobre las curvas desnudas.

Anita se sonrojó. —¿Qué querés saber?

—Lo que estés dispuesta a contarnos. Cómo llegaste acá, por ejemplo.

Respiró profundo. —De la misma manera que vos.

—Eso es una trampa.

—Ta, ta. —Anita acercó las rodillas al pecho y abrazó sus piernas. Observó a Flaca mientras esta acomodaba la parrilla sobre el fuego para el pescado. —Bueno, ta, mirá, soy casada. Ya lo deben saber todas.

Silencio. Canto del océano.

—Yo no lo sabía —dijo Paz.

Anita estudió la cara de Paz, buscó reproche, pero no lo encontró. No es más que una nena, pensó, ¿qué podría entender? ¿Y debe oír algo como esto? Pero el aire alrededor de ella estaba tan abierto.... Continuó. —Bueno. No somos felices. Por lo menos creo que él no lo es, pero lo que debo decir es que yo no soy feliz. Es decir, lo quería. Pensaba que lo quería. Pero ahora... —Extendió las manos vacías.

—Por algo te casaste con él —dijo Romina.

—Supongo que sí.

—No fue por su pistola.

—¡No! No. Por supuesto que no. Digo, nunca le vi la pistola antes de casarme, ¿qué tipo de mujer crees que soy?

Romina alzó las cejas. —¿Supongo que es una pregunta retórica?

—Tal vez. —Anita sonrió.

—¿Y cuando sí la viste? —preguntó Flaca antes de poder detenerse. Siempre había evitado el tema de los esposos de sus amantes, una estrategia aprendida hacía mucho. Quedate en el momento presente, mantené la paz, no les recuerdes a las mujeres de los deberes abarrotados que las esperan fuera del cuarto oscuro donde pueden estar juntas. Eso eran los esposos, deberes y desorden, o así le parecía a Flaca. Pero esto era diferente; no estaban en un cuarto oscuro, sino en una noche vasta en expansión, se emborrachaban con el licor de la luz de las estrellas y de su mutua compañía. Y esta amante, lo veía ahora, esta mujer particular, causaba en Flaca un efecto diferente a cualquier otra mujer menos Romina. Quería saber la historia de

Anita, quería ver su vida por dentro, saber todo sobre ella, incluyendo lo que pensaba sobre su propio esposo. Darse cuenta de eso la inquietó.

Anita se encogió de hombros y puso los ojos en blanco.

Romina se rio. Y en el rostro de Flaca se dibujó una sonrisa triunfante por haber ganado un trozo minúsculo del espacio de su rival, pero a la vez la alarmaba empezar a ver al marido de Anita en ese rol.

—Así que no te casaste con él por eso —dijo Malena, entretenida—. ¿Por qué, entonces?

Las brasas brillaron. Tres pescados yacían en la parrilla, sazonados con sal y perejil, sus cuerpos inertes, su aroma silvestre, rico, creciente. Paz sintió los ruiditos de su panza, pero no quería que la cena se terminara de cocinar, no quería que ese ambiente de charla atrevida alrededor del fuego cambiara nunca.

—No sé —dijo Anita—. Tenía que casarme con alguien y él me parecía mejor que los demás. Mis padres querían que me casara, no hubieran soportado lo contrario. —Se detuvo de repente, como si recién se acordara de dónde estaba.

Una llama baja lamió el aire, chisporroteó. Luego volvió a su nido de leña.

—Mis padres también querían que me casara —dijo Romina. —Todavía lo quieren. Siempre me preguntan si conocí a algún hombre nuevo.

—¿Y qué les decís? —preguntó Anita.

—Algo diferente cada vez. Cosas vagas. No, o tal vez, o un gesto que puedan interpretar como quieran. Cualquier cosa para que dejen de tocar el tema.

—¿Por cuánto tiempo crees que funcione? —dijo Paz. Su madre nunca preguntaba esas cosas y, por supuesto, ella aún era demasiado joven como para casarse, pero por otro lado su madre nunca preguntaba mucho sobre ningún aspecto de su vida.

—Por todo el tiempo que pueda.

—Mis padres preguntaban, antes. —Flaca revolvió las brasas con un palito—. Ahora ya se dieron por vencidos.

—¿Crees que lo saben? —preguntó Romina.

—No. Sí. De verdad no lo sé. —Flaca miró más allá del fuego, a Malena—. ¿Y vos? ¿Cómo es con tu familia?

Cayó un silencio. Malena se quedó mirándolas como un animal sobresaltado.

Esperaron.

—No hablábamos de mí —dijo Malena con firmeza—. Hablábamos de la Venus.

—La Venus —dijo Flaca, lentamente. Un nuevo nombre. Una vez es una ocurrencia, dos veces un bautismo, como ella bien sabía por haber sido Flaca por tanto tiempo que ya nadie usaba su nombre original. Le dio un codazo leve a su amante.

—Es lo que es ella —dijo Romina.

La Venus sonrió un poco a la luz del fuego y no protestó, aunque, claro, si lo hubiera hecho no hubiera importado; todo el mundo sabía que los apodos nunca podían ser elegidos o rechazados cuando ya se habían posado en la piel.

—Pero de todas formas —dijo Flaca, sus ojos en Malena otra vez— *sí* podemos hablar de vos. Este círculo donde nos encontramos, este fuego que nos une no existe para esta ni la otra. Existe para todas.

—¿Y las estrellas, oh, poeta? —cantó Romina—. ¿También brillan por nosotras?

—¿Por qué no? —Flaca siguió mirando a Malena.

Malena cruzó los brazos alrededor de su pecho como para protegerlo, y parecía tan vulnerable que la Venus quiso abrazarla. Había tenido razón sobre la armadura de esta mujer. Tenía que haber algo, un centro radioactivo —quizá relacionado a burdeles o asesinato o sexo ardiente, o realidades más ordinarias como prisiones secretas— para que ella actuara así. Seguramente ocultaba algo. Paz pensó en su propia historia, la del sótano, y se preguntó si le pedirían que la contara y, si lo hacían, si ella osaría contarla, y si lo hacía, dándole voz a su historia por primera vez, ¿estas mujeres la entenderían? ¿Era posible que este círculo de mujeres, este fuego que chispeaba en la noche, fuera el único lugar en todo Uruguay donde ese cuento pudiera ser oído y entendido?

—Se te van a quemar los pescados, Flaca —dijo Romina.

—Están bien —dijo Flaca, pero se paró para controlar el asado y pronto esos pescados estaban sobre los platos y unos nuevos se asaban en la parrilla. Empezaron a comer los primeros, tres pescados entre las cinco.

—Bueno —dijo Romina— volvamos a la Venus. Te casaste con él. ¿Y entonces?

—Y entonces las cosas cambiaron —entre mordiscos, la Venus siguió—: Nos peleábamos todo el tiempo. Él quería que yo tuviera la cena lista cuando él volvía del trabajo, la casa impecable y yo estuviera toda maquillada y arregladita, deseando saber todos los detalles de su día. Todo eso. Y ya saben cómo es, cómo han sido estos años. Nunca hay buenas noticias de sus días. Él iba a ser un músico famoso antes del golpe. Yo se lo creí. Era lo suficientemente bueno y lo suficientemente atrevido como para que pareciera posible. Ahora casi ni podemos escuchar música; destruimos la mayoría de nuestros discos en la época de los allanamientos, como hizo todo el mundo. Él está atrapado en un trabajo que odia. No puede hablar con sus compañeros de trabajo. No sabe en quién puede confiar.

—Nadie sabe —dijo Romina.

—Bueno, sí —dijo Anita que también era la Venus—. Ta. Todo el mundo está en la misma. Pero entonces yo, como esposa, ¿tengo que aceptar toda esa carga? ¿Tengo que fingir interés en todo lo que dice? ¿Compadecerme por él, abrirme de piernas para el pobrecito? Nunca me pregunta nada sobre mí, sobre cómo fue mi día, sobre cómo aderecé la carne, nada. —Buscó más palabras, más formas de exponer con claridad el cuchillo desafilado que perforaba sus días—. Es un marido perfecto, todo el mundo lo dice.

—¿Quién es "todo el mundo"? —dijo Malena.

—Mi madre, mi hermana, mi cuñada. Amigas. Y supongo que tienen razón. Supongo que mi problema es que les tengo alergia a los maridos perfectos.

Paz abrió la boca para reír, pero se detuvo justo a tiempo, cuando vio que nadie más se reía. Las mujeres se habían vuelto serias de repente. Se quedaron silenciosas, las cinco, el fuego crujía, apuñalaba al aire.

El océano gimió.

—¿Dónde cree que estás? —preguntó Romina.

—Con mi prima, en Piriápolis.

—Ja —dijo Romina—. Piriápolis. Sin duda hay mejores inodoros en Piriápolis.

Carcajadas.

—Es cierto —dijo la Venus—, pero prefiero estar acá, con ustedes, cagando en un pozo.

—Yo aún no puedo cagar acá —dijo Romina—. ¿Vos ya lo hiciste?

—Bueno, sí —dijo la Venus—, ya que preguntás. Y no estuvo tan mal.

—¡La Venus! ¡La que cagó primero!

—¡Que viva la Venus!

El último pescado salió de la parrilla. Comieron. Pan y zanahorias y la pesca del día. En el cielo, las estrellas cantaron sin voz. Cuando terminaron, juntaron los platos sucios en una pila y sacaron el whisky y el mate. Romina puso a hervir agua en el fuego para el termo.

Flaca le pasó la botella de whisky a Paz y la observó tomar lo que parecían ser tragos hábiles, con más confianza que la noche anterior. Era normal, por supuesto, tomar whisky después de la comida, y Flaca misma había probado sus primeros sorbos de adolescente en las parrilladas de los domingo con su familia. Esos primeros whiskies. Cobre que florecía en su pecho. —¡Opa! —dijo—. ¡Qué experta!

Paz sonrió y se limpió la cara con la mano.

—Debe ser raro para ti —dijo la Venus—, oír a todas estas mujeres hablar tan francamente sobre sus vidas.

—¡Esperá un poquito! —dijo Romina—. Algunas de nosotras no tenemos muchos años más.

—¿Vos cuánto tenés? ¿Veinte?

—Veintidós.

—¿Ves? —dijo la Venus—. Eso es un mundo aparte de los dieciséis.

—¿Y eso quiere decir que tu edad es un mundo aparte del mío? —preguntó Flaca con picardía.

—¡Uy, escándalo! —cantó Romina—. ¡Flaca la inocente!

—No, *no* significa eso, y no hablábamos de eso —dijo la Venus. El whisky había aflojado algo dentro de ella—. Hablábamos de Paz.

—Hablábamos *con* Paz —dijo Romina.

—Claro. *Con* Paz.

—Sobre si se siente choqueada o no —dijo la Venus—. De verdad estoy curiosa.

—¿Choqueada por qué? —dijo Romina.

—Por... ¡nosotras! —la Venus abrió las palmas—. Por las cosas que hablamos. Por lo que somos. —Miró directamente a Paz—. Mirá, es que tiene que ser la primera vez que oís a mujeres hablar así. Cuando yo tenía tu edad, ni sabía que se podía. Digo... que dos mujeres podían... — Interrumpió, y sintió sonrojarse la cara, aunque, gracias a la oscuridad, nadie pareció darse cuenta.

—Que dos mujeres podían hacer chucu-chucu —terminó Flaca.

—Es que, ta, no lo sabía —dijo la Venus, un poco a la defensiva—. Nadie habla del tema. Y si lo hacen, es para decir que dos mujeres juntas serían como... —Hizo un gesto, dos palmas juntas, planas, dándose vuelta.

—Tortilleras —dijo Romina.

La Venus asintió.

—Espero que ahora ya te hayan desengañado de esa idea —dijo Romina, mirando fijamente a Flaca.

Flaca reprimió una sonrisa y echó un vistazo a la Venus.

—¡Mil veces! —dijo la Venus.

Las mujeres aullaron con gusto.

—Pero a lo que iba —dijo la Venus— pero, *cálmense,* damas. A lo que iba, Paz, es que para ti todo esto debe ser muy nuevo.

—En realidad —dijo Paz—, hace tiempo que lo sé.

—¿En qué sentido? —preguntó Romina—. ¿Hace tiempo que sabés qué?

—Que dos mujeres pueden... estar juntas.

Un silencio estupefacto cayó sobre el grupo.

—¿Alguien te lo contó? —dijo la Venus.

Paz clavó los ojos en el fuego. Bailó, se enroscó, lamió el aire nocturno, la invitó a lanzarse, a seguir adelante. —Más que eso.

Les miró las caras mientras luchaban con lo que parecía un enredo espeso de reacciones: confusión, asombro, perturbación, miedo, una punzada de envidia.

—¿Quién era ella? —preguntó Flaca.

La pregunta quedó suspendida sobre el fuego. Todas esperaron.

—Una tupa —dijo Paz finalmente.

—Una tupamara —dijo Flaca, más como declaración que como pregunta.

—Ay, por Dios, Flaca —dijo Romina—. ¿Qué otro tipo de tupa hay?

—Bueno, ta bien —dijo Flaca—. ¿La dejarás hablar o qué?

Esperaron. El fuego cantó. El rayo del faro giró y las rozó tres veces, como respiros de luz en la oscuridad. Una vez. Otra. Otra.

Paz estudió el corazón del fuego. —Mi madre... —dijo, y paró.

—Está bien —dijo Romina suavemente. —Este es probablemente el único lugar en todo el país donde podrás hablar de tupamaros sin poner a tu madre en peligro.

Paz luchó contra sí misma, y contra la manta de silencio interno que cubría todo, que la mantenía viva.

Las mujeres esperaron.

—Mi madre escondió a varios de ellos a lo largo de los años —dijo Paz finalmente—. La primera vez fue inmediatamente después del golpe, dos chicas. Tenemos un sótano que no se ve desde la calle, al que se entra por una trampilla que mi madre esconde bajo una alfombra.

Pausó. Todas esas cosas que nunca se podían decir. Romina asintió para animarla, la Venus mantenía una expresión indescifrable, y Flaca revolvía el fuego que había reavivado ahora que no necesitaban las brasas para cocinar; parecía cautivada por el palito. Malena la miraba con tranquilidad. Era la única que no parecía sorprendida, los ojos llenos de bondad.

—Bueno, la cuarta vez, fue solo una mujer. —Paz sintió que se le llenaba el pecho de calor al recordar esos días, la realización creciente de que había una nueva persona oculta abajo, las palabras susurradas por su madre a amigas cerca de la radio a todo volumen para que los vecinos no oyeran, por si eran espías; cualquier persona podía ser espía o convertirse en uno y denunciarte como si nada. Paz solo captaba las conversaciones de a migajas: *llegó justo anoche* y *sabés que la esposa del panadero dicen que también* y *ningún otro lugar, los quieren a todos muertos, no, todos ya, ni se molestan con hacerles tumbas*—. Nunca supe su nombre real. Le decíamos Puma. Se quedó en el sótano. Mi madre me mandó abajo con platos de comida. Le llevaba los platos también y su, ya saben, su balde. No podía subir para usar el baño.

Las mujeres asintieron. Las historias de escondidos no eran desconocidas.

La Venus pensó por un momento en el pozo donde había cagado ese mismo día. El barro que había usado para cubrir sus heces. De repente visible a través del prisma del lujo.

—Nos pusimos a hablar un poco, cuando yo bajaba. Ella era muy accesible. —Paz se acordó de cómo Puma había hecho preguntas, intensamente, con una mirada sin pestañear que le dio a Paz la sensación rara de que no había nada que no le pudiera decir. Que no importaba lo que surgiera de su alma ni qué feas le parecieran sus revelaciones a sus propios oídos, Puma simplemente las aceptaría, fácilmente, con entusiasmo, con una bienvenida inquebrantable. Le daban ganas de derramarlo todo. Cuando apenas había llegado, Puma temblaba, y Paz le llevó mantas y suéteres porque presumía que sería por el frío. Pero el temblor siguió hasta que un día Paz instintivamente posó la mano sobre la de Puma. Y ahí fue cuando la mujer paró, se puso quieta de repente, y la miró directo a los ojos. Su cuerpo era cálido. La revolución. La calidez de la revolución en su mano. La guerra estaba perdida, según lo que decía su madre; la represión había ganado, ahora estaba en el Palacio Legislativo y ya se acababa todo. La revolución había perdido, el miedo había ganado. Revolución. Muerta. Pero. Acá estaba esta mujer, esta Puma, aún cálida y respirando como la última sobreviviente de un naufragio. Se veía la muerte en sus ojos, el dolor en sus ojos, pero otra cosa también. Esa noche, Paz esperó hasta que su madre se durmió y bajó al sótano oscuro en puntas de pie para acurrucarse al lado de Puma. Nunca sabría exactamente por qué lo hizo. El sótano estaba frío como una piedra, pero el cuerpo de Puma era cálido. No se atrevía a dormirse porque tenía que subir antes de que su madre despertara. Se quedó cerca de Puma, escuchó su aliento, lento en el sueño. Fue la tercera noche cuando la mano de Puma se extendió por la oscuridad y buscó la mano suya, suavemente, y cuando se tomaron de la mano el frío se derritió.

No podía expresar todo esto en palabras para las mujeres alrededor del fuego. La esperaban. Luchó contra el silencio un minuto más y después se encogió de hombros. —Era mi amiga.

—¿Y más que una amiga?

Paz bajó la mirada, hacia el fuego.

—¿Cuándo fue eso?

—El verano después del golpe.

Silencio. Hicieron las matemáticas en sus cabezas, una y otra vez, como si tuviera que haber algún error de aritmética.

—Tenías doce años.

—Casi trece. —Se raspó las uñas—. Siempre he parecido mayor.

Y siempre me he sentido mayor, pensó.

—Y ella —empezó a decir Romina, pero no pudo terminar.

La Venus hizo cara de asco. —¡No tenía derecho! ¡Una nena!

Paz se encogió.

—Aflojá un poco —dijo Flaca—. Mirá, Anita, mi primera vez... con Romina... también éramos chicas.

—Primero, las dos tenían la misma edad, ¿no? Es totalmente diferente. ¡Y segundo, me dijiste que tenías dieciocho!

—Diecisiete —dijo Flaca—. Sí.

—Eso —dijo la Venus con ferocidad—, es un mundo aparte de los doce.

Casi trece, pensó Paz, pero no lo dijo.

—Debías tener tanto miedo —dijo Romina.

—Eso no lo sabés —dijo Malena.

Romina se quedó mirándola con asombro. Había más dentro de esa mujer de lo que entendía.

Malena se inclinó hacia el fuego y su cara se iluminó. —Paz es la única que lo sabe. Si tenía miedo. Cómo fue. Es a ella a la que deberíamos escuchar y creer.

Romina abrió la boca, hizo un sonido. El fuego crujió. Miró a la Venus, quien pareció sobresaltada, y luego a Flaca, quien frunció el ceño. Ninguna habló.

Malena miró a Paz. Sus ojos eran amables, y parecía, en ese momento, la mayor de todas, tan mayor, pensó Romina, como la misma tierra. —¿Querés contarnos?

Paz tragó fuerte. —No tenía miedo. ¡No fue así! Ella era... —De vuelta surgió una gran falta de palabras, la envolvía, no podía hablar. No había forma de hablar de eso. Cómo podría hacerlo jamás. La forma en la cual Puma le acarició el pelo, como si la deslumbrara, como si contuviera los misterios del cielo nocturno y así lo dijo: *Tu pelo es más hermoso que el cielo nocturno. Sos un milagro, Paz, sos todo.* Puma, suave como el agua de un estanque, formándose y reformándose a su alrededor. Rota, entera. El despertarse. Silencio evocador, lleno de lo no pronunciado. *Solo si tú quieres* era su refrán y luego su aliento se hizo canto. *Solo si.* En lo hondo del silencio. Revolución. *Tú quieres.* —Fue buena. Me mostró lo que soy.

Por mucho tiempo, nadie habló. El fuego chisporroteó y canturreó. Flaca agregó más leña, el carretero había tenido razón de que allí había poca madera, y ahora se alegraba de haberle comprado tanto como pudo. Esperaba que mañana el almacenero tuviera más para vender. Estaba gastando un año de ahorros en este viaje. Y qué le importaba. Lo que valía era estar acá con estas estrellas y estas mujeres, envuelta por la canción del océano, un *ssshhh* que corría debajo de cada palabra y pensamiento. Hermosura cubierta de oscuridad. Noche y fuego. La botella de whisky empezó a dar otra vuelta. Cuando le llegó a ella, Paz tomó otro sorbo y esta vez nadie le hizo ninguna broma.

El silencio cambió, se puso espeso, un algo frondoso entre ellas.

Romina le lanzó una mirada a Paz e intentó absorber su historia. Enojada con Puma por haber usado a una nena, aunque Paz hubiera dicho que lo quiso hacer. La revolucionaria en el sótano, una heroína. Abridora de puertas. Pero doce. *Doce.* Su mente se detenía una y otra vez en ese detalle, en la idea de una Paz aún más vulnerable que la chica que ahora veía, llena de espinas y pinchos y hambres, una muchacha inquieta y errante. Tenía que sentarse sobre las manos para no ir inmediatamente hacia Paz y envolverla en sus brazos, porque obviamente Paz no quería eso, lo tomaría como una subestimación cuando en verdad era otra cosa, una necesidad de proteger, tan feroz que casi le quitaba a Romina el aliento. Nunca había sentido un anhelo semejante. Le ternura de una leona por sus cachorros. Suficientemente fuerte para matar. Amor materno, ¿así se sentía? ¿A lo mejor la cosa secreta dentro de ella le daba este sentimiento? No. Eso no, sacate esas ideas, libérenme de esta pesadilla, cielo nocturno y estrellas y fuego y rocas, y le daré este amor de nunca-seré-madre a la chiquilina, a Paz.

El fuego meneó y bajó en lenguas relucientes.

La Venus se arrimó a Flaca, su cuerpo reconfortaba. Flaca era esbelta y fuerte, tan fuerte como su esposo, tal vez aún más, dado que Arnaldo se quedaba sentado todo el día en un escritorio mientras Flaca cargaba y cortaba y jalaba. La Venus sintió que nunca terminaría de desear a esta mujer y la profundidad de su deseo la asustaba. El resto de su vida se extendió por delante de ella, inexplorado, lleno ahora de este ser secreto que siempre respiraría bajo la superficie de sus días, no importaba lo que hiciera o no hiciera. No era tan simple volver a tu vida de antes cuando ya la habías desgarrado. Ahora siempre sería una mujer que se había sentado en esta playa en un círculo de mujeres que habían visto su secreto convertirse en algo ordinario, una mujer arrimada a un cuerpo que no debería amar pero que sí amaba. Ella ardía. ¿Pero, por qué? ¿Por Flaca? ¿Por el futuro que nunca tendría? ¿Y cuál futuro era ese? A lo mejor ardía por Paz, esta chiquilina, y esa tupamara que había hecho algo terriblemente malo y ninguna explicación de Paz podía convencerla de lo contrario. Dos mujeres era una cosa, una mujer y una nena era otra. Sin embargo. Paz. Acá en esta playa, a los dieciséis años. Cómo sería saber tanto a esa edad tan joven sobre lo que es posible. Sobre las mujeres. ¿Cómo sería diferente su propia vida si lo hubiera sabido? ¿Quién sería ella hoy? ¿Esa otra versión de ella misma sería más libre o menos libre de lo que era hoy?

*

Un día nuevo, inundado de sol. Las mujeres se despertaron lentamente y se dispersaron después del mate, al mar, a las dunas. Nadaron, caminaron, exploraron las rocas cerca del faro. Malena se sentó en la playa, pasó arena entre los dedos, contempló el agua. Romina se zambulló tras las olas para llegar hasta donde podía flotar con los ojos cerrados. Flaca y la Venus encontraron un hueco entre dos dunas —como un escote, dijo la Venus a carcajadas— donde hicieron el amor en la arena quemante y luego corrieron al océano para aliviarse y hacerlo de vuelta en el agua.

Paz salió sola, deambuló, insegura de lo que buscaba. Necesitaba tiempo para pensar. Después de las confesiones de anoche, se sentía avergonzada, expuesta, como si estas mujeres fueran sus hermanas y sus tías a la vez. La primera ola de emoción de haber llegado a este lugar se convertía ahora en una rara inquietud, justo debajo de la piel. Quería escaparse, pero ¿escaparse de qué? ¿Y por qué? ¿Escapar de su propia piel? ¿Escaparse a un sótano y esconderse en la oscuridad, como había hecho a través de los años desde que Puma se fuera? El hueco oscuro debajo de la trampilla se había convertido en su refugio secreto, pero eso no era posible acá, no había sótano en ninguna parte de este cabo bendito, ni casi nada de árboles para ocultarse, todo tenía una calidad desnuda, expuesto al viento libre. Caminó. El movimiento la calmó. De vuelta estaba sola. Como en casa, donde se encontraba sola con una madre que no quería verla y para quien era una chica-que-no-está-bien, una molestia, un estorbo. No les debería haber contado de Puma a sus nuevas amigas. Ahora estaba rasgada y no tenía forma de cerrar la costura. *Sola*, pensó, *so-la*, una sílaba para cada paso, pie izquierdo *so*, pie derecho *la*, un paso *so*, otro paso *la*, *so, la*, otra vez y adelante.

La sorprendió encontrarse frente al almacén de Lobo. Un ranchito como una cajita, con una cortina que servía de puerta, atada para atrás. Tenían la intención de venir por provisiones, pero aún no lo habían hecho; el plan era venir juntas hoy, más tarde.

Entró.

El aire era espeso, la luz tenue. Una mesa larga servía de mostrador, detrás del cual un hombre viejo presidía enfrente de estantes pintados de un celeste descascarado y optimista, que sostenían suministros esparcidos.

—Buen día —dijo. Tenía canas blancas y era sorpresivamente robusto, como si los años de laburo al aire libre lo hubieran marchitado y tonificado a la misma vez para que perteneciera completamente al sol. Se paraba con la facilidad majestuosa de un capitán de barco, el viejo estilo de barco, pensó Paz, todo velas y mástiles y soga salada. En sus manos, el hombre tenía un pedazo de madera y un cuchillo chiquito; sobre el mostrador se juntaban en una pila rollitos de madera. Se preguntó qué estaría tallando.

—Buen día —contestó.

—Eres nueva.

—Sí.

—¿Llegaste con ese grupo de señoritas?

Señoritas. Luchó contra el impulso de contradecirlo. —Sí. —Vaciló, incierta, se dio cuenta solo en ese momento de que no llevaba ni plata ni una lista de compras—. ¿Usted es el Lobo?

Asintió lentamente, la estudió como si ella pudiera ser descifrada como el viento. Luego volvió a su tallado.

Paz examinó los estantes, con sus bienes prudentes. Pintura, pegamento, arroz en una bolsa de arpillera, especias en frascos sin etiquetar, paquetes de yerba mate, papel higiénico, tanques que parecían contener agua, dos cajitas de galletas de vainilla cubiertas de polvo, una pila de manzanas flacuchas, una sola cabeza de lechuga que ya se volvía marrón en las puntas. Se preguntó cómo sería vivir acá, tan lejos de la civilización. Sintió que la presencia de este hombre la transportaba a otra época, antes de los teléfonos y las televisiones y los aviones que sacaban a los exiliados del país, un tiempo de atemporalidad, donde la vida se ligaba a los ritmos del océano.

Él la miraba, entretenido.

—¿Qué? —preguntó ella, sintiéndose inmediatamente maleducada.

—Pareces perdida.

—Sé dónde estoy.

Él encogió los hombros. —¿Son tus hermanas? ¿Tías?

Paz dudó. Abrió la boca para explicar que eran amigas, pero se le ocurrió que entonces quizá tendría que explicar por qué amigas como estas viajaban juntas sin hombres. —Somos primas.

Él talló sin contestar.

Ella esperó, se detuvo, trató de no parecer perdida. Las moscas se congregaron alrededor de las manzanas y los morrones anémicos. Un rayo de luz desde la puerta capturó motas de polvo. En la pared lejana, detrás del mostrador, colgaba una extraña máscara con un hocico largo de metal suspendida sobre una matriz de huesos pálidos y amarillentos.

Lobo le siguió la mirada. —Es una máscara de oxígeno. Para los marineros. Mi esposa la montó sobre esos huesos hace años. Ahora está muerta —agregó, y alzó las cejas como si la noticia lo asombrase.

—¿Qué tipo de huesos son?

—Humanos.

Ella retrocedió.

Él se rio, y mostró los agujeros donde antes había tenido dientes. —Ah, niña. No. Son de un lobo marino. Yo los cazaba, y a las focas, pero ahora ya no tengo fuerzas.

—¿Y la máscara?

—Es del Tacuarí.

Paz lo miró perplejamente. Parecía una palabra indígena, guaraní o charrúa, ella sabía de lugares que tenían nombres indígenas como el pueblo de Tacuarembó o esa calle en la Ciudad Vieja de Montevideo que se llamaba Ituzaingó, pero ¿qué tenían que ver con una máscara de oxígeno que parecía robada de las fotos de la Segunda Guerra Mundial?

—¿No sabes del Tacuarí?

—No.

—Ah. Recién llegaste.

—Sí.

—¿Por cuánto más te quedas?

—Cuatro días más.

—Bueh, vuelve otro día y te hago el cuento, ¿ta?

Ella asintió.

—¿Quieres comprar algo?

—Disculpe. Me olvidé de traer la plata —dijo, aunque no fue tanto que se hubiera olvidado sino que ni había planeado ir allí.

—No hay problema. Tú llévate lo que quieras y me pagas cuando vuelvas.

—Gracias.

—Espera. Toma.

Se fue por la puerta detrás del mostrador, al cuarto trasero, y de repente ella entendió que ese a lo mejor era su hogar. Volvió con dos buñuelos fritos en un pedazo de papel blanco de carnicero. —Mi hija Alicia los hizo esta mañana. Un regalito de bienvenida.

Ella recibió el paquete. De niña, los buñuelos eran su comida favorita; a veces la ayudaba a su madre a mezclar la masa y agregar la espinaca o el choclo antes de ver cómo colocaba a freír las bolitas en aceite caliente.

—Son de algas.

—¿Algas? —Nunca había oído nada semejante ni imaginado que las algas podían comerse—. ¿Quiere decir que usted las cosechó? ¿De este mismo océano?

Lobo le echó una mirada, como diciendo *qué chiquilina más loca, chica de la ciudad, ¿de qué otro océano podrían ser?*

Unos minutos después Paz caminaba hacia el campamento con

los buñuelos, algunas manzanas y un paquetito de galletas en los brazos; se preguntaba cómo sería el gusto de las algas, si sus amigas se asquearían ante la idea, si probarían algo semejante, si los buñuelos tendrían sabor a pescado o estarían pastosos o arenosos. El campamento estaba vacío, nadie había vuelto de donde fuera que estuviesen. Dejó sus cosas allí y se fue a la playa donde todas habían nadado el día anterior; se sacó los zapatos y caminó entre las olas, hasta sus pantorrillas, los dedos de los pies hundidos en la arena mojada bajo el agua. Entonces se detuvo. Estaban allá en la distancia, solo ellas dos, Flaca y la Venus, tenían que ser ellas dos, sus cabezas flotaban cerca una de la otra, era posible que estuvieran, sí lo estaban, tenía que ser, o podría ser; se mecían, cerquita, no mires, no mires, no escuches para ver si..., *date vuelta Paz date vuelta ya*, y lo hizo pero no inmediatamente y no sin una punzada de decepción porque no había escuchado nada.

En el campamento, desenvolvió el papel grasiento y se comió un buñuelo de alga, luego el otro. No sabían para nada a pescado, sino a buñuelos comunes de espinaca, pero con un toquecito de océano salado, el deje de un baño largo en las olas, aunque hasta eso era leve, sutil, solo se detectaba escuchando bien con la lengua.

*

—¿No te sientes mal a veces de que seamos las únicas haciendo el amor? —dijo la Venus, curveando los dedos por el pelo de Flaca.

—¿Por qué me sentiría así?

—Bueno, es que, las otras no lo están pasando, ya sabes, no lo están pasando como nosotras. Y nos desaparecemos bastante, ¿no te parece?

—Nos toca hacerlo por todas. Es nuestra contribución.

—¡Ja!

Flaca siguió el descenso lento de su lengua.

La Venus agarró el cabello de su amante, más fuerte, sujetó sus muslos en su cintura, las dos tendidas en las dunas. Siempre le parecía increíble cómo hablaba Flaca, como si el sexo, las cosas que hacían, fueran buenas, hasta virtuosas. —Hacelo, entonces.

Ya anochecía, la luz se ablandaba. Era el tercer día. La tercera joya en un collar de siete. Solo quedan cuatro días, pensó con tristeza, y aquí estaban, con una lujuria que no parecía apagarse. Todo lo contrario: cuanto más tiempo pasaban juntas en este lugar que era como otro mundo, más claramente cantaba su deseo, como si fuera una señal de radio emitida por una tierra salvaje.

Después se abrazaron, jadeantes, sudando en la arena. Una noción se derramó por la mente de la Venus, intensamente radiante: *esto debe ser el amor.* ¿Pero qué quería decir eso? No era amor por Flaca, precisamente, aunque sí tenía un sentimiento desatado por ella, esta mujer de las manos bandidas, Flaca la ágil, Flaca la confiable, Flaca la musculosa que hacía rugir su cuerpo, pero eso no era todo lo que la tenía tan mareada. Había algo más. El estar acá con Flaca, en la arena, en las olas, juntar sus cuerpos y apretarse; ella buscaba su propia aniquilación, buscaba liberarse. Flaca *era* la libertad. Nunca había visto a una persona tan libre, o por lo menos no desde el golpe. Había empezado a pensar que la libertad era una idea que pertenecía a otra época, la época de los sueños bohemios en cada esquina, cuando todo el mundo, o por lo menos la gente tan joven como ella, realmente pensaba que la revolución llegaba al Uruguay. Que surgía entre los uruguayos. Pero ahora hasta los maridos-que-eran-músicos ya eran burócratas jorobados y amargados, de mentes achicadas y llenas de miedo. Esposa buena. Sin espacio para la libertad. Un mundo más y más chiquito. Y ahora esto. Estos estallidos que la abrían, estos respiros irregulares. Este ser enorme.

Este ser delicioso, más grande que la vida, una diosa: la Venus. La Venus de la espuma. La Venus de las dunas. La Venus de las piernas que se abrían para la lengua de una mujer.

La arena se enfriaba mientras el día se apagaba. Flaca la acariciaba, murmuraba sílabas que no tenían sentido, *ta—tatatatata—bueh— la—lililila*, una felicidad estúpida que reflejaba la suya.

¿Qué tal si ella pudiera ser la Venus todo el tiempo? ¿Qué tal si pudiera caminar por las calles de su propia ciudad siendo la mujer imposible y centelleante que era en este momento? No quería volver a ser Anita. Jamás. Aunque tenía que hacerlo. Había una antigua vida por allá que esperaba a que llegase y fuese Anita, gente que requería que ella viviera dentro de ese nombre, gente que miraría su cara y vería a la Anita de antes y nada más, su esposo, su madre, su hermana, el almacenero, los conocidos y las supuestas amigas. Pero no importaba lo que vieran, ni importaba lo que pensaran, esa Anita era ahora un cascarón, un cascarón roto porque ya había salido del huevo. Era demasiado tarde para volver. Nunca más sería una mujer que no deseara abrirse para las mujeres. Tenía que ser Anita, pero Anita era una mentira. ¿Cómo sobrevivir, entonces?, pensó furiosamente. Arqueó su espalda para llenar las manos de Flaca con sus pechos, para que no parara de acariciar. ¿Cómo sobrevivir?

—Por Dios —dijo Flaca—. ¿Todavía tenés hambre?

—Siempre. Por vos, siempre.

—Ojo, si me decís eso vamos a estar acá para siempre.

—Bien.

—¿Querés estar acá para siempre?

—Sí.

—O... ¿me querés a mí, para siempre?

—Ah, Dios, esto es tan bueno.

—Contestá la pregunta.

—Callate, no pares...

—No estoy parando. —El mundo se inclinó, explotó. Flaca adentro, Flaca por todos lados—. ¿Ves?

—Más.

—¿Más dedos?

—Sí.

—Primero contestá la pregunta.

—Ay, carajo, andá a cagar, ¿qué voy a acordarme de la maldita pregunta?

—¿En qué pensás?

No se acordaba de la pregunta original, pero sabía que no era esa.

Quería golpear sus caderas contra la mano de Flaca, demolerse contra la solidez de esta mujer. Estaba sumamente abierta, su cuerpo una costura desgarrada. Estas demoras de parte de Flaca podían resultar en orgasmos tan feroces que casi asustaban. —Que tus manos sobre mi cuerpo son una alimentación. Y que no sabía que me moría de hambre.

—Ah. —El movimiento volvió—. Ya no te morirás de hambre, mi Venus, ya no hay razón.

*

El cuarto día, Paz volvió a la tienda de Lobo y este finalmente empezó a contar historias. Ocurrió mientras él tomaba mate y ella se tardaba un tiempo desmesurado en estudiar las verduras, ignorando sus moscas itinerantes. Pensó que él se había olvidado de su promesa de contarle sobre el Tacuarí. Ella se había aferrado a esa palabra, movía las sílabas por su mente mientras observaba el océano o se dormía bajo las estrellas para no olvidárselas: *Ta–cua–rí, ta–cua–rí.* Había empezado a preguntarse si debería abordar el tema directamente, pero no sabía bien cómo hacerlo sin perturbar el sentido nebuloso que tenía del almacén como lugar de quietud, de inmersión en los ritmos del mar. Y entonces, justo cuando ella alcanzaba un morrón flaco, el Lobo dijo: —Somos conocidos como tierra de naufragios, ¿sabes?

—¿Quiénes?

—Nosotros, acá. Cabo Polonio. Este pulgarcito de tierra metido en el océano.

Le pasó el mate.

Ella dio un sorbo. Parecía que había agregado algunos yuyos, como había oído que hacía alguna gente del interior. Estaban los que agregaban hierbas para dar sabor, otros que lo hacían por medicina o brujería. Se preguntó cuál de esas era la razón del Lobo.

—Recibimos el nombre hace mucho tiempo, en la época colonial, porque las aguas acá son poco profundas. Y traicioneras. Hunden muchos barcos. Siéntate, nomás. —Señaló hacia un taburete.

Paz se sentó. Esperó. Él no siguió de inmediato. El tiempo acá era más lento. El tiempo, lento y ancho, sin apuro, una calma dentro de la cual se podía flotar.

—Tesoro, mercadería, huesos de marineros: hay de todo, allí en la panza del océano que se ve desde esta puerta. Cosas que se juntaron a través de muchas generaciones. De hecho, hay gente que piensa que el mismo nombre Polonio vino del naufragio de Capitán Polloni de España, en 1753, ah, pero no pongas esa cara de sorprendida, cómo no me voy a saber las fechas. Por acá somos fieles a nuestras historias. Y sí, hay otras versiones de cómo el cabo recibió su nombre, pero esas no son las verdaderas, porque bueh, ya sabés cómo va la cosa, la historia más verdadera es siempre la que perdura a través del tiempo y se comunica más profundamente con la gente.

Su hija Alicia asomó la cabeza desde el cuarto trasero, que era (Paz ahora lo sabía) su sala de estar y cocina. Tenía una cara redonda, una trenza larga, y un niño chiquito sobre la cadera. —¿Papá te está obligando a escuchar sus cuentos?

—Ella quería oírlos, ¿sabes?

Alicia sonrió a Paz. —La verdad es que él tiene ganas de contarlos. Y, en serio, se sabe todas las historias de este lugar, las mantiene por todos. —Le besó la frente al Lobo con una ternura informal que hizo que Paz se sintiera vacía—. Chica, estoy haciendo buñuelos, ¿quieres?

Paz asintió, se le hacía agua la boca. —Gracias. Son deliciosos. Tengo plata.

—¡Ah, pues qué interesante para ti! De ninguna manera. Eres nuestra invitada.

La avergonzaba la idea de sacarles algo de lo poco que tenía esta familia. Todos vivían en esos cuartos apretados: Lobo; Alicia; su marido, Óscar; y sus tres o cuatro hijos. Pero temía que si insistía en pagar, los ofendería.

—Bueno, entonces —dijo Lobo, y llenó el mate de vuelta mientras Alicia desaparecía tras la cortina—, Capitán Polloni de España. Llegó acá en un barco lleno de más de trescientos pasajeros. Algunos eran curas que venían a América para convertir a los paganos, para amansar una tierra que según ellos precisaba amansamiento. —Pausó para tomar por la bombilla—. Abordo había mercancía. Sin etiquetar. No formaba parte de lo que habían sido contratados para llevar. Alcohol, tabaco, naipes, todas cosas estrictamente prohibidas, ¿me entiendes? Bueh. La tripulación abrió ese cargamento secreto y se emborrachó tanto que sus canciones fueron oídas por las mismas estrellas, y mira que había muchas estrellas, era una noche linda y negra, despejada, no había ninguna excusa para que el barco se estrellara contra las rocas. Solo hubo dos razones posibles para el naufragio. O fue la maldición de los paganos, que no querían que nadie viniera a convertirlos o la tripulación estaba borracha.

—¿O ambas cosas?

La estudió, lentamente, detalladamente. —Y, seguro. O ambas cosas.

Ella escuchaba con los oídos y todos sus poros abiertos. Estaba en la cubierta de un barco, bajo las estrellas, rodeada de marineros borrachos y sus canciones fuertes y farfulladas. Estaba a su lado, trepaba hacia el agua por una proa destrozada, hasta las rocas, luchaba por su vida. Llegaba a la orilla embarrada y desaliñada o posiblemente se ahogaba en el camino. Y mientras tanto los paganos (¿serían los charrúas, o por acá más bien los guaraníes?, no estaba segura) la esperaban en las dunas, posiblemente después de maldecir a los curas que los habían maldecido a ellos, porque ¿verdad que era cierto que la llegada de los curas había sido en sí misma una maldición dependiendo de cómo se mirara la cosa? Nunca le había gustado la Iglesia, los vestidos rígidos, lo de arrodillarse y sentarse y rezá y perdoname los pecados. El juego de los pecados nunca lo podía ganar, así que dejó de intentar hacerlo y solo tomaba la comunión para evitar una pelea con mamá, quien por suerte solo la llevaba a la iglesia unas veces por año. En este momento, mientras absorbía la historia de Polloni, Paz imaginó que su propia casa era algún tipo de barco con una tripulación solitaria, solo ella y mamá. Su padre las había abandonado cuando ella tenía dos años, se fue a São Paulo por un trabajo y nunca llamaba, y aunque mandaba plata nunca contestaba las cartas que ella le escribía en esa época cuando era demasiado niña como para entender. Cuando ella y su madre estaban las dos, la casa se sacudía y se inclinaba con los cambios de humor de la capitana, como si en cualquier momento pudiera volcarse o desplomarse y ahogarlas en la noche asfixiante. Y no había destino ni mapa a otro lugar, solamente un vacío terrible que las amenazaba con una deriva eterna. Quizás fuera mejor estrellarse, romperse contra las rocas, para por lo menos llegar a algo, aunque rota. Quería un espacio para sí misma, una vida más amplia. El tipo de vida que la gente en Uruguay ya no tenía, y no solo no la tenía, sino que ya no se atrevía a imaginarla. Se pondría a navegar y andaría por todo el mar hasta llegar a Brasil, Venezuela, Canadá, Francia. China. Australia. Con nada más que tabaco y naipes en su bodega.

—¿Y se murieron? —preguntó.

Lobo negó con la cabeza. —Toda la tripulación sobrevivió. Esa es la parte más loca. La única víctima fue un cura que, bueno, dicen que falleció de la impresión de chocar justo cuando se estaba flagelando, lo que se supo solamente porque lo encontraron muerto en su catre con el látigo en la mano.

Paz se rio. —¿Y eso es cierto?

—¿Por qué no lo sería?

Y por qué lo sería, pensó, pero no lo dijo. Las historias tenían maneras de enriquecerse con el tiempo, recogían detalles mientras fluían por las generaciones.

—Eso, por supuesto, fue hace muchísimo tiempo. Desde entonces ha habido muchos otros naufragios. Entiéndeme bien: esta tierra es rocosa. Hay bordes puntiagudos por todos lados cuando te zambulles y empiezas a mirar. El naufragio más reciente fue el del Tacuarí. Pasó ahora nomás, en 1971, así que, a ver... —El Lobo alzó la vista hacia el techo—. Seis años, sí, es cierto, seis años. Murieron dos marineros. El resto nadó hasta la orilla o remó en barcos de emergencia y a la mañana siguiente ya se habían ido todos al pueblo de Valizas, que queda cerquita, y abandonaron el barco y todos sus tesoros. El barco aún está allí, en el agua cerca de la playa de las Calaveras. Pero se está hundiendo. Despacito. Cada año un poco más. Siguen saliendo a flote cosas del naufragio y llegan a la playa con las olas.

—¿Como esa máscara de oxígeno?

—Como la máscara.

Ella esperó a que siguiera, pero él retomó su tallado de madera y empezó a tallar en silencio. Se habían terminado los cuentos. Paz pensó en su esposa, la esposa muerta, la que había convertido la máscara en el corazón de una obra de arte. El tallado revelaba su forma de muñeca, con rasgos sorpresivamente delicados. Se sintió incómoda, parada allí en el medio del almacén chiquito, pero a la vez no se quería ir. El olor del aceite de freír, de los buñuelos que se cocinaban, llegó del otro cuarto. La presencia de Lobo la envolvió; la hacía sentirse viva. Quería nadar dentro de su compañía por tanto tiempo como fuera posible. Por lo tanto, se puso a limpiar las virutas de madera del mostrador, bajo las manos del almacenero. Él le permitió hacerlo, sin sacar los ojos de su trabajo, como si ya tuvieran años de estar así, juntos, como si fuera lo más normal del mundo. Cuando ella se atrevió a robar una mirada a la máscara de oxígeno, esta parecía de alguna manera diferente, menos un objeto y más una cara que flotaba en su nido de huesos pálidos.

*

Se dispersaban durante el día, hacían lo que querían, y de noche se juntaban alrededor del fuego. Allí cocinaban, tomaban, comían, se quedaban merodeando, se aferraban las unas a las otras como familiares perdidos hacía tiempo y de quienes pronto serían apartadas a la fuerza. Se confesaron secretos, recontaron las incursiones de sus días y soñaron con aventuras locas y absurdas que, a la luz crujiente de las llamas, casi podían fingir que eran posibles.

La sexta noche, mientras Flaca y Romina se peleaban amablemente por quién sería la cebadora del mate, la Venus dijo: —Esta noche voy a insistir, Malena: es tu turno de contarnos más sobre ti.

Malena pareció sobresaltada. Estaba sentada cerca del fuego, echaba huesitos de pescado de su plato a las llamas. —¿Yo?

—Vos.

El silenció cayó sobre ellas. Encogiéndose de hombros, Flaca le dio el termo a Romina, *ganás vos.*

—No tengo mucho para contar —dijo Malena.

—Mentira. —La voz de la Venus era suave—. Mirá, no es por molestarte. Pero es que, bueno, todas hablamos tanto... ¿Y por qué se ríen? ¡Saben que es cierto! Hablamos tanto que tenemos que acordarnos de hacer espacio para las más silenciosas.

—¿Soy una persona silenciosa?

—¿No te parece?

Malena no respondió. El fuego lamió y cantó. Romina vertió agua en el mate y se lo pasó a Malena primero. Por dentro, Romina estaba embriagada de felicidad, porque había sentido la llegada de sangre esa tarde mientras caminaba hacia la playa para nadar. No habría bebé. No habría vida nueva. Ninguna cadena la ataría a los Solo-tres. Se había metido al agua y, cuando ya estaba sumergida, se sacó la parte inferior del bikini para ver bien la mancha, verla con sus propios ojos, qué mancha roja más gloriosa, la podría encuadrar y colgarla en la pared para admirarla por el resto de su vida y entonces, sin pensarlo, abrió del todo las piernas bajo el agua y sangró directamente en el océano, una ofrenda, un acto de agradecimiento, el sello de un pacto indescifrable. Y ahora, acá estaba, con estas mujeres, más bronceadas después de cinco días bajo el sol, tan cómodas entre sí que casi se olvidaban de que hacía unos días algunas eran desconocidas y de que pronto todas volverían a sus otras vidas, las vidas apretadas. —Ya nos queda poco —dijo.

—No sé qué tipo de persona soy —dijo Malena finalmente. Sostuvo el mate con las dos manos y miró las estrellas desenfrenadas—. Bueno, ta. No me queda otra, ¿verdad?

—Me parece que no. —La Venus sonrió.

—Supongo que hay una cosa que les puedo contar. Estuve en un convento.

Todas las mujeres se quedaron mirándola.

Romina pensó que seguro había entendido mal. —¿Qué?

—Fui novicia.

—¿Es decir... —dijo la Venus— te preparabas para ser monja?

—Sí.

Silencio.

—Nos estás jorobando —dijo Flaca después de un tiempo.

—Callate, Flaca, por Dios —dijo Romina—. ¿No ves que no es una broma?

Flaca tenía mil preguntas, pero hizo silencio y se entretuvo con el fuego, removiéndolo con un palo.

—Y... ¿por qué lo hiciste? —preguntó la Venus—. ¿Amabas a Dios?

—No. Digo, quería amarlo. —Malena tomó del mate, lentamente, atentamente, como si esa infusión fuera el antídoto contra un veneno tragado hacía mucho—. Es una larga... larga historia.

El silencio rasgó el espacio entre ellas, salpicado con el murmullo de las llamas.

—¿Qué...? —empezó Flaca, pero la Venus la detuvo con una mano en su rodilla.

—Tenemos tiempo para la larga historia —dijo Romina en voz baja—. Tenemos mucho tiempo.

Malena pareció encogerse. El fuego tembló, bailó. —Tenía que escapar —dijo, y la expresión se le fue de la cara como si hubiera bajado un telón.

—¿Cómo era? —preguntó Romina—. Digo, estar allí. —Siempre había sentido curiosidad acerca de los conventos. Criada en una familia judía, solo había visto a las monjas a la distancia.

Malena entrecerró los ojos como si buscara una cara conocida entre una multitud de desconocidos. —Era silencioso. Riguroso. Todo el mundo piensa que la vida de convento tiene que ver con retirarse de las cosas, pero, en realidad, te mantienen ocupada con todos los rezos y el trabajo. Después, debajo de todo eso estás sola, así que, por dentro, hay mucho silencio. Empezás a oírte a ti misma en ese silencio. Es un consuelo. Pero también terrible. Oírte tanto.

—¿Por eso te fuiste? —preguntó la Venus.

—No. Me fui porque no podía más. Es que no podía.

—¿No podías qué? ¿Creer en Dios?

—No, eso no fue.

—La Iglesia odia a la gente como nosotras —dijo Flaca. Nunca había pronunciado esas palabras en voz alta, y le quemaban la lengua—. ¿Ese fue el problema?

—Tal vez. No sé —dijo Malena. Agarraba un trozo de su pollera en el puño y frotaba el dobladillo como si tratara de plancharlo con la mano—. Es que no podía. Ya era demasiado tarde.

—¿Cómo que demasiado tarde? —La Venus se inclinó hacia ella—. Me imagino que eras muy jovencita, ¿no?

—La gente joven también se puede quebrar —dijo Malena.

Paz sintió esas palabras en el centro de su cuerpo. Con razón esta mujer la había entendido, había estado dispuesta a ver.

Romina sirvió un mate y se lo pasó a Flaca con manos que no paraban de tiritar. Trató de imaginar a Malena de joven novicia, herida por dentro por quién sabía qué razón, pero no podía haber sido demasiado tarde, ¿no? Los jóvenes podían quebrarse, pero también podían sanar, ¿no?

Esperaron a que Malena continuara, pero el mate siguió su ronda lenta y ella no volvió a hablar.

*

El sexto día. Su último día entero en Polonio. Paz iba de camino a lo de Lobo para recoger unos morrones y pan para el asado de esa noche, en el que habría pescado a la parrilla y un banquete especial para su última fogata nocturna. Romina dormía una siesta, mientras que Flaca y la Venus habían desaparecido entre las dunas. Paz esperaba que Lobo estuviera dispuesto a contar historias. En el camino vio a una figura solitaria en las rocas más allá del faro. Parecía una mujer. Se acercó. Malena. ¿Cuánto tiempo había estado allí? ¿Cuándo se había separado del grupo? A veces se iba sin aviso por las tardes. Su silueta formaba un agujero humano en el cielo despejado. Tenía el pelo recogido en una cola en la espalda, un estilo más relajado que el rodete con el cual había llegado, pero de repente Paz se dio cuenta de que nunca había visto el pelo de Malena suelto al viento.

—¿Puedo sentarme contigo?

Malena se sobresaltó y la miró. —Está bien. —Luego pareció tranquilizarse y acordarse de algo sobre ella misma o la chica a su lado—. Es decir, claro que sí.

Paz cruzó las piernas y se sentó en las rocas. El océano estaba más tranquilo hoy que ayer y cubría suntuosamente las rocas debajo de ellas antes de retroceder para volver.

No sabía qué decir. Buscó algo y soltó abruptamente: —¿Extrañás a veces el convento?

—¿Por qué me preguntás eso?

—No sé. Parece otro mundo, otro universo.

—No tengo ganas de hablar del convento.

—Perdón.

—No, vos no tenés la culpa. Soy berrinchuda y lo sé. Seguro que ya están todas hartas de mí y se preguntan por qué me invitaron.

—¡No! Eso es ridículo —dijo Paz, aunque a la vez pensaba en que no había sido ella la que invitara a nadie.

Malena negó con la cabeza, sus ojos clavados en el horizonte.

—En serio. —Paz se acercó a ella y sus hombros se tocaron—. Las demás sienten lo mismo, sin duda. Te necesitamos.

—¿Y de dónde sacaste esa idea?

—No sé. Todas nos necesitamos. —Se preguntó de dónde venían esas palabras. Si se referirían a ella también—. Hay espacio para todas.

A diferencia de la ciudad. Demasiado pronto, mañana de noche, todas tendrían que enfrentar todo eso de nuevo: calles, tensión, paredes finas, fingimientos. Personas que no sabían verlas. Incluso en casa.

—Pero soy diferente. No soy como ustedes.

—¿Y vos creés que no me siento diferente?

Malena giró y por fin la miró. —Sí. Supongo que debes sentirte así.

—Para ellas soy una nena, una chiquilina, es lo que me dicen, hasta vos lo hacés. La Venus es casada, la Flaca es, bueno, la Flaca... todas somos diferentes. Por eso vinimos.

—¿Por eso fue?

—¿No es por eso que viniste vos?

Malena apartó la vista hacia el horizonte otra vez y apretó la mandíbula. Cuando la miró a Paz de vuelta, sus ojos estaban húmedos y parecía al punto de abrirse.

Paz se acercó y la besó en los labios.

El primer beso desde Puma.

Tiempo destilado.

Labios lujosos, increíblemente cálidos.

Corría algo dentro de Malena, unos remolinos de aguas profundas que la tiraban más cerca por una pulsación, dos, y entonces Malena retrocedió. —No. —Se limpió la boca.

Paz no podía moverse. La vergüenza la inundó. —Ay dios —dijo, y después—: perdoná.

Aunque no se arrepentía o, si era que sí, no sabía por qué.

—Esto está mal.

¿Qué es lo que está mal?, gritó su mente. Besarte a ti o mi edad, o simplemente el hecho de las bocas de dos mujeres juntas, pero su boca no se abría para decir nada. Se levantó de golpe y corrió por las rocas a lo de Lobo.

*

—Cuénteme de los lobos marinos —dijo Paz.

Barría el piso con una escoba de paja. El Lobo ya no protestaba cuando ella alcanzaba una escoba o un trapo para limpiar el polvo de los estantes y esta victoria a Paz le daba gusto.

La observó desde el mostrador. —No puede ser que te vayas mañana.

—Me voy, sí.

—Qué pena.

—Por eso debe contarme sobre los lobos marinos.

—¿Y qué quieres saber?

—Usted los cazaba, ¿verdad?

—Todos los días.

—¿Y focas?

—Sí.

Metió la escoba en un rincón. No sabía cómo sacarle los cuentos a ese hombre. Parecía que la mejor manera era esperar, quedarse sentada dentro del silencio hasta que él lo rompiera, pero ahora ya quedaba poco tiempo y el hombre se hallaba tan a gusto sin decir nada que a veces daba la impresión de que no lo rompería nunca, como si el silencio fuera una cosa preciosa que mantener entera. Era algo nuevo para ella, este tipo de silencio no corrosivo sino cálido y sólido, como una frazada compartida en una noche de invierno.

—Era un trabajo duro —dijo finalmente él—. Son animales potentes. Cacé hasta que me faltó la fuerza y no pude más. Es que luchan, sabes, luchan intensamente por sus vidas y matarlos toma mucha fuerza. No es cosa de viejos ni de timoratos. ¿Sabes qué? La gente de la ciudad no viene mucho por acá, pero cuando sí lo hace, no quiere oír nada de esto. Quieren admirar las lindas olas, pero no quieren saber lo que es realmente vivir acá, lo que es sobrevivir. No quieren ver la sangre en la espuma.

Su mente se llenó de espuma roja que se encrespaba en la superficie del mar.

—Pero tú no eres así.

—Espero que no.

—Y por eso hablo contigo. Y es algo raro, hija. —La miró con ternura—. Nunca hablé tanto con alguien de la ciudad.

Paz juntó una pilita de polvo con la escoba. No sabía qué decir. Pensó por un momento en su propio padre. —¿Tiene una pala?

—Ah, nomás barremos todo pa' fuera, mira. Así.

Se acercó a ella desde detrás del mostrador y tomó la escoba de sus manos. Ella miró mientras él barría la pilita hacia afuera, al pasto que rodeaba el almacén. Allí en el exterior estaba Malena por algún lado, a lo mejor se reía de ella, les contaba a las demás sobre el beso para que todas se rieran. Esperó adentro a que el Lobo volviera. *Lobo,* pensó. Claro. No lobo de tierra. Lobo marino. Llamado por las criaturas que había cazado.

—Yo querría ver la sangre en la espuma —dijo cuando él volvió. Lobo gruñó.

—En serio —dijo, y trató de disimular el dolor en su voz—. Quiero quedarme acá.

—Hmm. ¿Por cuánto tiempo?

—No sé. Tal vez para siempre.

—¡Para siempre! Y, ¿qué harías acá?

—¿Qué hace usted acá?

—Ya sabes. Antes cazaba lobos marinos y ahora tengo un almacén.

—Haré eso también.

Él guardó la escoba en su rincón y volvió al mostrador. —Polonio no necesita otro almacén. No hay casi nadie a quién vender.

—Abriré un restaurante.

—¡Ja, ja!

—¿Qué?

—Esto no es el gran Montevideo.

—No me espera nada en Montevideo.

Se detuvo y la miró atentamente. —¿Por qué dices eso? ¿No tienes familia?

Se encogió de hombros. —Está mi madre.

—¿Y la escuela?

—¡Que se joda la escuela!

Él se rio. Nuevamente, Paz se impresionó con los agujeros donde antes habían existido dientes. Se rio con él esta vez, sorprendida de que no la hubiera sermoneado sobre la importancia de la escuela, como casi siempre hacían los adultos.

—Aún no has visto las tormentas del invierno —dijo Lobo.

—Me encantan las tormentas.

—Escúchame, hija, me alegra que te guste acá. Pero te volverías loca si te quedaras.

—Creo que no.

Se miraron por un largo tiempo. La expresión del Lobo cambió, se puso contemplativo. Examinó la cara de Paz como si buscara la respuesta a una pregunta aún sin forma.

—Bueh —dijo—. Es posible que tenga algo para ti.

—¿Qué tipo de algo?

—Un lugar que podría ser tuyo.

*

Las mujeres prepararon un banquete para aquella última noche con el lujo de leña adicional que Flaca y la Venus habían buscado toda la tarde para poder tener un fuego duradero y realmente celebrar. Aunque esto le pareció cuestionable a la Venus y eso mismo dijo: ¿Qué había para celebrar a la hora de tener que irse?

—El simple hecho —dijo Flaca— de haber logrado venir.

Romina le había comprado un balde lleno de pescado a Óscar, el pescador que vivía detrás del almacén de Lobo con su esposa, Alicia; su suegro, el Lobo; y los niños, Lili, Ester y Javier. Mientras caía la oscuridad, prendieron velas y se sostuvieron linternas las unas a las otras a la vez que los pescados abrían sus panzas para los cuchillos, las manos, la sal. Todas parecían felices, saciadas después de su día al aire libre, con los cabellos salados y las uñas embarradas, pero Flaca pensó que también detectaba un deje de tristeza por debajo, ya que todo se terminaba y aquella era la última noche. Una partida dolorosa. Pero esto era lo que había querido, ¿no? ¿Conexiones más profundas, una semana de alegría? El viaje había sido más exitoso de lo que había imaginado. Flaca había pensado que quizá sentirían algún alivio al salir de la ciudad, y que a lo mejor se harían amigas, pero nunca sospechó que pudieran sentirse algo más que amigas, algo más grande, un tipo de familia alternativa cosida por el hecho de haber sido desgarradas del tejido del mundo aceptable. Apretó sus dedos más profundamente en el cuerpo escurridizo de un pescado. Sí, tenían que volver a la ciudad, a la monotonía y al miedo y a un cielo chiquito, pero no quería pensar en la ciudad, todavía no. Todo eso las esperaba mañana. Quedémonos acá, en el momento, en estas rocas, bajo este cielo índigo, en esa comunión santa y profana que no tenía nombre pero que para ella significaba más que nada en la vida.

Asaron los pescados sobre las brasas con unos morrones enteros y un par de berenjenas y sirvieron todo con aceite de oliva y el pan recién horneado de Alicia. Era casi medianoche cuando finalmente se juntaron a comer con la luna en alto rodeada por una manada de estrellas.

Un silencio las envolvió.

—No quiero volver —dijo Romina finalmente.

Nadie se atrevió a contestar. El océano ofreció su canción rítmica a lo lejos.

—No aguanto más —continuó Romina—. Pero tengo que aguantarlo. Todas lo tenemos que aguantar, no nos queda otra.

—¿La ciudad? —preguntó Flaca.

—La dictadura —dijo Romina, más fuerte de lo esperado.

La palabra *dictadura* flotó entre ellas sobre el fuego, acechante, oscura y sin peso. Nadie jamás usaba esa palabra en la ciudad. Ya mucha gente ni la pensaba o por lo menos así parecía desde afuera. Incluso acá, en Polonio, lejos de la civilización y sus espías, nadie había pronunciado ni oído la palabra.

—Querés decir *el proceso* —sugirió la Venus. El proceso cívico-militar. El término que el régimen usaba para los secuestros, la censura, los allanamientos, los interrogatorios, las reglas, los decretos, todos los cambios que habían impuesto a la nación, como si una palabra pudiera higienizar y borrar los horrores.

—Quiero decir la dictadura —dijo Romina. La sangre entre sus piernas la animaba y le daba valentía. *Te sacaron tanto,* canturreó su sangre, *pero no tu vientre y tampoco tu voz*—. ¿Por qué no podemos llamar a las cosas por su nombre? ¿Pensás que es un tipo de "proceso" como los pasos indicados para reparar un auto o curar el cuero? ¿La desaparición de mi hermano, o lo que me pasó a mí? El hecho de que nunca obtendré trabajo de maestra si me categorizan como ciudadana de clase B o C, una amenaza a la nación —y mirá que probablemente ya lo han hecho—, o ¿si alguna vez me oyen criticar al Estado o nomás me acusan de ello? Mi hermano y yo hemos sido detenidos, eso es suficiente para poner mi carrera en peligro. Y si el gobierno se enterara de todo lo que recién dije, olvidate, no puedo decir nada de esto en la ciudad, es imposible, ya lo saben y por eso me miran ahora así, como si estuviera loca, pero ¿saben qué?, lo digo ahora porque mañana no voy a poder, ya vamos a estar todas dentro de nuestras jaulas otra vez.

Se calló. Flaca se acercó a las llamas y removió las brasas. Agregó un poco de leña. Ahora que la comida se había terminado, el fuego podía crecer de vuelta para abrigarlas y complacerlas.

—Todo el tiempo pienso en cuánto durará —dijo la Venus—. Siempre estoy buscando señales de que el régimen se derrumba, de que el mes que viene o el año que viene las cosas volverán a ser normales.

—No hay ninguna normalidad a la que volver —dijo Romina.

—Perá, perá, Romina —dijo Flaca—. No es para tanto, tampoco. La Venus nomás quiere expresar esperanza, ¿qué problema tiene eso? Todo el mundo necesita esperanza, ¿no?

—Necesitamos sobrevivir, Flaca. Si la esperanza es lo que te permite hacerlo, bueno, ta. Pero yo no puedo depender de eso ni esperar sentada.

—¿Por qué no? —preguntó Malena.

Romina se fijó en ella y se suavizó. Era bondadosa Malena, a pesar de sus capas de ocultamiento y evasiones; se erizaba cuando te acercabas demasiado, pero cuando ella percibía necesidad en alguien, se brindaba sin pensarlo dos veces. —Mirá, perdonen si las molesté. No quiero ser negativa. Esta es nuestra fiesta de despedida, nuestra celebración. Es fácil ver por qué evitamos el tema hasta ahora.

—Está bien —dijo la Venus tocando la rodilla de Romina—. Soy yo la que debe pedir disculpas. Soy medio boba en cuanto a estas cosas, es cierto.

—¡No sos boba, Venus! —dijo Flaca.

—Mi esposo me dice tarada todo el tiempo.

—¡Tu esposo es un idiota!

—Ya basta, chicas —dijo Romina, aunque en realidad le encantó el momento tierno que compartía la pareja, como si una mirada entre mujeres pudiera luchar contra los insultos de un hombre y sujetarlos al piso.

—Pero, mirá, Romina, en serio quiero saber tu respuesta a la pregunta de Malena —dijo la Venus—. Y me imagino que todas quieren oírla.

—¿En serio? —Romina pasó la vista por el círculo.

—Oh, claro —dijo Flaca—. Por supuesto que quiero saber. Pero voy a precisar mucho más whisky, carajo.

Una botella recién abierta empezó a circular alrededor del círculo y cuando le llegó a Romina ella tomó y se limpió la boca con la manga. —Bueno, ta. Dos razones. Primero, porque algunas pesadillas duran una vida y ya está. Mirá lo que hizo Trujillo en la República Dominicana. Mirá Paraguay. Algunos dictadores toman el poder para siempre. Ya sé que nosotros los uruguayos pensamos que eso no nos puede pasar a nosotros, pero ¿saben qué? ¡Es justamente por eso que no vimos que se venía el golpe! Segundo: aunque esto sí termine antes de que cumplamos, a ver, cincuenta años, no podemos oprimir un botón y milagrosamente volver al año 73. Aunque liberen a todos los prisioneros políticos, aunque vuelvan todos los exiliados, ¿qué hacemos con ellos? ¿Qué harán ellos consigo mismos? Tendremos que empezar a evaluar las ruinas, entender qué se ha roto en nuestro país, y no será todo sol y arcoíris, no, será allí donde empezará el trabajo.

Se calló.

Flaca chifló. —Así dijo la profetisa.

—Ay, callate —dijo Romina.

—No, pero en serio, sos como ese Juan no sé qué no sé cuánto.

—O como Casandra —dijo Malena—. Ella realmente vio todo.

—Y los troyanos no le creyeron —dijo Romina.

Malena le dio una mirada tan intensa que parecía casi devoradora.

—Bueno, ahí lo tenés.

—Una cosa queda clara —dijo la Venus—. Cuando pase todo eso, no importa lo viejas y canosas que estemos, a ti te pondremos de presidente.

Carcajadas.

—Ya estás borracha —dijo Romina.

—¡Sí, lo estoy! ¡Pero es la verdad! ¡Sos lo que vamos a precisar! Dale, por lo menos tenés que hacer de senadora. ¿Por favor?

—Ay, está bien —dijo Romina—. Y también volaré unos unicornios hasta la luna.

—A mí me gustaría tener un unicornio para montar —dijo la Venus.

—Te encontraré uno, mi ángel —declaró Flaca.

La Venus le regaló una sonrisa radiante. —Ya sabía que lo harías.

—Che, tengo una idea —dijo Flaca—. Qué tal si nos emborrachamos hasta que el mañana deje de existir, hasta que toda la realidad se junte acá en esta playa.

—¿Para nunca volver?

—Para nunca volver.

—No quiero morir —dijo Romina. Un placer se extendió en su pecho al darse cuenta de que en ese momento era cierto. Estaba allí, en esta roca cerca de la playa, enrojeciendo la tela entre sus piernas, con las quemaduras de cigarrillos casi invisibles ya en la piel y los oídos llenos de océano y mujeres, y ella quería vivir.

—Yo tampoco —dijo Malena, con un tono en la voz que parecía de asombro.

—No hablo de morirnos. —Flaca prendió un cigarrillo—. Hablo de vivir eternamente dentro de este momento.

—¿Y eso cómo lo logramos? —Romina agarró el paquete de cigarrillos de Flaca para servirse uno. —¿Brujería?

Flaca sonrió. —Estoy dispuesta.

—Yo también —dijo Paz.

—¡Las brujas de Cabo Polonio! —dijo Romina.

—Ya siento que parte de mí estará acá por siempre —reflexionó la Venus—. Nunca en mi vida me he sentido tan viva.

—¡Ya sabemos por qué! —Romina alzó la botella de whisky.

—No, pero en serio...

—Yo también me siento así —dijo Malena, y abrió las palmas hacia las brasas—. Como que parte de mí nunca partirá de acá.

—En realidad —dijo Paz—, tengo una noticia. Acerca de una brujería que podría mantener una parte de nosotras acá.

Flaca exhaló humo y clavó los ojos en Paz. —¿Y qué es, muchacha? Largalo ya.

Cuando empezó, todo salió derramado y cada palabra caía en cascada sobre la anterior.

—Hoy fui a ver al Lobo y, ¡no lo van a creer!, su sobrino tiene una casa vacía, un ranchito, para decirlo mejor, ya saben, una casita de pescadores, acá nomás en Cabo Polonio. Queda a una caminata corta de distancia desde el almacén y antes vivía allí el sobrino con su esposa y su hija, pero la hija tiene asma y le hace mal vivir acá expuesta al clima, estaba sufriendo, su salud sufría, digo, entonces se fueron a vivir a Castillos, ese pueblo cercano que vimos en el mapa, ¿se acuerdan?, donde hay un farmacéutico y rutas para llegar a un hospital si lo necesitan. Y quieren vender el ranchito, pero aún no han puesto aviso ni nada, quieren venderlo de boca a boca.

Terminó y las mujeres saborearon los pensamientos que fluían por sus mentes.

—Y ¿cómo vamos a comprar una casa? —dijo Romina—. Si en estos días mi familia casi no puede comprar carne.

—Calmate, Romina, solo estamos hablando —dijo Flaca. —Tomá, servite más whisky, tranquila.

—Andá a cagar. —Romina tomó la botella alegremente y tomó un trago.

—¿De qué tamaño es el ranchito? —preguntó la Venus.

—Minúsculo —dijo Paz—. Pero ¿a quién le importa? —Tomó la botella mientras hacía la ronda y disfrutó del líquido quemándole la garganta. —Tiene un único ambiente para todo, camas, cocina, ya saben cómo es la cosa. Y quién sabe del inodoro. Pero el Lobo dijo que nos puede recomendar.

—Suena perfecto —dijo Flaca.

—Salvo que no puede ser nuestro —dijo Romina.

—¿Por qué tenés que arruinar la diversión?

—Solo digo...

—Yo siempre he querido ver el interior de uno de esos ranchitos de pescadores —dijo la Venus—. ¿Vos no?

—Sí, cómo no —dijo Romina—. Pero no puedo comprar uno.

—¿Por qué no? —dijo la Venus.

—¡Estás borracha! —Romina alzó el dedo índice al cielo en énfasis.

—No suficientemente, me falta emborracharme más, pasame el whisky.

—Bueno, ta. Pero la casa...

—¿Qué tiene? —La Venus se inclinó hacia Romina de forma seductora—. ¿No la deseas?

—Che, che —dijo Flaca, tirándola del brazo—. Calmate un poco.

—Mi amor, solo le pregunto a nuestra amiga si quiere una casita.

—Si lo decís así, va a querer cualquier casita.

—¡Ni he visto la casita! —dijo Romina.

—Sí, la viste —dijo Paz—. Es la de paredes marrón oscuro que queda justo antes del árbol solitario que está de camino a lo del Lobo...

—¿Y cómo voy a saber qué casa es esa?

—Creo que sé cuál es —dijo Malena, contemplativa.

—La pregunta real —dijo la Venus— es: ¿por qué comprar una casita en el fin del mundo?

—Porque sería nuestra —dijo Paz—. ¿No ven? Siempre tendríamos un lugar donde ser libres.

—Eso las calló a todas por un tiempo. El fuego chispeó y cantó. El rayo del faro se deslizó sobre ellas, se fue, apareció de vuelta. Las mujeres bajaron la mirada a las llamas y luego se miraron entre sí.

—Vamos a verla —dijo Flaca.

—¡Vamos! —dijo la Venus.

—¿Por qué no? —dijo Malena—. Quizás tiene algo para decirnos.

Las demás la miraron sorprendidas. ¿Malena, la sensata entre ellas, la reservada, la que había sido monja, ¿sugería que escucharan a una casa?

—¿Ahora? —dijo Romina.

—¡Ahora, boluda! Si no, ¿cuándo?

Llevaron solo una linterna. Se tropezaron por la oscuridad, borrachas, llenas de pescado y pan y luz de las estrellas y la emoción de todas. El barro brilló oscuramente bajo sus pies. Malena caminó cerca de Paz. —¿Podemos hablar?

Paz se encogió de hombros, pero se permitió andar más despacio para quedarse detrás del grupo, con Malena.

—Escuchame. Acerca de hoy.

—Olvidate de eso —dijo Paz.

—Es que solo quiero decir que vos no sos el problema. Yo soy el problema. Estoy aterrada y no sé nada de lo que esto significa para mí.

Esto sorprendió a Paz, la desnudez y el derrame de una confesión, quizás impulsada por el whisky. —Significa lo que nosotras queremos que signifique. Esa es la idea.

—Ah, ¿sí? ¿Entonces tuvimos unos días de aire fresco y disfrute de playa declarando qué tipo de mujeres somos y luego qué? Tenemos que volver a la ciudad. Tenemos que ser buenas y correctas.

—Yo pensaba que vos siempre eras buena y correcta.

Malena bufó. —Hay muchas cosas que no sabés de mí.

—No lo dudo.

Un paso silencioso, otro y otro.

—Y si no podemos actuar de la misma forma en la ciudad —siguió Malena—, ¿qué pensás que nos va a pasar?

—Vamos a estar a salvo.

—¿Cómo lo sabés?

—Nos tenemos las unas a las otras.

Malena hizo un ruido de ladrido que podía haber sido una risa.

—Sos de no creer, Paz.

—Lo dije en serio.

—Ya sé. Pero nunca vamos a estar a salvo.

—Eso no lo sabés.

—Por la forma en que hablás, a veces me olvido de lo joven que sos.

Paz apretó los dientes. —No soy una nena.

—No dije que fueras una nena. Sé muy bien que no lo sos. Cuando yo tenía tu edad... —Malena pausó y clavó los ojos en las espaldas de sus amigas en la oscuridad delante.

—¿Qué? ¿Cuándo vos tenías mi edad qué? —Paz estaba desesperadamente curiosa y parecía que estaba a punto de oír una revelación. Malena a los dieciséis años. ¿Una novicia en el convento? ¿O?

—No importa.

Se había cerrado de vuelta. Era increíble, qué hábil era Malena para cerrarse, para bajar las persianas de su mente. Parecía una destreza útil; Paz no la podía culpar por usarla. Mientras seguían caminando, desplegó las palabras de Malena en su mente: *Nunca estaré a salvo, nunca a salvo, a salvo.*

—Te admiro, Paz.

Un brillo de placer, de asombro.

—Quiero que seamos amigas.

Una cachetada. Un rechazo. Le dolió porque lo que había hecho con Malena había sido su primera vez, un intento de ser atrevida como Flaca, aunque cuando se detuvo a pensarlo no estaba segura de si sentía lo que sentía por Malena por quién era o únicamente porque estaba allí. No por falta de belleza: Malena tenía rasgos delicados y ojos en los cuales te podías perder. Pero era tan tiesa, con su rodete y sus rodillas bien juntitas, que Paz no le habría prestado atención si no hubiera estado acá en esta playa, con estas mujeres, señalando su conexión con esta tribu. Quizá su formalidad no era su ser verdadero. Quizá buscaba su propio camino a su ser verdadero, igual que Paz. Sintió un anhelo profundo, pero no sabía qué era lo que añoraba.

—Claro que sí, Malena. Siempre seremos amigas.

El ranchito apareció de a poco, negro en la noche.

—¿Es este?

—Creo que sí.

Era largo y estrecho, con un techo a dos aguas que parecía captar esquirlas de la luna. La puerta estaba en el centro de una pared larga con una ventana sin vidrio a un lado. Un toldo colgaba sobre la puerta para formar un patio chiquito.

—Pintoresco —dijo la Venus.

—Un sueño —dijo Flaca.

A Paz también le parecía así, le recordaba a las casitas humildes de los cuentos de hadas en los que las esposas de los pescadores veían sus sueños realizados por peces míticos que ansiaban otro día de vida.

—Un desastre —dijo Romina.

—Necesita un cachito de trabajo —admitió la Venus—. Ese techo parece que dejaría entrar la lluvia toda la noche.

—Nada que no podamos arreglar —dijo Flaca.

—¿Qué? ¿Nosotras?

—Usted, mi reina, mi Venus, no tendría que mover ni un dedo.

La Venus sonrió y se acercó a la puerta.

Romina la siguió sin saber si para detenerla o para unirse a ella.

—¿Qué hacés?

—Y... no hay nadie, ¿verdad?

La puerta no estaba cerrada con llave.

Una por una entraron.

No había muebles, salvo una mesa estrecha en el área que debió de haber sido la cocina, dado que había baldes de metal amontonados y un fogón cavado en el antiguo estilo campesino. Piso de barro. Tres ventanas, ninguna con vidrio. Agujeros en las paredes suficientemente grandes como para dejar entrar el viento. Un techo agujereado que cubría un rectángulo de espacio desnudo.

Se quedaron paradas en ese espacio vacío. El rayo del faro se metió por una ventana y las cubrió con un tejido de luz seguido por un tejido más profundo de oscuridad.

*

Al día siguiente, resacosas, mareadas por la euforia de sus siete días, empacaron sus cosas y salieron de Polonio a pie. Primero pararon en lo de Lobo para despedirse. Alicia y sus hijos salieron también y las mujeres le aceptaron un mate y se demoraron un rato charlando y jugando con los niños. Javier, el más joven con sus cuatro años, sacó los huesitos de foca que usaba para jugar a los soldaditos y lanzó una pequeña guerra contra Flaca, cuyo ejército perdió rápidamente. Alicia por fin les recordó que deberían partir si querían pescar el último ómnibus a la ciudad. Se fueron entre promesas de volver, *y estaremos listos para recibirlas*, dijo el Lobo mirando a Paz con una ternura que ella guardó en los bolsillos ocultos de su mente. Luego caminaron por la playa larga del norte, la playa de las Calaveras, llamada así porque se decía que en otra época había estado repleta de calaveras. Las mujeres no hablaron mientras caminaban, cada una navegaba por sus propios pensamientos turbulentos y sus pasos hacían ruidos sordos en la arena húmeda. A la izquierda, las olas del océano cantaban una música exuberante que las invitaba a quedarse, pero siguieron. Al final de la larga playa, antes de que empezaran las dunas, se dieron vuelta para mirar el paisaje por última vez. Allá, detrás de ellas, la baja cuesta de Polonio y la curva majestuosa del océano. Allá el faro, su cuerpo alto como un dedo puesto *ssshhhhh* sobre los labios cerrados del horizonte.

3

Hacia la locura

Al principio no soportaba la idea de bañarse. Por cuatro días, la Venus se limpió las axilas con un paño, pero manteniendo el resto del cuerpo sucio de Cabo Polonio, como si el lugar formara una lámina de oro, bañándola, cantando sobre su piel. No aguantaba la idea de perder los últimos granos de arena entre los dedos de los pies, entre las piernas. Su madre la llamó, *¿por qué no venís a tomar el té?*, y sus hermanas y cuñadas, *dale, ¿dónde andás?*, pero no podía verlas hasta que se bañara, así que no les contestó. Fingía poder desacelerar el tiempo. Como si el olor de su propio sudor pudiera mantener intacto el sueño.

Nada de eso funcionó. Su cuerpo clamaba limpieza. No tenía sentido tratar de aferrarse a las huellas de la playa, a la libertad; la fragancia del océano pronto fue superada por su propio olor; el sudor le bañó la piel y poco a poco la suavizó otra vez y deslizó los granos de arena hacia el olvido. Arnaldo no se había dado cuenta o por lo menos no había dicho nada. Decía tan poco en esos días. Qué chiquitas eran ya sus vidas, tan limitadas por temores que nadie pronunciaba en voz alta.

La cuestión era cómo vivir allí, en la ciudad, sin permitir que te aplastara.

La cuestión era cómo vivir en la ciudad, punto.

Era ingrata y lo sabía. Estaban vivos. Ninguno de los dos había sido detenido ni una vez desde el golpe. Arnaldo tenía trabajo. Lo odiaba, pero lo tenía. Procesaba los papeleos del Ministerio de Educación y Cultura, un trabajo que tenía desde que se casaron cinco años antes. En ese entonces, a él le entusiasmaba el porvenir: él, un músico con sueños grandes, *el John Lennon del Uruguay, así me llamarán, ya verás*, iba a recibir un sueldo por trabajar en las oficinas gubernamentales de la cultura ayudando a decidir los destinos de los artistas. Esos fueron días excitantes, de pelo largo y pantalones acampanados. Arnaldo, su hombre bohemio. Ella había tenido hombres para elegir, puesto que habían aparecido todo tipo de pretendientes más que felices de lamer el suelo por donde ella caminaba: empresarios de mediana edad y bolsillos llenos, doctores jóvenes comenzando sus carreras, hijos de exsenadores con apartamentos lujosos en las playas de Punta del Este, poetas fervientes, filósofos brillantes, estudiantes de derecho con lengua de oro. Eligió a Arnaldo porque parecía personificar la vida bohemia. Tenía la pinta de Mick Jagger y hablaba como si todos sus sueños ya se hubieran realizado. Te daban las ganas de repetir sus palabras porque sabían tan bien en tu boca, carajo, porque él las removía en la suya como miel. Cuando estaban juntos, el mundo era ancho. Se convirtió en novia de una estrella de rock y muy pronto en la esposa de una estrella de rock. Pero, después del golpe, la estrella de rock no demoró mucho en transformarse en El Increíble Burócrata Encogido, más y más achicado cada semana. Tragaba toda su rabia y decepción y las llevaba a casa en paquetes apretados que desplegaban su infelicidad tras puertas cerradas. Dejó de tocar música. Dejó de reírse sin malicia. El sexo era su único consuelo, su recompensa esperada luego de un día largo de monotonía, miedo y actos a voluntad del régimen. Ella era su medicina, el trago de whisky que estaba ahí para ahogar sus penas. Él la bebía con amargura. Después se dormía y ella se quedaba tendida en el resabio agrio, con la amargura de él ya colocada bajo su piel.

Ahora, Cabo Polonio y aquellas grandes bocanadas de aire marino la habían arruinado. Sus pulmones se habían expandido. El apartamento no le daba posibilidades de respirar. No había espacio aquí para la Venus, para la mujer húmeda en posesión de cada centímetro de su propio cuerpo, un cuerpo ansiado y que estallaba de deseo. Radiante. Presenciada. ¿Qué había pensado en las dunas? Que Anita era una mentira, un cascarón roto. ¿Entonces cómo podría meterse de vuelta en esa mentira, ese ser de antes en el cual ya no creía? Pero lo tenía que hacer. Entonces se levantó y, como si nunca hubiera conocido las dunas, como si ninguna duna existiera en la tierra, armó el mate, hizo pan tostado para el desayuno de su marido, le sonrió cuando llegó a tropezones a la cocina, radiantemente, automáticamente, como si fuera una máquina programada para estirar su boca hacia él al verlo. ¿Desde cuándo hacía eso? ¿Era nuevo o simplemente no lo había notado antes? Le daba asco. Se asqueaba de sí misma. Cascarón roto. Tenía que salir de esto. No podía salir. ¡Ridículo! Perdería todo: el respeto de sus padres, a sus amigas de la infancia (todas casadas, mujeres que nunca en mil años se encontrarían apretadas contra una roca en Cabo Polonio), su casa, su capacidad de comprar ropa nueva y mantener una cuenta con el almacenero, el panadero, el carnicero... tal vez con el carnicero no. Podría ir más lejos, a lo de Flaca. Flaca seguramente le daría carne. Flaca le daría muchas cosas. Sin duda que sí. Pero Flaca vivía con sus padres, ¡era tan joven!, toda esa bravura masculina podía hacerte olvidar que tenía solo veintiún años, demasiado poco para ser cargada con esta cuestión de cómo una mujer casada podría sobrevivir sin su esposo.

Y perdería algo más: su oportunidad de tener un hijo. Ya había tenido un aborto espontáneo y había sido la pena más intensa de su vida. Dejar a su marido para ir a ser la Venus, diosa de un bajo mundo donde las mujeres hacían el amor con las mujeres, significaba abandonar la posibilidad de ser madre. Toda su vida había deseado las sensaciones del embarazo, su plenitud, y cada bebé que alguna vez había sostenido la había hecho arder de ganas por algún día sostener uno propio. ¿Podía dejar eso también? Solo la infertilidad esperaba a la Venus: la infertilidad y el sexo y una vida real.

Miedo de salir. Miedo de quedarse.

Flotó en el espacio entre los miedos.

Al quinto día se duchó, se lavó la piel hasta que estuvo roja y en carne viva, y se puso maquillaje minucioso y una blusa fresca y elegante de escote alto que no mostraba nada. Sin distracciones. Cuando su esposo llegó a casa, ella lo esperaba en la mesa de la cocina con el mate listo. Lo observó mientras lo tomaba; antes de hablar, esperó hasta que los residuos húmedos gorgotearon.

—Ya no quiero tener sexo contigo.

Él se quedó mirándola como si de repente ella hubiera empezado a hablar en checo. —¿Y qué te pasa?

—No me pasa nada.

—¿Qué hice? Si hice algo, me lo tenés que decir.

—No es nada de eso

—¿Algo que no he hecho? —Su voz se puso traviesa—. Algo que... ¿tú querés?

—No.

Su mandíbula se contrajo. —Hay otro hombre, entonces.

—Arnaldo, calmate...

—¿Quién es?

—No hay otro hombre.

—Mentirosa.

—Es la verdad.

—Entonces por qué...

—Por favor —dijo ella, suavemente—. No lo hagas más difícil.

—¿Difícil? —dijo—. ¿Yo?

Ella le tocó la mano. Él retrocedió, se levantó rápido de la mesa y salió de la cocina.

Esa noche, él la buscó en la oscuridad y ella le apartó la mano. Él se dio vuelta y se durmió. Ella pensó que había ganado su espacio. Pero la noche siguiente, él la buscó de nuevo y cuando ella trató de rechazar su mano, él volvió a intentarlo, más enfáticamente esta vez. Ella empujó su pecho con la palma de la mano, pero él no cedió.

—No seas estúpida, Anita.

—Ya lo hablamos.

—Eh, dejate de joder. O me decís cómo se llama el hombre o parás de actuar tan infantil.

No estoy siendo infantil, quería decir, *todo lo contrario*, pero su mano había vuelto y el resto de su cuerpo también, ya estaba sobre ella, y de repente el agotamiento la superó y se preguntó si la lucha valía la pena, dado que sus intentos de sacarlo de encima no funcionaban, él era más fuerte que ella, no tenía sentido, la tenía sujeta y hacía lo que le daba la gana, y a lo mejor él tenía razón y ella era estúpida, era su esposo después de todo, ella le pertenecía y, ¿no era cierto que él había tenido otro día terrible en un hilo de días desagradables y terribles? ¿Cuál era su problema? Decime eso, decime cuál es tu problema, Anita estúpida.

*

Las calles eran zonas hostiles, repletas de recuerdos de la tortura. Romina se encogía de miedo ante casi todo y eso la avergonzaba: ¿Toda la gente que había sido torturada por meses sin fin y ella temblaba así después de solo tres días? Sin embargo, surgía dentro de ella, insistente. A veces parecía que la gente la veía por dentro, podía leer lo que había ocurrido en su cara o en su postura, en sus hombros. En otros momentos pensaba que veía tortura en las personas a su alrededor: ¿Era por eso que el quiosquero ya no miraba a nadie a los ojos o que la vecina del final de la cuadra barría los escalones con tanta brutalidad, como si se hubieran pasado de la raya y merecieran castigo? La verdad era que podía tratarse de cualquiera que la cruzara por la calle. ¿Cómo se podía saber quién tenía esas mismas heridas? Sin duda, los que no habían experimentado la máquina aún vivían con temor de ella, ¿no? ¿Quién no había oído de su fama? Quizá todos llevaban las heridas, sin importar lo que les había pasado o no a cada uno; quizá todos formaban parte del mismo cuerpo vasto y magullado en forma de nación. Un cuerpo que tanteaba por cualquier ilusión leve de seguridad.

Nunca hubiera pensado así antes de Polonio. ¿Adónde se había

ido su pragmatismo? Había pasado siete días en una tierra de sueños, en un reino de belleza, de refugio, de lo imposible, y se había
relajado demasiado, había sangrado con júbilo en el océano y había
sido tan temeraria que hasta habló sobre la dictadura (usó esa misma
palabra, nada menos) en voz alta, ¡al aire libre! Ahora tenía miedo
de sí misma. Temía haber perdido el control que necesitaba para la
ciudad.

Bajó la cabeza y se enfocó en sus estudios. La historia. La época
colonial. Las escrituras heroicas y las batallas de Artigas. Artigas había
sido un liberador, pero los generales igual permitían su mención en
los libros de historia censurados, aún lo elogiaban como héroe, no
habían derribado ni una estatua del hombre. ¿Cómo podía ser? Para
ellos, él era un militar, un predecesor que había construido este país
que ellos ahora podían mandar a expensas de su propio pueblo. Men-
tirosos. Sus historias eran una mentira. Pero ella las estudiaba. Las
memorizaba. ¿Por qué? ¿Por ser traidora? Así lo pensó al principio,
en los primeros años de estudios, pensó que traicionaba a su hermano
comunista desaparecido en las prisiones de estos mismos generales,
que traicionaba a sus vecinos y a la gente de su país y a sus propios
valores, y se sentía avergonzada al regurgitar en ensayos y exámenes
las mentiras que había consumido. Se había considerado de mente
chica, como una rata que corría por el laberinto de la junta militar,
reducida a responder a sus órdenes. Pero ahora veía las cosas de otra
manera. ¿Cuál había sido la causa: se debía a la detención o a los días
en la playa? Haber estado detenida le había mostrado que no importaba cuánto bajara la cabeza y obedeciera, ellos podían encerrarla o
agredirla cuando quisieran. La playa, en cambio, le había mostrado
que otro tipo de aire aún existía en el mundo. Había que llegar al
borde más distante de la realidad para respirar ese aire; no era fácil
encontrarlo; pero si lo encontrabas, todavía se podía respirar.

—Has estado bien callada —dijo su madre mientras juntaba los
platos sucios de la cena, aunque se detuvo antes de preguntar en qué
pensaba su hija.

—Ah, tantos exámenes. —Fue lo primero que se le ocurrió.

Estaba sentada en la mesa de la cocina mirando de cerca el libro de estudios, tomando apuntes de vez en cuando y esperando que esto indujese a su madre a pensar que su hija estaba enfocada en la tarea. Pero su madre no era fácil de engañar—. Tomá, mamá, te ayudo con los platos.

—No, tú estudiá; si no, te vas a desvelar, y necesitás tu descanso.

Romina sabía que ese era el regalo más grande que su madre le podía dar a su hija: su permiso de no tener que lavar las ollas y los platos, de poder ocuparse de temas intelectuales o literarios después de la cena como si fuera un esposo o un hijo varón. A través de los años, se habían acostumbrado a compartir en silencio la cocina chiquita, una estudiando, la otra cocinando. Era una generosidad de su parte, aunque a veces Romina se preguntaba si mamá solo lo hacía porque Felipe ya no estaba y no había un hijo varón para consentir, y luego se sentía culpable de su propio cinismo.

—No, mamá, sos tú la que debe descansar.

—Estoy bien —dijo Mamá, pero permitió que Romina se encargara de la pileta de lavar sin protestar más. Se pusieron a trabajar en silencio, Romina lavando, mamá secando, un ritual antiguo de madre e hija que seguramente rememoraba a los días del Éxodo y los platos lavados en la esclavitud bajo el faraón hasta aquella noche famosa cuando la gente judía se fugó de prisa y probablemente dejó montones de ollas y sartenes sucias para que los egipcios se las arreglaran solos. La Pascua judía era la fiesta favorita de Romina, porque contenía una historia de liberación, una que ahora le fascinaba más que nunca y, parada acá, lavando al lado de mamá, con las olas de Polonio aún frescas en su mente, Romina pensó en esa gran fuga que era su herencia y se preguntó: ¿qué tal si...?

Dale, terminá de pensarlo.

Lo pensó otra vez, con furia: ¿qué tal si...?

El jabón se espumaba, se arremolinaba, penetraba la piel de sus manos.

¿Qué tal si se librara del temor?

¿Qué tal si pudiera ser valiente?

Arrestos como el que ella recién había padecido intentaban inmovilizar, aterrorizar a la gente, para que luego esta obedeciera al gobierno y así evitar que pasara de vuelta. Pero ahora vio cómo lo que hacían (en el caso de ella, el castigo sin ningún delito declarado) también podía causar el efecto contrario.

Porque si eso te podía pasar cuando bajabas la cabeza como una buena ratita, entonces ella había descubierto el secreto de los militares: *la obediencia no te protegía.*

Y en ese caso, ¿por qué molestarse en obedecer?

¿Por qué no resistir?

Fregó fuerte una olla con mugre bien tenaz.

Había una razón.

Sus padres.

Romina echó un vistazo a su madre, quien secaba cuidadosamente una sartén. Era una mujer chiquita, compacta, que llevaba un pañuelo sobre el cabello mientras hacía los quehaceres de la casa, es decir, la mayoría de su día, en ese estilo del Viejo País. Tenía un alma dulce y una reserva profunda que hacía que Romina se preguntara si simplemente no quería nada o si ocultaba tan bien sus deseos, si los subsumía tan exitosamente para su familia que se volvían invisibles al ojo humano. Su madre sufría sin quejas y eso solo hacía que Romina se sintiera peor por querer cosas para sí. Especialmente ahora. Ahora que Felipe no estaba más, todo dependía de Romina. De que ella se construyera una vida. De que ella los enorgulleciera. De que compensara el agujero que él había dejado. Su vida no le pertenecía solo a ella: también era de sus padres, que le habían brindado todo, y de hecho, había empezado antes de que ella naciera, cuando sus padres huyeron de Ucrania, o posiblemente antes de eso cuando sus abuelos huyeron de los pogromos de Rusia. La abuela de Romina había sido la única sobreviviente de una familia de seis cuando un domingo de Pascua una multitud cristiana celebró la resurrección de su salvador aterrorizando al barrio judío. Quemaron la casa de su familia, pero nadie sabía exactamente cómo habían muerto los padres y hermanos de la abuela, si habían sido apuñalados o les habían disparado o los habían quemado vivos, dado que la abuela no hablaba nunca de los detalles. Romina sabía solamente que su sobrevivencia resultó en su llegada acá, a Uruguay, donde ella y Felipe nacieron como parte de una nueva generación de esperanza, la cumbre de todo ese sufrimiento y sacrificio. Y esto siempre había sido razón suficiente para quedarse encerrada en su laberinto. Hasta ahora. Hasta Polonio.

—Mamá —dijo, y el sonido de su voz las sobresaltó a ambas.

—¿Sí, Romina? —La espalda de su madre se atiesó, pero no se dio vuelta ni dejó de limpiar el plato en sus manos.

Ya no aguanto más. Por qué no resistir. E incluso nunca amaré a un hombre. Cero probabilidad de ser entendida. Y tenía cero derecho.

—No importa —dijo Romina—. No es nada.

*

Paz volvió a Montevideo llena de valentía. Su madre no parecía notar ninguna diferencia, puesto que estaba ocupada con su novio, un viudo veinte años mayor que ella con un apartamento en el sexto piso de un edificio reluciente con portero y balcones con vista al río. El novio trabajaba para el gobierno, haciendo Paz no sabía qué, pero adivinaba que él no estaba al tanto de la solidaridad que su madre había sentido en el pasado por los guerrilleros, ni del apoyo que les había dado. Mamá casi nunca estaba en casa. Aún era verano; faltaban meses para que empezara la escuela. Paz dormía toda la mañana, vagaba por la casa toda la tarde y luego salía a caminar por el barrio, obsesionada con fantasías sexuales sobre las mujeres jóvenes y algunas de las no tan jóvenes que se cruzaba en la calle. Ya había sido encendida. Su cuerpo era un manojo de llamas enredadas. Caminar era lo único que la tranquilizaba y por lo tanto caminaba: por la rambla, el paseo que se curvaba por la costa de la ciudad; por la arteria principal, la avenida 18 de Julio, repleta de tiendas y quioscos y cafés, cuyas mesas llenaban la vereda; hasta la Ciudad Vieja, con sus edificios ornamentados y agotados y sus calles estrechas metidas unas en las otras como secretos empedrados; por las plazas cuyas estatuas de varios héroes sobrellevaban la mierda de paloma con aire de resignación. Caminaba hasta que la oscuridad la llevaba adentro a la fuerza, porque, aunque no había toque de queda legal, las noches no eran seguras, la policía y los soldados merodeaban por las calles y si te paraban te pedían tus papeles y te preguntaban a dónde ibas y por qué y la noche cubría cualquier otra cosa que quisieran hacerte. Adentro, en casa, leía toda la noche libros tomados de los estantes de su madre —Julio Verne, Cervantes, Shakespeare, Homero, Juan Zorrilla de San Martín, Juana de Ibarbourou, Sor Juana Inés de la Cruz, Dante Alighieri—, los libros que había sido posible conservar bajo el gobierno militar. Extrañaba intensamente los otros libros que su madre había quemado en la parrilla la noche después del golpe: Benedetti, Galeano, Onetti, Cristina Peri Rossi, Cortázar, hasta Dostoyevski y Tolstói; todos los rusos enfáticamente tenían que irse porque cualquier nombre ruso cargaba un tono comunista. Las llamas anaranjadas habían lamido las páginas, las habían hecho enroscarse y ennegrecerse y desaparecer. Qué rápido las llamas consumían las cosas. Cómo lloró su madre mientras sus libros se marchitaban y se convertían en humo. Fue una forma silenciosa de llorar, sin ningún movimiento, con un rostro de piedra manchado de lágrimas.

—Es tan rápido —dijo mamá finalmente.

Paz, de doce años, había observado sin atreverse a decir una palabra.

—El fuego —agregó Mamá, como si eso explicara todo.

Se veía hermosa bajo la luz parpadeante. Y triste. Una mujer triste y bonita y, por primera vez en su vida, al mirar a su madre, Paz vio una mujer joven. *Era tan joven cuando te tuve,* siempre le decía a Paz, *con todo mi futuro por delante hasta que llegaste tú.*

—Antes de que te des cuenta —dijo mamá a las llamas, o por las llamas—, todo desaparece.

Mamá se fue directamente a la cama esa noche, sin cocinar, y Paz comió galletas María con dulce de leche como cena, solita en la cocina.

Desde entonces, sentía que los fuegos prendidos en esa parrilla aún retenían, de alguna forma, los fantasmas de esos libros, que las brasas que se usaban para asar la carne brillaban con la luz de palabras esfumadas. Mamá no hacía mucho asado, pero cuando sí lo hacía, Paz masticaba un chorizo o un morrón muy lentamente, imaginando que ingería frases perdidas con la comida.

Ahora la cantidad de libros en la casa era menor, más limitada. Como compensación, Paz desarrolló el hábito de volver al principio de un libro al momento de terminarlo. Como si un cuento fuera un círculo y su fin estuviera incrustado secretamente en la primera oración. Como si un libro fuera un cinturón largo y suelto con el primer capítulo en el broche y la última página en la otra punta, algo extendido y blando que ella podía curvar y colocar alrededor de la cintura de su mente, ajustado, abrochado, suficientemente sólido como para quedarse. Los fines se transformaban en principios y nuevos significados se revelaban. El rey Lear, resucitado, era arrogante otra vez, reunía de nuevo a sus tres hijas, respondía a la traición volviendo a por más. Dante, después de verlo todo, vuelve al borde del infierno y aún siente su llamada. Don Quijote muere y sin demora se convierte en (¿qué más?) su propio ser en esa biblioteca donde se cayó dentro de los libros y sintió la inspiración de armar su yelmo absurdo, como si la locura fuera a la vez algún tipo de llegada al cielo. El tiempo era un círculo y la gente se encontraba capturada dentro de él, atrapada por destinos inevitables, sus futuros amarrados a sus pasados. ¿Pero era cierto esto? ¿Y cuál era *su* destino inevitable? *Te volverías loca si te quedaras,* había dicho Lobo. *No has visto las tormentas del invierno.* Posiblemente tenía razón. Pero los héroes en los libros nunca hacían caso a ese tipo de advertencias. Ese Dante temerario nomás seguía acercándose al borde del bajo mundo, ¿no? Determinado a escuchar a su propia alma, de ver lo que había, y al carajo el costo del viaje.

Sus caminatas se extendieron. Nunca sabía bien qué temía más: la posibilidad de encontrar a mamá con su novio viudo, estar sola con mamá o ser la única en casa. Cada posibilidad tenía sus espinas. Sus caminatas empezaron a llevarla a la carnicería de Flaca, al principio con la excusa de comprar carne, luego solo para perder el tiempo y estar con ella. La consolaba estar con Flaca. La hacía sentirse más ella misma, como si hubiera espacio para quien era ella en su propia piel.

—Dame algo para hacer —dijo un día.

—Lo lamento. —Flaca sacó una bandeja de cortes de carne para arreglarlos—. No nos da la plata para contratar a nadie.

—No quiero plata. Solo quiero ayudar.

—¡Ja!

—En serio. Estoy aburrida, quiero hacer algo.

—¿No tenés deberes?

—Son aburridos y los podría hacer dormida.

Y así empezó a trabajar unas tardes por semana al lado de Flaca siendo útil de cualquier forma que podía. Organizaba los billetes y las monedas, hacía mandados, aprendió a cortar la carne en cubos adecuados para los guisos, a picar ciertos cortes para las salsas, a sacar la grasa de otros cortes para poder venderlos como filete magro. Cuando llegó marzo, con el fin del verano y la vuelta a la escuela, siguió yendo dos veces por semana para ayudar, siguió poniéndose un delantal manchado de sangre sobre su uniforme escolar. Con el tiempo, mientras trabajaban la una al lado de la otra, escuchó la historia de cómo Flaca había llegado a encargarse de la carnicería cuatro días por semana. Había empezado ayudando detrás del mostrador a los cinco años, observando a su padre detenidamente y jugando a ser carnicera, haciéndose cuchillos y carne de juguete con cartón y papel. Su padre solo tenía hijas, y le dolía no tener un hijo que pudiera un día heredar el negocio como él lo había heredado de su propio padre. Las hermanas mayores de Flaca se habían casado con hombres que no mostraban interés en convertirse en carniceros al servicio de los estimados vecinos de Parque Rodó. El padre de Flaca había tratado de convencerlos pero sin éxito, así que le había enseñado las artes del carnicero a su hija menor, un aprendizaje que Flaca siempre había deseado. En ese entonces, ella ya había trabajado de cajera y llevando las cosas más pesadas cuando a su padre le dolía la espalda, lo que ocurría cada vez más y ahora, desde los últimos tres años, ya hacía todos los trabajos de él y le daba días de reposo.

Todo esto fascinaba a Paz, la idea de tener un padre que te enseñara su oficio ensangrentado y noble; la idea de tener un padre y punto. Los padres de Flaca, que a veces pasaban por la tienda, eran siempre cálidos con ella. Eran rechonchos, de rostros amables y cansados, y mayores de lo que Paz se había imaginado, ya sesentones. Flaca había sido la última hija, concebida cuando su madre pensaba que sus años fértiles se habían acabado; lo contrario, pensó Paz, de su propia madre, que había tenido un bebé antes de tener la oportunidad de sentirse mujer.

No preguntó por la Venus para no fisgonear, pero vio la forma en que Flaca se iluminaba cuando hablaba de ella y cómo, otros días, se ponía rígida ante la mención de su amante. Obviamente había altibajos entre ellas. Paz estaba atenta a cualquier fragmento que mencionara, quería memorizar esa forma de existir. Hasta los detalles más rutinarios de la relación de Flaca gritaban un canto de milagro, *¡dos mujeres!*

El otoño cedió ante los vientos fríos del invierno, que le mordían el cuello.

—¿Cómo anda Romina? —preguntó un día mientras una tormenta de agosto azotaba las ventanas de la carnicería. Veía a las otras mucho menos que a Flaca y todavía sentía timidez de llamarlas desde la nada con demasiada frecuencia. Todas habían vuelto a sus propias vidas urbanas, en las cuales eran mujeres ya maduras con cosas serias para hacer mientras que Paz era una adolescente con poco en común con ellas, por lo menos en la superficie, donde el mundo las podía ver. La carnicería era su conexión con Polonio, su prueba mundana de que no había sido todo un sueño.

—Está bien, creo. Recién anoche hablé con ella y, ¿sabés qué? No lo vas a creer, pero me preguntó por el ranchito.

—¿Qué ranchito?

—¿Me estás embromando? *¡Ese* ranchito! Nuestro rancho. Del que nos contaste tú, y que fuimos a ver la última noche. Estaba toda emocionada, dijo que había soñado con él hacía unas noches, que todas estábamos allí adentro. Ella piensa que lo debemos comprar. Todas juntas. Es bien raro, porque Romina es una de las personas más prudentes que he conocido en mi vida, pero allí anda ella insistiendo en esa idea loca.

—¿Y por qué tan loca?

Flaca se rio.

—No te rías de mí.

—Perdoname, Paz. Te tomo en serio. De verdad.

Pareció a punto de decir más, pero entró un cliente y de prisa cortaron la conversación. Paz envolvió la carne que la señora pidió mientras Flaca le cobraba y le contaba el cambio. *Esa idea loca.* Esa misma. No tenía plata propia, ninguna. ¿La dejarían afuera? ¿Tendrían su hogar en el fin del mundo sin ella?

Cuando la clienta se fue, Flaca sacó un cigarrillo, y Paz se atrevió a alcanzar el paquete del mostrador.

—No debes fumar —dijo Flaca con desánimo.

—Hay muchas cosas que no debo hacer.

Flaca se enfocó en la llama de su fósforo hasta que terminó de encender el cigarrillo. —Buena respuesta. —Encendió el cigarrillo de Paz con la misma llama. Se quedaron paradas en silencio por unos momentos exhalando humo, viéndolo desaparecer.

—Todavía tengo el número que me dio el Lobo —dijo Paz—. Para el almacenero de Castillos que puede mandarle mensajes. Podría llamar y hacerle llegar el mensaje de que queremos saber si la casa todavía está disponible, y a qué precio.

—Así que no te parece loco.

No era una pregunta.

—¿Qué pensás tú?

Flaca miró al techo. —No sé. Pero tal vez esa no sea la pregunta adecuada. —Bajó la voz, como si los censores posiblemente escuchasen, como si la vigilancia del gobierno se molestase por espiar a dos muchachas en una carnicería—. Tal vez imposible y loco sean dos cosas diferentes.

Paz tardó casi dos semanas en confirmar con el almacenero, quien mandaba mensajes a Polonio cuando el carretero llevaba provisiones, que sí, que la casita aún estaba disponible. Una vez que lo supieron, Flaca convocó a las cuatro mujeres a su casa. Se juntaron al final de la tarde para tener tiempo suficiente para hablar y dispersarse antes de que la noche cayera del todo, antes de que las caminantes fueran más vulnerables a los hombres de uniforme. Flaca les exigió que llegaran exactamente a tiempo, en intervalos fijos: a las 17:30, 17:38, 17:48, 17:55, para evitar dar la impresión de estar en una reunión porque, como no tenían autorización, esto podía incitar a algún vecino asustadizo o vengativo a denunciarlas. Antes del golpe, la vida en Uruguay nunca había sido fiel al reloj; llegabas cuando llegabas y el mejor momento de sumarte a la fiesta era cuando, serpenteando por la atemporalidad, te encontrabas en la puerta. Ahora ya no. La ley militar crea tiempo militar. Te volvés precisa para quedar dentro de las líneas de la seguridad o más bien lo que finges que son las líneas de la seguridad, dado que esos parámetros pueden dejar de funcionar en cualquier momento.

Una vez que hubieron llegado todas, Flaca agarró el mate fresco que había preparado, el termo de agua caliente, y las guio a su dormitorio. Sus padres las saludaron de buena manera desde el sillón y la mecedora donde miraban las noticias, nefastas e insulsas como siempre, machacando todo el tiempo lo del régimen heroico, los soviéticos malvados, los cubanos malvados, el fútbol heroico, los campesinos en la provincia de Durazno reunidos para agradecerle al gobierno por su gran generosidad y su brillantez arquitectónica al construir un nuevo puente en su región.

El dormitorio de Flaca tenía poca decoración. Nada colgaba de las paredes desteñidas, salvo una sola fotografía de la Plaza Matriz, en el corazón de la Ciudad Vieja de Montevideo, con hombres de principios del siglo XX caminando frente a la catedral con sus fracs y sombreros de copa negros. Era una imagen en sepia en un marco rústico de madera que Flaca misma había armado.

Paz pensó que nada en ese cuarto insinuaría que Flaca fuera el tipo de mujer que era, ni pista, ni rastro.

Romina se preguntó si alguna vez podría entrar a ese cuarto sin que el pasado fluyera sobre ella a raudales, las tardes de lujuria silenciosa y placer animal, aunque ya no deseaba así a Flaca.

La Venus se sintió medio asfixiada por el cuarto chiquito con tantas mujeres metidas adentro; le parecía mal, de alguna manera obsceno, compartir este espacio que se había convertido en su secreto íntimo.

Malena entró última; se paró contra la pared y toqueteó nerviosamente la correa de su cartera.

Flaca cerró la puerta del dormitorio y el sonido de la televisión disminuyó. Sus cuatro amigas la miraron expectantes. Hizo un gesto hacia la cama, con toda la pomposidad posible, como ofreciéndoles una clase de trono colectivo.

Romina, la Venus y Malena se sentaron al borde de la cama mientras que Paz se cruzó de piernas en el piso. Flaca se quedó de pie, mirándolas, y en ese momento se dio cuenta de que no habían estado todas juntas desde el viaje a Polonio. Esta reunión era una forma de volver y la hacía sentirse completa, encendida; un zumbido de electricidad circulaba entre ellas.

—Bueno —dijo Flaca—. Ya saben por qué estamos acá.

Todas se quedaron mirándola.

—Queremos una casa en Polonio. Es decir, una casa en el paraíso.

Las mujeres asintieron.

—Una casa que no podemos pagar, pero que parece destinada a ser nuestra.

Esperó a que alguien agregara algo, una protesta, un chiste, pero nadie lo hizo. En su lugar, el silencio se elevó y la envolvió como una marea creciente.

—Parece irracional gastar plata que no tenemos en una choza agujereada que queda a un día de viaje. Incluso parece imposible. Y quizás lo sea. Pero eso no significa que no debamos probar. Romper el molde. Romper las riendas. Es la única forma en que se han logrado cosas grandes.

La miraron, cautivadas, como si un Che Guevara mujer y con aire de carnicera hubiera aparecido de repente entre ellas. Se sintió eufórica, como si ahora pudiera decir cualquier cosa y las demás la seguirían hacia la jungla, hacia la revolución, hacia la locura. La sensación la inundó y se esfumó, la dejó vacía y expuesta. *Esa idea loca.* ¿Qué pensarían de ella? ¿Qué tal si les fallaba y perdía a las únicas amigas que tenía? No soportaba la idea. Siguió adelante.

—Ta, entonces aquí va mi visión. Cada una de nosotras pone lo que tiene. Lo que puede. Sumamos todo eso y vemos cuánto hay. Pero esto es clave y en esto insisto: no importa cuánto ponga cada mujer, todas tendremos el mismo derecho de dueña. O somos todas dueñas por partes iguales o ninguna es dueña de nada.

Algo estrujó el corazón de Paz, su corazón era un trapo mojado, no podía respirar. No tenía plata. Y esto. Ser incluida. Ser llevada. Ser sostenida.

—Mirá vos —dijo Romina—. Después de todo, esas reuniones comunistas en fin te hicieron bien.

Flaca hizo una reverencia solemne, aceptando el halago.

—Entonces, ¿quién acepta estas condiciones?

—Yo acepto —dijo Romina.

—Yo acepto —dijo Malena.

—¡Más bien! ¿Por qué no? —sonrió radiante la Venus.

—Acepto. —Paz casi no escuchó su propia voz.

—Bueno, ta, yo también, así que ya está. Próxima pregunta: ¿Cuánto tiene cada una?

Contestaron por turnos. La Venus tenía un poco de efectivo que podía contribuir —no es mucho, perdonen, es lo máximo que puedo sacar sin que él se dé cuenta—. Romina tenía un antiguo frasco de salsa de tomate que ahora estaba lleno de billetes y monedas de las clases particulares que había dado a los niños del vecindario. Había contado esa plata antes de llegar y les dijo la cantidad. Flaca había ahorrado un poco de su trabajo en la carnicería; Paz no tenía nada, absolutamente nada, pero sí sabía que podía pedirle a su madre un dinerito para ir al cine y que sería suficiente para la entrada y también una pizza con fainá después, y también podía renunciar a su pase mensual para el ómnibus y caminar a la escuela tanto como fuera necesario.

—Digamos cuatro semanas —dijo Flaca—. Para tener un número.

Paz hizo un cálculo furioso en su cabeza y les dijo su suma chiquita e insignificante con las mejillas ardiéndole de vergüenza.

Fue Malena quien, para sorpresa de todas, ofreció sin explicación la cantidad mayor.

Flaca apuntó todos los números minuciosamente en un papel, luego los sumó con lápiz llevándose los unos, chequeando su trabajo. Tenían dos tercios de lo que precisaban para comprar la casa, una suma mucho menor que el costo de una casa en Montevideo, asimismo fuera de alcance para ellas. Cuando lo anunció, se quedaron en silencio por un tiempo. Las voces amortiguadas de la televisión tocaron a la puerta con su insistencia sorda.

—Fue una idea tan linda —dijo Romina en voz baja.

—Callate —dijo Flaca.

Romina la contempló con ternura. Flaca, su Flaca, la que soñaba nuevas formas de existir y se dedicaba a realizarlas, la primera en poner su mundo, el de Romina, al revés. Era una de las cosas que ella quería tanto de Flaca, esa capacidad infinita de ver un lugar para sí en el mundo, y al carajo si el mundo fracasaba en devolverle el favor. Romina la reprendía por eso, pero en este momento vio que también le removía otras cosas: envidia y la necesidad de proteger.

—No se ha terminado —insistió Flaca—. Tiene que funcionar.

Nada tiene que funcionar, Romina pensó pero no lo dijo. Todo y cualquier cosa puede romperse.

—Mi amor —dijo la Venus suavemente—, hicimos todo lo posible.

—Yo consigo el resto —dijo Malena.

Todas se dieron vuelta para mirarla. Estaba posada al borde de la cama, con la espalda recta, las rodillas juntas bajo la pollera tubo que había llevado al trabajo ese día. Su cabello estaba peinado en su rodete, amansado y reluciente de pomada.

—¿Cómo? —dijo Romina.

—A ver, voy a adivinar —dijo la Venus, aliviada al saber que una de ellas tenía recursos escondidos—. Se lo vas a pedir a tus viejos.

—No —dijo Malena con aspereza y su vehemencia las asombró a todas—. No tengo padres.

Los sonidos amortiguados de la televisión palpitaron a través de la puerta.

—Digo, bueno, sí los tengo —dijo Malena—, pero hace varios años que no tenemos contacto. No están en mi vida y nunca lo estarán.

¿Y eso cómo lo podés saber?, quería decir Romina, pero la expresión de Malena era tan vulnerable que se calló la boca.

—Lo siento —dijo la Venus—. Mi madre tampoco me entiende.

Malena estudió la foto de la plaza Matriz como si los hombres de sombrero de copa le hubieran robado algo y lo tuvieran escondido en un bolsillo que ella buscaba tenazmente.

Flaca no podía imaginar una vida sin sus padres. Le dolió el alma por Malena. Pero no parecía apropiado decirlo. —Entonces, ¿cuál es tu plan?

—Eso no importa. —Malena le echó un vistazo y volvió a estudiar la foto—. Lo puedo hacer. Y realmente quiero. El único tema es que me va a llevar tiempo.

—¿Cuánto tiempo? —dijo Flaca.

—No sé. Digamos dos meses.

—Yo puedo ahorrar el dinero de otro pase de ómnibus —dijo Paz.

—Y yo puedo incrementar mis clases particulares —dijo Romina.

La Venus se encogió de hombros. —Unos pesos por aquí y por allá de los bolsillos de mi marido... no se dará cuenta.

—Bueno, ta —dijo Flaca—. Tenemos un plan. Juntamos lo que tenemos y todas vamos a ahorrar y agregar lo que podamos. Y esperemos que la casita nos espere.

*

La casa sí las esperó. Malena procuró una suma adicional significativa, y el resto aportó sus cosechas de bolsillos matrimoniales, estudiantes agregados a la lista, ómnibus no tomados, comidas de vez en cuando omitidas. Tres meses y trece días después de la reunión, bajo el sol caluroso de diciembre, Flaca viajó por la costa a Castillos y cambió una caja de pesos por la escritura de la casa. Los cinco nombres de las mujeres se incluyeron en el papeleo en orden alfabético.

Celebraron con unas cervezas en un café de la esquina, donde un partido de fútbol retumbaba en el televisor ubicado sobre sus cabezas. Nunca se habían juntado en un local público de la ciudad y al principio estaban tensas, usaban códigos y se referían al ranchito como *la iglesia* porque había sido la primera cosa que se le había ocurrido a Flaca, *pronto iremos a la iglesia, la última vez que fuimos a la iglesia.* Unos hombres de mediana y tercera edad se encorvaban sobre sus bebidas y sándwiches tostados en las mesas cercanas, y al principio las comían con los ojos y parecían a punto de acercarse y empezar a hablarles, pero fueron amansados por unas miradas severas; no eran amenazas al final del día, solo hombres tristes a los cuales la vida, los años, el régimen les habían sacado el aire a puñetazos. Las mujeres brindaron y se turnaron para estudiar con júbilo el papel que Flaca les pasó una a una clandestinamente, como si fuera un comunicado de guerrilleros. Era algo que nunca habían visto ni escuchado jamás: la escritura de una casa llena de nombres de mujeres y nombres de mujeres solamente.

Romina se emocionó al ver el papel, aunque también le dolía saber que esta victoria no les significaba nada a sus padres. *Gastaste tus ahorros en una choza de pescadores,* dijo su madre más perpleja que enojada, *¿y hasta tenés que compartirla con gente que casi ni conocés?* Romina trató de explicar que ella sí conocía a esas mujeres, que de hecho eran muy buenas amigas suyas, pero se detuvo antes de revelar demasiado detalle porque eso también podía despertar sospechas o de actividad subversiva o de la verdad y, ¿cuál sería peor? No lo sabía. *Hija,* dijo su padre con tristeza, *¿cuándo vas a pensar en tu futuro?* Y cuando decía *futuro* se refería, por supuesto, a un esposo e hijos, porque sus estudios iban bien y se estaba por recibir de maestra. Les había fallado. Este darse cuenta de que les había fallado la partía en dos. Pero, igual, aquí estaba, con esa escritura en la mano, este pedazo de papel que incluía su nombre y, aunque a sus padres les pareciera una boludez, para ella significaba más que cualquier futuro certificado de matrimonio o bebé o hasta un puesto de maestra.

La Venus estaba inquieta mientras tomaba su cerveza. En el invierno, con las lluvias pesadas, su apartamento había parecido una prisión. La mera idea de la cama matrimonial le causaba repulsión. Su matrimonio se había convertido en un espacio donde ella se desaparecía de sí misma, y todo bien y todo lindo con esta choza en la playa y sí, se había entusiasmado como las demás, pero, ta, no podía vivir allá todo el tiempo, ¿no? ¿Qué comería? ¿De dónde vendrían los pesos? Esta escritura para un ranchito lejano, ¿cómo la iba a salvar de su propia vida?

—¿En qué pensás? —dijo Flaca—. ¿Dónde estás? ¿No estás feliz?

—Oh sí. Claro que lo estoy. —La Venus sonrió con mucho esfuerzo—. Es solo que necesito salir de la ciudad.

—Bueno —dijo Romina—, eso se puede lograr pronto.

—¿Cuándo vamos? —dijo Malena.

Compararon sus horarios. Pronto llegaría la Navidad con sus cenas familiares en la noche calurosa, los fuegos artificiales del barrio. Mejor esperar hasta que todo eso terminara. Enero, dijo Flaca, y las demás estuvieron de acuerdo. No habría clases para Romina y Paz, la carnicería y la oficina de Malena estarían cerradas por las vacaciones de verano y podrían ir todas juntas. También les permitiría quedarse más tiempo, una semana, quizá aún más, y podrían empezar a reparar las paredes y armar una lista de las cosas que harían para crear su hogar en esa casa.

—Tal vez nos tome años dejarla en buen estado —dijo Romina.

—¿Qué importa? —dijo Flaca—. Tenemos años.

Eso emocionó a Romina, y estaba al punto de responder cuando sintió un cosquilleo en el aire. Se dio vuelta. Uno de los hombres de las otras mesas estaba parado demasiado cerca con una expresión en la cara que ella supuso que pretendía ser amable.

—¿De qué hablan, damas?

—Nada —dijo Romina rápidamente.

—Nada que le interese —dijo Flaca.

El hombre miró a Flaca y su rostro se transformó en hostil. Era alto, de mofletes pesados y se estaba quedando calvo. —Tú no sos ninguna dama.

Todos los hombres ahora miraban, los que se encorvaban sobre sus mesas y el de uniforme de mozo detrás del mostrador. Nadie habló. El hombre arrimó una silla y se sentó entre Malena y Paz.

Romina sintió que Flaca se ponía tensa a su lado. Que ella perdiera la calma no ayudaría a ninguna a estar segura. —Señor —dijo, con toda la ecuanimidad que podía—, esta es nuestra mesa.

—Pero si es un lugar público, ¿no? Y acá les falta algo. No hay salchicha. —Se rio y echó un vistazo al cuarto en busca de aprecio para su broma. El mozo soltó una risita mientras limpiaba el mostrador con un trapo.

Flaca se puso rápido de pie.

Romina sacó unos pesos de su cartera y los dejó sobre la mesa. —Vámonos.

Las mujeres hurgaron en sus carteras en busca de billetes, se levantaron. Paz sintió una punzada de tristeza por abandonar su cerveza; después de todos estos meses de ahorro, una bebida en un café era un gran lujo y había esperado disfrutarla hasta el final. Tomó un trago largo y ávido mientras ponía monedas sobre la mesa con la otra mano.

Romina le sostenía el brazo a Flaca para calmarla o sujetarla o tal vez ambas cosas a la vez.

Ahora el hombre examinaba a Malena. Su mano cayó sobre el hombro de ella. —Te conozco de algún lugar, ¿no?

Malena se puso tensa. —No.

—Me parecés conocida. —Sus dedos le acariciaron el hombro y se movieron lentamente hacia su cuello. —Pues sí. ¡Ajá! Y ¿cuántas de ustedes son putas?

La cara de Malena se llenó de pánico. Flaca nunca la había visto tan asustada. Sus manos se transformaron en puños. —No la toques...

—Esa, no. —Miró a Flaca con desdén—. No puede ser. Nunca ganaría un centavo.

—Nos vamos. —Romina dirigió a Flaca hacia la puerta, aliviada de sentir a las demás detrás de ella. Afuera, el sol les cayó encima. Caminaron agrupadas, rápidamente, los corazones latían fuerte en cada pecho. El café las había liberado con nada más que una pequeña ola de carcajadas en su estela. Llegaron a una plaza con bancos vacíos, pero no se detuvieron. Flaca dobló hacia el río y las demás la siguieron.

—Que se vayan a la mierda —dijo Flaca.

—No hiciste nada —dijo Romina con su voz más tranquilizadora.

—¡Ya sé muy bien que no hice nada, carajo!

—Malena —dijo la Venus—. ¿Estás bien?

—Sí, estoy bien.

—Él no tenía ningún derecho...

—Ya dije que estoy bien.

No lo parecía, temblaba, pero quedó claro que Malena se había retirado a algún albergue interno como un animal cazado, a punto de morder cualquier mano que la alcanzara.

Caminaron sin decir nada por una cuadra, dos.

En pánico, Romina pensó en la escritura de la casita, la tenía en la mano, ¿y después? El tiempo mismo se había borrado... pero entonces vio que Flaca llevaba el sobre grande de papel manila donde la había traído. —¿La escritura?

—Está acá —dijo Flaca.

—Gracias a Dios.

Se callaron de vuelta hasta llegar al río, la rambla, el paseo pavimentado que abrazaba la costa de la ciudad. Allí se permitieron sentarse en el muro bajo que miraba al agua. Si alguien las molestaba, sería fácil levantarse y seguir caminando.

El Río de la Plata les ofreció sus esquirlas minúsculas de luz.

Fue un error, pensó Flaca, encontrarse en un café. Era una idiota. Había estado tan entusiasmada por su victoria que había perdido el sentido común; se había olvidado de dónde vivía, de dónde vivían, de lo que eran.

—¿Alguien se acuerda —dijo Romina— de qué hablábamos antes de ser interrumpidas?

—Yo sí —dijo Paz—. Hablábamos de que arreglar la casa podría llevar años. Y de que sí lo podíamos conseguir. —Se acordaba de las palabras precisas porque en el momento le habían dado cosquillas de emoción en las manos. En solo unos días, terminaría la secundaria y ese hito parecería nada, una estupidez, comparado con esto. —Flaca, dijiste *tenemos años.*

Flaca soltó un resoplido. Su garganta estaba seca. Quería decir algo con brío para restaurar el estado de ánimo celebratorio, pero no le salía nada. La había molestado, ese hombre, y se odiaba a sí misma por sentirse afectada.

—Mientras tanto —dijo Romina— podemos ir, no importa en qué condición esté. Podemos salir de la ciudad.

—Yo sin problema duermo en el piso —dijo Paz.

—Yo también —dijo Malena, con una intensidad que sorprendió a todas. Un mechón se le había escapado del rodete, y por primera vez no había intentado acomodarlo. Era casi como si el hombre hubiera despertado algo dentro de ella, una rabia indómita, pensó Paz. ¿Cuánto tiempo había estado allí esperando el momento? —Llevaremos mantas, como hicimos la última vez, y haremos nuestros propios nidos, que crecerán poco a poco hasta que sean lo que queremos que sean.

Flaca sintió que se expandía por dentro, que se encendía otra vez. Lo que la alimentaba era oír sobre los años que venían, no tanto las mantas o sillas que encontrarían para el ranchito, sino el mero hecho de tener un cuadradito de espacio para amar y la voluntad de amarlo.

Romina estudió a Malena con ironía. —No me digas que te estás volviendo optimista, ¿eh?

—Quizá.

Romina se sintió impactada por los ojos grandes y oscuros de Malena, su belleza, el desenfreno que sí contenían al fin y al cabo. —Ítaca.

—¿Qué?

—Sin duda es Ítaca.

Malena pareció perpleja y luego sonrió cuando se acordó.

—¿De qué carajo hablan? —dijo la Venus.

—De una de esas cosas literarias de Romina —dijo Flaca.

—A mí me encantan las cosas literarias —dijo Paz, esperando que Romina se la explicara.

Pero Romina tan solo le dio a Malena un empujoncito juguetón, y los ojos de Malena se abrieron de una forma que podía expresar sorpresa o placer o alarma.

*

Llegaron a Polonio un viernes de tarde después de Año Nuevo, cuando ya era 1979. Entraron a pie por las dunas atravesando el crepúsculo creciente, ansiosas de terminar el viaje antes de perder toda la luz y posiblemente el camino. Cuando llegaron al ranchito, les dolían las piernas y estaban mareadas de cansancio, pero la emoción de estar en su casita (¡su casita!) al principio les impidió conciliar el sueño. Flaca prendió cinco velas y las puso en el centro del piso desnudo y vacío. Las cinco se sentaron de piernas cruzadas alrededor de las llamas y contemplaron sus sombras, que brincaban y se enroscaban por las paredes oscuras. Afuera, las olas brillaban su canción. Ya estaban mudando la piel de la ciudad. Nuestra casa, pensaron, con sorpresa, asombro, duda, deleite. Nuestra casa. Una botella de whisky hizo la ronda, y luego apagaron las velas, acomodaron sus mantas en el piso y se durmieron en un círculo al azar, acompañadas por el pulso del rayo del faro.

A la mañana siguiente, mientras tomaban mate, examinaron el ambiente con más detenimiento. Las paredes estaban arañadas y repletas de agujeros por donde la lluvia entraría en el invierno (y en el verano también, señaló Flaca, acordémonos de que esta región costeña ve todo tipo de tormentas), así que esos deberían ser reparados, y el baño no era nada más que un balde en un espacio separado por una puerta de junco, pero era un buen comienzo, era decente, un ranchito sólido, suyo.

—Es un palacio —dijo Romina.

Malena empezó a reír, pero se detuvo cuando vio el dolor en la cara de Romina.

—Pensé que era un chiste —dijo.

—No lo era. —Romina lo había dicho en serio. Era un palacio porque cada centímetro les pertenecía y entre esas cuatro paredes podían ser cualquier cosa, lo que quisieran. Podían ser ellas mismas. Nunca había vivido en un lugar semejante; la libertad la intoxicaba. Era extraño, pensó, cómo se podía vivir toda la vida en un hogar definido por personas que te querían y te cuidaban y compartían ancestros contigo, pero que a la vez no te sabían ver del todo; personas que protegías con el acto de ocultar tu ser real. Aunque quería mucho a sus padres, el hogar siempre había sido un lugar donde tenía que esconderse, hasta ahora. Abrió la boca para tratar de decirle eso a Malena, pero se detuvo, le faltaban las palabras.

Malena tocó el brazo a Romina. Suficiente comunicación.

Cada una había traído un plato para empezar a abastecer la cocina, y también un tenedor, un cuchillo o dos, un vaso. Era todo lo que necesitaban por ahora, eso más la tierra y el océano. Acomodaron los artículos sobre los dos estantes en el rincón que servía de cocina, y luego se dispersaron suavemente por la mañana. Flaca investigó los agujeros en las paredes y se puso a remendarlos con un yeso que había traído de la ciudad. Malena, Romina, y la Venus salieron a caminar en busca de caracoles para decorar los alféizares y madera de deriva para construir estantes. Se meterían al océano en el camino. Paz, mientras tanto, se fue a lo de Lobo en busca de pan y charlas. Él estaba visiblemente feliz de verla. —Te dije que volvería —dijo ella y empezó a desempolvar la mercadería. Javier llegó corriendo, con cara más delgada y pelo más largo que la última vez, emocionado por mostrarle una punta de flecha de indios que había encontrado por las dunas. Antes había muchos, contó Lobo, en la época de su llegada al Polonio, cuando era chiquito, cuando tenía más o menos la edad de Javier y sus padres buscaban trabajo desesperadamente y encontraron vacantes en el comercio lugareño de focas y lobos marinos. Habían llegado en una carreta con todas sus posesiones envueltas en mantas; aún se acordaba del temblor y repiqueteo de la carreta, de los bultos bajo la espalda, del calor, de la mano húmeda y cálida de su madre sosteniendo la suya. En esos primeros años, encontraba frecuentemente puntas de flecha esparcidas por el suelo, hasta que, durante su temprana adolescencia, llegaron unos hombres de la ciudad que las juntaron todas para un museo en Montevideo, ¿tal vez Paz las había visto?

Paz dijo que no.

—Bueno, entonces, ¿dónde las pusieron si los estudiantes como tú no aprenden de ellas?

—No sé. No aprendemos nada en la escuela. —Eran puras mentiras, estupideces aprobadas por el gobierno y había detestado los días de la secundaria.

—A mí me hubiera gustado ir a la escuela. —El Lobo echó un vistazo a su nieto, que se había acomodado en un rincón—. A tu edad ya estaba de caza en los barcos con mi padre.

Se sintió una idiota. Ingrata. —Perdone.

—No pasa nada. Alicia es bárbara con los chiquitos, aprenderán más que yo. Y, en todo caso, me encantaba cazar. Era un trabajo duro, pero no hay nada como el poder de esos cuerpos, la cosa que ocurre dentro de ti cuando estás luchando con un gran animal como ese al final de su vida.

Sangre en la espuma, pensó.

—¡Yo quiero luchar con animales! —dijo Javier.

—Una cosa a la vez —dijo Lobo, y esto pareció satisfacer al niño.

—Le dije que algún día viviría en Polonio —soltó Paz.

El Lobo sonrió. —Y acá estás.

Ella esperó que dijera *sin vivir acá, realmente*, pero no lo hizo.

—¿Y qué dice la gente de nosotras?

La contempló. Estaba tallando otra vez, y a ella le pareció increíble que pudiera hacerlo con precisión mientras miraba hacia otro lado. —Es inusual, por supuesto, un grupo de primas en un ranchito de pescadores.

Paz no respiró.

—Pero, claro, no hay problema.

Sintió que sus músculos se relajaban. A lo mejor nadie lo sabía. Quizás todo estaba bien. Escuchó el sonido del cuchillo de Lobo, el rasguño suave contra la madera, y se dio cuenta de que coincidía con el sonido bajo y constante de las olas del océano, un ritmo unido, arena y agua, filo y madera. ¿Lo hacía a propósito? ¿O lo hacía sin pensar porque había vivido tanto tiempo en este lugar marino que su canción había penetrado en todas partes? Parecía que Lobo vivía como si los ritmos militares no lo alcanzaran. Como si no existieran o como mínimo fueran ahogados por la omnipresencia de las olas.

—¿Sabes? Tengo una idea que podría conectarte más profundamente con este lugar.

—¿Otra?

—Sí.

Sintió un cosquilleo de esperanza. —La primera salió muy bien.

—Podríamos empezar un negocio. Juntos.

—¡Qué! —Paz se rio—. ¿Después de decir que no me imaginaba viviendo acá?

—Bueno, todavía no me lo imagino. De veras. Pero no hablo de eso. Todavía vivirías en la ciudad, pero allá venderías pieles de foca para hacer esos sacos que les gustan tanto a las damas pitucas de Montevideo. Yo juntaría las pieles acá, tú las llevarías a la ciudad, donde hay un montón de compradores.

—¿Pero no hay ya un comercio de pieles?

—Bah, es del gobierno, los cazadores no ganan casi un peso. Esto sería... —Se inclinó hacia ella, entrecerró los ojos—. En negro. Compartiríamos la ganancia. Tú recibirías el treinta por ciento de todo.

¿Por qué no el cincuenta por ciento?, se preguntó Paz, aunque el pensamiento fue breve y no se atrevió a pronunciarlo. De todas formas, la idea entera era ridícula. Recién había terminado la secundaria el mes pasado, con poca fanfarria, y al final del verano empezaría a estudiar literatura en la universidad, una carrera que había elegido porque era la única pasión suya que tenía algo que ver con el estudio. Era lo que debía hacer: seguir estudiando. Hasta dónde la llevaría, no sabía decirlo. Pero, igual, ¿ella? ¿Contrabandista? Lo que menos necesitaba era un trabajo ilegal. Se preguntó cuánto riesgo habría. Lobo no parecía preocupado. Pero de todas formas, aunque no fuera

peligroso, ¿cómo trasladaría las pieles? ¿Por pilas en el ómnibus? El volumen, el peso, el olor... ya se sentía asqueada. Sus fantasías de libertad nunca habían tenido el aspecto ni el olor del cadáver de un animal. Pero, en cambio, ¿cómo habían sido sus fantasías? Abiertas. Nebulosas. Ninguna señal de ganarse la vida, esa cosa imposible y esencial. Ella no era como sus compañeras de clase, que soñaban con ser doctoras o maestras o las esposas de hombres ricos. Sus únicas ambiciones eran vivir y ser libre. Ganarse la vida no era una parte clara del sueño y casarse por dinero, la ambición de muchas chicas de pelo suave, estaba fuera de discusión (mejor morirse). Su meta en la vida era la misma que tuvo la primera vez que llegó allí: seguir el ejemplo de Flaca. Pero Flaca tenía padres a quienes les caía bien o así parecía, aunque seguramente solo veían destellos de quién era su hija realmente, y aun más importante tenían una tienda que ella podía manejar, un trabajo que podía heredar. Paz no tenía nada de eso. Ni la familia-a-la-que-caes-bien ni la tienda familiar. —No sé —dijo.

—Si no es lo tuyo, olvídate. —Lobo hizo un gesto descartando la idea—. En todo caso, dime, tú y las chicas, ¿van a celebrar el nuevo hogar? El viejo Carlitos tiene unos corderos, ¿sabes?, les podría carnear uno.

Empezó a hablar de los corderos de Carlitos, la mejor carne de la costa de Rocha, y Paz dejó que la cuestión del negocio de pieles pasara a segundo plano, aunque seguiría serpenteando por su cabeza, lenta, sinuosamente, curvándose por el borde oscuro de sus pensamientos.

*

Las amigas se entusiasmaron con la idea del cordero y de celebrar la nueva casa, todas menos la Venus, quien dijo que era demasiada carne, un cordero entero, incluso medio cordero, que no les alcanzaba la plata y ¿qué harían con tanta comida? Flaca propuso que invitaran a los lugareños a compartir su abundancia. —Son nuestros nuevos vecinos, después de todo. Y así sería un asado bien lindo.

—Pero no queremos que los vecinos vengan por acá —dijo la Venus.

—Estarán no importa lo que hagamos —dijo Romina.

—Exactamente —dijo Flaca—. Sería una muestra de benevolencia.

—Es un precio excelente el que nos hace el viejo Carlitos —dijo Paz.

Romina asintió, pero la Venus dijo: —Pero si el propósito de venir acá era tener un espacio para nosotras...

—Venus, querida —dijo Flaca—, ellos estaban acá primero. Este es su lugar.

—¿Y qué?

Flaca se retrajo ante la dureza del tono. Había una parte de su amante que la irritaba, la parte que tan fácilmente menospreciaba a hombres que eran obreros, gente honesta que trabajaba de sol a sol. *¿Y qué?*, como si los hombres humildes de rostros curtidos no merecieran cortesía. Hombres humildes con caras curtidas como la de su propio padre. Ella era hija de carnicero; el compartir carne era el lenguaje de la comunidad, una forma de echar raíces en un lugar.

—Y bueno, debemos ser amigables.

—No quiero ser amigable. —La Venus había contado los días para poder alejarse de su marido, de la proximidad constante de hombres que siempre querían algo de ella y cambiaban los elogios por la rabia con una rapidez impresionante si no encontraban lo que buscaban, o si lo encontraban pero aún se sentían como la mierda por dentro, porque todo era solo eso, ¿verdad?, todos esos abusos y acechos masculinos, un intento por aliviar sus propios sentimientos de mierda, un proyecto sin maldito fin. *Ni hablar,* dijo Arnaldo cuando ella le mencionó que se iría por unos días, y le negó el permiso de ir aunque ella no se lo había pedido. Abandonó el tema y se escapó cuando él estaba en el trabajo. Dejó una nota en la mesa de la cocina, pero sin incluir un número de teléfono. Ya temía lo que la esperaba cuando regresara a casa. Lo único que quería era unos días, carajo, algunos días en los cuales no tener que complacer a los hombres, y aquí estaba Flaca tratando de invitar a hombres desconocidos a la fogata.

—Venus —dijo Flaca—, no seas tan egoísta.

La Venus la miró con ira sin tapujos y Paz retrocedió hacia la pared.

—Escuchen —dijo Malena—, a ver si nos tranquilizamos. Es posible que encontremos la forma de que todas reciban lo que quieren.

—¿Cómo? —preguntó Romina. No se imaginaba la forma de lograrlo.

—Podríamos comprar la carne, armar la fiesta, pero hacerla en otro local que no fuera nuestro ranchito. —Malena contempló a cada mujer, una por una—. Paz, ¿no dijiste que hay un pescador que tiene un bar?

Paz asintió. —Benito. —Había oído historias sobre Benito, un sobreviviente del naufragio del Tacuarí que había decidido quedarse en el lugar a donde el destino lo había arrojado y que ahora pescaba de día y abría su bar de noche; y cuyos sueños con tormentas antes de que llegaran y de metal retorcido arrastrado a la orilla del mar le habían dado una fama lugareña de profeta del clima. Pero no parecía un buen momento para todos estos detalles—. El bar se llama El Ancla Oxidada.

—Ta —dijo Malena—. Entonces, ¿qué tal si le pedimos a Benito el uso del Ancla Oxidada para nuestra parrilla? —Miró a Flaca—. ¿Eso satisfaría tu necesidad de hospitalidad?

Flaca se encogió de hombros. —Eh, sí. Supongo—. No era lo mismo, pero ya quería olvidarse del problema.

Malena se dirigió a la Venus. —¿Y tú? ¿Esto satisfaría tu necesidad de sentirte segura?

La Venus pestañeó para resistir las lágrimas.

¿Segura? Pensó Flaca. ¿Esta pelea tenía que ver con la seguridad? Y si así era, ¿cómo lo sabía Malena? Qué profundamente veía las cosas, Malena. De repente le pareció a Flaca que Malena escondía un océano dentro de sí, profundidades nunca pronunciadas, llenas de cosas resbaladizas y despiertas.

—Sí —dijo la Venus.

Una hora después, todo estaba resuelto, y esa noche se fueron a El Ancla Oxidada, que resultó ser nada más que un cuartito construido contra la pared del ranchito donde vivía el dueño, con espacio adicional afuera salpicado de taburetes y mesas bajas hechas de madera de deriva y objetos hurgados en el naufragio del Tacuarí. La noticia había circulado de boca en boca entre los residentes de Cabo Polonio, y habían llegado siete u ocho hombres y dos mujeres, entre ellas Alicia en compañía de los niños, quienes jugaron en medio de todo mientras Flaca atendía la parrilla y ahuyentaba amablemente a los hombres que pretendían encargarse del asado. El licor salió mucho antes que la cena y fue servido hasta muy entrada la noche. Un pescador llevó una guitarra y otro volteó un cajón para usarlo como tambor; las sambas llenaron el aire porque no estaban tan lejos de la frontera con Brasil, y pronto la música inspiró al baile y las nuevas mujeres del Polonio bailaron con los pescadores y entre ellas mismas bajo las estrellas, mujeres que bailaban juntas, una cosa inocente, suficientemente común como para pasar por alto sin levantar sospechas, y nadie le faltó el respeto a nadie y la Venus parecía feliz y relajada y sin perturbaciones; ella bailó, todo el mundo bailó, todo el mundo parecía feliz, todos llenos de carne tierna asada a la uruguaya, sobre las brasas, hasta la perfección, y llenos también de vino y grapa destilada ahí cerquita, y la bienvenida parecía buena y completa hasta que Flaca, por fin, a las dos de la mañana, se dio cuenta de lo que faltaba. El farero no había ido. Aún no lo conocía, pero había esperado que se sintiera bienvenido; él también era parte de esa tierra. ¿Estaría enfermo? ¿Sería demasiado ermitaño? Se dirigió a Benito para preguntárselo.

—Ya no está —dijo Benito.

—¿Cómo que no? ¿Cómo dice?

¿Cómo iba a haber un faro sin farero?

—El gobierno lo reemplazó. —Benito hizo una mueca.

—¿No te gusta el nuevo farero?

—Nuevos fareros: viene toda una tropa.

—Una tropa... querés decir... —Alzó la vista hacia el faro. De repente, su luz lenta parecía pulsar con tono amenazante. —No puede ser, no te referirás a soldados.

Benito asintió con un aire de indiferencia o quizá resignación. Tormentas, soldados, se van, vienen, qué se puede hacer, solamente soportar lo que toca y tomarse una grapa o dos por el camino.

—¿Cuántos?

—¿Cómo vamos a saber?

—¿Todavía no llegaron?

—Por ahora hay uno solo. Vienen más.

—¿Cuándo llegan?

Se encogió de hombros.

Flaca fue a sentarse en un taburete al borde de la reunión. Observó a sus amigas mientras bailaban, aún sonriendo, observó a todo el mundo. Su refugio. Ya invadido. Todos sus ahorros y la plata reunidos con tanto sacrificio volcados en una choza, un sueño de asilo, y mientras tanto el régimen se mudaba a un lugar allí nomás. De repente se sintió agotada, más vacía de lo que jamás se había sentido en la vida.

—¿Qué carajo te pasa?

Era Paz, con la mano sobre su hombro.

—Nada.

—Mentira.

—Acá no. Después te cuento.

Así que Paz esperó hasta que la fiesta se calmó, hasta que los pescadores empezaron a irse a sus casas antes de la madrugada porque sólo les quedaba poco antes de tener que lanzar sus barcos al mar, donde había peces para capturar y bocas que alimentar, y las mujeres siguieron los rayos de sus linternas para encontrar el camino a casa. Cuando ya estaban dentro del ranchito, al instante en que la puerta se cerró detrás de ellas, Paz dijo: —Ta, Flaca, largalo ya.

—¿Largá qué? —preguntó Romina.

—Pasa algo.

Romina buscó en la cara de Flaca alguna señal de negación.

—Pero, por Dios —dijo la Venus—, ¿qué está pasando?

—Tenemos que sentarnos —dijo Flaca.

Se acomodaron sobre las pieles de oveja que le habían comprado justo ese día al viejo Carlitos y que servían de colchón y manta y asiento.

Y Flaca les contó.

Mientras hablaba, las demás se quedaron muy quietas. Malena estudió una mancha en la pared como si contuviera jeroglíficos secretos. Los ojos de Romina se cerraron al mundo. Paz sintió que se le tensaba la mandíbula, como le ocurría en la escuela cuando veía a los varones acercarse y buscar pelea.

—No lo puedo creer —dijo la Venus. —Estuvimos tan cerca.

—¿Qué quiere decir eso? —dijo Flaca—. ¿Cerca? Estamos acá.

—Bueno, ta, y los soldados también —dijo Romina—. O van a estarlo en cualquier momento.

La Venus se levantó, buscó su bolso, y sacó su camisón. Les dio la espalda para cambiarse. Sus manos tiritaban mientras se sacaba la ropa. —Recién compramos este lugar, y ya lo perdemos.

—¡No! No es así. ¿Cómo podés decir eso?

—Porque es la verdad, Flaca. Ya no estamos seguras en este lugar.

—Tiene razón —dijo Malena con tristeza—. Los soldados van a estar acá cerquita.

—¿Y qué? ¿No estamos acostumbradas ya a eso?

Esto calló al grupo. El océano, imperturbable, cantó. De repente, a Romina el ranchito le pareció desgastado, nada que ver con un palacio, apenas una choza maltrecha en el culo del mundo, vulnerable a las tormentas.

—Yo pensé... pensé que este sería nuestro refugio. —La Venus había vuelto al círculo y se cepillaba el largo pelo. Sus pezones se traslucían a través del camisón de seda—. Nuestro escape. —Oyó la voz de su esposo, *Anita estúpida*.

Paz había sentido el derrumbe de su mundo (su refugio, el sueño entero de una tribu secreta ya al punto de morir, esfumado), pero la vista de los pezones de la Venus la distrajo, reacomodó sus pensamientos, hizo espacio para otra cosa. —Todavía es nuestro escape —dijo—. A mí tampoco me gustan esos soldados, pero Flaca tiene razón, todas tenemos alguna que otra idea de cómo manejarnos con ellos.

Flaca la miró con gratitud.

Paz formó dos puños contra la piel de oveja. —Podemos pelear si es necesario.

—No vamos a tener que pelear —dijo Flaca—. Escuchen, todas. Este todavía es nuestro refugio, carajo. ¿Saben por qué? Porque es nuestro hogar. Y esos hijos de puta no nos lo pueden quitar.

—Espero que tengas razón —dijo Romina.

Y entonces Flaca hizo algo que las sorprendió a todas: gateó hasta donde estaba Romina, justo encima de los cueros de oveja y la tomó entre sus brazos. Paz, mirando del otro lado del círculo, pensó que Romina se pondría rígida, que resistiría, porque ¿cuándo Romina no se resistía? ¿cuándo alguna vez se aflojaba?; pero no, Romina parecía derretirse contra Flaca como una nena asustada, acurrucada, emitiendo un sonidito entre tarareo y gemido.

—Ya vas a ver, querida —dijo Flaca—. Ya vas a ver.

4

El sueño de la mujer

Volvieron tres meses después, durante las vacaciones de otoño, en esa última etapa de sol fiable antes de que los días lentamente se achicaran hacia el frío. Esta vez despilfarraron en una carreta que las llevaría por las dunas y la brisa les llenó el cabello y alegró su piel mientras atravesaban la arena.

—A ver si nos ponemos de acuerdo —había dicho Flaca justo antes de embarcarse en el ómnibus en la ciudad—: no hablemos del faro por lo menos durante el primer día.

Todas se pusieron de acuerdo, aunque Romina se mostró reticente y se limitó a encogerse de hombros. *Faro,* en este caso, era el código para *soldados.* Estaba bien no hablar de ellos, pensó, pero los soldados no eran fantasmas: apartarlos de los pensamientos no los hacía desaparecer.

Sin embargo, en el camino se sintió contenta de haber hecho el pacto y vio la lógica de Flaca (una lógica muy de Flaca) de cambiar de tema para poder sumergirse en el momento, en lo que realmente las rodeaba, para que las dunas fueran tan verdaderas como las tropas lejanas y acechantes, la arena palpable, cambiante, formada por el viento, pesada como cerros, más grande y más anciana que las ideas, y los problemas de una, un bálsamo para la consciencia.

Tan pronto como bajaron las mochilas y bolsas de la carreta, Paz salió disparada, decidida a ser la primera en llegar a la puerta. De vuelta. Viva otra vez. Rodeada por su cuartito de baja luz, se sintió grande por dentro, capaz de enfrentar al mundo.

La Venus se acercó detrás de ella y respiró profundo. —Oh, sí. No hay nada como el olor del moho para que te sientas en casa.

Paz no se había dado cuenta del olor. —No está tan mal.

La Venus arrugó la nariz, incrédula.

—En todo caso —dijo Romina, detrás de ellas—, no es nada que un cachito de limpieza no resuelva.

—¿Qué es esto? —Flaca estaba en la puerta con un cigarrillo colgando de sus labios—. ¿Recién llegamos al paraíso y ya hablan de quehaceres?

—Es *nuestro* paraíso, boluda —dijo Romina, mientras cruzaba al rincón que era la cocina y pasaba un dedo por la mesa estrecha que usaban como mostrador. Nos toca a nosotras mantenerlo lindo. O qué, ¿pensabas que habíamos comprado un palacio repleto de sirvientes?

—A mí no me molestaría tener sirvientes —dijo la Venus, pensando en Olga, que iba dos veces por semana a su apartamento en Montevideo y que seguramente haría relucir este lugar en un solo día si le pusiera las manos encima. Pero claro, si la Venus dejara a su marido, no habría ni Olga ni comestibles ni nada de lo demás.

—Dicho como una plena burguesa —dijo Flaca con aspereza.

Nadie se movió. Silencio. Malena bajaba su bolso pesado pero lo alzó de vuelta a su hombro como si el objeto de repente le temiera al suelo.

Romina sintió el impulso de decir algo (tal vez *qué bravo*), pero permaneció muda. La tensión en esa pareja era obvia desde que partieran de la ciudad. Le pareció que Flaca se había pasado de la raya, pero era mejor no intervenir. Empezó a desempacar algunos trapos para limpiar y entonces se acordó de que no había agua corriente. Flaca era la que sabía manejar la bomba.

—¿Cómo? —dijo la Venus—. ¿A ver? ¿Quién es la burguesa?

Flaca aplastó la colilla del cigarrillo contra el umbral. —¿De qué carajo hablás?

—Sos una mojigata, la peor de todas.

¿Mojigata?, pensó Paz. ¿La Flaca, mojigata? No podía imaginárselo. No debería quedarse mirándolas —Romina buscaba nerviosamente en su bolso, Malena había salido— pero no podía evitarlo. Ya iban formando una clase de familia, tejida de desechos, como un colchón creado de tela sobrante que nadie quería. Se querían entre sí. Tenían que quedarse tejidas. No podían deshilacharse.

—Mierda, Venus, eso no es lo que yo...

—¿Ah, no? —La voz de la Venus subía continuamente—. ¿Entonces qué?

—Necesitamos agua para tomar —declaró Romina dramáticamente—. Y pan, si es que Alicia hizo hoy. Paz, ¿me acompañás?

Paz quería oír la pelea, cada palabra, pero sabía que solo había una respuesta correcta. —Claro.

Afuera, Malena se unió a ellas y las tres dejaron a la pareja en la choza y se fueron hacia lo de Lobo. En una bifurcación del camino de barro, Romina dobló hacia el océano.

—Lo del Lobo queda para acá —dijo Paz.

—Ya sé —dijo Romina—, pero ¿no te morís por ver el océano?

—Yo sí —dijo Malena.

Romina miró brevemente a Malena. No había hablado desde que llegaron. El anhelo en su voz era palpable. Siempre parecía tan serena Malena, seguía la onda del grupo, se contenía silenciosamente hasta que de repente soltaba algo. En este caso, el deseo. Por la playa. ¿Y qué más anhelaba Malena? ¿Qué más no expresaba? —Ta, bueno, ahí está. Y, de todos modos, a lo mejor conviene darles a esas dos suficiente tiempo para pelearse.

—Y tal vez para empezar a calmarse —dijo Malena.

—Ah, de eso quién sabe —dijo Romina.

—¿Qué les pasa? —dijo Paz.

—¿No lo sabés?

Paz negó con la cabeza, fastidiada por la idea de que las demás lo hubieran sabido antes que ella, a quien trataban como a la hermanita menor, la bebita de la familia, y la dejaban en Babia.

—La Venus está como loca por alguien. No solo por alguien,

sino por una cantante famosa. —Romina sonrió—. Y Flaca vuela de celos.

—¿Le hizo eso a Flaca? —dijo Paz.

—Primero, no sabemos cuánto ha hecho ya la Venus. —Romina soltó una carcajada—. Segundo, si es que sí lo ha hecho, no se lo hizo a Flaca.

—Y ese es el problema —agregó Malena, riéndose también.

Su diversión hirió a Paz. No era una nena. —No quise decir eso.

—Ya sé lo que quisiste decir —dijo Romina—. Pero escuchame: a Flaca esto no le ha pasado nunca. Supongo que yo no debería disfrutarlo tanto. No hay nadie en el mundo a quien yo quiera más que a Flaca.

Paz prestó atención a las frases silenciosas bajo esa declaración. *Ni a mis propios padres. Ni a mi hermano en prisión.*

—Pero verla recibir una dosis de su propia medicina, pues, eso sí es algo interesante.

—Ella te engañó a ti —dijo Malena pensativamente.

Romina se encogió de hombros. —No lo voy a negar. Y no es que me importe. Ya es historia antigua. Pero sí podría hacerle bien conocer el otro lado de la historia.

—Pero van a resolverlo, ¿no? ¿Durarán? —Paz se imaginó a Flaca y la Venus de viejitas arrugaditas con bastones, aún enamoradas. Sentaditas juntas en el banco de un parque siendo ellas mismas. Sin hombre. Tomándose de la mano como hermanas envejeciendo juntas. Ocultas a plena vista.

—¿Y qué quiere decir eso, *durar*? —Romina ahora caminaba rápido—. No se puede pensar así, eso no existe para personas como nosotras.

—¿Por qué no?

—No tenemos cosas durables. No recibimos nada para siempre, nada de futuros, nada de novias con velo y toda esa mierda.

—Todo eso ya lo sé —dijo Paz a la defensiva—. Obviamente. Pero no podemos... no podríamos... —Luchó por formar la idea. No quería parecer una idiota. Tenía algo que ver con formar su propio camino de *por siempres,* aparte del mundo de novias y velos y quizá aparte del mundo real, aparte de todo, pero ¿qué sentido tenía eso cuando en estos días hasta las viejitas más dulces y honorables de su barrio vivían con miedo? Ya no quería pensar más. Tenía ansias de océano, de su sal y balanceo, de su suspensión de la gravedad. A lo mejor Romina tenía razón; a lo mejor arruinaba el momento presente cuando lo recargaba con ideas de un futuro que no existía y no podía existir. Miró a Malena, quien no había dicho nada. A veces, en conversaciones, se ponía tan silenciosa que casi te olvidabas de su presencia. Pero sí escuchaba, ¿verdad?—. ¿Qué pensás tú, Malena?

Malena se tomó tanto tiempo para contestar que Paz se preguntó si la había oído. —Pienso que el futuro no nos pertenece. Pienso que *por siempre* es una expresión extraña. No se puede confiar en ella. Lo que sí sé es que Flaca y la Venus se quieren profundamente y para mí ha sido un privilegio verlo.

Esto estimuló mil preguntas más en Paz, pero no sabía por dónde empezar, así que no dijo nada. Llegaron a la orilla. Los pies en la arena, rumbo a las olas, que hoy eran bajas, casi lánguidas, y alcanzaban a las tres para luego retroceder a un cuerpo azul e infinito. Paz pensó en todas las criaturas bajo esa superficie tranquila, sus cuerpos escurridizos, la forma en la cual debían planear y fluir por el mundo submarino, las corrientes, los barcos naufragados ya llenos de crustáceos tras muchos años allí. Trató de imaginar a los lobos marinos, las focas, con sus bultos enormes y majestuosos, nadaban y copulaban y alimentaban a sus crías. Mamíferos marinos; del océano y, a la vez, no. ¿Los bebés podían mamar bajo el agua?

—Shhh —susurró Romina—. Están acá.

Paz no tenía idea de lo que hablaba. Empezó a darse vuelta.

—No miren. —Romina mantuvo la voz baja—. No a la misma vez. Tú primero, Paz, luego Malena.

Paz se giró lentamente hacia la izquierda, y vio la playa vacía. Hacia la derecha. Tres figuras, no, cuatro, enfrente de la protuberancia rocosa donde terminaba la curva de la playa, sentadas en la última arena. Hombres. Lo sabía por sus posturas, su jactancia al ocupar el espacio. Y los uniformes. Verde y *beige*. Se giró hacia el agua. Soldados—. Ya podés mirar, Malena.

—No quiero. —La voz de Malena era tensa—. Debemos irnos ya.

—¿Nos tenemos que ir? —dijo Paz—. ¿Solo porque ellos están acá? ¡También es nuestra playa!

—No es nuestra playa. Es siempre la suya. Cada grano de arena en este maldito país les pertenece. Punto. —Romina empujó un mechón de pelo que se había escapado de su gomita para retorcerse en el viento—. Pero, igual, eso no quiere decir que tengamos que irnos.

—Solo digo —dijo Malena—, que podemos irnos si quieren.

Se le ocurrió a Paz que Malena no proponía que se fueran en interés suyo, sino de Romina, para proteger a su amiga. Su amiga, una vez cautiva. Romina pareció pensar en lo mismo. Observó a Malena y después clavó los ojos en el suelo.

—No sé lo que quiero —dijo.

Se quedaron paradas con incertidumbre y escucharon las olas.

—Quiero romperlos a todos en pedazos.

Se formó una ola. Se retiró. Creció otra, más potente que la anterior.

—¿Qué hacen ahora? —La voz de Romina era muy baja.

Paz echó un vistazo a los hombres. Uno de ellos parecía mirarlas y señalarlas, pero no se había puesto de pie. Sus compañeros soltaron carcajadas y luego se pasaron algo entre ellos, una botella, un libro... no, alzaban el objeto a sus bocas y, ¿qué te pasa, Paz? ¿En serio pensás que esos tipos compartirían un libro? Las llamas. La quema de todas esas páginas bajo la parrilla, entre las brasas calientes.

—No se acercan —dijo—. No creo que lo hagan.

—Caminemos —dijo Romina.

Se dirigieron dirección opuesta a los soldados. La arena se deslizó y se hundió alrededor de sus pies.

—No es que quiera matarlos —dijo Romina, y se detuvo.

—Estaría bien si quisieras hacerlo —dijo Malena.

Romina respiró profundo. Qué cosa, abrir la boca con los solda-

dos allí cerquita en la distancia y *querer romperlos a todos en pedazos.*
¿Cuántos había allí, en la barraca de Polonio? ¿La playa estaría siempre infestada de ellos? Había tenido sus dudas acerca de volver, había
presumido que la presencia de los soldados la encerraría en el miedo.
Pero Romina sentía una extraña expansión al verlos allí en la playa,
de tamaño humano, visibles pero fuera del alcance del oído mientras ella decía cosas prohibidas en voz alta—. Es decir, los mataría. Si
tuviera que hacerlo para protegernos, para liberar al país. Pero eso no
es lo que quiero hacer. Lo que quiero hacer es reclamar nuestro poder.
Lo que realmente quiero romper es... —Se detuvo, dio un paso, dos;
hasta acá, hasta en este momento, con el viento a su espalda y las olas
a su lado, no podía decir la palabra *dictadura* en voz alta con ellos tan
cerca—. El régimen.

—Sí —dijo Malena—. Entiendo.

¿En serio entiende? ¿Puede entender?, pensó Romina, pero no
hizo esas preguntas, distraída como estaba por el deseo de hablar.

—Quiero involucrarme otra vez. Sabés, con la resistencia. Hace bastante tiempo que lo estoy pensando. —Le vino a la mente su hermano, encarcelado ya hacía seis años, ¿y si jamás lo veía de nuevo?
¿Estaría entero o quebrado? ¿Orgulloso de ella o avergonzado?

—¿Y por qué no lo has hecho? —dijo Malena.

—Mis padres. Ahora que mi hermano no está, por ahora, tal vez
por siempre, soy la única que queda. No soportarían perderme y me
parecería injusto hacerles eso.

Casi habían llegado al final de la playa. Caminaron en silencio por
un tiempo.

—¿Qué piensan? —dijo Romina, avergonzada por la vulnerabili-
dad de su tono. Sabía que Paz probablemente la animaría a hacer lo
que quisiera; era joven y aún no había aprendido a analizar todos los
riesgos de las cosas. Pero fue Malena, la sólida, la responsable, quien
la sorprendió con la primera respuesta.

—¿Qué pienso yo? —La voz de Malena tuvo un toque de acero—.
Que no les debes tu vida a tus padres.

—La han tenido bien difícil, ¿sabés? —dijo Romina—. Mi abuela
sobrevivió los pogromos y...

—Tu vida no les pertenece —dijo Malena—. Sea como sea.

Romina la contempló. Allí estaba otra vez, el estallido reluciente de pasión en la voz de Malena. Una mujer capaz de una tranquilidad enorme y también de fuego. Una mujer que no hablaba con sus propios padres, una circunstancia que ella, Romina, encontraba difícil de imaginar. Empezó a formarse un pensamiento de que los pogromos no se podían borrar con un simple *sea como sea,* que no se podía escapar de esas historias ni de la forma en que te empujaban desde dentro de tu propia piel, ella no entendía, no podía entender, pero la detuvieron los ojos de Malena. Estaban muy abiertos, líquidos, llenos de lo impronunciado, llenos de misterios, y ella podría mirarlos todo el día, pensó, podría bucear en esa oscuridad y ser envuelta por ella, abrazada, renovada. Le tenía cariño a Malena, pero nunca la había considerado sexi, principalmente porque no se le había ocurrido, es que no se había sentido atraída por nadie desde lo de los Solo-tres y el pensar en cualquier amante le daba un disgusto visceral. Sin duda nunca se había preguntado cómo se vería Malena en momentos de placer, en su placer desnudo, si sus labios se abrirían, si su espalda se arquearía, si sus párpados aletearían o si fijaría la vista con los ojos bien abiertos, qué imagen, porque Malena aún la observaba en ese mismo momento.

Paz tosió.

Se alejaron la una de la otra en dirección a la chica de expresión algo hosca de pie a unos pasos de distancia. —Me voy a lo del Lobo.

—Yo te acompaño —dijo Romina rápidamente.

Paz se encogió de hombros.

—Yo también —dijo Malena—. Vamos a necesitar todos los brazos posibles.

*

Cuando las demás se fueron, Flaca empezó a dar zancadas por la choza, a un lado y a otro, buscando palabras que no llegaban.

—¿Podés parar? —dijo la Venus—. Me ponés nerviosa cuando te movés así. Estás como un animal de zoológico.

—¿Vas a decirme a *mí* lo que debo hacer? —dijo Flaca—. ¿Con *mi* cuerpo?

La Venus alzó las manos. —Lo siento, mi tigre, hacé lo que quieras.

Flaca sabía que lo decía levemente como forma de cortar la tensión y la frase *mi tigre* le penetró la piel como miel. Pero jamás lo admitiría. No a esta Venus nueva, la que se hallaba atrapada bajo el encantamiento de Ariela Ocampo. Qué error había sido llevarla al concierto en el teatro Solís. ¿Cómo se le había ocurrido? ¿Qué estaba pensando? ¿Que una noche de paseo reavivaría la chispa entre ellas? Durante demasiado tiempo se habían encontrado furtivamente, siempre detrás de puertas cerradas, y sentía que el interés de la Venus declinaba, veía esa expresión distante en sus ojos mientras se vestía para volver a casa. *Tengo que dejar a mi marido*, le había dicho a Flaca, *Ya no puedo más. Me retraigo cuando me toca, no lo puedo disimular y ni le importa*. Qué rabia pensarlo. Puños cerrados. Flaca quería darle puñetazos a ese marido que nunca había visto, golpearlo hasta hacerlo papilla. *No le permitas tocarte. No tiene derecho.* Pero la Venus solo tomaba bocanadas de aire roto y decía: *Eso es mentira, Flaca. No sabés nada del matrimonio.* Y entonces Flaca se enojaba. Claro que sabía. Había visto a su madre, a sus hermanas, la forma en la que organizaban sus días alrededor de sus hombres, cómo funcionaba eso, un código que siempre había sabido que evitaría en su propia vida. ¿Quién lo quería? ¿Qué sentido tenía? No valía la pena tener un hombre ni importaba cuánto se burlaran de ella por carecer de uno. Nunca había entendido el atractivo del matrimonio, el deleite sonrojado de sus hermanas al aproximarse la fecha de sus bodas mientras la costurera plegaba y pinchaba el vestido de novia de su madre para ajustarlo a sus cuerpos, y un día haremos esto para ti, Flaca, dijo entonces su hermana Clara, tendremos que achicarlo más para tus caderas inexistentes (amablemente, riéndose); pero eso había sido hacía años, cuando la familia aún parecía creer que podía haber un esposo en su futuro alguna vez. Esposo. Persona suficientemente loca como para pensar que lavarle los calzoncillos y prepararle la comida y escucharle las quejas aburridas por el resto de la vida podría hacer feliz a una mujer. Sin embargo, no podía negar que su hermana Clara parecía contenta con Ernesto y la madre de Flaca siempre había parecido contenta en casa; era una mujer tímida fuera del ambiente familiar, pero con papá se abría como una flor, riéndose de sus chistes y burlándose de él con la alegría embelesada de una adolescente. Flaca no podía imaginar a papá tocando a la fuerza a mamá. Coqueteaban, ella le empujaba levemente la mano cuando él se acercaba por detrás a la pileta en la cocina, pero quedaba claro que le agradaba, que realizaban un baile de dos cuerpos felices de envejecer uno al lado del otro. Este Arnaldo, este esposo de la Venus, era otra clase de hombre. Flaca no aguantaba la idea de él cerca de la Venus. No tenía derecho. No la merecía. Incapaz de detener la causa del dolor de su amante, buscó un bálsamo para aliviarlo, aunque solo fuera mediante una distracción. Ese concierto, una noche de tango y ópera audazmente mezclados, había parecido un buen antídoto. Era el tema de actualidad, el concierto, o así parecía, por lo menos, por los carteles fuera del gran Teatro Solís, que era la única medida de la cultura que Flaca conocía. Era la primera vez que compraba entradas para un espectáculo en el Solís. El teatro de ópera de su nación. Sus padres solo habían asistido una vez, de recién casados, y su madre aún hablaba de esa noche como si hubiera sido la cosa más romántica que su marido hubiera hecho jamás. El carnicero y su mujer en el Teatro Solís, rodeados de cortinas lujosas y murales elaborados; Flaca se los podía imaginar, vestidos con sus prendas más finas, deslumbrados y un poco intimidados. Ahora había llegado su turno. Hija de carnicero. Sería culta. Podía ser un caballero. O una caballera (¡qué palabra, qué "impalabra"!). Si alguien las viera juntas de paseo y lo reportara al marido de la Venus, podría decir que había salido a escuchar música con una amiga. Nada tan extraño, nada prohibido. El único problema era que Flaca tendría que ponerse un vestido. No se había puesto un vestido en siete años. Su hermana Clara le prestó uno; Clara —la hija del medio, cuatro años mayor que Flaca, siempre la más comprensiva—, quien se rio con júbilo mientras hurgaba en su ropero, *qué, Flaca, ¿te vas a hacer culta? te voy a ahogar en volados, muchacha*, y luego, después de elegir finalmente un vestido más solemne, de líneas simples y un verde lima que había estado de moda diez años atrás, cuando las modas todavía llegaban a esta ciudad: *¿a quién estás tratando de impresionar?* Dicho suavemente. Clara sabía. No todo, pero bastante. Flaca siempre lo había intuido; aquí estaba la prueba. Sin embargo, no pronunció palabra sobre el tema. Solamente respondió a la pregunta con los ojos. Tenía un vestido, tenía entradas, iban a fingir por una noche que ni su país ni sus hogares tenían problemas, carajo, y sí, sabía lo que diría Romina, *ta, qué bien, por qué no ir a escuchar ópera mientras los prisioneros políticos se consumen,* pero ¿qué más se podía hacer? Los prisioneros sufrirían con o sin ópera, ¿no? La Venus estaba hermosísima esa noche, resplandeciente en un vestido azul eléctrico. Era su color. Todos los colores eran los suyos. Flaca entró al Teatro Solís sintiéndose el rey del universo, al lado de esa mujer que robaba las miradas de todos los hombres que pasaban. *Para mí. Ella se desnuda para mí. Soy yo a quien ella desea.* Sus asientos quedaban solamente a cuatro filas del frente. El concierto empezó y Ariela Ocampo salió al escenario. No era lo que Flaca esperaba, aunque afuera había visto los carteles de una mujer elegante de labios rojos y la mujer en el escenario sí tenía la misma elegancia y los mismos labios rojos. Ahora llevaba un vestido verde y centellante que a Flaca le hizo pensar en las sirenas. Parecía más joven que en la foto, casi vulnerable, y por un momento Flaca temió por ella, aunque no sabía por qué. Pero entonces Ariela cantó. El tiempo se detuvo. El tiempo se estiró, desarmado por la música. Desarmado por la voz de Ariela. Cantaba un aria que fluía hacia el tango clásico y luego volvía a la ópera en un solo hilo de melodía. La orquesta la seguía como un rebaño de ovejas, como si su voz fuera un bastón de mando que señalaba el camino y lo abría. Flaca nunca había oído nada semejante y sí, no sabía nada de música, pero sintió que la gente más culta a su alrededor estaba tan cautivada y asombrada como ella. En ese momento no estaban atrapados en una jaula chiquita que se llamaba "país"; trascendían, flotaban, el sonido los había transformado en etéreos. Unos sonidos que eran de ellos y a la vez no, cercanos y foráneos, altos y bajos, ópera y tango, que se derramaban uniéndose el uno sobre el otro. Y entonces, en la cuarta canción, la mirada de Ariela se posó en la Venus. Se detuvo por un minuto que pareció infinito. Emitió su melodía como si acariciara las curvas de la Venus. Flaca sintió que el cuerpo de su pareja, sentada a su lado, se iluminaba. Toda la gran sala pareció disolverse dejándolas solamente a ellas dos, a la cantante y a la belleza, suspendidas en el espacio. La canción las levantó juntas a un estrato melódico que solo ellas podían alcanzar y allí se estremecieron, en lo alto, sobre una cinta tirante de sonido, y entonces Ariela paró en el medio de la canción y miró brevemente a Flaca, una vez, dos, como evaluando qué clase de compañía tenía la Mujer de Azul Eléctrico y qué implicaba eso, como si dijera *ajá, así que ella es una de las nuestras también,* pero ¿Ariela? ¿Esta Ariela Ocampo? ¿Una mujer *así*? No podía ser. Pero allí estaba, la mirada más sutil, lograda en un instante, reconocible solo para las que saben. La cantante era una cantora, ¡la cantora, una cantora!, y el juego de palabras era tan ridículo que Flaca casi soltó una carcajada. Se mordió la lengua para detenerse. Los ojos de Ariela ya estaban en otra parte y no volvieron. Flaca suspiró con un alivio que duró solo hasta el intermedio, cuando un acomodador le llevó una notita a la Venus. *¿Qué es?*, preguntó Flaca. *¿Qué dice?* La Venus se negó a mostrársela y pasaron el resto del concierto tensas. Lista con una defensa abrasadora, Flaca esperó que la cantora mirara de vuelta a la Venus, como para retarla, pero no ocurrió. Ariela Ocampo, majestuosa en su manto de música, reina. En el ómnibus a casa, la Venus finalmente se rindió y le mostró la nota. Nada más que unos números. Un número de teléfono. Ni una palabra. *Pero no lo vas a marcar, ¿verdad?*, espetó Flaca, inmediatamente avergonzada de su propia irritabilidad. *Claro que no*, dijo la Venus sin dirigirle la mirada.

Pero luego sí lo hizo.

—Es que no es justo —dijo Flaca ahora clavando la vista en el océano a través de la ventana—, que no me digas lo que pasó cuando fuiste a su casa.

La Venus la contempló con algo parecido a lástima. —Yo pensaba que éramos mujeres libres. Sin derecho de propiedad. ¿No fue así como lo expresaste tú? Elegir estar juntas porque era lo que queríamos, no porque nadie nos hubiera exigido hacerlo. El amor libre, como los *hippies*, pero mejor que ellos por habernos liberado de los hombres. El desafío a los grilletes del matrimonio... Tus palabras, Flaca.

—Ya sé lo que dije. Y no estamos casadas. —Obviamente. Qué cosa más estúpida de decir—. Pero... —Buscó las palabras adecuadas. ¿Qué derecho tenía de estar celosa? ¿Cuántas veces había dejado vagar su atención y hasta sus manos cuando debía estar con otra mujer, cuando la mujer con quién debía estar se dedicaba a ella? Siempre le había parecido una de las cosas buenas de ser una invertida, una infracción de la ley natural, una mujer creada para las mujeres: que podía vivir más allá del matrimonio. No ser poseída por nadie. Seguir sus propios deseos, las verdades que surgían de su cuerpo.

El problema era que su cuerpo deseaba a la Venus: vorazmente, verdaderamente y sin fin.

—Me podrías haber dicho que ibas a su casa.

—¿Te tengo que decir todos los lugares a los que voy?

—Esto es diferente.

—¿Por qué? Era una fiesta. ¿No puedo ir a una fiesta sin decírtelo? Por Dios, ahora parecés Arnaldo.

Flaca se quedó mirándola. *No me invitaste,* pensó en decir, pero se contuvo. Cuando la Venus le mencionó por primera vez que había asistido a una fiesta en lo de Ariela Ocampo, no lo había creído. Aunque las fiestas no estaban prohibidas por ley, el proceso de obtener autorización para encuentros en grupo era tan pesado y la gente estaba tan recelosa, que las reuniones comunes no abundaban y ella ardía por la distensión de un apartamento lleno de cuerpos, bebidas, música, risa, como los cumpleaños de antes, los cumpleaños de todos, de sus padres, sus hermanas, sus sobrinitos, sus tías abuelas, sus bisabuelos, todas buenas ocasiones para tortas y pebetes y whisky y tangos y guitarra. Pero solo le tomó un poco de investigación confirmar que era cierto: Ariela Ocampo daba fiestas en su vieja mansión en El Prado, donde podía producir su arte despreocupadamente, sin ansia ninguna en su bonita cabeza sobre cómo pagar las facturas de mierda cada semana de mierda, porque ella era rica, carajo, no por su arte sino por la familia en la cual había nacido. Qué lindo debía ser, las fiestas eran lindas, o por lo menos así decían. Increíblemente, parecía que el régimen hacía la vista gorda. La trampa era esta: si no vivías allí en el barrio, era mejor que te quedaras hasta la mañana siguiente para evitar a las patrullas nocturnas. Y eso llevó a Flaca a la pregunta de respuesta obvia que aún no se había atrevido a formular.

—¿Te quedaste toda la noche?

—Flaca. ¿Te oís?

—¿Por qué no me contestás?

La Venus apartó la vista. —La mayoría se queda. Es una fiesta larga y es más seguro dispersarse después de la madrugada.

—¿Y qué hiciste, entonces, hasta la madrugada?

—¿Querés saber todos los detalles, Flaca? ¿Lo que comí, lo que tomé, a qué hora fui a mear?

Flaca sintió que algo se le derrumbaba por dentro. Se apartó y clavó la vista en la ventana y en el camino de barro hacia la playa y la franja azul a lo lejos, y luchó por respirar.

—¿Flaca?

—Nomás decime que no querés verla de nuevo.

El silencio entre ellas se hizo vasto y cayó sobre el canto distante de las olas.

Flaca pensó en esas olas, en cómo besaban la arena, una y otra vez, volviendo siempre a la misma caricia. ¿Pero eso realmente era cierto? ¿No estaba compuesta cada ola de agua diferente o de la misma agua combinada de maneras infinitamente variadas? ¿Dos besos jamás eran iguales? Nunca había deseado tan intensamente que algo permaneciera igual. Había sido tan estúpida... Pensó que la Venus era su descubrimiento, un ama de casa a quien había llevado al Otro Lado, al lado invisible, donde las mujeres tomaban sus alegrías ocultas. Flaca se comparaba con el esposo de su amante y se deleitaba en su triunfo. Ella era mejor que él, le daba más placer a la esposa de Arnaldo, ganaba. Tan satisfecha, tan presumida que no se había esperado algo así, una rival acá en el Otro Lado, una rival rica y glamorosa, con su propia casa, con plata, fama, fiestas prohibidas, tantas cosas que Flaca no tenía. Y belleza. Del tipo femenino que cautivaba desde el escenario. Flaca había abandonado la femineidad hacía años, alejándose a zancadas, aliviada y vibrante, sin mirar atrás. No tenía ningún deseo de volver. Siempre habría mujeres que se sentirían atraídas por ella justamente como era, angulosa, esbelta, audaz. Recibió el apodo "Flaca" en los primeros años de la adolescencia, cuando las otras chicas aumentaron de caderas y pechos y ella quedó plana y hecha un palito y lo había acogido con buen humor y una especie de orgullo. Aun así. Pensar en la Venus con esa maldita estrella de ópera hacía que Flaca se sintiera de repente fea, malformada y otra vez chiquita, atrapada bajo una lluvia de piedras tiradas por varones mayores en el camino a casa. Sintió los golpes de las piedras en la piel, oyó las voces crueles y de tono cobrizo en sus oídos.

—No puedo —dijo la Venus.

*

Paz, Romina y Malena volvieron de lo de Lobo con las provisiones que precisaban más tres pedazos grandes de cartón y un balde de pintura verde.

—¿Qué cuernos van a hacer con eso? —preguntó la Venus, divertida y a la vez aliviada por el regreso de sus amigas y el cambio de tema.

—Vamos a hacer carteles —dijo Paz—. Son del Lobo, un regalo para la casa. La pintura es lo que sobró de cuando pintó los estantes de su almacén, y quedaron muy lindos, ya verán, tienen que verlos.

La Venus sonrió a Paz. Esa chica, tan capaz de encontrar una alegría feroz en cartón y pintura. ¿Cuánto tiempo duraría eso? ¿En tiempos como aquellos? Era tan joven. Pero no despreocupada, eso ya nadie lo era. —¿Cómo que carteles?

—Paz aún no nos ha dicho —dijo Romina—. Es todo muy misterioso.

—No, no lo es —dijo Paz—. Vamos a hacer un cartel para nuestra casita declarando su nombre, como hacen los ricos en los balnearios finos. —Levantó la cabeza para buscar reacciones; dirigió la mirada a Flaca, que estaba en la puerta trasera fumando un cigarrillo y hurgándose las uñas. No parecía escuchar.

—¿Pero cómo se llama? —dijo Malena.

—Eso es lo que vamos a tener que descifrar —dijo Paz. Vaciló; había imaginado este momento diferente, las cinco en un círculo de la misma forma en que se sentaban de noche, pero ahora con un pincel empapado de verde y creando esta cosa juntas. Miró a Flaca de vuelta, pero Flaca no le devolvía la mirada.

—¿Qué tal El Paraíso? —dijo Malena.

—El Cuchitril —dijo Romina.

Malena le hizo una mueca burlona de indignación. —¡¿El qué?! Romina le sonrió.

Paz alcanzó el pincel, lo sumergió en la pintura verde y se puso a escribir. —Sigan.

—El Caracol —dijo la Venus.

—La Choza.

—El Palacio.

—La Iglesia.

—El Templo.

—La Cueva.

—El Barco.

—La Proa.

—Libertad.

—El Fin del Mundo.

—El Fogón.

—El Fuego.

—La Voz.

—La Canción.

—El Sueño.

Paz pintaba furiosamente palabras por todo el cartón esforzándose por seguir el ritmo de todos los nombres.

—El Sueño del Pescador.

—El Sueño de la Mujer.

—¡Sí!

—El Sueño de la Lengua.

—Ahora sí —dijo Flaca desde la pared lejana, y Paz se alegró de que su amiga se hubiera sumado de vuelta; el círculo de ellas quedaba completo otra vez.

—El Sueño de los Dos Dedos de Tu Mano Derecha...

—Ay, dale, ¿por qué no tres?

—¡Te pusiste roja!

—¡*Tú* te pusiste roja!

—Los Cinco Dedos Que...

—El Sueño de la Mano Derecha.

—El Sueño de la Mano Izquierda.

—¿Izquierda?

—¡Mirá que soy zurda!

—La Concha. Las Caderas.

—Las Caderas Felices...

—La Concha Feliz...

—¡Chicas, chicas!

—¡Eso mismo! Chicas Chicas es un nombre perfecto.

—Ah, sí, claro. Eso no atraería *ninguna* atención.

La Venus señaló con un gesto al pincel. —¿Me dejás?

Paz le pasó el pincel. —Es tuyo.

La Venus pintó alrededor de las palabras durante un tiempo. Las demás la observaron. Nombres en cursiva, nombres en letra de molde, gritos y susurros, flechas, remolinos. Viñas verdes e intricadas.

—Guau —dijo Paz—. Nunca nos dijiste que podías pintar así.

—La Venus se rascó la nuca—. Creo que ni yo lo sabía.

—Pero ya saben que eso no lo podemos colgar —dijo Romina—. Jamás.

—¡Lo tenemos que hacer! —dijo Paz—. Es nuestra casa.

Romina la miró. —Eso no tiene nada que ver.

—En realidad —dijo Malena—, tiene todo que ver. El hecho de que sea nuestra casa significa que tenemos que ser más cautelosas que nadie.

—Bueno, podríamos ponerlo adentro —dijo Paz sin convicción.

—Tengo una idea —dijo la Venus, y tomó el pincel otra vez. Pintó sobre las palabras agrupadas pasando pinceladas arriba de ellas, ahogándolas en espirales de color.

Paz soltó un relincho de decepción.

—Perá —dijo la Venus—. Todavía no terminé.

Mientras se secaba la pintura, se puso a cortar letras del cartón sobrante. Colocó las letras sobre la superficie verde y arremolinada. L – A – P – R – O – A. La Proa.

La Venus miró a Paz, que seguía enfurruñada. —Todas las demás palabras todavía están allí abajo, Paz. Acordate de eso.

Flaca había traído martillo y clavos de la ciudad, y usaron estos para colgar el cartel a la derecha de la puerta principal. En las horas siguientes, Paz le echó tantos vistazos como le fue posible y vio cómo el verde cambiaba con el progreso del sol, primero iluminándose más, luego profundizándose hacia matices oscuros que la hacían pensar en brujas y sus brebajes espesos y antiguos.

Así era el color del cartel esa tarde cuando aparecieron los *jeeps* militares.

Nuevos arribos del mundo civilizado.

Uno, dos, tres, en línea, transitaron frente a su casita aunque no había ni calle ni ruta en ninguna parte del Polonio, solo arena abierta y barro, donde esos *jeeps* imprimieron sus huellas continuas a su paso.

Romina se había sentado afuera para escapar del calor atrapado en la casa. No dirigió la mirada directamente a los *jeeps* y trató de fingir que no le partían la mente en dos, que no le apretaban el cuerpo mientras apretaban la tierra, que el sonido del motor no era como el gruñido del auto en el cual la llevaron a la celda donde... no seas estúpida, Romina, volvé al momento, no estás allí, mirá el océano allá en la distancia, no les pertenece, mirá qué azul es, mirá qué infinito es, llenate los ojos.

Paz hacía una parada de manos sin ninguna razón en particular, simplemente porque le gustaba hacer paradas de manos y ahí nadie la detenía. Al revés, con los pies en el aire y la cabeza hacia abajo, observó pasar a los *jeeps*. Sus llantas invertidas la hicieron pensar en escarabajos atascados en sus espaldas y agitando sus piernas mochas en el aire.

La Venus se había metido adentro al momento de verlos (estaba en bikini y con una pollera larga y nada más) y los contempló por la ventana de la cocina. Vio soldados en las camionetas con toldo, soldados con ojos en la nuca buscando cuerpos femeninos. Y los encontraron.

Los *jeeps* atravesaron el crepúsculo, el campo abierto hacia el faro, hasta que al fin desaparecieron por una curva.

—Paz —llamó la Venus por la ventana.

—¿Qué?

—Debés entrar.

—No quiero. Hace demasiado calor.

—Es más seguro acá adentro.

—Ay, por Dios. ¡Ya se fueron!

—Tenemos que entrar todas —dijo Malena.

—¿Y qué? —dijo Paz—. ¿Quedarnos en nuestras trampas hasta que no haya más soldados?

Flaca llegó cargando las pocas ramitas que había juntado para el fuego. El fogón no sería muy grande esa noche, pero por lo menos tenían velas. Las demás le contaron sobre los *jeeps*, pero Flaca ya lo había adivinado por las huellas aplastadas en el terreno abierto delante del ranchito. Debatieron qué hacer en cuanto al fuego esa noche y en cuanto a la cena. No debían llamar la atención. No debían renunciar a sus derechos. No existían los derechos. Eso no debería ser así. No importaba que "debiera" o "no debiera" ser así. No podían seguir así por siempre. No era por siempre esa noche de *jeeps* nuevos, una etapa de precaución adicional. Habían planeado un asado. No importaba. Sí importaba. Igual no tenían suficiente leña. Cocinarían adentro, en el pozo de cocinar. Prenderían velas y se sentarían adentro alrededor de sus llamitas. Estarían juntas. Estarían bien.

Con el cambio de planes para la cena, Flaca y la Venus se fueron a lo de Lobo a buscar unos ingredientes adicionales. Parecían demorar mucho, pensó Romina. A lo mejor estaban arreglando las cosas. Eso le dio esperanza, pero luego la asustó. ¿Qué tal si, al arreglar las cosas, habían tratado de robarse unos momentos allá por las rocas? Quién sabía dónde vagaban esos soldados después de su jornada o qué harían si descubrieran a dos mujeres entrelazadas. *Mierda,* pensó, *Flaca, volvé ahora, carajo.*

Paz se escabulló afuera. Ya había estado encerrada suficiente tiempo. ¿Qué le podía pasar? Se quedaría acá mismo, en este taburete, con la espalda contra el ranchito del cual era dueña, del cual era una de las dueñas, su nombre figuraba en la escritura, sí señor. Le faltaban dos semanas para cumplir dieciocho y mirá, acá estaba, sentada a la puerta de su propia casa como una reina. Nadie en sus clases universitarias se lo imaginaría, ni los docentes ni los demás estudiantes que no le daban bola, atentos a las chicas de lápiz de labios y brillo. Observó el paisaje, ahora cubierto de los últimos momentos del crepúsculo. Una hermosura a la cual nunca se podría acostumbrar, a la cual nunca quería acostumbrarse, aunque sí anhelaba conocerla en cada tono y luz.

Una figura se acercaba desde el lado del faro. Una figura amplia, no Flaca ni la Venus, pero tampoco un soldado. Era difícil entrever las cosas en la luz tenue, así que no fue sino cuando la figura casi había llegado que Paz vio que era una mujer, una dama, una vieja dama, de perlas y maquillaje estridente y un tapado de piel ridículo para esa noche calurosa de otoño. Inmediatamente, Paz decidió que esta mujer era rica y tonta, la clase de mujer que llevaría un tapado de piel caro a una playa salvaje y remota y luego insistiría en ponérselo solamente para jactarse de tenerlo, y al carajo con el calor. La Mujer de Piel miraba ahora a Paz, en traje de baño y pollera corta, sentada en su taburete. Parecía esperar un saludo u otra cosa, una muestra de deferencia, como si ella, Paz, fuera parte del populacho y la Mujer de Piel una reina que pasaba por el pueblo. No soy el populacho, pensó Paz, pero entonces se le ocurrió que quizá sí lo era. El proletariado, con sus ranchitos destartalados. Bueno, ta, pensó, es *mi* desprolijidad y de nadie más. La Mujer de Piel aún la observaba. Paz le devolvió la mirada sin sonreír.

—Sentate bien —dijo la Mujer de Piel bruscamente.

—¿Perdón?

—Cerrate de piernas y sentate como una dama.

La espalda de Paz se tensó. No se había dado cuenta de que sus rodillas estaban separadas, de que sus piernas estaban relajadas y abiertas de una forma por la cual su madre la rezongaba desde antes de que tuviera memoria.

La Mujer de Piel fulminó con la mirada a Paz como si la muchacha fuera un perro mal entrenado. —¿No me oíste?

—No es contra la ley sentarse.

La cara de la Mujer de Piel cambió ahora y Paz sintió su primera ráfaga de miedo. Debería juntar las rodillas y pedir perdón, pensó. Eso seguía siendo Uruguay. Pero su cuerpo no se movía.

—¿Dónde está tu madre? —preguntó la Mujer de Piel.

Romina estaba ahora en la puerta. ¿Desde cuándo? —Señora. Le pido mil disculpas. La niña le pide mil disculpas.

—¿Tú? —La Mujer de Piel hizo una mueca de duda—. ¿Tú sos la madre?

—No, soy su prima. Esta muchacha está bajo mi cuidado y ella lo lamenta mucho, ¿verdad, María?

El miedo se agudizó. A Romina le pareció conveniente ocultar su nombre. Solo lo hacía si sentía peligro. Pero a lo mejor Romina, con su pasado, su arresto, su hermano encarcelado, tenía la tendencia a interpretar peligro donde no existía. Todos estos adultos con sus reacciones miedosas a todo, a todos, formaban parte de la jaula, ¿no? A Paz le daban ganas de gritar.

No contestó y el silencio se volvió atronador.

La cara de la Mujer de Piel se había endurecido.

—Ella lo siente mucho —dijo Romina.

La Mujer de Piel clavó la mirada en las piernas de Paz, luego en su cara y entonces se dio vuelta y se fue por el sendero sin decir una palabra más. Desapareció en la oscuridad creciente.

Paz sintió triunfo.

—¡¿Qué carajo estabas pensando?! —dijo Romina entre dientes.

—Ay, pero por Dios, ¿por qué no te calmás un poco?

—Paz, esa mujer llegó con los soldados.

—¿La viste?

—No, pero...

—Entonces no lo sabés.

—Pero pensá, gurisa. ¿Con quién más podría estar? ¿Con el Lobo?

—Es imposible que esa mujer sea milica.

—No tiene que ser milica para hacerte pedazos.

—¡Pero pará ya con las ansiedades! ¡No sos mi madre!

La mirada de Paz era tan feroz en ese momento que Romina abandonó el tema.

Paz se fue adentro hecha una furia. Romina la siguió y la encontró en el rincón de dormir enroscada con un libro.

—¿Estás bien? —Era Malena, al lado de Romina.

—Sí. No. No sé. —Romina se apoyó en el mostrador. ¿Qué hacían en esa playa? ¿Se escapaban? ¡Qué escape! Por lo menos en la ciudad era posible temerles a los soldados y cagar cómodamente a la misma vez. Acá no había ni una cocina decente, los cuchillos no estaban limpios, no había teléfono, ni siquiera uno con micrófonos ocultos por el cual podías hablar en códigos, solo un océano como recurso y ¿el océano a qué lado le era fiel?

¿Qué tipo de pregunta era esa?

Un sollozo creció dentro de Romina. Lo reprimió. No. Si empezaba, tal vez no terminaría. —A ver si arreglamos la casa un poco.

Los quehaceres siempre la calmaban y, cuando por fin Flaca y la Venus volvieron, respiraba normalmente otra vez; había sido capaz de convertir el incidente con la Mujer de Piel en un buen cuento. Convenció a Paz de contarlo junto con ella como forma de reconciliación entre ambas y, mientras acotaban detalles, una voz sobre la otra (adentro, con la puerta cerrada, de eso Romina se aseguró), las demás se desternillaron de risa.

—¡Cuánto me hubiera gustado verle la cara! —exclamó la Venus.

Paz se veía complacida y orgullosa, la heroína de la noche.

Romina sintió una ola de alivio al ver el deleite de la Venus y Flaca, su completa falta de preocupación. Quizá sí había reaccionado exageradamente. Pero, por otro lado, quizá esas dos habían encontrado su momento entre las rocas y estaban demasiado llenas de placer poscoital como para acordarse de la necesidad de temer. El sexo podía hacerle eso a uno. El sexo y el Polonio: los dos podían llenar a una persona de hermosura, embriagarla con ella, desligarla de la fealdad que permeaba el mundo y sacarla de él alzándola a alturas trascendentes donde se olvidaba de que era, de hecho, aún un ser mortal en un mundo quebrado.

—¡Sentate como una dama! —bramó Flaca—. Oh, si la pobre mujer solo supiera...

*

Fue dos horas y media después, mientras las amigas picaban cebollas y papas para la cena, que tocaron a la puerta. Persistentemente. Fuertemente.

Todas se miraron.

—¿Sí? —dijo Flaca, poniéndose de pie, pero antes de que pudiera llegar a la puerta los soldados irrumpieron en el cuarto sin esfuerzo ninguno porque la puerta no estaba cerrada con llave. ¿Qué carajo nos pasa, pensó Flaca, que nunca pensamos que necesitaríamos una llave?

El alto en el centro examinó el cuarto y posó su mirada en Paz.
—Ella.

Todo ocurrió demasiado rápido como para que alguien lo detuviera. Tres soldados alrededor de Paz, sujetándola de los brazos, arrastrándola hacia la puerta, ignorando sus gritos de protesta. Flaca estaba sobre la espalda de uno de los soldados tratando de sacarlo de encima de su amiga, porque no podían llevársela. Paz gritaba. El cuarto estaba rojo.

—Pará —gritó Romina desde otro mundo lejano. —Pará, Flaca.

¿Yo?, pensó Flaca. ¿Trata de pararme a mí? —No pueden. ¡No pueden!

Otro soldado se acercó a Flaca y le pegó en la cara. Rojo, más rojo, perforado por estallidos blancos.

—Señores, por favor, ¿a dónde la llevan? —Romina otra vez, más fuerte ahora, y suplicante.

Los hombres no contestaron.

Y se fueron tan rápido como llegaron dejando a un solo soldado vigilando afuera.

Paz, ida.

El mundo giró.

Las cuatro mujeres se quedaron mirándose.

Flaca se tocó la cara. Mojada. Hinchándose. En ese momento, entendió que su amor por Paz ya era una fuerza feroz, tan feroz como su amor por Romina, y que no había nada más feroz en su vida, y que haría cualquier cosa por proteger a esa chica de cualquier daño.

Pero, ¿y si era demasiado tarde...?

No podía ser demasiado tarde.

—Las canciones —susurró Malena.

¿De qué hablaba? Flaca la miró con ojos vacíos.

—Estas. —Malena agarró la pila de papeles que descansaba bajo unos caracoles que Paz había juntado ese día en la playa. Canciones antiguas, de los años 60, de antes. Paz las había encontrado entre los papeles de su madre y las había llevado para que sus amigas las vieran y, quizás, hasta para que las cantaran; reliquias curiosas de una época ya pasada hacía mucho, sobrevivientes poco comunes de los fuegos y las redadas que acompañaron al golpe de Estado. Canciones de liberación. Canciones bohemias. Canciones que podían causarte la muerte.

Romina se puso a ayudar a Malena a juntar las hojas de letras de los rincones y las mochilas donde estaban guardadas y sé preguntó cómo lo hacía, cómo podía pensar Malena con tanta estabilidad en un momento como ese. Malena, la estable. Malena, la tranquila. Malena, la reservada-pero-que-tenía-todas-las-cosas-bajo-control. Por supuesto, lo primero que se debía hacer después de un arresto era revisar el área por cualquier evidencia de subversión, o cualquier cosa que los soldados pudieran interpretar como evidencia de subversión, y destruirla. ¿Cómo era posible que ella misma no hubiera tomado esa medida enseguida? ¿Qué le pasaba?

No se atrevieron a esperar el tiempo que llevaría armar un fuego en el pozo de cocinar, así que metieron las hojas en la llama de una vela y las quemaron en un balde de metal.

Palabras transformadas en llamas, luego en cenizas.

Fue Malena quien tomó primero un cuchillo, quien continuó picando. La Venus se sumó un poco después, aunque le temblaban las manos. Nadie habló. Flaca empezó el fuego en el pozo de cocinar y Romina dobló y desdobló su ropa pensando furiosamente, un plan, un plan, tenían que formar un plan.

El guiso salió bien, pero nadie tenía apetito. Trataron de comer. Aún tenían boles en sus faldas cuando alguien tocó a la puerta.

Otro soldado entró, con una tabla sujetapapeles. —Cédulas— dijo.

Las mujeres hurgaron en sus mochilas para sacarlas. La mente de Romina corría veloz. No habían pedido las cédulas inmediatamente, se habían tardado una hora en hacer lo que hubiera tomado segundos en la ciudad. Estaban desorganizados, desprevenidos. Un punto débil. Cómo usarlo. Tenía que haber una manera.

—Señor —dijo Flaca cuando el soldado terminó de registrar sus nombres y números de cédula—, si nos pudiera decir dónde está nuestra amiga...?

—¿Así que *no* es su prima?

—Es que...

—Es prima mía —dijo Romina, dando un paso hacia adelante. Tenían que coincidir en una historia creíble o ya verían... —. Las demás son amigas.

—¿Y qué hacen por estos lados?

—Estamos de vacaciones.

El soldado se fijó en Romina, ojeándole el cuerpo de arriba abajo.

A la fuerza, ella lo dejó mirar, tratando de parecer dócil, de parecer una nada.

—No quiso causar problemas —dijo Flaca—. Es solo una nena.

—Una nena que insultó a la mujer del Ministro del Interior.

Romina se quedó helada, acordándose de la cara rígida de la Mujer de Piel. La esposa del Ministro del Interior. Era peor de lo que había imaginado. —Mi prima con gusto se disculparía.

La mirada del soldado se desvió lentamente hacia Malena, luego a la Venus, donde se posó intensa, hambrienta. —¿Dónde están sus maridos?

Flaca se hundió las uñas en las palmas para no golpearlo.

—En Montevideo, señor —canturreó la Venus con voz seductora, una voz que había usado durante años para poner a los hombres de rodillas, una voz que escondía el miedo que corría por su columna y que esperaba que ayudara a salvar a Paz amansando a este hombre; aunque también podía resultar contraproducente si él la tomaba como razón para volver y violarla. Pero el riesgo valía la pena. Si quería violarla, encontraría una razón para hacerlo de todos modos.

Romina admiró la genialidad de la construcción gramática de la Venus. Había dicho la verdad: su marido estaba en Montevideo. Pero a la vez, había dado la impresión de que cada una de ellas tenía un marido a quien le importaba la ubicación de la esposa, lo que las volvía más respetables.

—Haremos una investigación a fondo —dijo finalmente el soldado, con los ojos todavía clavados en la Venus—. Quédense adentro.

Salió, pero sus pasos no lo llevaron lejos al otro lado de la puerta, así que Flaca hizo una ademán de que mantuvieran silencio y puso un vaso contra la puerta para oír lo que dijera el soldado que estaba de guardia.

—¿Tenés un pucho?

Movimiento. Un suspiro.

—Gracias. —Una pausa—. Qué minas más rayadas. O son drogadictas o son tupamaras. Solo nos hace falta averiguar cuál de las dos cosas.

Dos horas después, a la una y pico de la mañana, comenzaron las entrevistas.

*

—Es la sobrina de un general importante —dijo Romina.

Estaba sentada enfrente de dos soldados, el alto que había entrado antes y otro con ojos verdes y bonitos. Debe detestar sus propios ojos, pensó. Ser bonito no le sirve a un soldado.

Estaban en la choza de un pescador que había sido vaciada para esas entrevistas. Solo ella y ellos. Hay que separar a las sospechosas. Ver si sus versiones encajan, ver si una de ellas se rinde.

Los soldados mantuvieron las caras inexpresivas, intercambiaron una mirada. El alto vaciló antes de volver a hablar. —¿Y cómo se llama ese general?

—Se niega a decirme el nombre.

—Pero si son primas.

—Sí. Es por su lado paterno, no mi lado de la familia y, bueno, ¿saben qué?, es muy modesta, una chica inocente. De hecho, una vez, cuando estábamos...

—Te limitarás a contestar mis preguntas.

—Sí, señor. —Se había atrevido demasiado. Debía dar marcha atrás. Pero igualmente su estrategia podía llegar a funcionar; si investigaban su declaración y descubrían que era falsa, podía haber represalias, pero si mantenía la historia bien vaga a lo mejor lograría plantar una semilla de duda. Una semilla era una semilla, no importaba cuán chiquita fuera. Y aquello no era Montevideo, donde las máquinas de tortura marchaban sobre ruedas y esperaban nuevos cuerpos para consumir. No tenían un plan claro. Habían echado a algún pobre hombre de su propia cama para usar esa choza (allí estaban sus sábanas arremolinadas y enredadas en un catre solitario y estrecho) porque, por una razón u otra, no querían llevar a sus sospechosas a la barraca. A lo mejor ni se les había ocurrido dónde retener a Paz. ¿Con quién estaba? ¿Con los soldados? ¿Con las tropas del faro? ¿Con la policía de la región? No había forma de averiguarlo, dado que preguntarles solo los haría enojar, pero de todos modos no estarían listos para una prisionera como ella y, si estaban menos preparados, quizá fueran menos crueles.

O más crueles.

—¿Así que no sabés el nombre del tío?

—No, señor. Pero ella hablaba de él con gran admiración. De paso. Ella lo quiere mucho. Le brinda un gran servicio a nuestro país.

El militar la observó detenidamente buscando, le pareció a ella, sinceridad o ironía. *Hacete la sincera.* Su garganta estaba seca, el pecho hueco y frío.

—Tu cédula.

Pero qué estúpido. Ya la había visto. ¿Lo hacía para matar el tiempo? Temblando, se la entregó una vez más.

Fue Ojos Bonitos quien la acompañó de regreso a la choza después y en el camino puso su mano en la parte baja de la espalda de ella, como si fuera a guiarla, como si ella no conociera el camino a su propia casa, carajo, como si no hubiera notado cuando la mano bajó hasta su culo y eso es exactamente lo que fingió, que no se había dado cuenta, que no estaba pasando, que solamente caminaba bajo un cielo llenísimo de estrellas a un lugar que amaba, sin una mano en el culo ni memorias de la celda ni de los *Tres-solo-tres* surgiendo dentro de ella para ser reprimidas de nuevo y con fuerza.

Aún ejercía esa fuerza cuando cruzó la puerta de su hogar.

—Ahora tú. —Ojos Bonitos hizo un gesto hacia la Venus, quien se levantó y lo siguió hacia afuera. Ella había hecho todo lo posible para taparse el cuerpo con un chal. Pero sin embargo caminaba majestuosamente, pensó Flaca; no podía evitarlo. Tenía siempre ese toque de reina. Por un instante, se le representó una imagen de la Venus alejándose no con un soldado sino con Ariela, con la Ariela reluciente y similarmente majestuosa a su lado, y entonces se llenó de vergüenza por haber tenido un pensamiento tan baladí en un momento como ese.

Se dirigió a Romina, trató de leerle la cara. —¿Y? ¿Cómo te fue?

Romina se encogió de hombros. De repente se sintió mareada. Bajó la voz a un susurro. —Les conté del tío de Paz.

—¿Cuál...?

—El que es un general poderoso, del que no recordamos el nombre.

A Flaca le llevó un segundo entender. —Sos una genia.

—Chist.

—¿Y qué más...?

—No puedo, Flaca. Dejame en paz.

Romina salió por la puerta trasera, donde los soldados no habían puesto guardia. No podía lidiar con Flaca ahora: sus invasiones, su ímpetu, tenía buenas intenciones, pero ¿qué sabía ella? ¿Qué sabía ninguna de ellas? Nunca habían estado dentro de la máquina. Su estómago se contrajo. Se sentó en el suelo con la espalda contra la pared y dejó que el sonido del océano la envolviera. La habían rodeado, los hombres, los Solo-tres, sobre todo el que había ido la primera noche, la había revestido completamente del olor de su sudor y pesaba tanto encima de su cuerpo que ella pensó que a lo mejor sus costillas se quebrarían, ella entera casi se quebraba debajo de él pero a él no le importaba, eso no importaba, ella no importaba según el hombre que la rodeaba, ella podía ahogarse en la carne de él e igual seguiría haciendo lo suyo, no, eso no podía pasarle a Paz, la idea la llenó de ganas de desgarrar su propia piel. Se retrajo ante un movimiento justo detrás. Una figura se sentó a su lado. Malena. Respiraba profundamente y solo entonces se dio cuenta Romina de la irregularidad de su propio aliento. Su respiración se calmó y ralentizó hasta alcanzar el ritmo del aliento de Malena. La alivió intensamente que Malena no hiciera ningún esfuerzo por hablar. Solo se quedó allí sentada. Su presencia era algo contra lo cual se podía apoyar. Una quietud. Un consuelo. Una serenidad.

Flaca las vio desde la ventana. Dos figuras en la noche, sin movimiento, que no se miraban, pero que de alguna forma estaban conectadas a través del silencio. Dos figuras que se sentían como en casa en un silencio compartido. ¿Por qué no lo había visto antes? ¿Que las dos podían ser...? Ahora era obvio, pero sin embargo nunca se le había cruzado por la mente. A lo mejor porque las dos parecían tan cerradas, cada una a su manera. Romina esquivaba la historia de su propia detención y de lo que había ocurrido durante esos días y de cualquier otra cosa (el encarcelamiento de su hermano, la decepción de sus padres) que apuntara hacia el dolor; mientras que Malena era tan silenciosa que una podía olvidarse de que estaba presente. Era alguien que escuchaba. Una mujer que mantenía las cosas prolijas, puestas en su lugar. Pero tal vez no era tan simple. Tal vez ella también se contenía de contar las historias de su vida y las hundía, las guardaba fuera de la vista para sobrevivir, y tal vez por esa razón veían tan poco de su mundo interno, el cual de hecho podía ser tan amplio como el de cualquiera. Dos mujeres así, ¿cómo formarían un lazo? ¿Y cómo jamás...? ¿Quién avivaría el fuego, arrancaría las bombachas o se deslizaría alrededor de ellas? Parecía improbable, casi risible. Sin embargo, allí estaban. Después de que pareciera cierto que Romina había renunciado a la pasión para siempre, abandonándola en quién sabía cuál celda donde la habían encerrado, después de todo eso, allí estaban. En el aire suntuoso entre las dos, en la forma en la que sus cuerpos parecían sintonizar uno con otro sin tocarse, en la forma tranquila pero despierta en que se quedaban sentaditas, en todo eso Flaca vio que la cosa entre ambas, a diferencia del amorío en el cual se encontraba ella, tenía el poder de durar.

*

La celda era chiquita y apestosa. La mierda de rata se había endurecido en el catre en el suelo. Paz se quedó parada frente a las rejas por mucho tiempo, un tiempo eterno, antes de sentarse sobre el catre con los ojos abiertos en la oscuridad. No podía dormir. El sueño era una cosa enterrada dentro de lo imposible. La noche se estiró larga y muerta alrededor. Había una celda más al lado de la suya, vacía. Estaba sola, salvo por un guardia cuyos ronquidos de vez en cuando flotaban por el pasillo oscuro.

La habían sacado de Polonio en auto, con los ojos vendados y las manos esposadas detrás de la espalda, como si tuviera posibilidad de escaparse de tres soldados armados en un *jeep*, y ahora estaba en otro lado, ya al alcance de la red eléctrica, eso sí lo sabía porque había una bombilla solitaria y débil fuera de su celda.

No le habían dicho nada.

Tenía que hacer pis, pero no había inodoro en la celda y no se atrevía a despertar al guardia. Aún no le habían dado paliza ni la habían violado y no quería darles una razón para ello. Aguantalo. Aguantá el pis, aguantalo adentro, aguantá todo.

La mañana llegó y con ella una visita del guardia con un plato de pan duro y un vaso de agua. Metió esas cosas entre las rejas sin decirle una palabra.

—Perdón, señor.

Él la miró.

—¿Podría usar un baño, por favor?

Le puso esposas antes de llevarla por el pasillo, como si tuviera a dónde correr, como si ella fuera la persona peligrosa en esta cárcel y no él. En el baño ella se limpió como pudo, al mismo tiempo aliviada físicamente y mortificada por los ojos del guardia, pero a la vez pensó, mientras él la guiaba por el pasillo y la encerraba de nuevo, no me ha violado. ¿Por qué no? ¿No era así como iban las cosas? ¿Esperaban algo? Y si lo hacían, ¿qué era? Cada músculo de su cuerpo se tensó vigilante, esperando una señal. Lucharía como una bestia. No lucharía. Les permitiría hacer lo que les diera la gana, pero rehusaría emitir ningún sonido. Los mataría. Les rogaría que fueran tan suaves como pudieran. Les daría cualquier cosa si solamente no la cortaban, ¿habría cuchillos? No soportaba la idea de los cuchillos. No soportaba la idea de...

Pará. Tratá de comer.

Probó un trozo de pan, no pudo tragarlo, lo escupió. Agua. Tibia pero buena, un regreso a la vida mientras la tragaba. No se atrevía a tomar más de tres sorbos porque quería postergar más viajes al baño.

Pasaron las horas.

Sus pensamientos giraron dando vueltas y vueltas como una rueda desencajada. Ella misma estaba desencajada, volátil, pensó una y otra vez mientras trataba de retomar el control de sí misma. El guardia escuchaba la radio al final del pasillo y arrastraba de vez en cuando los pies por el piso. Voces afuera, palabras indescifrables. Mantendría la cabeza baja y no preguntaría nada, no se arriesgaría. Tendría suerte si salía. Capaz que no saliera nunca. Miles no habían salido. La forma de su futuro se torció horriblemente y quedó irreconocible.

Trató de no pensar.

Pensó en el océano. Su rugido, su bienvenida. Los ojos despiertos de Lobo.

Añoró la máscara de oxígeno de Lobo; se imaginó a sí misma desprendiéndola del nido de huesos y poniéndosela. Bastó pensar en eso para que su respiración se calmara.

Era casi el anochecer cuando un guardia llegó y la llevó de la celda a una oficina chica y simple, con un único escritorio marrón detrás del cual había un hombre con aire de autoridad.

—Sentate —dijo el hombre.

Ella se sentó.

—Bueh —dijo el hombre. —Así que tú sos Paz.

Asintió.

—Y tenés dieciocho años, ¿eh?

No tenía dieciocho, aún le faltaba un poco, pero sabía que era mala idea corregirlo.

—Joven. Y estúpida.

No podía discutir con ese hombre. Se mordió la lengua para no decir nada.

—¿Qué carajo hacías con esas mujeres en una playa deshabitada?

—Solo... trataba de... —casi dijo *divertirme*, pero esas palabras parecían peligrosas. Las apartó. —Trataba de apreciar la naturaleza.

Se quedó mirándola. —Ajá. Naturaleza, decís.

La contempló como si pudiera agujerearla mirándola nomás. No era muy alto, pero sí robusto, de hombros anchos; ella podría luchar con él por unos segundos quizá, pero no mucho más. Tenía panza y la cara enjuta de un almacenero gruñón. Daba la impresión de estar evaluándola y ella trató de parecer fea con todas sus fuerzas. Todas esas noches en el baño de su casa mirándose al espejo, sintiéndose fea, pensando que su cara era un error, demasiado angular y de mandíbula demasiado ancha para una chica; trató de canalizar esos momentos, canalizar toda esa fealdad hacia su piel como si fuera un escudo.

—No debes estar separada de tu familia —dijo él—. Mucho menos con esta clase de gente.

—Sí, señor —dijo Paz, e inmediatamente se llenó de vergüenza.

—Podrías meterte en problemas. —La observó de nuevo—. No querés eso, por supuesto.

—No, señor. —Era asquerosa. Patética. Se denigraba por su vida.

El hombre la miró en silencio por largo tiempo y su expresión se puso extraña, casi desconcertada, aunque ella no pudo imaginarse por qué. Finalmente, dijo: —¿Hay algo que quieras contarme?

No le había dicho por qué estaba allí, aunque ella adivinaba que tenía que ver con la Mujer de Piel, con el haberle hablado mal, el rechazo de una muchacha adolescente que no quería sentarse con las piernas cerradas. Tampoco le había dicho dónde estaban, en qué pueblo, cuánto tiempo pensaban mantenerla ahí ni su propio nombre. Podría preguntárselo, pero él no la había invitado a hacer preguntas y cada cosa que se le ocurrió decir parecía tener espinas de peligro. —No, señor.

Él golpeó el escritorio un par de veces y el guardia volvió y la llevó de vuelta a la celda. Abrió la puerta y, cuando Paz entró, le rozó un seno con la mano; ella se puso rígida, *ahora empieza*, pero la puerta se cerró de un portazo y él desapareció.

Por el resto de la noche, Paz esperó con las manos en puño a que él volviera, pero no lo hizo y a la mañana siguiente fue otro guardia quien llevó el pan duro y la observó mientras se limpiaba torpemente en el baño. Este guardia se limitó a acariciarle el culo y el próximo día empujó su erección contra ella, pero Paz fingió no darse cuenta y casi quería reírse de esos campesinos; obviamente les faltaba entrenamiento, no estaban acostumbrados a las prisioneras políticas, ¿no sabían lo que ocurría en la ciudad? Y entonces su cuasi risa se le atoró en la garganta, el veneno más triste del mundo.

*

El cuarto día, el guardia del primer día estaba de vuelta y después del desayuno y la visita al baño la sorprendió llevándola a la puerta principal. Había dos hombres afuera. Estaban de civil, pero los reconoció por las caras. Eran dos de los que la habían sacado de La Proa. Soldados. El pánico la inundó.

—Vas a venir con nosotros —dijo uno de ellos.

—¿A dónde me llevan?

—¿A dónde te parece? —dijo el segundo.

No tenía idea, no sabía qué pensar, pero pronto le habían sacado las esposas y se alejaba de la cárcel chiquita que ahora sabía, gracias al cartel que colgaba al frente, que era la estación de policía del pueblito de Castillos. Caminaron hasta la ruta y salieron del pueblo, caminaron durante lo que pareció horas hasta que alcanzaron una parada de ómnibus aislada y allí se detuvieron. No se atrevió a preguntarles qué esperaban, si un ómnibus o el principio de una pesadilla. Había un banco solitario y vacío, pero los soldados se quedaron de pie, fumando cigarrillos y sin decir nada, así que Paz no se sentó, de todos modos no le daban ganas de hacerlo; su cuerpo ardía por las noches sobre el catre y la falta de comida y el azul encima de ella bastaba para intoxicarla, el cielo, el cielo, ¿siempre había sido tan inexorablemente hermoso?

Llegó un ómnibus y los soldados la guiaron abordo y hacia la parte trasera, donde se sentaron en la última fila, la más larga, uno a cada lado de ella. Viajaron en silencio. A través de la ventana, miró el paisaje que se desdibujaba y temblaba. Campos y árboles y ranchitos chatos con niños desnudos y ropa tendida como bandera desesperada. Parecía la ruta a Montevideo, lo que la llenó de esperanza, aunque también la hería no volver a Polonio para asegurarles a sus amigas que estaba a salvo.

Cuando una mujer se subió en un pueblo para vender empanadas de su canasta, los soldados compraron ocho y le dieron dos. Estaban fresquitas, eran un manjar en comparación con lo que había comido en la cárcel.

—Gracias —dijo, y luego se sintió humillada por el acto. ¡Agradeciéndoles a los captores!

Pero podrían haber decidido no darle nada.

Estos soldados cuyos superiores ni habían dispuesto de un auto para el traslado de una detenida.

Rústico, patético, pero estaba agradecida. Estaba más segura en un ómnibus que en un auto.

Había tenido razón en cuanto al camino a la ciudad. Poco a poco, en el transcurso de las horas, el ómnibus se fue llenando. Cuando por fin llegó a las afueras de Montevideo estaba repleto, todos los asientos cercanos estaban ocupados y, aunque al principio había temido repeler a los demás con su olor, dado que no se había bañado en cuatro días, pronto se dio cuenta de que nadie lo notaba. Nadie veía. Allí estaba, una prisionera flanqueada por soldados en ropa civil, pero parecía tan libre y normal como todos los demás. La esencia de una dictadura, pensó. En el ómnibus, en la calle, en casa, no importa dónde estés ni cuán común parezcas, estás en una jaula.

*

Se bajaron del ómnibus en el centro y los soldados la llevaron a pie a la cárcel de la ciudad, donde la depositaron bruscamente en una celda que contenía a una mujer más, y se fueron sin decir palabra.

Paz los vio alejarse a través de las rejas. El miedo la desgarraba.

—¿Qué hiciste?

Era su compañera de celda, más muchacha que mujer y prostituta, según su blusa escotada y su maquillaje copioso. Estaba sentada con la cabeza inclinada esperando una respuesta.

Paz vaciló por un momento. —Le hablé de forma impertinente a una dama rica.

La chica se rio. Era una risa aguda. —¿Solamente eso? ¿Nomás hablaste?

Paz se encogió de hombros.

—¿No te pagaba?

—No —dijo Paz antes de entender bien la pregunta. Cuando sí entendió, su mente rugió. ¿Pagarle? ¿Una mujer? ¿Eso pensaba?

¿Y esta muchacha realmente había hecho eso? Así que sabía qué hacer, estaba dispuesta a... y era posible que... y qué tal si...

—¿Qué dijiste? —La chica ahora tenía una expresión abierta, curiosa—. Cuando fuiste impertinente.

—No mucho. —Paz la miró con más detenimiento. Tenía cara flaca y pelo negro y frondoso. Era bonita, Paz se dio cuenta de eso, y de repente su mirada compartida adquirió otra capa, una calidad más espesa. La muchacha la contemplaba con tanta franqueza... Paz apartó la vista, la miró de nuevo. La muchacha parecía buscar algo en ella. Había una cierta intensidad en sus ojos, ¿qué era? Paz no podía respirar. Y luego se acabó, la cara de la chica se cerró, se convirtió en un muro de agotamiento. Sin decir más, se acostó en el catre y cerró los ojos.

Paz durmió inquietamente esa noche, en el suelo.

A la mañana siguiente, un guardia llegó a la puerta de la celda y le hizo un gesto para que saliera.

La empujó por el pasillo hacia la entrada principal.

Allí, en el vestíbulo, estaba su madre.

La expresión en su cara... peor que todos los soldados juntos.

*

En el viaje a casa en ómnibus hubo un silencio de piedra. Adentro, su madre fue directamente a la cocina y puso la caldera a calentar en el fuego, luego se quedó parada allí, rígida. Paz se detuvo en la puerta de la cocina. Tenía que decir algo, pero no sabía por dónde empezar.

El silencio abrió sus alas grandes y oscuras. No lo soportaba. Se moría por una ducha, ropa limpia, una cama verdadera. Esas cosas le aclararían la mente. Se dio vuelta para irse.

—Te quedas acá —dijo su madre con una voz que Paz no reconocía.

Paz esperó.

—¿Cómo te atreviste? ¿No tenés cabeza? ¿No te he enseñado nada?

Un dolor helado le recorrió el cuerpo. En los días de guerrilleros escondidos, mamá siempre se había preocupado por el bienestar de los guerrilleros, por lo que probablemente habían sufrido en sus celdas, que si estaban heridos, que si necesitaban un doctor, y que era un crimen no poder llevarlos a ver uno. Ahora no parecía importarle lo que le pasaba a Paz. Ni había revisado los brazos de su hija por si tenía moretones. —No sabía que iba a pasar eso. Solamente estábamos...

—Estabas siendo estúpida. *En tiempos como estos.*

—¡Tú sos la que escondió a subversivos en la casa!

—¡Bajá! ¡La! ¡Voz! —Cada palabra escupida entre dientes.

Los vecinos.

—Perdón. —Una ráfaga de culpa. ¿Qué tal si ese estallido le costaba la seguridad a su madre? Paz sintió el calor de la vergüenza, pero entonces la vergüenza se convirtió en rabia porque aun ahora era ella el problema, era ella, Paz, siempre era ella el problema, como si no fuera una chica sino una barrera que apartaba a su madre de su propia vida. Hasta en este momento era su voz fuerte el problema y no los soldados que andaban por todas partes, la Mujer de Piel y su rencor, las manos y más manos y el suelo frío de la cárcel, y el miedo y Puma; qué tal lo de Puma, qué tal (un pensamiento enredado, apenas podía trazarlo), ¿qué tal lo de cómo su madre había protegido a Puma sin ver a la niña?

Su madre la miraba fijo con la misma brutalidad de antes, aunque su mandíbula se había aflojado un poco. Respiró y posó la mano en la mesa como tratando de estabilizarse. —La resistencia es una cosa. Actuar como estúpida es otra. ¿No te he enseñado nada?

—Obviamente, no.

—¿Cómo te atrevés...?

—¡Bueno, es que no lo has hecho!

—Sos una ingrata...

—Otra vez con eso.

—¿Cómo te atrevés?

—Eso ya lo dijiste.

—Sos un desastre.

—¡*Tú* sos el desastre!

Mamá le dio una cachetada.

Se miraron con furia y asombro. Tomó unos momentos que la mejilla de Paz empezara a arder.

—¿Por qué me tuviste si nunca me quisiste?

En ese momento, mientras su madre se cubría la boca con la mano y pestañeaba para reprimir las lágrimas, la respuesta acuchilló su mente.

Mamá era joven cuando se casó con el papá de Paz, tenía dieciocho años, y Paz nació seis meses y medio después, una discrepancia temporal que siempre se trataba por encima en la versión oficial. Pero a veces la historia silenciosa es la verdadera. El aborto te podía matar, el embarazo te atrapaba pero al menos te daba mejores probabilidades de sobrevivir. Tuvo a Paz porque no le quedaba otra. Y ahora acá estaba, todavía joven, todavía bella, sin marido ya, tratando de vivir la vida con una hija difícil en el medio.

Mamá apartó la mirada con la mano aún sobre la boca. Paz trató de buscar algo para decir, pero mamá se marchó de la cocina y Paz no conseguió moverse, solamente escuchó los pasos y la puerta del dormitorio al cerrarse de golpe.

El vapor salió disparado de la caldera abandonada durante un largo rato hasta que Paz la sacó del fuego.

*

La tarde siguiente, antes de que su madre llegara del trabajo, Paz empacó una bolsa y caminó a lo de Flaca. Cuando Flaca la vio en la puerta, soltó un grito como nada que Paz hubiera oído jamás en su vida, y entonces su amiga la aplastó en un abrazo.

—Volviste.

Le picaban los ojos. La ferocidad del abrazo de Flaca despertó el vacío dentro de ella y lo llenó, la hizo sentirse chiquita de un modo tal que se sumergió en ello, aliviada de ser chiquita, aliviada de aferrarse a su amiga, a pesar de todas sus protestas constantes de que no era, no era, para nada era una nena. —¿Puedo quedarme contigo?

—Lo que necesites. Entrá, entrá.

En una hora, Flaca ya había acomodado mantas en el piso de su cuarto e insistió en que sería ella quien durmiera allí, mientras que Paz tomaría la cama, y negó sus protestas con un gesto. No hay problema, dijo, en serio, te podés quedar el tiempo que quieras, y esas palabras llenaron de gratitud a Paz, aunque le quedaba perfectamente clarito que, por supuesto, no podía quedarse el tiempo que quisiera, un tiempo que en ese instante era por siempre. Los padres de Flaca eran bondadosos y generosos y le sonrieron durante la cena como si siempre hubiera estado sentada a su mesa sirviéndose milanesas y le exigían que comiera más, comé más, si tenemos pila, la mimaban pero sin preguntar nada acerca de por qué estaba durmiendo en su casa. Eran lo contrario de mamá, mayores y más establecidos, con cinturas anchas y corazones grandes, ya eran abuelos y tenían el aire de una pareja viejita y humilde, felices solo de ver a su familia viva y bien, lo cual, considerando la época, no era poco pedir al destino. Y la querían tanto a Flaca... Ella los cuidaba, lavaba los platos mientras los padres se iban a ver la televisión, le recordaba a su madre tomar la medicina. Los cuida, pensó Paz, de la misma manera que en Polonio Flaca nos cuida a nosotras.

Esa noche, después de la cena y después de una llamada con Romina durante la cual ella y Paz lloraron más de lo que hablaron, Paz y Flaca se tendieron a dormir y apagaron la luz.

—Bueno... —dijo Flaca, haciendo crujir las sábanas —¿Estás bien?

—Supongo que sí.

Más crujidos.

—Digo, sí. No me pasó nada. —No parecía del todo preciso llamar a esos días *nada* (era el terror del *ahora qué* que la había desgarrado por sobre todo), pero a la vez sabía bien que, en comparación con la mayoría de las detenciones, esos días habían sido justamente eso.

Flaca exhaló largo y lento. —Qué bien. ¿Y tu madre?

—No quiero hablar de ella. Todavía no.

—Ta.

—Contame lo que pasó en Polonio.

Y entonces Flaca narró cómo habían ido las cosas en La Proa después de que se llevaron a Paz, la vigilia larga, las entrevistas y la apuesta de Romina por un plan para proteger a Paz, el cuento que les había hecho a los militares sobre el tío importante de la chica detenida contando con una mala comunicación con la capital para mantener la mentira intacta. Y había funcionado, pensó Paz, acordándose de los guardias, del hombre en la oficina, del trato contenido de todos ellos. La estrategia de Romina la había mantenido a salvo. Se habían quedado dos días más, dijo Flaca, y durante esos días había quedado claro que Paz ya no estaba en Polonio y que la mejor manera de buscarla sería volviendo a la ciudad. Esperando encontrarla, Romina se dedicó a hacer llamadas a redes secretas que no nombraba. Ahora puede descansar, dijo Flaca. Mañana viene a verte. Mientras tanto, el día después de volver de Polonio la Venus tocó a la puerta majestuosa de roble de la cantante Ariela Ocampo en el Prado y allí fue recibida con brazos abiertos, aunque, claro, Flaca no había visto esos brazos tan abiertos ni lo que hicieron los brazos tan pronto como la puerta se cerró, pero se lo podía imaginar, sin duda podía pero no quería hacerlo; pasaba la mayoría de sus horas despiertas tratando de hacer lo contrario. Había perdido a la Venus. Eso se había terminado. Pero también había una buena noticia. Romina y Malena. Ahí iba a darse algo. A lo mejor aún no lo habían reconocido directamente, pero Flaca lo había visto.

—Yo también lo vi —dijo Paz pensando en aquella tarde en la playa.

—Creo que será algo muy bueno para las dos.

—¿Pero qué tal lo de esa situación con la Venus?

—¿A qué te referís?

—¿Qué significa para el resto del grupo?

—Es nuestra ruptura, no la suya.

—Pero igual... —Paz trató de organizar sus pensamientos. De tantas maneras su mundo ahora se deslizaba y cambiaba bajo los pies. No soportaba la idea de que su tribu provisional se rompiera tan pronto como se había armado. Significaba todo para ella. No tenía nada más, a nadie más.

—¿Igual qué? —Flaca sonaba irritada.

—Es que, bueno, somos un grupo, ¿no? —Lo que quería decir era *una familia,* pero no se atrevió—. Ahora tenemos la casa.

—¿Y pensás que ella se va ir del grupo? ¿O que yo la voy a echar?

—Espero que no. —Aunque habían comprado la casa juntas y en partes iguales, le parecía que si alguien tenía la autoridad de determinar quién se quedaba y quién se iba era Flaca. Después de todo, Flaca era la que las había guiado hasta ese punto, Flaca la Pilota, la que las había reunido para realizar ese sueño.

—No sé, Paz, de verdad no lo sé. No sé cómo podemos estar allí todas juntas.

—¿Jamás?

—No puedo pensar en *jamás.* Apenas puedo pensar en hoy. Es decir... si llevara a Ariela... ¡Qué pesadilla! —Flaca trató de reír, pero el sonido salió estrangulado—. Nunca hicimos reglas sobre quién podía llevar a quien. La casa nos pertenece a todas, eso lo entiendo. Pero no previmos algo así.

—No previmos nada.

—Perá, Paz, eso no es justo, mirá que...

—Eso es lo que hace a La Proa tan hermosa. No hubo un plan. Fue un sueño que trajimos a la Tierra.

Flaca se rio. —No sabía que fueras poeta.

—No lo soy.

—No te creas. Te puede resultar útil algún día, sabés... con las damas.

—Lo tomo en cuenta.

—¡No, pero en serio... !

—Sí, en serio... Estoy tomando notas sobre todos tus consejos acerca de las damas, Flaca.

—Vas a ser tremenda.

Se rieron y Paz sintió una ráfaga de alegría por primera vez desde su detención.

—Escuchá —dijo Flaca, en un tono que se volvió serio otra vez—, en cuanto a la Venus, aún es su casa y lo sé. Espero que eso sea suficiente para ti.

Paz estudió la oscuridad. —Por qué no.

—Bueno, y tú, ¿qué? ¿Mañana vas a tus clases?

—Mierda, no sé. ¿Tengo que ir?

—No soy tu madre.

—Y gracias a Dios.

—¿Qué insinuás?

—Perdón. Serías una madre buenaza.

Flaca bufó.

—No, en serio. —La idea de una madre siquiera parecida a Flaca hacía que le doliera todo el cuerpo. ¿Ser vista, verse reflejada en alguien desde el principio de la vida? ¿Ser vista por la persona que te parió? Era más de lo que podía imaginar—. Es solo que estoy harta de madres en este momento.

—¿Sabe dónde estás?

—No.

—Paz.

—No le importa.

—Claro que le importa. Es tu *madre.*

—No todas las madres dan bola.

—Dale tiempo, Paz.

—Le he dado tiempo. No puedo vivir con ella, Flaca. No puedo, ni ahora ni nunca.

—¿Entonces qué vas a hacer?

Para esa pregunta, Paz no tenía respuesta.

*

Qué hacer: no tenía idea.

Por varios días ardió como algo encendido, llena de dolor y determinación.

No se iría a casa.

No lo haría.

Preferiría recorrer las calles con las mujeres de la noche antes que volver a su casa. Aunque la noción de ese laburo de desabrochar a los hombres le daba náuseas. Y ni qué hablar de que ahora las patrullas nocturnas hacían que ese trabajo fuera aún más peligroso.

Pero algo sí quedaba claro: irse de casa significaba el fin de los estudios. Se acababan si había facturas que pagar.

Llamó a su madre desde el *living* de Flaca, con Flaca sentada en una mecedora a su lado tomándola de la mano. Le dijo que estaba a salvo y su madre sonaba indiferente o quizá aún enojada o, si no, con miedo de expresarse demasiado en una llamada vigilada, pero de todos modos dijo poco y no pidió más información de la que Paz proveyó. La llamada fue breve, seca. No fue a clases y en su lugar deambuló por la ciudad caminando por los parques descuidados, las calles grises, la rambla con su brisa que llegaba desde el agua como el aliento de un alma enorme y solitaria. Caminó hasta después de la puesta del sol y luego se metió en la casa de Flaca y ayudó a la madre de Flaca a colgar la ropa húmeda y a cocinar. La madre de Flaca era una mujer chiquita, sorpresivamente vivaz, que charlaba con una calidez que te aliviaba los achaques. Me dejaría quedarme acá, pensó Paz. No me echaría. A lo mejor hasta ya sabía, a esas alturas, lo que era Flaca (aunque nunca habían hablado del tema ni por un momento) y sin embargo seguía repiqueteando con sus ollas y sartenes y chismes, mientras que la madre de Paz se había vuelto fría sin enterarse del meollo del delito de su hija.

De noche, durmió irregularmente; movió en su mente, como vidrio quebrado, las esquirlas de su futuro.

La décima mañana se levantó y empacó la mochila y a las siete ya estaba en la parada de ómnibus esperando el de las 7:15 horas, que iba a la costa.

*

Cuando llegó a Polonio, antes de hacer lo que había ido a hacer, Paz fue al ranchito sola por primera vez. Todavía colgaba sobre la puerta el cartel pintado que rezaba LA PROA, con todos aquellos otros nombres hundidos en remolinos de pintura. Abrió la puerta y sintió alivio al ver que el interior aún se veía igual. Casi como si los soldados nunca hubieran ido.

Pero sí habían ido.

Se sentó en el centro del piso. Respiró. La fragancia del moho, un consuelo. Cualquier cosa podía ser un consuelo si tenía olor a hogar. Ese día cumplía dieciocho años y lo único que quería era estar ahí. El aire se había espesado con la luz de la tarde. La bañaba el sudor de la larga caminata por las dunas durante la cual cada paso había sido un conjuro, *lo haré, lo haré*. ¿Haré qué? Viviré. Sobreviviré. Haré cualquier cosa, lo necesario. Perteneceré. ¿Y eso qué quería decir? ¿Cómo era posible ser de un lugar si unos soldados te podían sacar de allí en cualquier momento? Pensamientos estúpidos. Debería ser más sensata. No había ningún otro tipo de lugar en este país de mierda. Ni un centímetro estaba fuera del alcance de los soldados. Por lo tanto. Trató de pensar. Por lo tanto. Por lo tanto, tenía dos opciones: o bien no pertenecía a ningún lugar (ninguno en el mundo, porque irse del Uruguay, aunque fuera posible, significaría ser una extranjera por el resto de su vida), o bien reclamaba un espacio y exigía que fuera su hogar de la forma en que uno le exige agua al desierto, jugo a una piedra, y ¿por qué no acá? En este lugar indómito. Este cuarto. Donde Flaca y la Venus habían peleado, donde Romina y Malena habían entrelazado silenciosamente sus mentes, eso sí, ella lo había sentido; donde ella misma había colocado cartón y pintado decenas de nombres extravagantes, absurdos, imponentes. Donde sus amigas habían sabido lo que era y la habían querido por eso mismo. Donde Flaca había aguantado un puñetazo por ella. Donde las cinco se habían reído y habían susurrado mientras las velas se consumían y la botella de whisky se aligeraba lentamente. Este cuarto. Y también la tierra bajo este cuarto. Tierra más vieja que los soldados, los generales, sus esposas. Hasta más vieja que el país, su nombre, sus fronteras. Trató de extender su mente hacia abajo y pasó por el suelo de barro a las capas de arena y roca del fondo. Si pudiera alcanzar la tierra directamente, ¿la mente de esa tierra subiría para recibirla? ¿Podrían entrelazar las raíces y pertenecerse? Los soldados no le habían quitado este lugar. Ella había sido arrastrada de este cuarto, magullada y a la fuerza, pero sin embargo no sentía nada de temor por volver. Solamente algo elevándose dentro de ella, un tallo terco que empujaba y estaba determinado a crecer. *Acá,* pensó ferozmente. *Acá.* Se quedó sentada, inmóvil, por un largo rato.

*

Cuando entró al almacén, Lobo la miró complacido, pero sin rastro de sorpresa. —Bienvenida. —Y entonces, contemplándola con ojos inquisitivos—: Ya sabía que volverías a estar con nosotros.

Ella esperó a que dijera más, a que mencionara su detención directamente o preguntara si se encontraba bien, pero por suerte no lo hizo. Su mirada era cálida, pero no sonrió.

Los cuentos de naufragios que le había contado rodaban por el aire en ráfagas invisibles, sosteniendo motas de polvo en lo alto.

Se quedó parada en la puerta tratando de volverse más alta. —Cuénteme más sobre el comercio de pieles.

Segunda Parte

1980-1987

5

Vuelos

Libertad. Irradiar libertad. Ariela por la mañana, vestida de sol. Ariela de noche, resplandeciente, con sus carcajadas fuertes como si nada importara, como si la policía no pudiera hacerle nada o, aunque pudiera, entonces tampoco le importaba, que se fueran a la mierda, ella estaba viva y se reiría cuando le dieran las ganas. Después de nueve meses en pareja, el mundo de la Venus todavía se expandía en la presencia de Ariela. Deseaba expansión como la de esta mujer, quería descifrar el código, enterarse del secreto. Ser esa cosa imposible: una mujer que en tiempos como estos decía y hacía lo que quería.

Un milagro vivo.

Y una artista. Una verdadera. No como Arnaldo, quien antes solía hablar de futura fama y futuros escenarios, sino una artista real que vivía para crear. Vivir en su órbita significaba vivir dentro del arte.

Bastaba para embriagar a uno.

Y, en estos últimos nueve meses, así había sido.

*

La primera noche que vio a Ariela, en la ópera, llegó a casa y se desveló al lado de Arnaldo con la nota arrugada en la mano. Ya había memorizado los números, pero aun así no podía desprenderse del papel, que se enroscó y se entibió y humedeció en su palma. Llamaría. Nunca llamaría. En la mañana, Arnaldo se estiró hacia ella sin abrir los ojos y la cogió antes de salir de la cama, como a veces le gustaba hacer. Mejor que el café, solía decir en esos tiempos anteriores cuando aún se llevaban bien, cuando aún evaluaba el estado de humor de su esposa antes de tomar lo que quería. Ahora estaban en un punto muerto: ella rechazaba dar cualquier señal de placer, fuera real o falsa; él insistía con una amargura intensificada por el rechazo. Por Dios, es como tener sexo con un trapo flojo, le dijo una mañana reciente, y ella sintió un rayo de victoria, seguido de vergüenza: ¿A eso se había reducido su vida? ¿Al triunfo de ser un mal polvo? Pensó en Flaca, paciente, ansiosa por complacer, divina compañía, aunque en esos días un peso recargaba cada vez más el tiempo que pasaban juntas. Flaca era joven, pobre y dependía de sus padres humildes y trabajadores; podía abrazar el placer de la Venus, pero no su creciente desesperación. Ahora, esta mañana después de la ópera, la Venus se quedó tendida en la cama y escuchó el siseo de la ducha de Arnaldo con los ojos clavados en la nota arrugada en la mesa de luz. Ariela centelleaba. Irradiaba aplomo y misterio. Cautivó a toda esa gran sala de gente *y fijó su rayo en mí.*

Se forzó a esperar tres días antes de llamar. Estaba acostumbrada a ser buscada, no podía mostrar su deseo. Ariela contestó después del tercer tono. La llamada fue corta, tan corta que Ariela ni le pidió su nombre.

—Hago una fiesta el sábado —dijo—. Vení.

Una fiesta. ¿Había entendido mal? La invitación fue menos pregunta y más afirmación, un supuesto, lo cual incordió a la Venus, que esta mujer le ordenara asistir, que la invitación no fuera solamente para ella sino también para quién sabía cuánta otra gente y, en todo caso, ¿qué quería decir eso: una fiesta? ¿Quién daba fiestas hoy en día? Pensó en no ir. Pero, en fin, cuando llegó el sábado, se encontró en la puerta de esa mansión en El Prado, peinada y reluciente. Cuando tocó a la puerta, una mujer de vestido fino y negro la abrió y se alejó sin presentarse. La Venus siguió a la mujer de negro a una sala grande iluminada por una araña anticuada del estilo que los ricos compraban a principios de siglo, emocionados por la llegada de la electricidad. Bajo su luz, más o menos dos decenas de personas conversaban y se reían, y allí en el centro brillaba Ariela con un vestido amarillo y —la Venus no podía respirar— una corbata roja colgada del cuello. Nadie parecía reaccionar a esa transgresión, la mezcla de lo masculino y lo femenino. La corbata era larga y delgada como una llama. La Venus se quedó al fondo, cerca de las bebidas, decidida a no perseguir a esa mujer rara, a esa cantante radiante y exasperante. ¿Por qué había ido? Se iría. En cualquier momento se iría de allí.

Pero no se fue y dos horas después siguió a Ariela al segundo piso. El ruido cálido de la fiesta se atenuó cuando la puerta del dormitorio se cerró detrás de ellas. Ariela no prendió la luz. La Venus permaneció de pie y esperó y, cuando las manos de la cantora alcanzaron su cuerpo, se asombró de la confianza de esas manos, de la claridad de su deseo y de cuánto parecían saber.

Ariela no tenía nada que ver con Flaca. Era puras curvas y pura mujer. Pero no era tímida. Las rodillas de la Venus temblaron cuando el cierre de su espalda se abrió en dos bajo las manos de Ariela. Ariela quitó los dos vestidos de una forma simultáneamente solemne y eficiente, como una sacerdotisa prepararía el templo para un ritual antiguo. Los vestidos quedaron cuidadosamente colocados sobre sillas, ella volvió y sus cuerpos se juntaron. La Venus sintió la sensación familiar de derretirse, de la pérdida de los límites y la definición de su cuerpo, del placer transformándola en líquido para poder verterse en el líquido de otra mujer, pero también sintió otra cosa, el vértigo en bruto de empezar la vida de nuevo, de estremecerse justo antes de derribar la casa al suelo.

Luego se quedaron tendidas bajo la luz de unas velas (¿cuándo las había prendido?) y Ariela dijo: —Aún no sé tu nombre.

—Me dicen la Venus.

—Mi Venus. —Ariela le acarició la piel—. Mandada por los dioses. Tú serás mi musa.

Esas palabras acompañaron a la Venus durante todo el viaje a

Polonio en el que se peleó con Flaca y casi perdieron a Paz para siempre. Pensó en esas palabras durante todo el regreso en ómnibus a la ciudad y toda la primera noche en casa, durante la cual se sacudía de miedo por su amiga desaparecida y sus manos tiritaban mientras cocinaba la cena para un marido que no le preguntó nada sobre su viaje, pero que luego, en la cama, empujó la cabeza de su mujer hacia su entrepierna, el pago por los días de ausencia. *Mandada por los dioses,* pensó ella mientras él se golpeaba contra su cara. Al día siguiente, se levantó y volvió a empacar su mochila con ropa limpia y algunos de sus libros y fotos más queridos.

Quizás no me deja entrar, pensó en el ómnibus rumbo a la casa de Ariela. Quizás se ríe de mí. O me podría recibir por unas horas y luego mandarme de vuelta a lo de mi marido.

Llegó y tocó a la puerta. Sus manos temblaban.

Ariela abrió la puerta y la miró por un largo minuto con una expresión indescifrable.

La Venus aguantó la respiración. La tira de la mochila le apretaba el hombro. No se sentía para nada como una musa, sino como una mendiga con su hambre expuesta. Y eso la avergonzó. También la emocionó.

Una sonrisa sutil apareció en el rostro de Ariela, la sonrisa de un genio, la sonrisa de un ladrón.

Abrió la puerta del todo y retrocedió para ceder el paso a la Venus.

El resto fue fácil. La Venus conocía el horario de trabajo de Arnaldo como si fuera el pulso en sus propias venas. Mientras él estaba fuera del apartamento, ella volvió y se llevó todo lo que podía cargar, limitándose a las cosas más preciadas y dejando los muebles; la mayoría provenía de las casas de sus padres y suegros, así que de todos modos, ¿quién los quería? Podían quedarse con sus lámparas delicadas y sus mesitas sumisas. En el mostrador de la cocina dejó una nota que explicaba la situación con frases elípticas y que, después de recorrer las limitaciones metafísicas de un matrimonio como el suyo, por fin llegaba al punto clave: *y no volveré.*

Luego tuvo que enfrentar por teléfono el horror de su madre, la incomprensión de sus hermanos, el rechazo de su cuñada.

—Pero ¿por qué, Anita? —se quejó la madre, extendiendo las vocales de sus palabras como si quisiera exprimir toda su humedad—. ¿Qué te hizo Arnaldo? ¿Te golpeó?

—Mamá, no, no me golpeó.

—¿Entonces? ¿Qué problema hay?

—No tiene que ver con lo que hizo él, sino con lo que quiero yo.

—¡Lo que querés! ¡Si tú te casaste con él! Tú insististe en elegirlo en vez de a Beto o a Miguel o a ese otro muchacho con la estancia grande en el norte, Artigas o quién sabe dónde...

—En Durazno.

—Ta, no importa. Lo que digo es que tú ya hiciste lo que quisiste.

—Pero cambió.

—¿Qué cambió?

—Lo que quise.

Su madre suspiró, un sonido pesado y agobiado. —Anita. ¿Querés quedarte sola por el resto de tu vida? ¿Eso es lo que querés? ¿Vivir así sola con una solterona?

—Resulta que es una artista muy exitosa. ¿Sabés?

—¿Pero por qué allí? ¿Por qué no venir acá?

Por esto mismo, la Venus pensó pero no dijo.

—Dame tu número de teléfono.

La Venus se quedó muda.

La voz de su madre, ahora fría y desconfiada. —¿Y tu dirección?

Arnaldo. Mamá le podría dar la información a Arnaldo.

—Ay, hija.

No sería factible que su madre la llamara a cualquier hora. Ni que apareciera en la puerta. —Lo lamento, mamá. No te preocupes, te voy a llamar.

—¿Qué tipo de lugar es ese? ¿A qué lugar te mudaste... a un burdel?

—No. —*Algo peor, según tus valores*—. En serio, mamá, estoy de lo más bien.

La línea escupió estática en su oído.

—¿Por lo menos vendrás para el almuerzo del domingo?

—Claro que sí, mamá. Algún día pronto.

—¿Cómo que pronto? ¡El fin de semana que viene! Te espero.

Pensaba ir, pero se despertó ese domingo cargada de un presentimiento como plomo en su pecho. No sabía si soportaría a su hermana y a su cuñada, tan engreídas, con sus rezongos o su lástima. ¿Qué les diría? No había nada que pudiera decirles. Sin embargo, exigirían respuestas.

—Solo llamá y deciles que te duele la cabeza —dijo Ariela—. Así hago yo.

Llamó y, mientras trastabillaba en sus excusas, oyó una voz demasiado conocida en el fondo.

—Mamá. ¿Quién es ese?

—¿Quién es quién?

—¿Arnaldo está ahí? ¿Lo invitaste sabiendo que yo iba?

—Ay, Anita, ustedes dos tienen que hablar. Está mal que ni nos des tu número de teléfono, en serio que estás loca, bien loca, y estamos preocupados por...

Colgó. Sintió un estallido de calor. Ansia de fugarse. Qué extraño: vivió con Arnaldo todo ese tiempo, hasta lo soportó cuando las cosas se pusieron agrias, pero ahora que tenía un cachito de distancia y había empezado a dormir en una cama libre de su peso, la mera idea de él le llenaba el cuerpo de pánico. No tenía sentido. *Estás loca.* Y posiblemente era cierto.

Desde entonces solamente llamaba a su madre en momentos irregulares, esporádicamente y nunca los domingos. Colgaba a la primera señal de queja.

No importaba. No estaba sola. Tenía a sus amigas de Polonio (a todas, menos Flaca). Y tenía a su nueva amante; navegaba la altamar de Ariela.

Era una artista en todo sentido. Esa mujer. Creaba su propio ser cada día y cada lánguida noche. Parecía que había encontrado una forma de vivir más allá de la división masculino/femenino, no por haber cruzado la frontera, sino por haberse burlado de su existencia. Agregaba prendas de hombre a sus conjuntos, se ponía corbata sobre una blusa con volados, un traje masculino con pulseras de plata que sonaban audazmente mientras hablaba, un sombrero de fieltro con un vestido de lentejuelas y boa. Eso solo lo hacía en casa, nunca afuera y no solamente para las fiestas; a veces, en días sin invitados, Ariela se cambiaba de ropa dos o tres veces por día. Con mucha energía agregaba y se sacaba prendas que corrían y fusionaban los bordes del género; sus conjuntos expresaban su inquietud, su mente creaba frenéticamente. Su humor cambiaba con más frecuencia que su ropa. Chispeaba, volaba, rumiaba, ardía. Vivía fuera de las reglas del mundo. Recibía la presencia de la Venus como si siempre hubiera estado en la casa, siempre en su entorno. En esos primeros días pasaron muchas noches despiertas a la luz de las velas (Ariela creía que ninguna luz poseía tanto poder como la de las llamas naturales), hacían el amor, charlaban. Ariela le contó de sus viajes, de lo atrapada que se sentía en Uruguay, su anhelo de irse del país y respirar aire extranjero y llenarlo con su canto. Había ido al exterior por primera vez a los diecinueve años con una beca para una escuela de música en Nueva York que se llamaba Juilliard. La tierra de los yanquis la había fascinado: la gente allí actuaba como si todos hubieran nacido para vivir vidas enormes. La ciudad tarareó y rugió a su alrededor, era música viviente. Entabló amistades con músicos, bailarines, pintores, poetas, actores; asistió a fiestas donde la charla y el arte y las drogas y la seducción se combinaban en una totalidad única y reluciente. Fue allí, en Nueva York, donde se acostó por primera vez con una mujer, una cantante de jazz nacida en el estado sureño de Alabama, que realizaba conciertos en los boliches de Harlem y la llevó a su casa por una sola noche radiante que por el resto de la vida de Ariela sería su medida de la pasión. Se llamaba Harriet. Su canto podía avergonzar a las estrellas. Su voz podría haber derretido muros de piedra. Ariela fue a Harlem de paseo con un grupo pequeño de compañeros de clase, entre ellos un barítono que durante meses había tratado de llevársela a la cama sin éxito alguno. En Harlem, sintió que había cruzado a otro reino, como el Barrio Sur y el Palermo de su ciudad natal, pero no realmente como esos barrios, no como ningún otro barrio del mundo. Harriet centelleaba en el escenario, con su postura majestuosa, rodeada por una banda que la mantenía en alto como diciendo "nuestra canción, nuestro ritmo, nuestra voz", y hasta el más arrogante de los muchachos blancos de Juilliard era reducido a un silencio de mala gana por el poder de la música. Harriet vio a Ariela desde el escenario y captó su mirada durante el largo soplo de una canción. Ariela entendió que había sido elegida y que haría cualquier cosa para permanecer dentro de esa mirada. Cuando sus compañeros de clase se fueron del boliche, Ariela se quedó, a pesar de sus protestas. El cuarto alquilado de Harriet quedaba a ocho cuadras. Después del sexo fumaron cigarrillos y Ariela contestó preguntas en su inglés limitado: cantaba ópera, era estudiante, su país se llamaba Uruguay.

—¿Tienen su propia música? ¿En Uruguay?

—Sí. Por supuesto.

—¿Qué clase de música?

—Tenemos la murga. El tango. El candombe. El candombe es de la gente negra, como tú.

Harriet levantó las cejas y no dijo nada por un largo tiempo.

—Y esa gente negra de tu país... —dijo por fin—. Nunca viene a Juilliard.

—No sé —dijo Ariela sintiéndose inmediatamente idiota, porque a lo mejor no era una pregunta y también porque lo que recién había dicho no era cierto. Sí lo sabía. Las personas negras que ella conocía en su país eran sirvientes en la casa de sus padres. Tenían más posibilidad de llegar a la luna que a Juilliard.

—Y tú. No cantas música uruguaya.

—No.

—¿Por qué no? Espera, voy a adivinar: para esa pregunta tampoco tienes respuesta.

—En ese momento no dije nada porque, Venus, yo era demasiado tonta, todavía no entendía nada, pero la conversación navegó dentro de mí por varios años y luego dio a luz mis obras más importantes. Empezó allí, allí nomás con una mujer quemada por siempre en mi mente, no te pongas celosa, Venus, solo pretendo contarte la historia real para que la tengas, una mujer que redefinió mi mundo pero que se me cerró mientras yo aún estaba desnuda a su lado. Me fui de su cuarto al amparo de la noche. Nunca volví a Harlem. No me había dado un número de teléfono, no me había pedido que la llamara o que volviera. Hubo algo duro en sus ojos después de que yo dije *Juilliard*, algo ardiente, dolor surgido entre nosotras como un muro demasiado grande e imposible de cruzar. Nunca habría un lugar para ella ni para su música en Juilliard, las dos lo sabíamos. Y allí estaba yo, con la idea de que los yanquis siempre terminaban arriba en todo, siempre tenían el poder. Sentía que venía de un paisito chiquito y pobre latinoamericano, pero con Harriet todas las piezas parecían cambiadas de lugar. En fin. Después de eso hubo amantes, pero mirá que más que nada estaba ocupada con mis lecciones y clases y recitales, trabajaba largas horas, ya sabés, la vida de artista. Me llegaban pocas noticias de casa, referencias esporádicas sobre la agitación creciente cuando mi madre me llamaba de larga distancia; pero Uruguay no aparecía nunca en los diarios, a excepción de 1970, cuando los tupamaros secuestraron a ese yanqui, Dan Mitrione. Si hubieras visto cómo lo pusieron de héroe y de mártir y ni una palabra sobre cómo llegó a Montevideo para entrenar torturadores. Ay, no me mires así, acá lo puedo decir, los vecinos no me oyen y, de todos modos, están dormidos. Entonces, cuando terminé mis estudios en el 72, tuve que irme porque mi visa se había vencido. Encontré un trabajo en Chile, en la Ópera Nacional, y deseaba ver todavía más del mundo, así que me fui directo a Santiago. Fue allí donde empecé a dar conciertos con un grupo local de tango en mi tiempo libre, la semilla de la pregunta de Harriet reveló su primera flor y juntos nos embarcamos en experimentos con la fusión. Ópera y tango enredaron sus cuerpos como dos mujeres hacen el amor. Ya sabés. Como lo hacemos nosotras. Como si los siglos de reglas ya no existieran más. Como si el sexo fuera nuevo, como si el sonido fuera nuevo. Así de emocionante era. Todo resultaba emocionante en esa época en Chile. Allende era presidente, los socialistas habían ganado y, sí, bueno, la economía era un despelote, la derecha estaba furiosa y se volvía más violenta cada día, pero parecía que navegábamos en un barco glorioso al horizonte o alguna mierda semejante, aunque por supuesto, ya sabemos todos lo que realmente pasó. El 73 es lo que nos pasó. Primero cayó Uruguay y Chile tres meses después. Pinochet tomó el poder y ya, se acabó. La mitad del grupo de tango desapareció. Tuve suerte en poder salir; podrían haberme llevado también. Traté de tomar un avión a Argentina porque todavía no estaba la dictadura. Por Dios, ¡esos pobres chilenos y uruguayos que huyeron a Buenos Aires buscando refugio! ¡Cuántos ahora se esfumaron sin dejar rastro! Y yo podría haber sido una de ellos. Pero solo me permitieron volver a mi propia nación. Y ahora estoy atrapada acá, forzada a realizar mi arte en esta jaula que llamamos país, donde ni siquiera se puede armar un espectáculo sin autorización de la policía, donde no se puede caminar de noche por las calles, donde hay que cuidarse de lo que se dice y todo el mundo todos los días tiene la pinta de recién salido de un funeral.

La Venus se movió bajo las sábanas. Le parecía que había mucha más libertad en esta parte de la ciudad. La gente que ella conocía, la gente que había conocido antes de Ariela, vivía toda en apartamentos o en casas chicas y chatas que compartían paredes y sonidos nocturnos con los vecinos y siempre se sabía cuando los vecinos se peleaban o se reían (con poca frecuencia) o, a veces, se entregaban a los placeres del cuerpo. En barrios como esos, la gente se cuidaba de lo que decía y mantenía la voz baja, las cortinas cerradas. Aquí, en el barrio majestuoso del Prado con sus calles limpias y árboles enormes, parecía que el régimen no llegaba tan profundamente a la vida de la gente. Los vecinos estaban lejos y se interesaban en lo suyo, comoditos en sus casas grandes. En la tierra de los ricos se disfrutaba de más privacidad, menos vigilancia. Había menos descansos de escalera desde los cuales los vecinos pudieran espiar la puerta de tu apartamento, prestar atención a pasos sospechosos, oír música prohibida o conversaciones a través de las paredes finas.

De todos modos, incluso ahí se tomaban precauciones, eso sí. Los invitados se quedaban hasta la madrugada, hasta después de que pasaran las patrullas nocturnas. Entonces, Ariela servía la cena y el desayuno con muchas bebidas entre medio. Por la noche, los artistas se reunían en una nube de humo de cigarrillos y hablaban, discutían, soltaban cantos, hacían ruidos con sus voces que se entretejían extrañamente en telas musicales que la Venus no hubiera considerado posibles. Sonidos serpenteantes, sonidos afilados, vagos, voraces, ardientes, sensuales. A veces parecían inventarlos en el momento, mientras que otras recorrían la sala ahumada melodías clásicas, Puccini, Piazzolla, tangos de la Guardia Vieja, canciones tradicionales de los pueblos fronterizos de Salto y Paysandú. Las parejas se desaparecían por los rincones de la casa, en dormitorios del segundo piso, baños con las luces apagadas, el garaje que había sido un establo en otros tiempos, aquellos tiempos en los cuales los caballos aún tiraban del mundo. La casa era como una gran dama vieja con un vestido lleno de pliegues, bolsillos, secretos pegajosos y lisos.

A la Venus le sorprendía oír a Ariela describir el Uruguay como un lugar restrictivo, la causa de su sufrimiento. Los padres de Ariela eran los dueños de la mansión y pagaban por su mantenimiento y por la mucama con cama, Sonia, una mujer joven y negra a quien Ariela daba instrucciones sin mirarla a los ojos y sin decirle *por favor* o *gracias*, lo que siempre inquietaba a la Venus y le recordaba a Harriet cuando echó a Ariela de su cama hacia la noche fría de Nueva York. Sonia era dulce de ánimo y nunca se irritaba, o quizá fuera más preciso decir que nunca lo mostraba e incluso lograba ser grácil en sus movimientos mientras cocinaba y hacía las camas y lavaba la ropa y cuidaba al niñito.

Porque había un niñito. Otra sorpresa. La Venus se topó con él al segundo día. Jugaba con un tren de juguete en el *living*. Se llamaba Mario y tenía tres años. Le sonrió con una amabilidad y una calidez abierta que la tomó desprevenida. Ninguno de sus sobrinos le había sonreído de esa forma jamás. Sintió un viejo dolor en el vientre, una sorda hambre de lo que no podía tener, y vio de vuelta el caos de sangre en el inodoro, los riachuelos que goteaban por sus piernas, su fracasado intento de mantener la vida adentro. ¿Pero qué tal si años atrás hubiera logrado mantener el embarazo? ¿Dónde estaría ahora? Luego se enteró de que Mario había sido concebido sin querer con un cierto guitarrista *hippie* —en palabras de Ariela— que llegó a Montevideo de gira desde un país europeo que ella se negaba a nombrar. El guitarrista le había resultado divertido y bonito y ella le había permitido abrigarla durante unas noches desveladas, aunque las mujeres le gustaban más que los hombres. Eso también fascinó a la Venus, el hecho de que una mujer que amaba a las mujeres también pudiera encontrar placer en un hombre. Por lo tanto, no tenía que ser todo o nada. Había tenido dudas al respecto. Todas sus amigas del Polonio parecían haber rechazado a los hombres permanentemente y, cuando estaban en la playa borrachadas por el whisky, hasta se burlaban de la idea. La Venus se quedaba silenciosa cuando lo hacían. Para ella no era así y sentía que tal vez le faltaba algo, porque había disfrutado estar con su marido, por lo menos en aquellos primeros días, cuando las cosas aún estaban bien entre ellos.

Mario era un niño vivaracho, dulce y curioso. Los días de la Venus se extendían vacíos frente a ella, sin nada que hacer. Empezó a jugar con Mario durante el día, al principio para entretenerse y luego para aportar algo a la casa. Ariela tenía sus ensayos y conciertos y muy poco tiempo para el chiquilín, y Sonia tenía las manos llenas con la cocina y la limpieza. Aunque nunca se quejaba en voz alta, era obviamente un alivio recibir la ayuda de la Venus con el niño. Mientras tanto, el cuidado del niño le brindó a la Venus una forma de ser útil, de ocupar sus días. Aprendió a limpiarle la cola, hacerle meriendas, contarle cuentos suficientemente graciosos como para mantener su atención. Empezó a anhelar la cercanía de Mario. Sus brazos y piernas eran rollizos y más suaves que los pétalos; una vez, cuando se disparó hacia ella para abrazarla, la Venus vio alas que se extendían desde sus hombros delicados, alas blancas como las de un ángel, el ángel que había perdido años atrás en el inodoro. ¿Qué tal si este era él, si el espíritu que una vez había estado dentro de ella volvía ahora en la forma de ese niño? Lo atrapó entre los brazos y se atrevió a creerlo. Para su cuarto cumpleaños le hizo un barquito de cajones de fruta, lo pintó de blanco y azul, y le agregó una vela armada con una sábana vieja colocada en un palo de escoba desgastado. Era suficientemente grande como para que los dos pudieran meterse y navegar, pensó, a los sueños del nene, a cualquier destino que quisieran.

—¡Venu! —exclamaba—. ¡Venu! ¡Vení a ver! —Y su voz alta y pura no le rompía el corazón, exactamente, sino que lo derretía, lo convertía en algo blando y amplio que amenazaba con desbordarse de su cuerpo.

*

Invitaba a sus amigas del Polonio a las fiestas, a todas menos Flaca, por supuesto (jamás iría, haría falta tiempo, ¿no?, para que fueran amigas de nuevo... *No te preocupes por ella,* canturreaba Ariela en la luz pálida de la madrugada cuando los últimos invitados por fin se habían ido, *solo está celosa, ya lo superará*), pero sí invitaba a las demás. Una vez llegaron todas juntas: Romina, Malena y Paz. Romina y Malena nunca se separaban, se quedaban pegaditas en la periferia. La Venus se les acercó justo cuando Romina escuchaba a un hombre de barba, un pintor que recordaba apasionadamente el París de su juventud. —Hoy ya nadie va a París —se quejó.

La cara de Romina se tensó. —Hay muchos uruguayos en París —dijo—. En este momento. Más que nunca.

El hombre tosió. —Ah, sí. Claro que los hay. Pero no me refiero a los exiliados. —Colocó esa palabra en el aire con cuidado, como si lo enorgulleciera su atrevimiento—. Me refería a los artistas. Les Deux Magots y todo eso.

—Muchos de nuestros exiliados son artistas. Escritores. Han publicado...

—Claro, bueno, sí. Por supuesto. Bueno, en todo caso, si pudieras ver el Louvre, Notre Dame, nunca serías la misma, seguro que me entendés. —Sus ojos se veían vidriosos, vagaban—. ¡Ah! ¡Venus! ¡La diosa misma!

La Venus sonrió. —En la cocina hay más sangría.

—¡Ajá! Me voy a buscarla. Con su permiso, damas. —Hizo una reverencia y se fue.

La Venus se dirigió a sus amigas. —¿Lo están pasando bien?

Romina se fijó en Malena y se comunicaron con la mirada. Al convertirse en pareja, parecían haber creado un intimidad que las sostenía a las dos. —Ese hombre. Tan ignorante.

La Venus asintió. Romina ahora estaba involucrada en un círculo secreto de disidentes que traían contrabando al país en forma de palabras escritas: cartas, ensayos, recortes de diarios de exiliados uruguayos en el exterior que manifestaban su oposición a los abusos de derechos humanos en el país natal. Aparentemente allí afuera, en otras naciones, había editores que escuchaban, lectores que daban bola. A Venus todo le parecía locamente peligroso. ¿Qué sentido tenía arriesgarse por lo imposible? ¿Qué iban a lograr esas palabras, qué podían cambiar acá donde las autoridades ejercían todo el poder? E incluso Romina se dedicaba al trabajo directamente político acá mismo; no conocía todos los detalles, pero existían rumores sobre nuevas redes crecientes de subversivos que organizaban actos contra el régimen. ¿Pero qué lograría todo eso, qué lograrían las reuniones o el contrabando literario? Lo único que cambiaría seguramente era la seguridad de los que lo hacían. Quería que su amiga aceptara esa realidad, pero no se atrevía a decírselo porque sabía que era lo que Romina menos quería oír.

—Lo lamento —dijo—. Pero por lo menos acá se puede hablar de estas cosas.

—Supongo que sí.

—Digo, estas fiestas son una clase de oasis, ¿no? Como nuestro Polonio.

Romina tomó un largo trago de vino. —No. No son como nuestro Polonio en absoluto.

La Venus trató de ocultar su irritación. ¿Por qué se esforzaba tanto en lograr la aprobación de estas amigas? Iban a Polonio sin ella. Pronto partirían otra vez. Ella debería ir en algún momento. La casa era suya también. No se atrevería a llevar a Ariela porque le parecía una invasión y, de todos modos, a Ariela le espantaría el lugar apretado, el suelo de barro, el balde para ducharse. Pero podía ir sola. Sin embargo, no lo hacía. Extrañaba el Polonio, pero le faltaba voluntad para ir sola.

Malena extendió la mano hasta Romina y le masajeó la espalda. Ninguna palabra, solo el tacto, pero Romina pareció calmarse y abrirse como una flor bajo la mano de su amante. Se hacían bien, la Venus no lo podía negar. Parecían tener un lenguaje secreto que corría bajo la superficie de todo, siempre se conectaban, siempre se oían. A pesar de que Ariela la encendía por dentro, la Venus sabía que su amante jamás en la vida pasaría una fiesta entera al lado de ella de la forma en que esas dos mujeres se acompañaban. Ariela revoloteaba de un lado a otro, absorbía la atención de todos. Se regodeaba en eso. Romina y Malena no se aferraban exactamente, pero sí se quedaban unidas como absortas en una conversación invisible y constante que nadie más oía.

Paz, por otro lado, era otra historia. Se sumergió en la fiesta con desenfreno. En ese momento charlaba con un par de muchachas que la Venus no conocía. Desde que se fuera de la casa de su madre, Paz floreció. Contrabandeaba pieles de foca de Polonio a la ciudad y parecía haberse vuelto hábil en el manejo de asuntos de negocios con los hombres. Le alquilaba un cuarto a una pareja en Cordón cuyo único hijo tenía veinticuatro años y ya llevaba mucho tiempo detenido. A Paz, esas fiestas encerradas con artistas borrachos que se emborrachaban más a cada hora le ofrecían una oportunidad de oro. La Venus se enteraba de eso por los gestos de Paz, la manera en que observaba la sala. Parecía mayor de lo que era, una chica de veinte años por lo menos, cuando en realidad solo tenía dieciocho y carecía de ancla en el mundo. Por ahora parecía venirle bien. Paz terminaría la noche en algún rincón con una de esas muchachas, eso quedaba claro por la forma en la cual se inclinaban hacia ella como girasoles que pretendían captar la luz del sol.

Después de meses con Ariela, la Venus aún sentía gran emoción de estar con ella, de entrar a una sala juntas. Cada una llamaba la atención; entre las dos capturaban la atención de un lugar y se envolvían en ella, la poseían. En la cama, Ariela era exigente y precisa.

Había noches cuando susurraba al oído de la Venus la cantidad de orgasmos que pensaba provocarle esa noche. —Seis —susurraba suavemente y su palabra era ley aunque la Venus se sintiera saciada después del cuarto o quizá hasta agotada, deseosa solamente de un nido para dormir. Y no podía fingirlo como a veces había hecho con Arnaldo por razones de conveniencia o diplomacia. Aquí no se podía sustituir. Otras noches, Ariela insistía en ser atendida y era ella la que quería los orgasmos, y tenían que ser vastos, vigorosos, nada excepto el ardor contaba. Apasionante. Apasionante, salvo que en la mañana era la Venus quien se levantaba cuando lloraba Mario, la que le preparaba el desayuno y lo ayudaba a empezar su día sin que importara hasta qué hora su mami la había desvelado la noche anterior, porque ella ahora era esa persona, la persona principal de Mario, la que él buscaba cuando se despertaba, a quien él recurría cuando se lastimaba la rodilla. A veces, por la mañana, mientras Mario jugaba y Ariela dormía y ella, por su parte, tropezaba con dificultades en la preparación del mate, la Venus pensaba en que la lujuria de su amante posiblemente la mataría. Y luego encendía un cigarrillo y decía para sí, ta, hay peores formas de morir. Qué ridículo era quejarse. Tenía que acordarse de que estaba viviendo un sueño realizado.

—¿Y por cuánto tiempo te parece que podés vivir de esa señorita rica? —su madre le preguntó un día por teléfono.

—No estoy viviendo de ella. Contribuyo. La ayudo a cuidar a su hijo. —Trató de apartar la impaciencia de su voz. Habían repasado ese tema varias veces y, sin embargo, su madre insistía en la misma pregunta, como si la repetición pudiera hacerle nacer otra respuesta.

—El hijo nacido fuera del matrimonio. Pero, por favor, Anita. *¿Qué* estás haciendo con tu vida? ¿Actuando de niñera? Como si fueras una adolescente o una sirvienta. ¿Te parece que te crie para eso?

—Mamá. Eso *no* es lo que soy.

—¿Entonces? ¿Qué sos?

No podía contestar.

—Ay, hija. ¿A dónde demonios llevás tu vida?

No tenía idea. No pensaba en el futuro. No había futuro en todo el maldito país, mucho menos para mujeres como ella. Se conformaría con vivir en el presente.

*

—Mirá esto —dijo Ariela un día durante el almuerzo y colocó una carta en la mesa—. Voy a salir.

La Venus leyó la carta, una vez, dos. Era una invitación a Brasil, en papel repujado y con el nombre de una universidad en Río de Janeiro. Una beca. Artista en residencia. Dos años. Faltaban tres meses para la fecha de inicio.

Ariela la observaba cuidadosamente. —¿No estás feliz por mí?

—Por supuesto que estoy feliz. —La Venus trató de sonar sincera. Mantuvo la voz leve, removió la comida en su plato—. Te lo merecés. Sos brillante, el genio más grande de todo Uruguay.

Ariela resopló. —Eso no significa mucho.

La Venus se sintió herida; su país era chiquito y posiblemente provincial, como Ariela a veces decía, pero igual era su país y no tenía otro.

—Quiero decir: todas las grandes mentes ya se han ido, ¿no? Afuera, al exilio. He estado tan sola por acá... —Fijó su mirada en la ventana.

La Venus sintió un nudo subir dentro de ella, duro como un puño.

Ariela la miró. —Ay, no, eso no, tú has sido maravillosa, por supuesto. Una compañía deliciosa. —Sonrió, acarició la mano de la Venus—. Pero preciso todavía más. Hay más apertura para los artistas en Río de Janeiro. Se acepta más la mezcla de géneros. La fusión es el futuro. No solamente para el arte, sino también para la cultura, para todos los aspectos de la vida. El arte es el sitio donde empiezan los cambios y luego, antes de que te des cuenta, están por todos lados.

La Venus asintió, aunque no tenía idea de qué hablaba.

—Claro, eso solo funciona si los artistas pueden sobrevivir. Mirá a todos los exiliados, los desaparecidos. Miralo a Víctor Jara. ¿Sabés que yo canté con él en Chile algunas veces antes del golpe? Un hombre bueno. Un hombre brillante. Lo mataron así nomás.

En momentos como ese, Ariela parecía otra clase de ser, con proporciones épicas, brillaba allí mismo, en la mesita de la cocina, con la luz sobrehumana de la fama, de la historia, un aura que consagraba a cualquier mortal a quien se le permitiera acercarse a ella.

Ariela miraba en la distancia y la Venus pensó que a lo mejor se había perdido en sus recuerdos de Chile y del golpe de Estado. Pero entonces dijo: —Vení conmigo.

—¿A dónde?

—A Brasil.

—¿Yo?

—¿Quién más? ¿Hay otra persona por acá?

Víctor Jara, pensó la Venus, pero no dijo nada. Ariela no creía en fantasmas.

—Quiero tenerte conmigo.

Consumió esas palabras con su mente, intentó saborearlas. —No puedo irme del país. Solo me darían una visa de turista. No soy yo la que tiene la beca.

—Podríamos resolverlo de alguna forma. —Ariela pensó unos segundos y luego sonrió—. Te pondré en la solicitud. Podés venir en el puesto de niñera mía.

La Venus se erizó. ¿Cuál palabra era la espina más cortante? *¿Niñera* o *mía?* No se sentía niñera de Mario. Él había empezado a decirle mamá. Y la Venus nunca lo corregía. Aún no había ocurrido enfrente de Ariela y quién sabía cómo reaccionaría ella.

—Dale. El mundo es mucho más grande que el Uruguay. ¿No querés vivir? ¿Soñar? ¿Ver más partes del mundo?

La Venus agarró el paquete de cigarrillos en la mesa, sacó dos y los prendió. Le dio uno a Ariela sin devolverle la mirada. Claro que quería vivir y soñar. ¿Pero la vida de quién? ¿El sueño de quién? A lo mejor era demasiado sensible. Ariela representaba la libertad, la aventura. Sin embargo, algo dentro de la Venus galopó y destelló indómito, resistiendo el arnés de un plan ajeno. Brasil. Río. Una ciudad gigante, repleta de cerros y montañas y gritos de luz. Playas que se tragaban el sol. Pensó en el Polonio, en cómo el océano allí la abrazaba y le hacía sentir, por unos marcadores instantes, que algún día el mundo podría estar entero otra vez. Era el mismo Atlántico que besaba Río. Era una ciudad violenta, por lo que decían. Había pobreza; la dictadura brasilera era más vieja y estaba más asentada que la del Uruguay. Pero tal vez, en una ciudad más grande, habría también más espacio para perderse, para respirar. Tendría que aprender portugués. Tendría que entregarse a nuevas corrientes. El mundo pareció abrirse delante de ella, desplegarse como una bandera firmemente envuelta, y se dio cuenta de que había solo una respuesta posible.

*

El Río de la Plata se estiró delante de ellas, agua larga y marrón hasta el horizonte. Las baldosas de la Rambla serpenteaban bajo sus pies, abrazadas a la orilla. Romina y Malena paseaban allí todos los sábados por la tarde con su mate, la única concesión al ocio. Habían invitado a la Venus a acompañarlas en otras ocasiones, pero siempre estaba ocupada con Mario. Los sábados eran día de ensayo para Ariela. No obstante, hoy había dejado a Mario con Sonia. El niño había protestado y alzado los brazos hacia ella, y por un segundo la Venus pensó en llevarlo, pero quería unos momentos a solas con sus amigas. Ya le quedaba poco tiempo. Aún no les había dado la noticia.

—Siempre me olvido de lo hermosa que es la rambla —dijo la Venus—. Es como mirar al mar.

—A mí me calma —dijo Romina.

—Aunque es una pena no poder ver Buenos Aires desde acá. Es una ciudad tan linda...

—No es toda linda —dijo Malena bruscamente—. También es fea.

—No sabía que la conocías —dijo la Venus. Había bastante que aún no sabía de Malena. Ella apoyaba y tranquilizaba, acciones generosas que brindaban muchísimo a las demás pero que a la misma vez podían servir a otro propósito, pensó, un tipo de truco emocional para que la gente no notara lo que no compartía sobre sí misma. Anteriormente, la Venus había tratado de hacer hablar a Malena, con poco éxito. Incluso hoy sentía que había resacas marinas dentro de su amiga que nunca vería ni entendería. —¿Cuándo fue eso?

—Hace mucho tiempo.

Siguieron caminando. Romina miró a Malena y le pasó el mate como si este contuviera un secreto que solo ellas pudieran saborear. Se había familiarizado con el lenguaje corporal de Malena (era factible entenderlo si se sabía cómo mirar) y vio entonces la lucha por mantener reprimidas las memorias. A Malena le habían pasado cosas malas en Buenos Aires. Romina no sabía toda la historia, solamente una parte. Había comenzado a ser develada una noche cuando estaban tendidas juntas, desnudas, luego de hacer el amor tras pelear toda la noche sobre la idea de vivir juntas, algo que Malena quería hacer y Romina sabía que no podía hacer, no mientras sus padres la necesitaran, mientras su hermano estuviera en prisión por quién sabía cuánto tiempo más y ella, Romina, era todo lo que tenían, *pero no les debés eso,* dijo Malena, a lo que Romina contestó *les debo todo.* Malena se calló y allí podría haberse acabado el tema, pero Romina espetó—: Casi nunca hablás de tus padres.

—¿Y qué tiene? —dijo Malena.

Romina buscó las palabras adecuadas para responder. Le parecía extraño, incomprensible, que Malena viviera en la misma ciudad que sus padres y no les hubiera hablado durante años. No podía hacerle bien; seguro que sufría. Había tratado de tocar el tema en otros momentos y abordar la idea de la reconciliación, pero siempre se había encontrado con un muro de silencio. Si supiera más de lo que había ocurrido, a lo mejor encontraría la apertura, aunque fuera chiquita, por la cual podría ayudarla a reconectarse con su gente.

—¿Cómo puedo conocerte del todo si no sé de tu familia?

—Yo no soy mi familia.

Romina quiso protestar (muchos años atrás, sus padres habían aprendido el dicho italiano: *El que no sabe de dónde viene, no sabe a*

dónde va, y lo repetían tanto que para ella era como ley), pero entonces vio el dolor brilloso en los ojos de Malena y extendió la mano
para acariciar su cara y su espalda y sus caderas o cualquier parte que
la recibiera, que aquella noche resultaron ser todas.

Luego, desnudas en la cama, Malena miró a Romina y empezó a
hablar. Con la cabeza en el pecho de Romina y la cara escondida. Sus
padres la habían mandado a un lugar a los catorce años, dijo. Para
curarla, dijo. A un lugar de pesadilla. Hasta el día de hoy se preguntaba cómo se habían enterado de su existencia. Fue después de que la
encontraran con una muchacha vecina, *tocándola*, dijo Malena, y allí
Romina se llenó de mil preguntas, pero en su asombro no pronunció
ninguna. Todo ese tiempo había pensado que, al momento de conocerse, Malena era la reprimida, la que no se conocía, la que temía
mirar dentro de sí misma y presenciar lo que era. Así la habían percibido todas. Una mujer reservada y tradicional a sacar del cascarón.
Pero quizá ella misma había roto ese cascarón hacía mucho tiempo.
A los catorce años había hecho algo que Romina misma nunca
hubiera soñado a esa edad. Tocó a una muchacha vecina. ¿Cómo?
¿Por dónde? ¿A la muchacha vecina le gustó? ¿Fue Malena, habría
sido realmente Malena la que empezó? ¿Hasta dónde llegaron antes
de ser descubiertas? ¿Romina fue la primera de Malena o no? Esta
Malena que a sus amigas en la playa les había contado sobre el convento, pero no sobre la muchacha vecina. Este enigma viviente. Se
calló y escuchó. Malena siguió. La muchacha vecina huyó abrochán-
dose la blusa mientras corría. Se llamaba Belén. Malena se aterró de
que su madre llamara a la madre de Belén. Hubo ternura en su voz
cuando pronunció ese nombre, *Belén*, que Romina nunca había oído.
La mamá no llamó a la madre de Belén y la Malena de ese entonces
dio un suspiro de alivio pensando que había evitado su peor miedo.
Pero resultó que aún le faltaba mucho por aprender sobre el miedo.
Tres noches después, se encontró en un barco rumbo a Buenos Aires
con su madre, quien no le dijo a dónde iban o qué las esperaba al otro
lado del río, no le dijo casi nada durante esas once horas de viaje por
el agua. Pensó que tal vez visitarían a su tío o irían al teatro o empe-

zarían a fingir que no había ocurrido nada, porque su madre era una experta en el fingimiento. Pero no fue así. En su lugar, dijo Malena, estuve encerrada por cuatro meses.

—¿En una prisión?

—En una clínica.

—Ah —dijo Romina, llena de alivio. La palabra *clínica* combinada con el nombre *Buenos Aires* evocaba lo contrario de una prisión: latón pulido, guardapolvos limpitos, enfermeras que atendían a las más mínimas necesidades, doctores sofisticados que cuidaban hasta de rasguños, agua en copas de cristal que aparecían tras el sonido de campanas. Cosas fuera de alcance para su familia—. Una clínica. Ya veo.

—No. —Malena se alejó—. No ves. No entendés nada.

¿Qué le pasaba? ¿Qué había hecho mal? —Pero quiero entender.

Malena se quedó muda.

Romina trató de alcanzarla con la mano.

—Pará. —Malena rechazó su mano y su voz se tornó brusca. —Olvidalo.

—Malena, por favor. Contame el resto de la historia.

—No hay resto de la historia. Estoy cansada, quiero dormir.

Y eso fue todo. Romina decidió no abordar más el tema y esperar hasta que Malena misma lo hiciera, pero nunca ocurrió. No le gustó la clínica. No quiso quedarse allí. A lo mejor los doctores la menospreciaban por lo de la muchacha vecina y no habían sido suficientemente comprensivos. El lujo de uno era la pesadilla de otro. Las prisiones no eran todas iguales, no todas tenían rejas, debió haber tenido la mente más abierta, la siguiente vez lo haría mejor. Y ahora aquí estaban, en una siguiente vez, paseando por la rambla con el nombre *Buenos Aires* colgado en el aire. Puso la mano en la espalda de Malena como si el tacto pudiera expresarlo todo, y Malena pausó y se inclinó hacia Romina por un momento antes de pasarle de vuelta el mate.

La Venus las observó con una punzada de envidia. El lazo entre ellas era tan intenso que casi se sentía palpable, algo que se podía aferrar. Deseaba eso. Tenía eso. Pensó que quizá, posiblemente, lo tenía. ¿Lo tengo? Y, si no, ¿qué cuernos estoy a punto de hacer? Rechazó ese pensamiento.

—Yo fui una vez a Buenos Aires —dijo la Venus—. De niña. Me pareció maravillosa. Salir del país expandió mis horizontes. —Pausó y respiró profundo—. Y es lo que ahora voy a hacer.

—¿Te vas del país? —Romina la miró con asombro.

—Sí.

—¿A dónde?

—A Brasil.

Romina bajó la voz. —¿Cómo?

—Con una visa de trabajo a través de Ariela. Tiene una beca y me va a incluir en la solicitud, como una niñera.

Romina la miró mucho tiempo. —Su niñera.

La Venus luchó contra una ráfaga de irritación. Había dicho *una,* no *su.*

—Estás jorobando.

—Y, bueno, ¿qué otra cosa puede nombrarme? ¿Su esposo?

Romina y Malena se rieron.

La Venus sintió calor en la cara. —¿Y? ¿Qué otra cosa podemos hacer?

—¿Te va a pagar?

—Técnicamente, sí. Es decir, apuntó algún salario en la solicitud. Pero, claro, en realidad esa plata será para todos nosotros. Ya sabés. Para vivir.

—Hmm.

La Venus se inquietó. No sabía qué había esperado. Había imaginado que sus amigas la bombardearían a preguntas, pero, en cambio, decían poco, y se encontró con ganas de cambiar de tema. —¿Y tú? ¿Cómo estás?

Romina se fijó en el agua. —Más o menos bien.

—Decile —dijo Malena—. Lo de Felipe.

—¿Felipe? ¿Tu hermano?

Romina asintió con la mirada todavía en el río. —Fui a verlo.

—¿Pudiste entrar?

—Sí. Por fin aceptaron nuestras peticiones, quién sabe por qué. Nosotros no cambiamos nada; pero se nos negó el permiso tantas veces, que ni locos nos quejaríamos.

La Venus asintió. Las autoridades eran así: inconsistentes, arbitrarias. Ariela contaba de músicos que habían hecho los trámites para la autorización de los conciertos, que se la habían aprobado y luego se la anulaban diez minutos antes del espectáculo, sin razón alguna, como si aprobar y revocar fueran una clase de látigo. Tomabas lo que te dieran, sin protestar, sin confiar en que lo tuvieras aún al día siguiente.

—¿Cómo te fue?

Romina no tenía respuesta. No sabía si alguna vez podría describir la experiencia con palabras. Ella y sus padres se quedaron estupefactos cuando recibieron la noticia. Mamá leyó la carta oficial tres veces en una sola tarde y luego se la dio a papá, quien ni la ojeó, simplemente la dejó colgar flácidamente de su mano por un momento antes de tirarla al piso. Para papá, Felipe seguía siendo el hijo extraviado que había traicionado a la familia al unirse al Partido Comunista sin pensar en cómo esa decisión impactaría a la gente que lo amaba. Como si la ruina de la vida de Felipe hubiera sido por voluntad propia. ¿Era posible que papá realmente fuera tan anticomunista o creía que lo era porque de alguna forma prefería pensar que Felipe había saboteado su propia vida antes que creer que todo eso se lo habían hecho a ellos? Felipe. Felipe el delicado, con sus lentes y sus sueños enormes y su andar de larguirucho, que se desvelaba leyendo y nunca iba a la panadería sin traer un bizcocho dulce para su hermanita. Romina contó los días y las horas hasta el primer día de visita, y entonces tomó el ómnibus al barrio de Punta Carretas, con su madre al lado mirando fijamente adelante. Apenas la noche anterior, su padre había decidido quedarse en casa. Por lo tanto, sus padres pelearon en el dormitorio toda la noche y él no salió a desayunar. Ahora mamá se agarraba de la cartera en su falda como si fuera un bote salvavidas. Romina estaba vestida de manera conservadora por si eso ayudaba a aplacar a los guardias, pero en realidad no hubo problemas cuando llegaron, solo una espera larga y tensa en un cuarto chiquito y soso con una pared de vidrio en el medio que tenía un agujero redondo. Felipe entró esposado y el guardia lo empujó a un banco frente al vidrio. Se inclinó hacia el agujero en el vidrio por el cual podrían hablar. Romina lo miró. Estaba irreconocible, era una sombra de lo que había sido, un hombre viejo y cansado antes de tiempo. Pero ¿qué esperaba? Habían pasado siete años. Brutalidades innombrables. *¿Cómo estás?* Preguntó su madre, una pregunta estúpida que flotó en el aire entre ellos, imposible de retirar o borrar. Felipe las miró por mucho tiempo, sin sonreír, con una tristeza desnuda en los ojos. *Contento de verlas*, contestó. El resto de la visita se llenó de palabras vacías sobre el clima, el barrio, palabras calculadas cautelosamente para no alarmar a los guardias. Las palabras no eran lo importante, sino el beberse el uno al otro con los ojos. La barrera de vidrio parecía derretirse bajo la intensidad de sus miradas. Él todavía existía. Estaba en una dimensión alternativa que se escondía del mundo ordinario, pero existía. Las cicatrices de la tortura no se veían en su piel, pero sí se exponían en sus ojos. Romina se fue del Penal de Libertad ese día más determinada que nunca a luchar contra el gobierno del momento y en defensa de los derechos humanos. No podía parar, ni por su propia seguridad ni tampoco por la seguridad de sus padres. ¿Cómo podía desistir cuando Felipe aún estaba allí adentro?

—Fue horrible —le dijo ahora a la Venus—. Fue un alivio. Un despertar bueno y espantoso. No lo puedo expresar con palabras.

La Venus asintió, aceptó el mate, tomó.

La siguiente vez que Romina visitó a Felipe, los dos estaban un poco más preparados. *Me pica la frente*, dijo él y repitió las palabras más lentamente mientras miraba de reojo a los guardias para asegurarse de que no prestaban atención. Ella tuvo ganas de estirarse hasta él y rascarle la frente a su hermano esposado, y lo hubiera hecho de no ser por el riesgo de perder los derechos de visita. Solo luego, en el ómnibus a casa, se le ocurrió que a lo mejor Felipe había hablado en código. Frente. *Frente*. El Frente Amplio, el partido de izquierda formado por una coalición de comunistas, guerrilleros tupamaros, socialistas y muchos otros... Si el Frente era lo que picaba, ¿qué quería decir? O le preocupaba, o había evaluado el movimiento y lo apoyaba, y quería que ella lo supiera. ¿Cuál de las dos? Esa noche, mientras lavaba los platos y sus padres murmuraban en el otro cuarto, se convenció de que la palabra *pica* significaba que a Felipe le irritaba el Frente, que no apoyaba sus esfuerzos crecientes de resistencia ni a su líder encarcelado, que le caía sospechoso entremezclar tantas facciones. Pero al día siguiente se despertó segura de que lo contrario era la verdad. Él era pro-Frente. Estaba con ellos. *Me pica* significaba que había reflexionado mucho. Se enteraba del desarrollo oculto de la organización a través de vías de información clandestinas y quería apoyarlo tanto como fuera posible. ¿Sería que incluso sabía algo del involucramiento de su hermana en ella? ¿Quería decir que estaba orgulloso de Romina (una chispa de calidez)? ¿O pretendía preguntar indirectamente si estaba involucrada? Estaba profundamente involucrada. Cada día se sumergía más. Traficaba artículos de otros países a Montevideo para que la resistencia aquí se enterase de lo que publicaban los exiliados en el exterior, de cómo se condenaban los abusos de derechos humanos. Esperaba horas en el puerto por barcos donde un solo marinero llevaba el contrabando, un bulto secreto de palabras que él le pasaba en un paquete de maníes o de pescado apestoso entre hojas de diario. Y ahora venía el plebiscito, pronto, en noviembre, cuando la población uruguaya votaría acerca de una nueva constitución autoritaria para su nación, la cual legalizaría la persecución de los "subversivos" y daría poderes al Consejo de Seguridad Nacional sobre cualquier futuro gobierno civil. Todas las cosas que el régimen ya hacía adquirirían legitimidad jurídica. El informe extranjero sobre los derechos humanos seguramente había formado parte de la presión. Por supuesto, no salió en las noticias de acá, pero estaba por todos lados en los artículos y recortes de diarios internacionales que mandaban los exiliados y que ella ayudaba a traer al país: un grupo llamado Amnistía Internacional nombró a Uruguay como la nación con más prisioneros políticos per cápita en todo el mundo. Por lo tanto, los generales querían salir del foco de atención mostrando un mandato de la gente. En Chile, Pinochet pretendía hacer lo mismo. El terror produce sumisión. Los votantes tenían miedo. Si se aprobaba la reforma constitucional, los horrores solo se profundizarían. ¿Pero qué tal si ganaban en esta votación? ¿Qué tal si vencían al régimen? Eso la desvelaba toda la noche y la impulsaba a llevar comunicaciones de exiliados a los líderes locales de la izquierda. Si podían tener éxito donde Chile había fracasado, tomar el voto y darlo vuelta para tirárselo a la cara a los generales, flexionar los músculos del pueblo de una forma que el mundo sintiera... ¿entonces qué?

Miró a la Venus, quien esperaba, escuchaba, absorbía el silencio sin pedir más.

—No sé dónde termina todo esto —dijo Romina.

—¿Dónde termina qué?

—Todo. La pesadilla. Capaz que nunca tengamos de vuelta a nuestro país, pero, aunque sí lo recuperemos, ¿después qué? ¿Cómo vamos a restaurar lo que se destruyó? Si se rompe un plato, nunca más está entero.

—Un país no es un plato —dijo la Venus.

—Tal vez no. Pero sí puede romperse. Puede cambiar de ser grande y estar unido a estar hecho añicos.

—No es lo mismo. Los pedazos se pueden juntar de vuelta.

—¿Cómo lo sabés? ¿Todos los exiliados volverán? ¿Todos los torturados serán destorturados?

—No —dijo la Venus—. Pero la tortura acaba. O *puede* acabar. Y cuando ocurre eso, la gente puede sanar.

—¿Cómo sabemos que eso es cierto? ¿Se lo preguntaste a los torturados?

—Romina —dijo la Venus—. Estoy de tu lado.

Romina suspiró. —Ya lo sé. Pero. Todo este tiempo hemos vivido en nuestros propios rincones preguntándonos cómo estaba la gente al otro lado de las rejas y temiendo lo peor. Entrar fue como ver una grieta minúscula en el muro de un dique. La pérdida de agua es bien chiquitita, pero suficiente para ahogarse. Es peor de lo que temía, pero a la vez más común, de un modo que antes no comprendía. Creo que hablo sin sentido.

—Sí, tiene sentido —dijo Malena y la Venus admiró la ternura en su voz.

Romina tomó el mate de la Venus y lo llenó de nuevo. —Quién sabe lo que pasará cuando se quiebre el muro. Si algún día se quiebra.

—Se quebrará —dijo la Venus.

—¿Pero cómo lo sabés? —dijo Romina con una intensidad que hasta a ella la asombró—. No será así nomás. Solamente con suficientes personas empujando y empujando y empujando.

La Venus se fijó en ella y después apartó la mirada.

—Espero que ocurra, claro —dijo Romina más suavemente para que el viento cubriera sus palabras—. Ese es el sueño, ¿no? Que se libere a los prisioneros, que los exiliados vuelvan. Solo es que después de ver a Felipe me doy cuenta de que la historia no terminará allí.

La Venus buscó el horizonte con sus ojos. Era un día azul, engañosamente tranquilo. —Espero que no te enojes conmigo. Por irme.

—¿Sabés qué? Al carajo con todo eso. A cada quien le toca hacer su camino.

La Venus tocó las piedras del muro de la rambla. Toda la gente que se habría sentado allí antes que ella... Todos los que se habrían lanzado al mundo y que ahora a lo mejor nunca volverían a casa...

—Pero mirá que te extrañamos el mes pasado. En el Polonio.

—¿Cómo está La Proa?

—Igual —dijo Romina.

—Mejor —dijo Malena—. Paz va todo el tiempo y hace arreglos. Tapó los agujeros en las paredes y en el techo. Dice que quiere poder ir en el invierno.

La Venus sonrió tensamente. Ansiaba ver la casita de Polonio, y era suya también, pero no se atrevía a ir ahora. No podía llevar a Ariela porque jamás entendería, no podía ir cuando estaba Flaca. Y vacilaba ante la idea de ir sola, con el pretexto de que eran las incomodidades rústicas las que la desalentaban, cuando en realidad era otra cosa: lo que podría oír dentro de sí a solas en La Proa, lo que La Proa podría provocar dentro de su mente solitaria. En todo caso, ella ya era de otro mundo, el mundo de Ariela. Se preguntó a cuál mundo pertenecía. Se preguntó por qué esa pregunta le causaba dolor. —Me encantaría ver el Polonio en el invierno. Esas tormentas legendarias...

—Pensamos ir este julio —dijo Malena.

—Tal vez lo veré algún día, cuando vuelva —dijo la Venus y se le ocurrió en ese instante que no tenía idea de cuándo sería eso.

—De todos modos, tendrás un montón de playas en tu destino —dijo Romina—. Copacabana. Ipanema. Y allá nunca hace frío; dicen que se puede nadar todo el año.

Lo dijo por amabilidad. Para facilitar el vuelo de su amiga. Pero la Venus entendió en ese momento que no habría ningún Polonio en Brasil. No había ningún Polonio más allá del Uruguay. De repente añoró anticipadamente su país chiquito e insignificante. País lúgubre. País roto. Tierra de seres cansados. Tierra de océanos fríos, de orillas ocultas, de un río chato y lodoso que se estiraba hasta el principio del cielo.

Se quedaron en silencio por un tiempo y tomaron mate con las miradas clavadas en el agua, cada una contemplando su propio fantasma en el horizonte.

6

El acto de verse

En los dos años siguientes, La Proa floreció.

Aparecieron nuevas grietas en las paredes que dejaron entrar el viento antes de hundirse en capas de yeso. En el baño se estrenaron un balde, una cuerda y una polea: una ducha casera con agujeros en el fondo del balde para que el agua goteara y rociara y fluyera.

La cocina se llenó de cuchillos, cucharas, ollas y sartenes de la ciudad, amontonados caóticamente en los estantes como si fueran refugiados.

Con cada estación se apiló más ropa de cama.

Por las paredes brotaron nuevos estantes, tablas clavadas que cargaban libros, fósforos, velas, caracoles encontrados en la playa, *nuevos pesos* arrugados, piedras pintadas, palos pintados, más libros.

La mugre se espesó en los rincones y por el piso al lado de la cocina. La limpieza profunda removió sus capas para que se acumularan suavemente otra vez.

Lentamente, los muebles dieron a luz más muebles: una mesa empezó en forma de tabla sobre cuatro pilas de ladrillos y luego se transformó en un bloque de madera de deriva descubierto en la playa y arrastrado a casa, cortado, colocado sobre los ladrillos, hasta que se lanzó el proyecto de martillar piernas y lijar los nudos y curvas de la madera para forjar una superficie más lisa. Nunca se convirtió en una superficie completamente lisa. En lugar de eso, todo el mundo aprendió a balancear vasos y platos en el terreno irregular de la mesa del Polonio y, aunque había derrames, aunque se tambaleaban los boles, la mesa quedó, quedó para siempre; era la mesa adecuada para ellas, encorvada y baja en sus cuatro patas, viva y llena de adornos complejos, rara y hermosa a la vez.

Paz iba más que nadie. El negocio la llevaba a Polonio por lo menos una vez por mes para revisar los suministros, organizar traslados, calcular la cantidad de focas de la época y las pieles con Lobo y sacarle algunas historias viejas si lo encontraba con ganas de contarlas —a lo mejor una de esas historias viejas de naufragios que parecían resplandecer con nuevos detalles cada vez—; y siempre trataba de llegar antes de lo necesario para poder pasar tiempo en el ranchito. Viajaba por el trabajo, pero no iba al Polonio solamente por eso. Iba para estar a solas. Iba para escuchar. Iba para desconectarse. Caminaba por las dunas y llegaba sudorosa o fría o mojada por la lluvia —según la estación— y luego se sentaba en la casita en silencio por mucho tiempo. Paseaba por la playa durante horas, tiempo suficiente para que el ardor interno se sosegara a un nivel soportable, tiempo suficiente para que la ciudad y la carretera se disiparan de su mente y el océano la llenara, la limpiara. Ya no había más visitas del Ministro del Interior y su esposa, y en cuanto a los soldados del faro, ahora la dejaban en paz. Sabían quién era, se metían en sus propios asuntos, no les importaba. Cambiaban constantemente o así parecía, probablemente porque para ella no tenían rostro propio, eran intercambiables, porque así eran los soldados, ¿no? Eran como el sol: mejor no mirarlos directamente por demasiado tiempo. Qué alivio apartarse de la ciudad y de su madre, con quien se comunicaba por teléfono más o menos una vez por semana, y en persona de vez en cuando en uno de los cafés en el centro, allá por la avenida 18 de Julio. Tomaban té y charlaban tensamente de un modo que a Paz le ponía los pelos de punta y le hacía arder el pecho a la misma vez. Mamá era diligente en cuanto a esos tés, y más que nada parecía aliviada de que Paz hubiera creado una vida para sí misma que ya no requería mucho de su madre.

Y en esos viajes a solas, hasta aliviaba a Paz el apartarse de sus amigas. La querían mucho y el cariño era recíproco, pero a veces se comportaban demasiado como tías, preocupándose en exceso por ella como si de esa forma pudieran reparar las roturas y los desgarres de sus propios pasados; la miraban boquiabiertas a través del prisma de su propia mojigatería. Inclusive Flaca una vez la reprendió por tener dos *amigas* a la vez... ¡Flaca! ¡Qué derecho tenía a hablar! A veces le parecía un error haberles contado sobre Puma, hacía años, cuando llegaron al Polonio por primera vez. Nunca lo habían entendido (aunque, para ser justa, a veces sentía que tampoco ella lo entendía del todo). Había cosas suyas que el grupo nunca vería completamente. Así era la cosa. Así era el mundo. Hasta cuando te amaban, no te veían del todo.

Solamente el océano (el Atlántico, con las olas indómitas y libres del Polonio) podía ver todo su ser. O por lo menos envolverla. Una totalidad sin comparación.

Entonces llegaba, reparaba cosas, arreglaba el techo, armaba una ducha de cuerdas y balde, martillaba madera, construía la casa y la amaba con las manos como podía, recordándose siempre cómo habían comprado la casita, su aporte patético, el más chiquito de todos. Cuando llegó a tener ingreso propio, trató de devolverles el dinero, pero sus amigas lo rechazaron. *Así fue el acuerdo,* dijo Flaca y allí quedó el tema. Por lo tanto, hacía eso: reparaciones, trabajo, ponía sudor y los músculos de sus manos para mejorar la casa. Su forma de pago.

Para sus amigas, siempre sería la más jovencita, la chiquilina, a pesar de que ahora era una mujer madura de veintiún años. A veces la asombraba verse en el espejo. Se sentía simultáneamente menor y mayor de lo que era, una criatura extraña, fuera del tiempo. Como ninguna otra mujer de veinte que conociera. Una alumna desertora de la universidad que se sabía pasajes de Cervantes de memoria. Una lectora voraz con los brazos musculosos de un obrero. Una mujer que frecuentemente olía a cadáver de foca a pesar de pasar horas restregándose en la bañera después de los transportes, determinada a borrar el hedor, pero no era tan fácil y ahora lo sabía, el olor del trabajo encontraba la forma de filtrarse en la piel. Como el padre de Flaca, quien siempre tenía un olorcillo a carne cruda, como si la carnicería se hubiera metido en su cuerpo, así era para los hombres trabajadores, los hombres de las fábricas, obreros, hombres de la tierra; como ella, mujer de la tierra, del mar, que olía a trabajo de hombre.

Se había mantenido durante casi tres años con un trabajo masculino y pagaba el alquiler de un cuarto propio en el apartamento de una pareja cuyo único hijo estaba encerrado en el Penal de Libertad. Dormía en el cuarto del hijo, el cuarto del detenido, y juntaba sus pesos como si cada billete fuera un boleto a la liberación. Trabajaba duro por cada centavo que recibía, guiando aquellas pieles del fin del mundo hasta la capital. En cada etapa del viaje (la adquisición de bienes en lo de Lobo, la carreta por las dunas, el camión alquilado de una granja cerca de Castillos, la fábrica de prendas en el barrio de los judíos en Montevideo), había que relacionarse con algún hombre. Paz disminuía la femineidad de su aspecto tanto como podía para que la tomaran en serio. Cabello engominado y en cola de caballo, como una estrella de rock o de fútbol masculina. Pantalón, suéter holgado. Cara seria, no antipática —porque eso también conllevaba riesgos—, sino con apenas la cantidad adecuada de dureza en la mandíbula para que los hombres se conformasen con sus precios y reglas mientras silenciosamente agradecían al destino que sus hijas no les hubieran salido *así*. No podía entrar al mundo de los hombres (y tampoco lo quería, lo que deseaba era el poder de ellos); pero se le ocurrió que sí podía moverse por la periferia de ese reino en forma de muchacha en negativo, de muchacha fracasada, una criatura intermedia, y que ese rol tenía mejores probabilidades de recibir un reticente respeto que el que jamás tendrían las chicas bonitas y, de todos modos, ella nunca fue una chica bonita, ni por lejos, así que aprovechó lo que podía. Siguió la corriente. Canalizó su ferocidad en las matemáticas, en el brusco despliegue de billetes. Estos pesos para vos, estos pesos para usted y, no, eso ya es bastante, ¿o prefiere que llame a otro conductor la próxima vez? Y todos esos gestos de fanfarroneo también la ayudaban a llegar bajo las polleras de las mujeres. Había que moverse como si se supiera un montón de cosas y no se precisara a nadie, carajo. Acercarse a una mujer por primera vez le llevó meses de práctica, de reflexión, de ensayos a solas frente al espejo. Fue en un bar del barrio de los judíos, después de entregar una pila de pieles. Su primer año en el negocio. Tenía un bolsillo lleno de billetes húmedos y se sentía eufórica, sin ganas de irse a casa, a su cuartito silencioso donde los ruidos de la tele de la pareja mayor palpitaban a través de las paredes. Por lo tanto, se metió en el bar, un local de barrio del estilo en el que uno encontraba cerveza y chorizos recién asados, donde había parejas en las mesas, algunos grupos más grandes, ningún niño, ninguna mujer sola. Se sentó a una mesa en el rincón y se encorvó sobre su cerveza, pensó que en cualquier momento se iría a casa y entonces sintió una mirada sobre ella. Una mujer. Parecía tener treinta y poco, llevaba mucho maquillaje y un vestido rojo que parecía hecho a mano. El hombre que la acompañaba era bastante mayor que ella y hablaba alborotadamente con los otros hombres de la mesa ignorándola. La mujer tenía ojos de un marrón oscuro, era rolliza y se conducía de una forma sensual, con una expresión en el rostro tan francamente voraz que seguramente la convertía en la mujer más hermosa de Montevideo. Paz le devolvió la mirada y osó sostenerla fija en ella como si lo hubiera hecho cien veces. Los hombres ahora se reían, todavía no prestaban atención. Para ellos, Paz era la chica despreciable del rincón. Pero la mujer todavía la estudiaba. Paz se levantó y se dirigió al baño. En el camino, rozó la mesa de la mujer y le lanzó una mirada rápida y significativa, *vení*. Cuando llegó al fondo del local, se desconcertó al ver que el baño no era nada más que un cuartito minúsculo pegado a la cocina. Carecía de privacidad, aunque ni el mozo ni el cocinero parecían darse cuenta de que se había deslizado adentro. Sudaba, estaba nerviosa, acalorada. Esperaría cinco minutos y se iría. Qué estaba haciendo... Cómo se le ocurría, qué... y entonces la mujer apareció en el baño chiquito y, sin palabras, apagó la luz y cerró la puerta con llave. Oscuridad. Brazos. Piernas. Calor, cuerpo. Ella tan cerca, a la espera, y Paz por un solo instante se aterró de perder esa oportunidad porque estaba demasiado impresionada como para moverse, pero luego sí se movió y la boca de la mujer lo era todo, era el mundo entero, era la alegría en su propia boca, su piel un bálsamo para las puntas de los dedos, su aliento un algo agudo mientras seguían en un silencio absoluto. No podía haber ruido alguno, palabra alguna, solamente tacto y ritmo y, como había poco tiempo, Paz alzó a la mujer sobre el pequeño lavabo como si este fuera un trono y allí, allí nomás, los muslos se abrieron como los muslos de una reina que exigía devoción, gesto con el cual Paz cumplió pensando y respirando *devoción,* vertiendo esa palabra en las manos.

Se terminó rápido. La mujer acabó fuerte contra la palma de la mano de Paz. Le hubiera gustado hacer más, mucho más, los dedos aún estaban encerrados en el calor, pero no tenían tiempo y ambas lo sabían. La mujer se quedó aferrada al cuello de Paz por unos últimos momentos mientras la cocina repiqueteaba y traqueteaba justo al otro lado de la puerta, y luego se apartó, prendió la luz y se arregló el pelo en un instante frente al espejo.

—¿Cómo te llamas? —susurró Paz, pero la mujer solamente sonrió, no a Paz sino a su propio reflejo, y se fue.

Ahora ya tenía bastante más práctica. Había aprendido a atraer a una mujer y también que lo podía hacer en cualquier lugar. En una panadería, en el ómnibus, en la calle. Era una cuestión de ojos. La mirada no podía vacilar, tenía que contener todo, preguntas y también respuestas. Tenía que ofrecer promesas que la mujer anhelara ver cumplidas. Pero la mirada tenía que ser equilibrada, atemperada, lo suficientemente larga como para ir al grano, pero a la vez lo suficientemente breve como para que, si se había malinterpretado a la mujer, se pudiera decir que, claro, no era lo que le parecía, se lo había imaginado, ella era perfectamente amable y a lo mejor se había confundido a la mujer con otra conocida. Sin hablar, todo podía ser preguntado y sabido, y así te protegías de las autoridades porque los espías no tendrían nada para denunciar, ninguna razón para degradar tu categoría de peligro social de clase A a B o de B a C. Mantené la boca cerrada y los ojos vivos. Mantené el cuerpo despierto y lo sabrás.

Encontrar mujeres no era problema.

El problema era que nunca se quedaban.

Se acordó de lo que había dicho Romina años atrás, cuando Flaca y la Venus aún estaban juntas: que no existía la permanencia, el futuro, el "por siempre" para gente como ellas. Nada menos que Romina, la que ahora llevaba casi tres años de relación estable con Malena. Casi parecían un matrimonio, así de fusionadas estaban. ¿Qué diría ahora?

No era que Paz siempre quisiera que las mujeres se quedaran. Algunas conexiones estaban bien para una noche, una semana, algunas aventuras y ya. Hubo mujeres que la abrumaron con sus depresiones o sus necesidades frenéticas, mujeres que esperaban que Paz no solamente les diera placer, sino que también las salvara de un matrimonio desdichado o un padre controlador, lo cual era más de lo que ella podía hacer. Luego había mujeres que no querían abandonar su miseria, para quienes Paz era como una botella de whisky que les permitía entrar en calor un tiempito y olvidar. Hubo mujeres cuyos nombres nunca aprendió y a quienes hacía el amor en los arbustos de los parques y baños de cafés y cuartos de hotel baratos cuando la plata abundaba. Hubo algunas que conoció a fondo porque volcaban confesiones cuando yacían desnudas en las camas de sus esposos. Paz no se atrevía a usar su propio cuarto en la casa de la pareja mayor; estaban siempre en casa y no sabían nada, habían sufrido demasiado ya con la pérdida de un hijo por el régimen y por lo tanto ella mantenía su vida sexual separada del hogar de ellos. Sin importar quién era la mujer ni dónde estaban ni en qué circunstancias, a Paz siempre le encantaba el sexo. Se sentía en casa entre las piernas de las mujeres. Viva. Como si fuera la única integrante de alguna secta mística y olvidada, una creyente perseguida sin iglesia donde orar, los cuerpos de las mujeres eran su iglesia, el sitio de la consagración. ¿O de la profanación? ¿Qué era ese rito por el cual se sumergía en las mujeres hasta que le rogaban misericordia o lloraban con alegría salvaje? Algunas (no todas) le correspondían, pero el placer nunca se sentía más intenso que en el acto de brindarlo. Rito raro. Creyente solitaria.

Cósmicamente a solas, salvo cuando se acordaba de Flaca y las demás, su tribu del Polonio, las cinco en un círculo de lo posible.

Muchas de las mujeres tenían hombres en sus vidas, un marido o novio o amante. —Es la forma ideal de meterle cuernos —le dijo una vez un ama de casa desnuda mientras le acariciaba el pelo—. No me podés embarazar ni me podés contagiar de sífilis. Es un sueño. —Paz se preguntó cuántas mujeres la verían de aquella forma. La ideal para meter cuernos. Segura. Más segura que un hombre, una forma menos seria de engañar. ¿Sería que algunas de esas mujeres no eran realmente cantoras? (¿Y qué hacía real a una cantora?) ¿O sería que enterraban lo que eran para mantener sus vidas intactas? No le importaba. Se decía a sí misma que no le importaba. Por un tiempo lo creyó.

Pero entonces, el año anterior, cuando tenía veinte años, conoció a Mónica. Mónica la indómita, la de risas de color cobre, soltera y sin lazos con ningún hombre, una secretaria vivaz que trabajaba de día en una oficina en el centro y de noche hacía el papel de buena hija, excepto cuando salía con Paz para demoler su virtud. El sexo con Mónica era como arrojarse dentro de un volcán. Mónica fue la primera chica que Paz llevó al Polonio, una vez con el grupo, que la recibió con calidez, y antes de eso las dos habían estado allí a solas durante tres días de luz desnuda.

—Este lugar me encanta —dijo Mónica mientras enredaba los dedos en el vello púbico de su amante—. Es mágico.

Paz soltó una carcajada. —Ni lo has visto casi.

—Sí, lo he visto.

—Casi no hemos salido de La Proa.

—Ya vamos a salir, prontito.

—Eso lo has dicho varias veces.

—Vos me lo hacés imposible.

—Ah, ¿así que la culpa es mía?

—Obvio.

—Ay, qué flor más inocente.

Mónica abrió bien los ojos de esa forma burlona de *ay-pero-sí-soy-*

tan-pura que siempre llenaba a Paz de lujuria, incluso ahora, después de varias horas de sexo. —Segundo: La Proa *es* el Polonio. ¿Por qué tengo que ir afuera?

—Bueno, está ese pequeñito tema del océano...

—El que oigo de lo más bien desde este rincón. Y hasta lo saboreo.

—¿Ah?

—Acá nomás.

—Mmmmmm.

—Te voy a mostrar.

—Hacelo, sí.

Cinco meses duraron y en ese tiempo Paz no estuvo con ninguna otra, hasta empezó a imaginar que Mónica podría ser su última mujer, su "por siempre". Qué estúpida fue por pensarlo, por encender las chispas de la esperanza.

Al final, Mónica no sabía lo que quería.

O quizá era algo peor: sabía exactamente lo que quería y tenía que ver con hijos, un anillo en el dedo, un hombre que pudiera llevar a casa y presentar a papá.

—Quiere casarse conmigo —fue el único detalle que dio por teléfono sobre el nuevo hombre en su vida.

Paz leyó entre líneas: su amante no quería una vida a escondidas, una vida encadenada a una chica que había abandonado los estudios y olía a pieles de foca y nunca podría ser presentada a la familia. Alguien que nunca podría crear una familia con ella. El oro del anillo y la aprobación de papá, más importantes que el amor.

Flaca trató de consolarla. —Para algunas mujeres, ese es el verdadero deseo. Lo que quieren más que cualquier otra cosa. Tener bebés, un hombre. Ser esposas. No te queda otra que aceptarlo.

—No lo puedo aceptar —dijo Paz.

—Pensalo de esta manera. —Flaca le pasó el mate; estaban en la rambla, posadas sobre el muro bajo, y el río se estiraba largo y plano por delante, hoy azul, sin movimiento visible—. Alguien tiene que asegurar que la humanidad siga, ¿verdad?

—¿Pa' qué?

—Ay, dale, Paz. Tomátelo menos en serio.

—Tal vez las cantoras deban empezar a tener bebés.

—¡Bah!

—Me dijiste que me lo tomara menos en serio.

—Ta, tenés razón.

—Es que es todo tan estúpido, un velo blanco para fingir que sos pura, un hombre para encadenar tu apellido al suyo. —Paz le devolvió el mate a Flaca y observó cómo esta lo cebó de nuevo—. Luego ella se hace la noble, la casadita, la que hizo bien las cosas, cuando en realidad su vida es una mentira.

—¿Cómo sabés que para ella es una mentira?

Paz se fijó en Flaca. —Vos sabés bien cómo.

Flaca se rio y tomó mate. —Qué *doñajuana* que sos.

—Había estado con hombres, ¿sabés? Dijo que era mejor conmigo que con cualquiera de ellos.

—Eso lo dicen todas.

Se rieron.

Paz se puso seria. —¿Te parece que dicen la verdad?

Flaca le pasó el mate a Paz, lleno de nuevo. Prendió un cigarrillo y fumó un poco antes de contestar. —La mayoría. Sí.

—¿Y las demás?

—Las demás se lo dicen a todos sus amantes.

—Bueno, Mónica no era una de esas.

—Te creo.

Paz alcanzó el paquete de Flaca, sacó un cigarrillo y lo prendió. Esas mujeres que recibían el mejor sexo de sus vidas e igual regresaban corriendo a los hombres. ¿Qué hacían los hombres? ¿Qué tenían ellos que a ella le faltaba? Una verga, sí, ta, pero cuando uno consideraba los antecedentes, ¿qué más? Velos. Anillos. Esperma para hacer bebés. ¿Y eso era todo? ¿Eso es todo, Mónica?

Flaca pareció leerle los pensamientos. Tenía de vuelta el mate y vertió agua caliente sobre las hojas. —Es el poder —dijo suavemente—. Desean el poder de la seguridad, de ser aceptadas. De tener vidas libres de humillación.

Cantoras

—Y los hombres pueden darles eso.

—Exacto.

Y nosotras no podemos. No tenemos esas cosas para nosotras mismas y, por lo tanto, no podemos dárselas. —A veces pienso que sería diferente —susurró Paz— sin *el proceso.* —Fue *el proceso,* después de todo, lo que cubrió a toda la nación en una manta de miedo, de modo que para algunas mujeres el costo de vivir auténticamente parecía insoportable.

—Tal vez. No sé. —Flaca no miró a su alrededor y tampoco había nadie cerca, pero su cuerpo se llenó de tensión y pareció calcular cada palabra—. El silencio existía antes, ¿no?

—No sabría decirte.

—Ah, claro. Me olvido de lo joven que fuiste... antes.

Antes. Del golpe.

—Algunas cosas eran diferentes, pero otras, para nada.

Paz terminó el mate, observó a Flaca mientras esta tomaba el suyo, y le tocó a ella nuevamente. Se quedaron sentadas y contemplando el río que besaba la orilla.

—A cagar con Mónica, de todos modos —dijo Flaca—. Habrá otras mujeres.

Y en esto, como en tantos temas, Flaca tenía razón.

*

Romina sintió el viento en su cabello mientras la carreta andaba por las dunas. Malena estaba a su lado; Flaca cerca detrás de ellas, con su pareja, Cristi. Iban a Polonio para celebrar la primavera creciente; era mediados de octubre y el cielo rebosaba de calor azul y claro. Paz ya estaba en la casa, donde preparaba algunas cosas. Se encontrarían allí.

Malena. Calidez abierta. Una facilidad entre ellas que trascendía las palabras. Sus cuerpos no se tocaban, pero ahora se acercaban al lugar donde podrían tomarse de la mano, dejar caer las máscaras, conectarse sin fingir otra relación. La mentira constante se había vuelto más difícil con los años. A pesar de que era normal que las hermanas o primas caminaran a veces tomadas del brazo y sabía que algunas cantoras se aprovechaban de eso para tocar a sus amantes en contextos públicos, Romina no se atrevía a hacerlo porque temía que su cuerpo las delatara con su expresión secreta, su contacto que no era el contacto de una hermana (¿cómo se obliga a un cuerpo a mentir?). Romina se molestaba más que Malena con el tema, quizás porque ansiaba el contacto de Malena y la fuerza estabilizadora que ofrecía, el ancla que proveía. Mano en codo, hombro y cabeza, pies en la falda, muslos uno al lado del otro en el sofá, y se sentía en casa. No era lujuria exactamente —la mayoría del tiempo no— y, de hecho, ese contacto privado raramente en estos días las llevaba al sexo, porque Romina estaba absorta en sus compromisos activistas, el estado del país, el derrocamiento político largo y lento al cual dedicaba su alma. Surgía algo más tierno que la lujuria y más esencial: una conexión tan instintiva que su amante era casi una extensión de sí misma. Y la precisaba. Cuanto más trabajaba, más necesitaba a esa mujer que la recibía con un oído paciente y manos fiables, que raramente pedía algo a cambio, como si amar a Romina, apoyar a Romina fuera su alimento ideal. Era una bondad. Malena era tan bondadosa... Era un regalo demasiado grande como para retribuirlo alguna vez y Romina se sentía agradecida, aunque a veces temía que, sin importar lo que hiciera, su gratitud no bastara nunca. Y, peor aún, en otros momentos su gratitud le fallaba y se descubría irritada, harta de ser la egoísta de las dos, la que tenía necesidades, la que decidía todo porque Malena jamás opinaba sobre qué hacer para la cena o si deberían caminar por el río hacia el este o el oeste, *lo que sea,* diría Malena, *no me importa, no hay problema, lo que quieras,* y a veces Romina quería gritar *¿y no podés elegir por una vez en tu vida?, ¿siempre tengo que ser yo?, ¿estás viva o qué?,* y entonces se llenaba inmediatamente de vergüenza. Tener una mujer tan santa, que daba todo por vos, y no estar agradecida, ¿cuál era su problema? *¿Por qué me das tanto?,* Romina le preguntó una vez, y Malena sonrió y dijo *porque es lo que quiero hacer.* Así que Romina aceptó otra vez esa forma de

ser de Malena, esa forma de dar que era su forma de expresar el amor
o, tal vez, de impulsar la resistencia ayudando y sosteniendo a una
de sus líderes. ¿Cuál motivo tenía más fuerza? ¿La resistencia o el
amor? Malena nunca lo dijo y Romina no preguntaba, y con el paso
de los años su forma de ser empezó a sentirse inevitable, la mayoría
del tiempo por lo menos, tan natural como el lazo entre tierra y árbol,
una baja y quieta, el otro extendido hacia el cielo.

Y qué años tan intensos habían sido. La resistencia acumulaba
fuerza. La oposición al régimen aún era un susurro, pero un susurro fuerte, colectivo, insistente, una resonancia creciente como la
de las olas. Había sido el plebiscito de dos años atrás lo que había
cambiado todo, ese primer voto de la gente por el cual había orga-
nizado comunicaciones para el Frente Amplio, todas secretas porque el partido seguía en la ilegalidad. La gente lo había logrado.
Había votado NO. NO a la constitución nueva del régimen, NO
a su intento de más poder, NO a su esfuerzo engreído de parecer
más confiables ante el resto del mundo. Y no solo eso: el voto llegó
fuerte, el 57 por ciento votó "NO". Durante varias semanas después,
Romina caminó por las calles enamorada de la mitad de la gente
que pasaba (¡incluso de más de la mitad!) por su valentía y voluntad de arriesgar la vida votando contra los que tenían el poder de
aplastarlos o que por lo menos declaraban tener ese poder, porque
¿qué era el poder?, ¿qué era el aplastamiento?, ¿quiénes eran esos
hombres sin rostro en la cima de aquella estructura nefasta llamada
"gobierno"? No era la única persona que se sentía así. El país estaba
animado. Después de ese voto en noviembre de 1980, más de la
mitad de la población se había oído expresarse y sabía, por fin, que
no estaba sola. La oposición había estado en silencio tanto tiempo
(si no querías desaparecer, si no querías ser torturado, te callabas
acerca del gobierno y punto) y esa forma de expresión, ese voto, fue
la primera melodía temblorosa que entró en ese silencio público
como un pájaro en la madrugada. En la calle, la gente se saludaba
más. El almacenero empezó a mirarla mientras pesaba los tomates y
modulaba su *resultó ser un lindo día, ¿no?* con una chispa fugaz en

los ojos. Las reuniones clandestinas aumentaron. Y también estaban los caceroleos. Su célula ayudó a lanzarlos, a correr la voz. Una vez por mes, a las 20:00 horas en punto, la gente empezó a golpear sus ollas en las cocinas por todas partes de Montevideo. Al principio sus padres oían los ruidos, pero no se unían ni decían nada sobre el tema, aunque la expresión de mamá se volvía distante e indescifrable hasta que el barrio finalmente se callaba. Pero cuando los caceroleos crecieron en volumen, con un pulso lo suficientemente fuerte como para sacudir la tierra, hasta su propia madre se sumó a ellos y ahora las dos se paraban juntas en la ventana abierta de la cocina y golpeaban cacerolas y sartenes una al lado de la otra. En más de una ocasión, mamá rompió cucharas de madera contra el metal pero siguió golpeando, y Romina levantó la parte tirada en el piso de la cuchara y la usó para hacer más ruido, porque una cuchara rota también puede gritar, ¡oh, sí!, seguro que puede hacerlo. A veces mamá lloraba mientras golpeaba, pero nunca hablaba. Papá desaparecía al dormitorio antes de que empezara la protesta, no se unía pero tampoco la impedía. Romina ahora esperaba con ganas esas noches de pararse al lado de su madre mientras juntas mandaban aullidos a la noche en forma de percusión.

El gobierno, por su parte, respondió al voto como si hubiera sido una cachetada. Romina se había mentalizado para los acosos al pueblo, un período de detenciones, mano dura, pero parecía que el Palacio de Gobierno estaba en caos, sus hombres demasiado ocupados en ahuyentar la presión internacional y planear su próximo paso. Las detenciones disminuyeron. A lo mejor las prisiones estaban llenas, era agobiante mantener los centros secretos de detención, pensó Romina y luchó contra los pensamientos sobre los Solo-tres, sobre donde estarían, sobre cómo afectaría sus expectativas esa falta de carne fresca, ¿se quedarían sin trabajo?, ¿sin mujeres desnudas para violar?, ¿enfocarían por lo tanto sus armas contra sus esposas, sus hijas? Pensaba demasiado en las hijas de esos hombres, esperaba que no las tuvieran. Deseaba liberar su mente y no pensar para nada en ellos, no revisar los ómnibus ni los cafés de barrio en busca de sus caras, con pánico porque nunca podría estar segura. Había captado muy poco de sus rostros y la memoria traicionaba a la mente, y deseaba también alejar los sueños con ellos como sombras que se abalanzaban sobre ella, pesados, espesos, asfixiantes. Se despertaba bañada en sudor pero nunca hablaba del tema porque era una de las mujeres que menos había sufrido, solamente había habido tres y durante solo dos noches, una noche con uno, otra noche con tres, dos noches en lugar de cientas, una aritmética irrisoria del dolor, así que, ¿quién era ella para contarlo si su experiencia era mínima en comparación con lo que habían sufrido otras, lo que todavía sufrían? No era nada, una motita en tu ojo eso de los Solo-tres. Callate, Romina, no seas tan exagerada. Los sueños la avergonzaban. La única persona a quien se los contó fue a Malena, quien la abrazó, la acunó, la escuchó, pero tuvo la delicadeza de no decir nada.

Mientras tanto, la nueva laxitud del gobierno significaba que ella podía enseñar. La habían clasificado en la categoría B, lo que imposibilitaba que trabajara en una escuela pública, pero logró encontrar empleo en una escuela privada. Entre otras lecciones, enseñaba historia a alumnos de once y doce años en la forma seca y mentirosa que exigía el régimen. Le dolía distorsionar la historia, pero se dijo que esa superficie falsa le permitiría hacer su trabajo real de noche, el trabajo que les brindaría a esos chiquilines la clase de país donde podrían esperar un futuro decente. *Esto es para ustedes también,* les gritaba en silencio mientras lanzaba en palabras sus aburridos recuentos de la blanqueada perfección del Uruguay. Con ojos vidriosos, los alumnos tomaban notas como autómatas, miraban por la ventana o se fijaban en ella con actitud desafiante. El grito silencioso de su maestra no los alcanzaba, y menos mal. Tenía su sueldo y su trabajo secreto. Casi bastaba para aplacarle la conciencia por las mentiras que presentaba a los alumnos.

Se entregó a la resistencia. Poco a poco ganaban terreno. Algunos días le parecía que no viviría mucho más, que cada día que no la detenían era un milagro. Otros días le parecía que vislumbraba la libertad de su nación justo delante, que solo faltaba un gran empujón colectivo. Ahora llegaba otra elección, en noviembre de 1982 (¡el mes siguiente ya!) para que los partidos políticos eligieran sus propios líderes internos, un paso gigante dado que a los partidos se les había prohibido operar por muchos años, desde el golpe, y Romina se atrevía a esperar que eso abriera más las cosas, si bien, por otro lado, las facciones de la izquierda eran tan feroces que también podía resquebrajarse y hacerse añicos. En cualquier caso, estaba decidida a empujar, a seguir.

Incluso había vuelto a conocer a Felipe, en visitas lentas y pacientes en el Penal de Libertad. Su padre aún no iba, pero ella y su madre se turnaban los días de visita. Romina empezó a entender, por sutiles señales, que él estaba bien. Que las visitas lo animaban. Pero un día, de la nada, dijo: —¿Y todavía no estás casada?

Sin que él la viera, se agarró de la pata de la mesa. ¿Por qué hacer una pregunta cuando ya sabés la respuesta? —No.

—¿Hay candidatos?

—No.

—Romina. Seguro que vas a encontrar a alguien.

—Estoy de lo más bien así.

Se puso serio. —Nuestros padres necesitan nietos, hermana, y... —Hizo un gesto con los ojos—. Yo no se los puedo dar. Necesito que lo hagas vos.

Ella se mordió la lengua.

—Pensalo. Puede que nuestro apellido termine conmigo.

El hombre estaba en la cárcel, había sufrido cosas que ella nunca conocería, así que portate bien, pensó, pero las palabras igual salieron disparadas. —Si de todos modos mis bebés no tendrían el apellido de la familia, entonces, ¿qué importa?

—¿Pero qué te pasa? Nunca dije eso. Solo digo, nuestros pobres padres, tratá de hacerlos felices.

—Hago todo lo posible para hacerlos felices.

Él miró un rato la pared vacía y agrietada antes de responder. —Vos les debés eso.

Su tono severo la asombró. Él no se rendía. Ella lo miró y él le devolvió la mirada y por un momento no eran prisionero y visitante, sino hermano mayor y hermanita, él con sus explicaciones de cómo funcionaba el mundo mientras ella le doblaba los calzoncillos y las medias; ella la hermanita que le levantaba el plato de la mesa para que él pudiera relajarse o estudiar o encender la tele mientras ella fregaba y limpiaba. —Es mi vida —dijo, e inmediatamente la inundó la culpa. Ella era la que estaba afuera, la que tenía una vida, mientras que él... El dolor en el rostro de su hermano mostró que pensaba en lo mismo.

Alzó las palmas, un hombre bajo ataque. —Calmate, che. No estaba...

—Se acabó el tiempo —dijo el guardia.

En el camino a casa en ómnibus, ardía de rabia y vergüenza, un enredo caliente e imposible de deshacer. Esa noche tocó a la puerta de Malena sin previo aviso; se quedaron juntas toda la noche por primera vez, en un hotel barato, donde se aferraron la una a la otra en un cuarto desnudo y anónimo que no pertenecía a ninguna de las dos, con una pasión que le permitió a Romina olvidarse, durante unos radiantes instantes, de la cuestión de pertenecer y la necesidad de hacerlo.

—Venite a vivir conmigo —susurró Malena en la madrugada, en el cabello de su amante—. Podemos buscar un apartamentito. Entre las dos, ahora que sos maestra nos arreglamos.

Deseaba decir que sí. De verdad lo deseaba. Pero ya había actuado suficientemente mal quedándose fuera toda la noche sin avisar, sin siquiera dejar una nota o llamar, lo que no se atrevió a hacer por miedo a que la persuadieran de renunciar a ese pedacito de libertad. Probablemente estaban preocupados. No importaba que las patrullas nocturnas se hubieran calmado esos días: sus padres igual se preocupaban. Los pogromos eran hechos demasiado recientes en el pasado de su madre como para que no la preocupara que su hija anduviera afuera en una ciudad como esa, que se había tragado a sus dos hijos en diferentes momentos y a uno no lo había devuelto más. ¿Cómo podía abandonar a sus padres? Las hijas no se iban de la casa hasta que tenían esposo. Ella nunca tendría esposo. *Tratá de hacerlos felices.* Les estaba fallando. La necesitaban. Sin Felipe, ella representaba todo lo que les quedaba. La tristeza de su madre era un río por el cual Romina nadaba cada día, cuyas corrientes cuidaba como si ella pudiera darles forma y no al revés. Ese río era turbio, estaba repleto de criaturas, algunas extrañas, otras inquietantemente conocidas. No, no se podía ir. Nunca podría ser como Malena, quien había alquilado un cuartito en la casa de una pareja mayor, y había cortado lazos con sus propios padres, algo que nunca terminaba de asombrar y también confundir a Romina, ya que Malena aún no había compartido todos los detalles del alejamiento. Hubo conflicto. No se habían entendido. ¡Y bueno! ¿Cuál cantora se entendía del todo con sus padres? ¿Cómo podía eso ser razón suficiente para cortar con los propios padres? Tenía que haber algo más, huecos en la narración. Deseaba conocer la topografía completa, pero Malena siempre cambiaba de tema, diestramente, como el movimiento de un cuchillo cubierto de miel.

Malena. Malena cubierta de miel. Romina se acomodó sobre la carreta para mirar en la misma dirección que ella mientras se acercaban a la playa, y el faro del Polonio y los ranchitos esparcidos por fin aparecieron a la vista. No podía irse a vivir con ella por razones que Malena se negaba a entender y, a pesar de toda la armonía entre ellas, esto se había vuelto una pelea recurrente, justo bajo la superficie, una falla geológica que despertaba ante el roce más leve y se hacía todavía más dolorosa porque Romina argüía en contra de sus propios deseos. Claro que le gustaría volver cada noche a un ambiente privado que ella o, mejor dicho, que *ellas* podían llenar con sus seres auténticos. Un lujo tremendo, casi obsceno. ¿Qué harían con tanto espacio honesto? Ahora tenían sexo con menos frecuencia que al principio, pero, cuando lo hacían, ese poder tierno siempre volvía a verterse, se acordaba del camino como el agua llamada por la gravedad. El amor que hacían era oceánico, las abrazaba, las abarcaba, nunca lo forzaban. Malena esperaba las señales de Romina antes de iniciar nada, aunque las señales desaparecieran por varias semanas. Y eso sucedía a veces. Nunca sabía exactamente por qué; no era necesariamente cuando los Solo-tres se imponían en sus sueños ni cuando más asustada se sentía por el futuro. No había patrón. Mareas erráticas. Se iban y luego surgían de vuelta, impulsadas por fuerzas que Romina no podía explicar. Solo después, cuando sus cuerpos se unían, sentía el ansia propia de Malena bajo la superficie, silenciosa, a la espera, como una criatura mal preparada para la caza. Para Romina era suficiente y un alivio. A veces, parecía que ese era el único camino para que el mundo se rehiciera de la forma en que lo habían soñado los héroes: una mujer sostenía a otra mujer y ella, por su parte, levantaba el mundo.

*

Llegaron a La Proa, donde Paz fumaba un cigarrillo en la puerta y las esperaba en traje de baño y con un par de *shorts* masculinos. Paz se había vuelto atrevida, se ponía lo que le daba la gana cuando estaba en el Polonio. Su rostro se iluminó de emoción al verlas.

—¿Qué tal el viaje? —preguntó.

—Largo. —Flaca le dio un beso y entró a acomodar su bolsa—. Te presento a Cristi.

Paz sonrió. —Cristi, hola. Bienvenida a La Proa.

Cristi sonrió y pareció aliviada por la cálida recepción. Tenía una belleza de ave y se veía dulce, pero también nerviosa e inquieta dentro de su propia piel, aunque eso probablemente se debía a que era su primera vez en una reunión de *esa clase* de mujeres, con más de dos, y no existía manual sobre el tema.

—¿Y tu primer día? —Flaca prendió dos cigarrillos y le dio uno a Cristi—. ¿Cómo lo pasaste?

—Arreglé otra grieta en el techo —dijo Paz.

—¡Bárbaro!

Romina y Malena entraron y pronto comenzó el bullicio y reían y hablaban a la misma vez y, después de un rato, se pusieron los trajes de baño para dirigirse al agua.

El océano las recibió con voracidad y acarició su piel con lenguas pálidas.

Flaca y Cristi nadaron hasta las rocas, la estrategia clásica de su amiga, pensó Paz, como la primera vez. Cómo se asombró al oír a Flaca y la Venus haciendo el amor a lo lejos. Cuánto la había cambiado por dentro aquello, cuánto había cerrado la puerta de la normalidad y abierto el camino para la vida que ahora tenía. Y qué joven era en aquel entonces, afortunadísima de toparse con este lugar, con esta compañía, como aquella niña Alicia, que encontró otra tierra maravillosa más allá de la madriguera del conejo. Sin ese giro de la fortuna, quién sabe dónde estaría ahora... En la universidad, quizá. ¿Viviría todavía con su madre? ¿Estaría comprometida con algún muchacho? Se le enredaba la mente de solo pensarlo. Romina y Malena, mientras tanto, flotaban y oscilaban lado a lado, lo suficientemente cerca como para poder tocarse bajo el agua, aunque era imposible saber si lo hacían o no. Las parejas hacían sus cosas de pareja. Y ella estaba sola. No pensaría en Mónica. A la mierda consigo misma por pensar en Mónica. Agua. Profundidades saladas. Envuelta en esa inmensidad líquida, pensó: sosteneme, agarrame, *mirame,* rarísimo porque, claro, el océano no tenía ojos (¿o tenía millones?), y sintió, a través de las olas exquisitas, que el océano sí lo hacía.

Esa noche hicieron un banquete bajo las estrellas.

Crearon un ritmo reconfortante: una cortaba, otra pelaba, otra limpiaba los pescados, otra atizaba el fuego, preparaban la comida de la forma en que, Paz pensaba, a lo mejor lo hacían las demás familias durante las vacaciones de verano. La invadió una sensación cálida. La seguridad o la saciedad o la conexión o a lo mejor una mezcla cruda de esas cosas. De niña, oía a los otros chicos hablar de sus vacaciones familiares por la costa en esos apartamentos o chalés que daban a la playa y que proliferaban hasta la frontera con Brasil, desde los desvencijados hasta los relucientes, y parecía que todo el mundo se dispersaba por la costa en el verano. Incluso antes de que la dictadura arrojase a tanta gente al exilio, Montevideo se convertía en pueblo fantasma desde la Navidad hasta el carnaval. Pero Paz nunca tuvo una familia grande con la cual disfrutar de esos ritmos. Siempre eran solamente ella y su mamá, únicamente tomaban el ómnibus a la playa urbana de Pocitos, y ya. Cuando se iban de vacaciones de verano, antes del golpe, eran solamente ellas dos en la casa prestada de una prima, o ellas dos más el novio del momento, a quien mamá prestaba toda la atención. Nada como esto, como la alegría simple de cocinar juntas, de sentir el sol y la sal en la piel y gente al lado que deseaba tu compañía, comida bajo las manos y una panza entusiasta, los placeres animales de la tribu.

Esa noche, alrededor del fuego, charlaron de sus vidas, de cómo eran los tiempos de antes y profundizaron más de lo que se podía en la ciudad. Paz contó sus experiencias con los vendedores y carreteros, correrías que provocaron la risa de sus amigas. Flaca les contó de su madre, que se había enfermado, aunque nadie sabía de qué, y que ahora pasaba los días en cama. Flaca se encargaba ahora de todas las responsabilidades de la casa, del cuidado de su madre e incluso de la carnicería. Su padre ayudaba, por supuesto, pero él también se cansaba. A veces, cuando Flaca se despertaba de noche para atender a su madre, permanecía despierta mucho tiempo después de que su madre se dormía de nuevo, la tomaba de la mano y contemplaba la oscuridad.

—Lo lamento —dijo Malena—. De veras, Flaca. Tu madre es una persona maravillosa.

Flaca le sonrió a través del fuego y se preguntó por un instante si Malena pensaba en su propia madre, con quien no se comunicaba por razones nunca explicadas del todo. ¿Le dolía oír sobre las madres de las demás? Buscó señales de dolor en la cara de Malena, pero no halló rastro. Le daba vergüenza hablar de su madre en presencia de Malena, la vergüenza de un glotón que devoraba un banquete frente a un peón famélico. Pero si alguna vez sentía una punzada cuando surgía el tema, Malena nunca lo demostraba. Ella era la bondad. El consuelo. Reconfortaba a sus amigas después de las rupturas, atendía a su pareja después de días de trabajo largos, contestaba las cartas de la Venus desde Brasil con más paciencia que ninguna. Todo ese escuchar a las demás y, sin embargo, casi nunca hablaba de su vida más allá de Romina. ¿Todavía tenía una vida más allá de Romina? ¿Quería tenerla o le bastaba nadar en las corrientes de la mujer que amaba? ¿Y qué era eso que se retorcía bajo las capas de su calma? ¿Tristeza? ¿Autodesprecio? ¿Duelo? ¿Una sensación de derrota de muchos años atrás? Quizás era una combinación de todo lo anterior u otra cosa que Flaca no podía adivinar, que solo podía sentir como una palpitación que llegaba desde el fondo de Malena y que nunca veía ni alcanzaba porque Malena no quería que lo hiciera, se erizaba si Flaca lo intentaba, se tensaba como un perro callejero herido y se cerraba, la rechazaba. Cómo exasperaba a Flaca a veces... La clase de exasperación que solo se podía sentir con una hermana, con alguien a quien amaras completamente. Se dirigió a Romina. —Decime, che, ¿qué tal la revolución?

—No tan mal.

—¿En serio?

—Sí. —Romina se reclinó un poco para ver las estrellas. Qué alivio poder hablar de eso allí. Los soldados estaban en su barraca del faro metidos en lo suyo o metidos en asuntos ajenos de otros pero no de ellas. El sonido del océano, *sssss, sssss,* le hechizaba el cuerpo y abría un portón en el fondo de su ser—. Creo que estas elecciones realmente nos podrían ayudar.

—¿Estás involucrada en eso? —preguntó Cristi, sin esconder su impresión.

—Romina —dijo Flaca e hizo un gesto generoso en el aire— está involucrada en todo.

El fuego chispeó y canturreó.

—Te admiro —dijo Cristi.

Romina se encogió de hombros. —Es lo que tengo que hacer.

—Dicen que hay polémica —siguió Cristi—. En cuanto a cómo votar.

—Oí lo mismo —dijo Flaca—. ¿Qué debemos hacer?

Romina contempló el fuego y se lanzó de lleno a dar su mejor explicación. Resultó más larga y enrevesada de lo que quería. La situación no era nada simple: la junta militar había decidido permitir que los partidos políticos tuvieran sus propias elecciones internas y que seleccionaran líderes, aunque faltaba ver si esos líderes tendrían algún poder o si serían únicamente símbolos, un circo para el pueblo. Y solamente los dos partidos más antiguos —los blancos y los colorados— y el partido cristiano podían participar. El Frente Amplio, el nuevo partido izquierdista, todavía era ilegal, al igual que varias facciones menores de la izquierda. No se les permitía ni realizar un voto ni existir. Por lo tanto, la izquierda estaba ferozmente dividida. ¿Qué hacer? ¿Apoyar a los líderes que se oponían a la dictadura dentro de un partido moderado porque la ley les permitía postularse y eso les daba una pequeña posibilidad de algún día derrocar al régimen? ¿O entregar votos en blanco en protesta por la exclusión del Frente Amplio como medio de insistir en sus valores y demostrar la fuerza de la verdadera izquierda?

Los debates duraban hasta tarde por la noche, en reuniones en los fondos de lavanderías abandonadas, en sótanos sin aire, en talleres abarrotados de zapateros. Las reuniones la agotaban y la encolerizaban. Llegaban extupamaros, políticos de la izquierda, socialistas, comunistas, todos trabajaban juntos de una forma que no hubiera sido posible antes del golpe. Siempre se habían peleado, pero ahora eran el Frente Amplio, una coalición que superaba las diferencias internas para ganar, para cultivar aunque fuera la más mínima esperanza de vencer a la bestia enorme que enfrentaban. O trabajaban juntos o estaban perdidos. Ella se asombraba con frecuencia de que toda esa gente pudiera reunirse en un cuarto. La coalición no funcionaba siempre. Chocaba, volaba, se desplomaba de vuelta. Y ahora las elecciones internas constituían la prueba más grande en la historia de ese Frente unido. Amenazaban con despedazarlo.

Ella misma oscilaba entre los argumentos: al escuchar a ambos lados, a veces favorecía los votos en blanco (Frente Amplio o nada, a impulsar la revolución, a aferrarse a los valores propios, a no dejar que aquellos monstruos definieran los términos) y en otros momentos apoyaba la idea de respaldar a un candidato blanco, a *cualquier* candidato dispuesto a luchar contra el régimen que les había robado la democracia, cualquier candidato que tuviera posibilidades de ganar y de salvarlos del peor futuro posible, un futuro de eterno dominio militar.

Mirá Paraguay, dijo un hombre, y la tenaza de Stroessner durante veintiocho años (y sigue contando), ¿realmente podemos arriesgarnos con esta oportunidad de terminar con la barbaridad? Y ella pensó: sí, sí, es lo que tenemos que hacer.

Luego otro hombre interrumpió: pero si traicionamos nuestros principios del Frente, nuestra visión, entonces perdemos todo. Y esas palabras la cautivaron.

¿Pero no perdimos todo ya?

Vueltas y más vueltas, giros, oscilaciones.

Hasta los líderes del Frente daban su opinión a través de cartas enviadas clandestinamente desde sus celdas. Sus palabras circulaban subterráneamente y avivaban los fuegos. Una noche, Romina oyó una carta leída en voz alta en la que se argumentaba a favor de votar por un candidato viable, lo que finalmente definió su opinión. No era una traición, sino una estrategia. Era su mejor esperanza y, por lo tanto, la acción correcta. No todo el mundo concordó. Las facciones siguieron peleándose. Romina oficiaba frecuentemente de intermediaria; cuando la conversación llegaba a un callejón sin salida y surgía la tensión, facilitaba la paz, buscaba puntos en común. Muchas veces se agotaba, pero de todos modos lo hacía, porque podía. Veía todas las perspectivas, podía negociar y tranquilizar los nervios y los egos frágiles. Se dio cuenta de que era menos purista y más bien pragmática: el comunismo le importaba menos que salir de la pesadilla, le importaban menos las palabras de los muertos (Marx, Guevara) y más las necesidades de los vivos. Había tenido la suerte de evitar ser detenida a largo plazo, y esto era lo que podía hacer con su culpa por haber sufrido tan poco cuando su hermano y miles más habían sufrido sin cesar.

—¿Así que ese será tu voto? —dijo Paz mientras punzaba las brasas con un palito—. ¿El candidato blanco?

—Sí, el blanco. Tiene mejores probabilidades de ganarles a los que apoyan al régimen y eso es lo que más importa.

—Es lo que voy a hacer, entonces —dijo Paz. Era su primer voto en la vida y la idea la alborozaba y asustaba a la vez.

—Yo también —dijo Flaca.

La botella de whisky recorrió la ronda.

—Entonces —dijo Flaca—, ¿qué hacemos si realmente funciona?

—¿A qué te referís?

—Es decir, si con el tiempo algún día volvemos a la democracia... Un presidente, un parlamento... todo eso. ¿Volverán los diarios censurados? ¿Los exiliados? ¿Liberarán a los prisioneros?

Paz pensó en todos los libros que su madre había quemado, que jamás podrían ser recuperados, aunque por un instante los imaginó subir en vuelo desde la parrilla del patio, sacudiendo las llamas de sus alas de papel.

—Esas son las preguntas —dijo Romina.

—¿Las preguntas que qué...?

—Que no podemos contestar.

—Nomás podemos esperar, supongo —dijo Flaca.

—Liberaremos a los prisioneros —dijo Malena—. Tendrán que liberarlos. ¿Por qué los mantendría encarcelados un gobierno nuevo? Y los exiliados volverán. Ya anhelan volver, se ve clarito en las cartas y los ensayos que Romina contrabandea en secreto.

—Que *contrabandeamos* —dijo Romina—. Vos me ayudás a hacerlo.

Malena se encogió de hombros, pero pareció complacida.

—Pero ¿todavía se sentirán en casa acá? —dijo Paz—. ¿Los exiliados?

—Claro que sí —dijo Cristi alegremente. Era un poco menor que Flaca, estaba en los principios de la veintena, y trabajaba de cocinera en el restaurante de sus padres. Esta era su primera relación con una mujer, les había dicho esa tarde con la alegría y el orgullo de una horticultora que señalaba su primera tanda exitosa de tomates.

—Por mi parte, no estoy tan segura —dijo Romina—. Sus cartas no suenan tan nostálgicas como antes. A lo mejor han creado nuevas formas de sentirse en casa.

—No es lo mismo, no puede serlo —dijo Flaca—. Nunca estarán tan en casa en España, México, Francia, Suecia, Australia, o donde sea, como lo pueden estar en el Uruguay.

—¿Y nosotras nos sentimos en casa acá, en Uruguay?

Las mujeres miraron a Romina en silencio por unos momentos mientras el océano vertía su música líquida alrededor.

—Yo sí —dijo Flaca.

—Más que en cualquier otro lugar —dijo Paz.

—Yo no. —Romina agarró la botella, que se había detenido a su lado.

—Yo sí —dijo Cristi, aunque su tono era inseguro.

—No sé lo que es eso, sentirse en casa —dijo Malena.

Romina pasó el whisky por el círculo, pero no bebió. Observó que el trago de Malena fue largo y profundo. Antes no tomaba tanto, pero ahora parecía que era siempre la que sacaba la botella primero y quien la vaciaba y buscaba la siguiente. Romina luchó contra el impulso de pararla, de exigirle que aflojara. ¿Por qué le molestaba? ¿Solamente quería controlarla? *Relajate,* le dijo Malena la única vez que Romina tocó el tema. Quizás era eso lo que debía hacer.

—Tal vez vuelva la Venus —dijo Paz—. La extraño.

Se callaron por un tiempo.

Flaca tomó whisky y se limpió la boca con la manga. —Yo también.

Sus amigas la miraron con asombro.

—¿Vos? —dijo Romina.

—Sí —dijo Flaca—. Yo. —Trató de ignorar la forma en que Cristi se puso rígida a su lado. Cristi, vivaz y encantadora, una mujer como la brisa de la primavera. Cristi sabía que la Venus era una expareja, pero ignoraba que había sido la segunda mujer en romperle el corazón a Flaca. Esas eran palabras que Flaca nunca había dicho en voz alta. Nunca se las admitiría a nadie—. ¿Y no puedo extrañar a una amiga?

—Qué tal si cantamos una canción —dijo Paz, y cuando alzaron sus voces se atrevió a imaginar a la Venus entre ellas, su lujosa voz de soprano compenetrada con el sonido de todas, el círculo finalmente completo otra vez.

*

La estrategia del voto dio frutos. Al mes siguiente, suficientes izquierdistas respaldaron a uno de los candidatos que se oponían al régimen y ese candidato ganó el apoyo de su partido por goleada, venciendo a los adversarios controlados por los generales. Era solo una interna y para una elección general que a lo mejor nunca tendría lugar, pero igualmente el pueblo había desafiado otra vez al gobierno. Romina se sintió eufórica durante varios días, como si las calles se hubieran transformado en nubes y ella caminara por el cielo, por un cielo que planeaba lejos de su país sórdido, en lo alto, donde las cosas eran leves, eran posibles. Y cinco días después del voto, recibió una sorpresa. Estaba en medio de freír milanesas para la cena mientras mamá hacía el puré a su lado cuando sonó el teléfono. Contestó al segundo tono.

—¿Hola?

—Romina.

Esperó, por reflejo. La gente que no se anunciaba podía ser peligrosa.

—Soy yo.

Demoró un momento más en comprender. —¿Venus?

—¿Quién más?

El aliento se le atoró en el pecho. La Venus no llamaba nunca desde Brasil, excepto para su cumpleaños. Las llamadas internacionales costaban sumas exorbitantes y se las vigilaba intensamente. —La conexión es tan clarita...

—Es porque estoy acá.

—¿Acá dónde?

—En Montevideo.

—¡¿Qué?!

—Recién llegué. Fue repentino.

La palabra *repentino* tensó la columna de Romina. Brasil, después de todo, estaba en dictadura también. —¿Estás... bien?

—Sí. Creo que sí. Digo... si te referís a... estoy bien.

En la pausa siguiente, Romina oyó a su madre al final del pasillo y los platos que se apilaban, *tin, tin*.

—Te lo explico cuando te vea. ¿Cómo andás?

—Bien. Es decir... Ya tú sabés.

—Sí. O a lo mejor no lo sé. He pensado tanto en ustedes...

—Nos imaginamos que lo pasabas bárbaro en Río, de película.

Silencio.

—¿Dónde estás ahora?

—En la casa de mi madre.

No con Ariela, entonces. Se preguntó qué había pasado y esperó más información, pero esta no llegó. No insistió. —Te extrañamos.

—Me muero por ir a Polonio.

—Justo vamos la semana que viene.

—¡Ah!

—Sí, para el Año Nuevo.

—Y... ¿quién va?

—Todas. Yo, Malena, Paz, Flaca. —Y a lo mejor algunas parejas, pensó, pero se contuvo de decirlo porque nunca se sabía, hasta el último minuto, a quién llevarían Paz y Flaca.

La Venus suspiró. —Supongo que Flaca no querrá verme allí.

—No te creas. Debés hablar con ella.

—¿Te parece? —La esperanza en la voz de la Venus estaba expuesta, desnuda.

—Más bien que sí, seguro. Han cambiado muchas cosas desde que te fuiste, ¿sabés?

—No lo dudo. Ta. Pruebo y veo lo que pasa. —Una pausa—. ¿Romina?

—¿Sí?

—¿Malena y vos... todavía...?

—¿Cantamos? —Romina oyó que mamá aún hacía su *tin, tin,* pero con menos frecuencia, tal vez se enfocaba en buscar pistas dispersas de la vida de su hija. Mantuvo la voz neutral—. Oh, sí.

La risa estrepitosa de la Venus le llenó el oído. —Bueno, gracias a Dios que todavía la hacés cantar. ¿Qué sería una vida sin música?

*

Una semana después, estaban de vuelta en La Proa, las cinco juntas otra vez, acompañadas por dos parejas: Flaca llevó a Cristi y Paz a una chica nueva que se llamaba Yolanda. Las mantas en el área que servía de dormitorio se amontonaban abundantemente, la cocina se había desarrollado; ahora tenía un mostrador y estantes que se proyectaban desde las paredes cargados de vasos, granos, especias. Las paredes cantaban una canción de adornos, pinturas chiquitas y caracoles, cada objeto era sin duda un tesoro con valor sentimental e historias propias que la Venus no conocía, y sintió una punzada de tristeza por todas las experiencias que se había perdido. Sin embargo, el ranchito era el mismo; la pieza y las mujeres también. Su familia. Su gente. Más de lo que antes comprendía. Se preparó para la incomodidad con Flaca, pero, tan pronto como se vieron en la parada de ómnibus en Montevideo y, para sorpresa mutua, hubo solamente alegría, como la de unas hermanas que se criaron tan unidas que las peleas fácilmente se olvidaban. Se rieron y compartieron un mate durante el largo viaje por la costa. Le preguntaron varias veces sobre Brasil, pero ella insistió en esperar hasta que se juntaran las cinco en La Proa antes de contar la versión extendida, porque allá tendría tiempo y espacio y libertad, allá el aire se abriría para todas. Y ahora aquí estaban, con el aire abierto frente a ellas. La última vez que habían estado todas en ese cuarto a la misma vez, pensó de golpe, Paz fue arrastrada fuera del lugar por unos soldados. Tres años atrás. Su presencia en ese cuarto otra vez, las cinco, las cinco mujeres originales que descubrieran el Polonio y lo hicieran suyo, parecía en ese instante tener el poder de restaurarlas, de deshacer la violencia de aquella noche como un nudo en un tapiz en progreso donde cada una de ellas conformaba un hilo y se tejían entre sí implacablemente a través del tiempo, maldecían los límites del telar, se fortalecían cada vez que encontraban un modo de entrelazarse. No creía más en Dios ni creía en su país y ni siquiera estaba segura de creer en la bondad fundamental de las almas humanas, pero sí podía creer en esto, el poder reluciente que generaban colectivamente estando juntas y despiertas en este cuarto.

—Algún día deberíamos conseguir camas —dijo Paz y miró a Yolanda con timidez. Temía su decepción con el lugar apretado, aunque había tratado de prepararla de antemano.

—¡Camas! —dijo Flaca—. ¿Y qué somos? ¿Reinas?

—A mí me parece perfecto —dijo Yolanda lentamente y miró a Paz de una forma tal que la Venus, al observarlas, tuvo que apartar la mirada con las mejillas sonrojadas. Paz era grande ya, una mujer, capaz de inspirar esa clase de mirada. En el ómnibus por la costa, Yolanda pareció tan reservada, hasta recatada, que la Venus no se hubiera imaginado ese otro aspecto de su personalidad. Pero así era la cosa, recordó. Todo bien sujeto y cerrado, más acá que en Brasil, donde las ciudades eran mucho más grandes y la lujuria algo más común de ver en la cara de una mujer. Te escondías y te reprimías tanto en Montevideo que, cuando llegabas a un lugar como este, más allá de tu imaginación, más allá de las cadenas de la vida diaria, lo reprimido podía estallar con fuerza volcánica. Esconder la lujuria, o bien la apagaba, o bien la hacía arder con más ferocidad aún que cuando sobrevivía.

Por la tarde, las mujeres se dispersaron para bañarse en las olas y fueron de paseo a lo de Lobo por saludos y provisiones. Lobo se mostró cálido como siempre, y sus nietos estaban sorpresivamente altos: las niñas ya iniciaban la adolescencia, mientras que Javier, a los diez años, era un chico larguirucho y pensativo que amaba leer. Paz había comenzado a prestarle libros de la ciudad y le llevó algunos ahora para cambiar por los que había dejado la última vez, mientras su madre Alicia insistía en prepararles sus famosos buñuelos de acelga para llevar a La Proa, aunque no llegaron calentitos porque, camino a casa, Paz y Yolanda se desviaron por las rocas y se perdieron la una en el cuerpo de la otra.

Luego, esa noche, cuando ya estaban todas juntas en la cocina para cortar y sazonar y atizar el fuego como en preparación para la cena y el mate circulaba paulatinamente, Flaca dijo: —Bueno, ta, Venus, muchacha. Querías esperar hasta que estuviéramos todas juntas; acá estamos.

—La verdad que sí —dijo Romina—. Esperamos tu cuento.

—¿Pero por qué yo? Si todas tenemos cosas para contar...

—Vos te fuiste. Tenemos que ponernos al tanto de tu vida.

—Y yo también de las de todas ustedes.

—Lo vas a hacer, lo vas a hacer.

La Venus respiró profundamente, trozó una papa y empezó. Al principio estuvo bien la vida en Río —dijo—, en su apartamento en un piso alto con vista a Copacabana, esa playa impresionante y más larga y grande de lo que se había imaginado que fuera posible para una playa, siempre con gente que tomaba sol o construía castillos de arena o nadaba, tocaba tambores, vendía cocos frescos de los cuales se bebía el jugo. Observaba a esa gente durante muchas horas desde el balcón mientras jugaba con Mario y mantenía la casa prolijita para la vuelta de Ariela. Con frecuencia, Ariela estaba fuera desde la mañana hasta tarde por la noche, ensayaba, pasaba tiempo con los demás artistas, daba conciertos. Las noches eran espléndidas y animadas. La música fluía de todas direcciones, de tambores y radios y cantantes de samba en la calle, pero también del gruñido de los autos y del repiqueteo de los cascos de los caballos que tiraban de carretas, de los gritos y las peleas y las risas de grupos de transeúntes.

Trató de contarles acerca de la belleza de la ciudad, las montañas impactantes que se elevaban verdes y empinadas contra el cielo, apretadas cerca de las calles abarrotadas para crear la sensación de que toda la vida humana era nada más una tira de ruido entre dos gigantes, océano y montaña, azul y verde. La estatua del Cristo Redentor se imponía sobre todo desde una altura distante, con los brazos abiertos como si abrazaran hasta los rincones más sórdidos del mundo. Y sí, había una dictadura allí también, pero no la agobiaba de la misma forma, quizá porque el tamaño del país permitía más anonimato, o quizá porque ellas eran extranjeras ricas y flotaban por encima del terror como si fueran nubes humanas. Aunque no lo dijo en voz alta, temía no poder transmitirles jamás la ciudad con palabras, pues incluso una foto no podía capturar el espíritu del lugar y lo que significaba estar dentro de él, formar parte de él, de todo ese encumbramiento, todo ese color vívido, todo ese sonido a pleno pulmón. Nunca podría expresarlo del todo. Cargaba tanto ruido por dentro... ¿Y qué hacer con ese ruido? ¿Cómo existir? ¿Por qué la vida ponía tanto dentro de una mujer y luego la confinaba a la pequeñez? Pero eso no lo podía decir. Sin duda, su vida no les parecía pequeña a sus amigas, dado que acababa de vivir en una ciudad electrizante del exterior y había podido regresar, mientras que todas ellas permanecían allí, atrapadas en su país roto, y manadas de exiliados se quedaban afuera. Así que, en lugar de eso, dijo que la ciudad era hermosa y que le había encantado pasar tiempo con Mario en el apartamento y llevarlo a la playa mientras Ariela ensayaba, y que al principio había niñeras que cuidaban al nene mientras la Venus y Ariela asistían a fiestas, espectáculos, obras de teatro. Reuniones bohemias en salas alumbradas con candeleros. Veladas refinadas con vista a la Playa de Ipanema. Entraban juntas, vestidas impecablemente, y causaban sensación. *Sin duda lo hiciste,* murmuraron sus amigas con aprecio, sin rastro de envidia, y la sensación de sentirse acompañada por ellas en el viaje de vuelta a esas noches en Brasil aflojó algo en ella. Paró de cortar las papas y dejó que Malena se encargase de hacerlo; se sentó en un taburete casero y permitió que Flaca le prendiese un cigarrillo. Respiró profundo y siguió.

Ese período temprano no duró. Pronto Ariela la abandonaba en esas fiestas para reírse y charlar en apretados nudos de gente, con sus dedicados admiradores. Más de una vez vio que alguien la besaba en la boca, por el cuello. En casa se peleaban. Me dejaste allí, le dijo a Ariela, a solas con esos viejos al acecho, no me dejaron en paz, y ¿vos dónde estabas? Aflojá, dijo Ariela, no sos mi carcelera. No me gusta estar sola en una fiesta, dijo la Venus, rodeada por un idioma que no entiendo bien. No vengas, entonces, dijo Ariela, y a partir de ahí salió sola o en compañía de otra gente, amistades que había creado a través de la beca y su grupo musical, porque, claro, allá era una estrella, mientras que la Venus era nada más un parásito con tetas bárbaras y nombre provocador. Así lo sentía a veces. Ariela empezó a tener más amantes. No lo anunciaba, pero tampoco lo escondía. Eran músicos, una bailarina del *ballet*, la esposa de un diplomático alemán. *No sos mi carcelera* eran sus palabras habituales. Estaba allá en Río para ser ella misma, para crear, para brillar. La Venus estaba allí para ser su musa, su ayudante, su amante cuando se requería —y el sexo todavía era fenomenal, lo que solamente complicaba los asuntos— dijo mientras apagaba el cigarrillo y prendía otro; y, más importante que todo, para ser la cuidadora de Mario, quien raramente veía a su madre y se había acostumbrado a no recibir su atención incluso cuando estaban en el mismo cuarto. En lugar de eso, se aferraba de la Venus. Cumplió cinco años, seis. Pasaban la mayoría de las horas del día juntos: cocinaban, jugaban, se mimaban, contaban cuentos que comenzaban en un apartamento de piso alto en Río y terminaban en ciudades de unicornios o en planetas distantes donde todo el mundo volaba. Él no iba a la escuela. Ella era su escuela. Le enseñó a leer, a contar porotos y papayas, a restarlos. Mario llegaba a su cama de noche, cuando Ariela estaba afuera, y se dormía entrelazado a su cuerpo. Se compenetró con él; sus destinos se habían derretido y unido. ¿Vas a estar acá por siempre, Venu?, preguntaba, y ella decía: Sí, sí, yo soy tu Venu, estoy acá. Cada abrazo o risa compartida semejaba una bandera plantada en el suelo, *nos pertenecemos.* Y, por esa razón, cuando la beca de Ariela se extendió dos años más, la Venus gritó dentro de sí misma contra la idea de quedarse, pero a la vez entendió que tampoco podía partir.

—Pero entonces...

—¿Entonces qué? —dijo Romina suavemente, cuando la Venus no siguió. La cena estaba casi lista, los platos en la mesa, pero nadie se movía para servir nada antes de que el cuento terminara. En cambio,

estaban quietas, posadas sobre taburetes, inclinadas contra las paredes, de piernas cruzadas sobre las mantas, imaginando Río.

—Entonces llegó la madre —dijo la Venus—. La madre de Ariela.
Apareció sin anunciarse. Había oído a Ariela frustrarse más y más
por teléfono con la madre, pero no sabía mucho sobre ella, salvo que
era rica y le había comprado a Ariela la casa en el Prado, y también
que sabía de Ariela y de mí, lo que éramos, y no le gustaba.

Sus amigas asintieron. Claro que no le gustaba; ¿cuál madre sería
diferente?

—Abrí la puerta y se metió sin saludarme. ¿Dónde está Mario?,
fue lo único que dijo. ¿Quién es usted?, pregunté y, cuando dijo que
era la madre de Ariela, la amargura de su voz me asustó. Señalé la
cocina, donde Mario dibujaba en la mesa. Recién le había comprado
lápices de color nuevitos, estaba tan emocionado...

La Venus empezó a llorar. Trató de calmarse, pero el esfuerzo solo
la hizo llorar más fuerte. El crepúsculo se había esfumado mientras
contaba su historia y el rayo pálido del faro de Cabo Polonio circulaba por la ventana del ranchito. Alguien había prendido velas; ella
no se había dado cuenta. Alguien se arrodillaba ahora a su lado, la
envolvía en sus brazos, ¿quién? Malena. La dulce Malena, cargadora
del dolor. Se permitió hundirse en el abrazo.

—No tenés que seguir —dijo Romina con ternura.

—Se lo llevó —dijo la Venus—. Se llevó a mi nene. Lo agarró de la
mano y dijo que era la hora de irse. ¿Ir a dónde?, dijo él con carita de
confundido. La reconoció por las fotos, pero habían pasado dos años
desde que la había visto. A un lugar lindísimo, dijo ella. Con helado.
Traté de pararla, le dije que tenía que esperar a Ariela, me aferré de
la otra mano de Mario e insistí en que esperara hasta que llamara a
mamá. Su abuela me dio la mirada más horrible, creo que nunca he
visto una expresión más horrible en una cara humana, ni en caras de
soldados. —En ese momento recordó las caras de los soldados en esa
misma pieza, la noche cuando se llevaron a Paz. Por los rostros de sus
amigas, adivinó que pensaban en lo mismo. Pero no renunciaría a su
comparación. La expresión de aquella mujer había sido peor.

—Llamé al número de Ariela en la universidad, pero, por supuesto, no estaba. Quién sabe dónde andaba, qué hacía y con quién. Ahora Mario lloraba y decía: Me estás lastimando la mano, y no quería lastimarlo, pero tampoco podía soltarlo, pero entonces su madre me miró por encima de la cabeza del nene y dijo: Pervertida, este no es ningún lugar para un niño. ¿Qué es una pervertida?, preguntó Mario entre lágrimas. Siempre estaba lleno de preguntas y yo siempre trataba de contestárselas para que supiera de las cosas, para que aprendiera. Me miró, confiado en que yo le respondería. Y allí no podía. Es que no podía más. Lo solté. Ella ni le empacó una bolsa. Solo dijo: Decile a Ariela que estoy en el hotel Paraíso, y se fueron. Llamé de vuelta a la universidad y dejé un mensaje urgente para Ariela, y me senté al lado del teléfono. Llamó tres horas después y, cuando le conté todo, estaba furiosa conmigo por haber dejado ir a Mario. ¿Y qué podía hacer?, dije. Ella es su abuela. Yo soy su nada. Y me dolió decirlo, porque él era mi todo. Cuando al fin Ariela llegó a casa, ya había llamado a la madre al hotel Paraíso y se habían peleado por teléfono. Su madre le exigía el pasaporte de Mario y un permiso parental firmado para que el niño pudiera viajar. Estaba harta, iba a salvar a su nieto, devolverlo al Uruguay y criarlo ella misma. Y Ariela lo había aceptado. Me dijo que empacara las cosas de Mario en una bolsa para llevárselas al hotel. Hacelo vos, dije. Empacáselas vos. Peleamos. Se fue con la bolsa y el pasaporte y, cuando volvió a casa, me negué a hablarle. Cuatro días después estaba en un vuelo a Uruguay. Me sentía desolada, no por Ariela, sino por Mario. Como si me hubieran arrancado el corazón y los pulmones.

Pausó. Había más, la parte que todavía no podía decir en voz alta, sobre lo que le había sacado a Ariela justo antes de desaparecerse sin previo aviso, lo que había contrabandeado por la frontera del Uruguay y luego, también, lo de la sensación de aterrizar en Montevideo, el inesperado sacudón de alivio por estar en casa. En casa. A pesar de la junta militar y sus prisiones y decretos estúpidos, ese era su país y lo amaba, incluso lo necesitaba. Uruguay estaría siempre dentro de ella. —De todas formas —dijo—, estaba contenta de volver. Extrañé el Uruguay. Las extrañé a ustedes. Extrañé el Polonio.

Malena aún estaba a su lado tomándole la mano, que apretó con una fuerza sorprendente. —Y ahora estás acá.

—Sí. —La Venus sonrió—. Estoy acá. Y lista para comer.

*

Llegó el último día del año y pasaron la tarde en el océano y tendidas al sol. El agua las rodeó; cada ola salpicaba su canción única y húmeda, ofrecía la atracción de la resaca del mar y una pausa breve de la gravedad.

Romina alzó la cabeza por entre las olas y echó un vistazo por la playa. Siempre su vacío, su desnudez y su largura provocaban un consuelo profundo. Estar tan lejos del mundo vivo la reconfortaba. Allá quedaban las rocas donde había visto a los soldados recién llegados para tomar el faro... ¡Qué escuadrones mandaban en esos días! Ahora era un despliegue más escaso, quién sabía cuántos, dos o quizás tres soldados aburridos que jugaban a las cartas y se emborrachaban con los pescadores. Nunca hablaba con ellos y no les conocía los nombres, pero las caras sí. Siempre se debía conocer la cara del enemigo. Dos figuras trepaban por las rocas hacia la playa. Se tensó. Pero no eran soldados ni pescadores ni sus esposas, ningún lugareño que hubiera visto alguna vez. Eran dos mujeres, pensó. Se tomaban de la mano... ¿Hermanas tal vez? Se entregó a una ola que pasaba alrededor suyo, flotó en el agua, observó.

Quizás se estaba volviendo loca, pero aquel lenguaje corporal no parecía de hermanas.

Malena se acercó, posó la mejilla en el hombro de Romina, siguió su mirada. Levantó la cabeza de golpe. —¡Ay! ¡Esa mujer!

—¿Cuál?

—La más alta. ¿Sabés quién es?

—¿Quién?

—¡Mariana Righi!

—¿La cantante? ¿De Argentina?

—Sí... No te quedes mirando. Te juro que es ella. Ya no vive en Argentina, se escapó a España.

—¿Estás segura de que es ella?

Malena miró de reojo. —Tiene que ser ella.

—¿Y qué hará acá, en el culo del mundo?

—¿De qué susurran ustedes? —Era Flaca, que avanzaba por el agua hacia ellas con Cristi y la Venus cerca detrás. Ahora estaban todas, menos Paz y Yolanda, quienes a lo mejor se habían escapado en busca de un tiempo a solas en La Proa o posiblemente entre las dunas. Cuanto más nueva la pareja, pensó Flaca, más urgente la escapada en busca de tiempo en privado.

—Esas mujeres. Malena dice que la alta es Mariana Righi.

—¿En serio? —Cristi no ocultó la emoción de su rostro—. ¡Me encanta ella!

—No puede ser —dijo Flaca—. Dicen que está en el exilio, en Europa o algo así.

—España —dijo la Venus—. Es ella. Le conozco la cara. Es Mariana.

Las dos mujeres de la playa se acercaron, se inclinaron la una hacia la otra. Sus frentes se tocaron y así se quedaron, con las manos entrelazadas y las caras en un estado de comunión.

—A la mierda —dijo la Venus—. Es una cantora. —Alargó la palabra *cantora*, su significado claro.

—No puede ser...

—Es así, cómo no ves...

—¿Podés dejar de mirarlas así? Obviamente, vinieron acá por la privacidad.

—No es ella.

—Es *ella*.

Rápida y extrañamente, como si recién salieran de un hechizo, las dos mujeres se dieron cuenta de las figuras en el agua. Saludaron con la mano. Las mujeres en el agua devolvieron el saludo. Romina trató de pensar en algo que decir, reunió coraje para alzar la voz, pero las mujeres se dieron vuelta y se alejaron por el camino que partía de la playa.

—Mariana Righi —dijo Flaca lentamente, saboreando cada sílaba—. Quién lo hubiera pensado.

—¿Qué encontraría el Polonio?

—Qué fuera una de *nosotras*.

—A veces —dijo Romina—, parece que estamos por todos lados...

—... Y, a la misma vez, en ningún lugar —dijo Malena.

—Sí. Es justo lo que pensaba.

—¿Cuántas de nuestras antepasadas serían así también? —dijo la Venus. Las dos mujeres ya estaban fuera de vista, pero no podía sacar sus ojos del lugar donde las había visto. —¿O lo hubieran sido, de haber tenido la oportunidad?

—A mí nadie me dio la oportunidad. —Flaca se acercó a Cristi desde detrás y la envolvió en sus brazos—. Yo la agarré.

—Mmmmm —dijo Cristi.

—Eso no es lo que quería decir —dijo la Venus.

—Pero es lo que *yo* quiero decir. Lo que quiero saber yo es cuántas de nuestras antepasadas lograron hacer chucu-chucu entre ellas. Cuántas de veras lo hicieron. —Flaca le hizo cosquillas a Cristi y se deleitó en ver cómo se retorcía contra ella bajo el agua, donde nadie las vislumbraba—. Tomaron las riendas con sus propias manos.

—¡Ja! Por decirlo así —dijo Romina.

—Si lo hicieron, nunca lo sabremos —dijo Malena.

—No —dijo la Venus pensativamente—. Supongo que sería imposible.

—Tanto chucu-chucu perdido en la historia —dijo Romina con voz trágica y exagerada.

—Reescríbenos los libros de historia —dijo Flaca mientras acariciaba el vientre de Cristi de aquella forma que nunca la cansaba, un vientre tan milagroso, liso y voraz como un remolino que la tiraba profundamente hacia su centro—. Vos sos la historiadora brillante.

—No soy ninguna de esas dos cosas —dijo Romina—. Soy maestra de escuela. Enseño propaganda política a chiquilines aburridos.

Era un demonio esa Cristi, había guiado la mano de Flaca hasta el borde de la parte inferior de su bikini y más allá. Llegó la hora de nadar y apartarse. —Bueno, Ro, si no lo hacés vos, entonces, ¿quién?

*

Unas semanas después descubrirían que habían tenido razón: la mujer que habían espiado era, de hecho, Mariana Righi, y no habían sido las únicas personas en reconocerla. Un diario en España publicó una foto granulada de Mariana Righi besándose con una mujer en una playa remota del Uruguay. Las amigas se preguntarían siempre por el fotógrafo misterioso que había vendido aquella imagen y desenmascarado a Mariana; el principal sospechoso sería Benito, de El Ancla Oxidada, quien, hasta donde se sabía, poseía la única cámara en Polonio, si bien él negaría esa acusación con vehemencia por el resto de su vida. Cuando estalló el escándalo, los artículos en España y Sudamérica se refirieron a la playa en cuestión, aquel tal Cabo Polonio, como "playa de pervertidos", "tierra de deseos sáficos", "paraíso para tortilleras, maricones e invertidos de toda clase".

Las palabras tenían la intención de insultar. Pero el verano siguiente, a fines de 1983, había nuevos visitantes, también desechados. Cantoras. "Maricones". Buscando esa tierra prometida de perversión. Y así empezó el cambio. Primero llegaron los argentinos, recién liberados de su propia dictadura, embriagados de oportunidades, y las cinco amigas que estaban desde el principio tomarían mate con ellos, compartirían el fuego, compartirían historias bajo las estrellas. Ese primer verano no habían ido muchos todavía. Un puñado, en realidad. Restos y sobras de la humanidad, desechos, los echados, los desdeñados, los rechazados, los invisibles, los ridiculizados, los escondidos, los no-vuelvas-a-esta-casa-puto-de-mierda reunidos en el fin del mundo.

Se amontonaban para abrigarse. Desplegaban sus fuegos. Desplegaban lo que habían enterrado desde el alba de sus vidas.

No eran muchos, pero sí los suficientes como para que el acto de verse los cambiara.

El estar *juntos*.

El brillar y arder.

*

Antes de aquello, antes de todo aquello, seis horas después de ver a Mariana Righi o a una mujer igualita a Mariana Righi en la playa, las mujeres de La Proa hicieron un banquete y festejaron el Año Nuevo, embriagadas por las esperanzas de un futuro mejor. Estaban de tan buen humor que hasta vitorearon los fuegos artificiales del faro, a pesar de que habían sido encendidos por manos de soldados, porque, ta, carajo, las luces bonitas son una cosa, los soldados son otra, nadie se salvaría por quedarse enfurruñado por un cielo hermoso, así que, ¿por qué no gozar del espectáculo?

—¡Opa!

—¡Opa!

—Eso sí que son fuegos artificiales.

—Por Dios, es el año 83. ¡El siglo suena viejísimo!

—Es un octogenario. Precisa bastón.

—¡Mi bisabuela tiene noventa y seis y mirá que no usa bastón!

—Bueno, ta, es un siglo viejo y vivaz.

—La verdad que sí. Nos dirigimos a la libertad…

—No es para tanto tampoco, no nos precipitemos. Para eso falta mucho.

—Ya empezó. La grieta en el muro.

—¡Agrietemos el muro!

—¡Golpeemos el muro!

—¡Rompamos el muro!

—No, pero en serio queridas, no me queda otra: de verdad siento esperanza.

—Yo también. A lo mejor es porque recién llegué de vuelta, pero el país cambió desde que me fui a Brasil.

—¿En serio, Venus? ¿Qué ves vos?

—No sé. Más optimismo. La gente menos agobiada, como si no se ahogara en tanta desesperanza como antes.

—¿Se ahogan en una desesperanza de tamaño mediano nomás?

—Tal vez. Un río de desesperanza de medida entre mediana y grande.

—¿En vez de un río de desesperanza de tamaño Río de la Plata?

—Justamente.

—Bueno, ta, eso lo acepto.

—¡Es mejor que nada!

—La gente todavía vive atemorizada. Los prisioneros no están libres.

—Ay, Romina.

—¿Qué? Solo digo...

—Ya sé, ya sé, pero solo quiero un momento para sentir que las cosas son posibles.

—¡Ja! —La Venus se inclinó hacia Flaca. Quería mantener los ánimos alegres y en alto—. ¡Sin duda lo sentirías si te mostrara lo que tengo en la bolsa!

—¿Por qué? ¿Qué hay en la bolsa?

—Algo que traje de contrabando de Brasil.

—¿Qué?

—Ah, ¿te gustaría saber?

—Ay, dale, ahora nos hacés sufrir con la intriga.

—Adiviná.

—Drogas.

—Diamantes.

—Mapas de piratas.

—Adiviná de nuevo.

—Polvos mágicos de los sacerdotes de Umbanda.

—Eso estaría bien. Esto es mejor.

—Nos matás con el suspenso.

—Ahora sí nos tenés que mostrar lo que es.

—No puedo.

—¿Por qué no?

—No estoy lo suficientemente borracha.

Rugidos de protesta.

—Lo digo en serio, se los quiero mostrar, pero es demasiado...

—¿Demasiado qué?

—Ay, pero, por Dios, ¿no ves que no nos va a contar nada sin más whisky? ¡Abrí otra botella y llenale el vaso!

—Tomá. Así. Bien llenito.

—¡Más!

—¡Más!

—Chicas, chicas...

—Nada de "chicas, chicas", Venus, dijiste que tenías que estar más borracha, te estamos ayudando nomás.

—¡Contamos con vos para abrir el año 1983 con buena onda!

—Ay, Dios...

—Bien hecho. Otro trago.

—Tú podés.

—Bueno, ta, chicas. ¡Ta, ta!

—¿Ya estás suficientemente borracha?

—Dame un segundo. —La Venus miró a su alrededor. Estaba muy borracha. El cuarto se hinchaba, relucían las velas de las llamas y los rostros cálidos, había infinidad de puntos de luz como si el mundo ardiera fuerte en ese cuarto, como si el mundo estuviera compuesto nada más que de fuegos nacidos en las caras de la gente viva, como si nada más pudiera iluminar el vacío o abrigar. Deseaba que ese instante pudiera durar por siempre—. Sí. Estoy lista.

Se acercó a la bolsa con la solemnidad de una sacerdotisa a cargo de un templo antiguo. Sacó un bulto y lo abrió. Adentro había un caos de correas finas y un objeto rojo, largo y cilíndrico como un trozo de tubo, salvo que no parecía hueco, y tenía base ancha en una extremidad y punta redondeada en la otra.

—¿Pero qué es? —preguntó Romina maravillada, mientras que Flaca, intensamente consciente del cuerpo de Cristi a su lado, aguantó la respiración y adivinó exactamente lo que era.

—Te lo ponés —dijo la Venus—. Para... —Alzó las cejas, hizo un gesto.

—¿Y cómo...? Ah.

—¡Ah!

—No.

—Ay, ay, ay...

Las mujeres se acercaron, se inclinaron, clavaron los ojos en el objeto.

—¿Puedo tocarlo?

—Claro que sí. —La Venus soltó una carcajada, animada por la reacción—. No se preocupen, está limpito.

Lo tocaron, primero con cautela, luego con más confianza.

—¿Dónde encontraste algo así?

—Lo compró Ariela. En una tienda de Río. En Río de Janeiro se consigue de todo.

—Apuesto a que es el único en todo Uruguay.

—Probablemente sí.

—¡El primero de todos los tiempos!

—A lo mejor.

—Esta noche aquí mismo se hace historia, señoras.

—¿Quién se lo ponía? ¿Ella o vos?

—Ambas. Dependía de nuestro estado de humor.

Eso produjo silencio, fascinación. Nunca habían hablado entre sí con tanta franqueza acerca de lo que hacían, de lo que dos mujeres podían hacer juntas.

—Más que nada —añadió la Venus—, dependía de *su* estado de humor.

—¿Ella sabía que te lo llevabas?

—No. Lo saqué del cajón. Decidí que tenía derecho.

—No puedo creer que hayas logrado pasar por la aduana con eso. Te podrían haber detenido.

—Ya sé. Escondí las correas entre mis cinturones y envolví... la cosa... en un par de blusas.

—¿Y no te revisaron la valija?

—Sí, lo hicieron. Fue un soldado en el aeropuerto de Montevideo.

—¿Lo encontró?

—Sí.

—¿Lo tocó?

—Sí.

Cristi tenía la parte roja en la mano y la arrojó al piso; la miró con horror.

—Lo lavé después —le aseguró la Venus.

—¿Entonces? ¿Qué le dijiste?

—Y... este... le dije que era un prensapapas.

—Un prensador. De papas.

—¿Y te lo creyó?

—Así me pareció.

—¡Un prensapapas!

Carcajadas bulliciosas.

—¡A ver! ¡Prensame las papas!

—¡Pero prensámelas bien!

—¡Hay que hacer un buen puré!

—Cuánto me gustaría tener uno de esos —dijo Paz.

—Y cuánto me gustaría a mí que vos lo tuvieras —dijo Yolanda.

Alboroto. Yolanda ocultó el rostro detrás de una cortina de pelo. Paz sintió que se sonrojaba, pero no podía detener su sonrisa de idiota.

—Estuve pensando —dijo la Venus— que podría... bueno... ya saben, este, compartirlo. Prestarlo.

—¿En serio harías eso? —dijo Flaca esforzándose por mantener la voz imparcial.

—¿Por qué no? Somos familia, ¿verdad? Solo que, ta, ya se imaginan, habrá que lavarlo antes de devolverlo.

—¡Por mí, bien!

—No creo que quiera usar algo así nunca —dijo Romina.

Malena le dijo con ternura: —Y nunca tendrás que hacerlo.

Romina miró con amor y gratitud a esa mujer, su mujer, quien daba tanto y amaba tanto, he sido demasiado impaciente, ¿verdad?, dónde estaría sin ella. —En todo caso, que se tome nota de que no se necesita uno de esos aparatos para prensar papas.

—Ay, claro —dijo Flaca—. Esto es Uruguay. Somos un pueblo ingenioso. Somos expertas en hacer un buen puré.

—Sí, es una especialidad uruguaya —dijo Yolanda.

Paz sonrió a Yolanda; su primera noche en La Proa y ya había captado bien la onda.

—No tiene nada que ver con *necesitarlo* —dijo la Venus—. Solamente es una cosa divertida para agregar a... eh... a tu cocina.

—¿Pero cómo carajo funciona? —preguntó Cristi.

—Y... nomás te lo ponés. —La Venus levantó las correas y empezó a desenmarañarlas—. ¿Quién quiere probárselo? —Miró a Flaca.

Pero Flaca, con los ojos clavados en el aparato que colgaba de las manos de su amiga, sabía que no podía probárselo enfrente de todas ellas, que solo la vista de esa cosa le quemaba la piel y hacía que el fondo de su cuerpo ardiera de un modo que jamás había experimentado; no sabía qué significaba ni qué sucedería cuando cerrara la distancia entre el objeto y ella misma. Anhelaba saberlo, pero ese conocimiento tendría que darse en privado, en la oscuridad, a solas, la única manera de conocer las partes enterradas de su propio ser.

La Venus miró a Paz, quien se sonrojó y lo rechazó con un meneo de cabeza, luego a Romina y Malena, quienes se quedaron tomadas de la mano formando un frente común de *no*, luego a Cristi, a Yolanda.

—Hacelo vos —dijo Cristi—. Mostranos, Venus. Por favor.

La Venus cumplió con lo pedido. Se sacó el vestido (no había otra forma, o la tela se abultaría). Todavía llevaba el bikini del baño que se habían dado esa tarde en el océano. Les dio la espalda y tiró de las correas, sujetó, ajustó, abrochó, estaba feliz de acordarse de cómo se hacía, incluso en ese contexto. Ariela se abrió camino en su memoria; allí se veía, desnuda en la cama, impaciente; no, Ariela, andate de acá, no es tuya esta casa, el juguete tampoco. Ahora es mío. Nuestro.

Se dio vuelta.

Sus amigas la miraron impresionadas, vieron a su amiga, su Venus,

parada con los brazos abiertos y los pechos gloriosos y una verga dura
y roja en posición de firme, la Venus del Uruguay, pensó Paz con
locura, la Venus del Polonio. Una visión como ninguna en la historia
del país. Se debería construir un altar, allí mismo, en el ranchito, para
conmemorar el lugar, la noche, la aparición.

La Venus alzó las palmas hacia arriba, dramáticamente, como si
estuviera convocando a los poderes del cielo. El rayo del faro de deslizó por la ventana y la lavó con una luz suave y breve.

—Feliz Año Nuevo —dijo.

7

Portones abiertos

Flaca siempre pensó que el fin de la dictadura llevaría alivio e incluso alegría, que cuando llegara la noticia (si alguna vez llegaba) el cielo se abriría y cantaría su azul. Pero no lo hizo. Se mantenía gris y agotado fuera de su ventana. Era noviembre (fines de la primavera) y no había ninguna señal del verano por venir. Ella se hallaba en la cocina lavando platos y su padre estaba sentado con un libro abierto en la mesa, pero sin leer, mientras la voz del presentador de radio planeaba entre ellos, mesurada, tratando de contener la emoción por los resultados del voto: Sanguinetti, el candidato del partido Colorado, había ganado la primera elección presidencial desde el establecimiento del régimen militar, la asunción de mando tendría lugar en marzo de 1985 y sería el próximo presidente del Uruguay, empezaría una nueva era de democracia.

Democracia. Esa palabra. No la había escuchado en la radio desde sus años de adolescente. Un sonido que perforaba la bruma del entumecimiento. Quería que el hombre lo dijera una y otra vez, quería oírlo fuerte y lento, fuerte y rápido, siempre fuerte, envuelto entre los crujidos de las ondas hertzianas públicas.

Grasa terca en la olla que sostenía entre sus manos. Había fregado, pero ahora le costaba moverse. De reojo vio que su padre tampoco se movía. El resultado electoral no los sorprendía. Con todas las protestas del año anterior, el paro de los trabajadores, todas las reuniones entre los generales del régimen y los candidatos políticos, el resultado estaba en camino. Lo que la sorprendía ahora era la tristeza. Cómo se vertía, cómo la inundaba. Un mar de tristeza llenaba la cocina, la sumergía a ella y también sumergía el mostrador y a su padre y los cuchillos y el escurridor de platos, de tal manera que Flaca estaba parada bajo esas aguas y lo que respiraba no era aire sino tristeza. Tristeza de que el Proceso hubiera tragado toda su vida adulta hasta entonces, los once años más recientes, y porque ahora, a los veintiocho años, nunca sabría cuánto de lo que era ella había sido deformado por la dictadura, como una planta que se hubiera retorcido en busca del sol. Tristeza de que tanto se hubiera perdido o roto... Y para qué...

De que su madre no hubiera vivido para ver el fin. De que hubiera muerto en el medio de la historia, en una pesadilla que parecía permanente.

Pero no fue permanente. Trató de superar el dolor a la fuerza. La pesadilla terminaba o por lo menos se removía. Aflojaba su garra. Sí, esos monstruos habían hecho pelota el país, entre crisis económica e interminables violaciones de derechos humanos, familias desgarradas por el exilio, pero por lo menos ahora entregaban las riendas. Mamá, ¿podés ver?, ¿podés oír? No era para siempre...

Se dirigió a su padre. Las lágrimas se aferraban a su rostro. Se miraron y ella se preguntó si él también pensaba en su esposa fallecida.

Puso agua a hervir para el mate y empezó a preparar la yerba. Le temblaban las manos. Su padre seguía mudo bajo el parloteo de la radio. Tanto silencio... Tanto sin decir... Quizás si no hubieran padecido tanto silencio en el país, habría tenido menos silencio en su propia vida. En esa casa. Quizás el árbol de su ser habría crecido más alto y se habría mostrado más enteramente al sol. O quizás no. Era demasiado tarde para dar marcha atrás.

Pero no demasiado tarde como para seguir adelante.

Tomó el primer mate, lo llenó de vuelta y lo colocó frente a su padre. Se sentó.

—Ella se hubiera alegrado mucho hoy.

Él asintió. Las lágrimas caían libremente por sus mejillas. Era la segunda vez que lo veía llorar; la muerte de su esposa había sido la primera. Se llevó el mate a los labios, tomó. —Es un buen día —dijo—. Demoró tanto tiempo en venir...

Pensó en sus amigas de La Proa coreando *¡A romper el muro! ¡A romper el muro!,* y por un instante absurdo se imaginó que aquellos cantos habían funcionado, que habían hechizado el entorno, que habían desempeñado alguna parte chiquitita en la rotura. —Papá, tengo que decirte algo.

Él le devolvió el mate y le rozó la mano. —Bueno, decime.

—Nunca me voy a casar.

La miró de reojo. Ella no podía interpretar su expresión. Él bajó la mirada al libro, palpó las páginas. —Por supuesto que no.

—¿Qué querés decir?

—Quiero decir que... —Cerró el libro, lo abrió. Bajó la radio y la voz del presentador se atenuó—. Que lo sé.

—¿Sabés... qué?

—De ti. Y tus amigas.

Su aliento quedó atrapado en los pulmones. Alzó la mirada, se fijó en su padre. Todo estaba allí. ¿Ya estaba antes? ¿Cómo podía ser que no lo hubiera visto? Su última pareja seria, Cristi, la había animado a decírselo a sus padres, *si hay una que tiene familia donde eso se puede hacer, sos vos,* pero, por otro lado, Cristi tenía un espíritu audaz y las había sorprendido a todas cuando se mudó al Polonio después de romper con Flaca y abrió un restaurante para la ola suavemente creciente de turistas. Cristi era una criatura poco común. Flaca la extrañaba. —¿Cómo lo sabías?

—Flaca. Por favor. Sos mi hija. —Y en ese momento sonrió. Sus dientes se habían desteñido a un amarillo verdoso y ahora le faltaban dos. Envejecía rápido, pero su calidez era la misma de siempre, era el mismo hombre que cortaba carne desde la madrugada hasta la puesta del sol para alimentar a su familia, que había dado todo por ellas y hubiera dado más sin vacilación.

Él sabía.

¿Su madre lo sabía?

¿Y si lo hubiera dicho cuando su madre todavía vivía...?

Se le ocurrió preguntarle sobre mamá, pero no podía formar las palabras. En su lugar, dentro de ella surgió la niña, la niñita que lo observaba mientras él avivaba las brasas en la parrilla como si fuera el Rey del Fuego, la niñita de ojos enormes que absorbía las lecciones que solían ser solo para hijos varones, y, antes de poder detenerse, dijo: —¿Y qué pensás del tema?

Un silencio ardiente cubrió la mesa. *Hasta que,* dijo el presentador de radio, como si hablara de un lugar lejano, luego pronunció frases borrosas desde las que algunas palabras chispearon intermitentemente un significado: *conteo* y *transición* y *asuntos exteriores.*

—¿Qué pienso? —Aceptó el mate otra vez, pero todavía no lo tomó—. Pienso que tú, Flaca, sos mi hija. Y pienso que sabés cómo querer.

Flaca pestañeó ferozmente para detener las lágrimas, pero cuando vio que su padre lloraba otra vez, perdió la batalla.

Su padre subió el volumen de la radio nuevamente y se quedaron sentados en la luz gris de la primavera mientras la voz de un desconocido tejía un cauteloso optimismo en el aire que los rodeaba.

*

Esa noche a la una de la mañana, Paz salió a caminar y al principio cada centímetro de su piel hormigueó en protesta, había pasado tanto tiempo, los toques de queda empezaron cuando ella era niña y luego llegaron las patrullas nocturnas y ahora ahí estaba ella, a los veintitrés años de edad, en un paseo nocturno en desafío a un régimen que acababa de anunciar su muerte. Las calles estaban silenciosas. No vio soldados ni policía, nadie. Vagamente se acordó de que, cuando era muy pequeña, la gente salía a sentarse delante de sus casas con el mate y el termo y charlaba, se reía, saludaba a los vecinos que pasaban en la noche calurosa. En ese entonces el país era otro, ella era otra criatura. ¿Y ahora? Se fijó en las tiras de luz entre los marcos de las ventanas y las cortinas cerradas, las pesadas puertas de madera talladas con adornos de una época ida largo tiempo atrás, los árboles escasos, los edificios de apartamentos que subían sombríamente hacia el cielo. Y ahora, ¿qué clase de criatura era ella? ¿Qué clase de criatura sería el país? Uruguay, semejante a una víbora que mudaba la piel. Caminó y caminó y nadie se acercó para pararla. Unos años atrás ya hubiera sido interceptada por soldados, e incluso un mes atrás no se hubiera arriesgado. Pero ahora el aire nocturno se partía para ella, se abría, la dejaba pasar. El frío le cacheteaba la cara, la despertaba. Era noviembre; en cualquier momento las noches se suavizarían, se entibiarían. Luego, verano... Y al fin del verano, un nuevo presidente y el fin de la pesadilla, si era cierto, si se le podía creer a la radio. ¿Y después...? ¿Cómo sería su vida? Nunca había planeado nada, salvo la supervivencia. Llegó al río, pero no soportaba la idea de detenerse, no sabía qué pasaría si se permitía a sí misma sentarse, así que en lugar de ello caminó por el borde y miró el agua negra y le pareció que el río se sentía igual que ella: con un apetito voraz por el mundo.

Camino a casa, se preguntó quién estaría despierta cuando llegase. Todavía la asombraba que la casa de su infancia ahora le perteneciera. Diez meses atrás, la madre de Paz se había casado con un argentino rico y se había mudado a Buenos Aires, donde su nuevo marido consiguió un puesto en una compañía extranjera que expandía sus operaciones ahora que la democracia había vuelto, un puesto con buen sueldo, qué hombre tan especial, qué bueno para él, qué bueno para mamá que siempre había querido alejarse, y Paz la había convencido (no sin esfuerzo) de que le dejara la casa. No de regalo. Su madre insistió en que fuera una venta, aunque bajó la cifra para su hija y se aseguró de que se enterara claramente del buen precio que obtenía. Paz usó todos los ahorros de los años de contrabandear pieles de foca por la costa, de fomentar su negocio ilícito, que ahora se había reducido a un mínimo porque hasta las damas ricas cuidaban el bolsillo hoy en día. Los sacos de piel de foca eran un lujo ahora y la economía estaba hecha mierda, eso era lo que pasaba cuando se dejaba que unos generales despiadados manejaran el país de uno hasta meterlo en un pozo, pero, ta, no importaba; Paz se las arregló y aún se las arreglaba con changas de todo tipo aquí y allá. Pintaba casas, hacía trabajos de construcción, reparaba las tuberías de los vecinos a cambio de una fuente de milanesas fresquitas, todo valía, todo contaba algo, y ahora había realizado un sueño: tener una casa en la ciudad que podía compartir con amigas. Una casa para cantoras. Una casa para invertidas e invertidos. Se instaló en el dormitorio de su infancia y convenció a la Venus y a Malena de compartir el cuarto que había sido de mamá. No le resultó nada difícil convencerlas; la Venus estaba desesperada por salir de la casa de su madre, pero no podía pagar mucho con el sueldo de su nuevo trabajo de recepcionista, mientras que Malena se alegró de la oportunidad de mudarse del cuarto alquilado en la casa de la pareja de ancianos. Paz les ofreció un alquiler menos caro que el que conseguirían en cualquier otro lugar y, más importante aún, el privilegio de poder ser auténticas en el hogar. Malena y la Venus armaron un horario de cuándo cada cual ocuparía el dormitorio y cuándo el sofá, y Malena, durante sus noches, podría invitar a Romina, mientras que la Venus podría invitar a su *amiga* o a la otra *amiga* cuando le tocara el turno. Hasta el día de hoy, a Paz le llegaban ondas de gozo al ver a sus amigas en el *living* donde se había criado, verlas leer en la mecedora, merendar en la mesa, enroscarse sobre el sofá para dormir, como si pertenecieran al lugar, como si la casa siempre hubiera sido de ellas.

Con la emoción de la nueva casa y la menguante imposición del régimen, Paz empezó a dar fiestas. Todavía mantenía baja la música, pero permitía que las personas se amontonaran en el pequeño *living*, tantas como tuvieran ganas de ir, y las ganas sí se daban. Era extraordinario cómo se encontraba la gente escondida. Cuando ya habías tenido una relación íntima con alguien, sabías lo que era esa persona y esa persona sabía que tú lo sabías y traía nuevas parejas, y así la red de hilos secretos se entretejía. Mujeres y más mujeres, y algunos hombres a quienes les gustaban los hombres o que no se molestaban si a una mujer le gustaba otra mujer; o a quienes les gustaban los hombres y también las mujeres, pero sobre todo querían vestirse de mujer cuando se cerraba la puerta y la libertad podía abrir la boca. Poco a poco, todos ellos (Paz, las mujeres y algunos hombres) se quitaban las Identidades de la Calle en el curso de la noche y se convertían en gente que las calles nunca veían. Flaca se quedaba en esas fiestas toda la noche y mantenía un nido de mantas en el sótano. Romina también se quedaba, pero con menos frecuencia, porque su atención se enfocaba en el trabajo duro e interminable de la resistencia —que esa noche claramente daba buenos resultados— y, cuando sí se quedaba, ella y Malena muchas veces se retiraban temprano al dormitorio y resultaba imposible decir si era para dormir o hablar o hacer el amor. Nunca se llevaban al Rojo, como llamaban al contrabando que la Venus había traído de Brasil. En el año y medio desde que Rojo llegara, Romina y Malena nunca vacilaron en no querer tener nada con el aparato. Dejaron a las demás, Paz y Flaca y la Venus, con sus peleas amistosas —y ciertamente se peleaban—, contaban los días hasta su próximo turno, se quejaban cuando una mujer sobrepasaba el límite, ¿qué le pasaba?, ¿es que no podía parar?, ¿se creía la única que había encontrado las puertas del cielo? Había muchas formas de atravesar las puertas del cielo. Rojo era solo una de ellas. Su propia gloria. Una exótica, rara y preciosa como una especie de continente distante de la época que precedía a los barcos de vapor. Paz se asombró al descubrir que, cuando se lo colocaba, podía llegar al clímax dentro de una mujer igual que un hombre. O igual a como se imaginaba que sería para un hombre. No lo sabía de seguro, nunca había visto a un hombre hacerlo y, aunque lo hubiera hecho, no conocería la experiencia desde adentro. Rojo formaba parte de ella, se fusionaba a su cuerpo y canalizaba todo su calor y placer. ¿Eso era normal? ¿Les pasaba a la Venus o a Flaca? ¿O era ella la única mujer en el planeta que podía verterse así en otra mujer? No preguntaba, no podía preguntar, le faltaban las palabras. Dos veces una examante había regresado a pedirle a Paz que le prestara el Rojo. Ambas veces Paz rio. No, ¡No!, casi le gritó. Podía formar nuevas amistades, mantener amantes de antes como amigas, pero Rojo solamente le pertenecía al círculo original, a su tribu, su familia, las mujeres de La Proa, y estas eran cinco y cinco serían siempre (o así lo creía).

Paz llegó a la puerta principal y entró. La Venus estaba en la sala, completamente despierta, rodeada de pinturas en varias fases de creación, pincel en la mano. Esa era la cosa: vivir con la Venus era vivir en el centro de un crisol. ¿Quién hubiera adivinado que la Venus tenía algo así en su interior, tal explosión de color y visión? Siempre lo tuve adentro, le dijo una vez a Paz, pero nadie pensaba en buscarlo. Me casé con un artista, me escapé a Brasil con otra artista, siempre fui la musa de otro. ¿Será que me atraían los artistas porque reflejaban algo dentro de mí, algo que no me atrevía a declarar mío? Bueno, pues, a cagar con todo eso, no quiero ser la musa ni para un hombre ni para una mujer, quiero ser yo la artista y buscar las mil musas ocultas en las arrugas del mundo. ¿Qué cuernos son las arrugas del mundo?, preguntó Paz, perpleja, y la Venus se rió y tragó un whisky allí y se acabó el tema. No paraba de pintar. Empezó en lienzo, pero pronto se dio cuenta de que no le alcanzaba el dinero para ese material. Por lo tanto, empezó a juntar sobras de obras de construcción, lo que le resultó fácil, únicamente tenía que aparecer con una blusa escotada y sonreír y los obreros se desvivían para darle trozos de madera, pedazos de tubería, papel de lija usado, incluso un par de martillos que ella cubrió de viñas exquisitamente detalladas. Pero más que nada pintaba mujeres —sobre tablón y chapa, sobre madera y botellas de vino vacías—, mujeres desnudas que desprendían estrellas de sus manos, mujeres desnudas con canasta al brazo en el mercado, mujeres desnudas deleitándose con las berenjenas o los tomates en sus manos, mujeres desnudas que bailaban y comían y andaban en bicicleta por calles de ciudad. Pintaba y pintaba con un fervor feliz que eclipsaba todos los demás placeres. Pintaba cuando se prendaba de una nueva amante, pintaba cuando la amante nueva ya no estaba, pintaba antes y después y de noche y de día. Las mujeres se morían por ella, pero a Paz le parecía que ninguna tenía esperanza de ganarse el corazón de la Venus, porque ahora su corazón pertenecía a la pintura. Estaba encendida. Estaba feliz. Hasta bajo el régimen había logrado ser feliz. Su libro favorito ahora era uno usado, de bolsillo, que había encontrado en la feria de Tristán Narvaja: una traducción de *Al faro,* de Virginia Woolf, una británica ya muerta, dijo la Venus

—Nunca estuvimos vivas a la misma vez, sin embargo me vio completamente, este libro es mi biblia y Lily Briscoe es la única Jesús que preciso.

—Che, hola, vagabunda —dijo la Venus sin desprender la mirada de su proyecto, una tabla de madera que empezaba a contener un océano.

—Creí que estarías dormida.

—¿Por qué carajo iba a dormir?

—Mañana hay trabajo.

La Venus giró los ojos. —Trabajo hay acá nomás.

—Claro que hay. Me refería al otro tipo de trabajo, al aburrido.

La Venus finalmente alzó la mirada de la pintura. —No puedo creerlo.

—Yo tampoco.

—Tengo miedo de permitirme creerlo y que nos lo saquen otra vez. Podría pasar cualquier cosa. Falta mucho para marzo.

—¿Tú creés que después de todo esto detendrían la asunción de mando?

—¿Quién sabe?

—Capaz que no lo querés creer porque suena demasiado bueno para ser verdad.

—Tal vez. —Inclinó la cabeza—. La gran pregunta es, ¿qué cambia para nosotras?

—No sé. —Paz encendió dos cigarrillos y le pasó uno a la Venus. Esa era la pregunta, ¿no? El fin de la dictadura era una clase de muerte, no una muerte triste, sino una que te podía hacer sentir desarraigada porque tu vida había estado atada, aunque no lo quisieras, a la cosa que había muerto. Sin la dictadura, probablemente tendría título universitario, como siempre había imaginado antes. Pero, por otro lado, sin la dictadura no habría conocido a la Venus ni a las demás, no estaría allí fumando ese cigarrillo en paz en una casa de la cual una vez había huido—. Todo esto me hace sentir inquieta. Con ganas de hacer algo. Construir algo.

—¿Construir qué?

—No sé.

La Venus fumó y observó a Paz. Escuchaba.

—Pienso mucho en esa gente que conocimos en Polonio este año. Los que fueron echados de sus casas, tildados de putos, marimachos. Gente como nosotras. Nomás trataban de vivir. Así que, ta, tendremos una democracia, y eso con suerte, si todo va bien. ¿Y la gente como nosotros? ¿Todavía seremos castigados nomás por existir? ¿Qué valor tiene la democracia si todavía no podemos respirar?

—¿Y entonces qué hacemos?

—Eso no lo sé. Hacemos espacio, el uno para el otro. No esperamos hasta que lo hagan otros. Precisamos una nueva clase de lugar. Donde nuestra gente pueda estar junta. Como La Proa, pero en la ciudad.

—Como esta casa.

—Más o menos. Algo más grande. Se me ocurrió una idea loca.

—Contame.

—Te vas a reír.

—No lo haré. Te lo prometo. En serio, Paz, mirá que el arte no existe sin las ideas locas.

—Quiero abrir un boliche.

—¿Un boliche?

Paz asintió. —Para nuestra gente. Como los visitantes en Polonio nos contaron que hay en Buenos Aires, en Madrid, como ese lugar en Nueva York del cual habían leído, ¿cómo se llamaba? ¿Stonewall?

—No me acuerdo.

—Bueno, nunca ha habido algo semejante en Uruguay, por lo que sabemos. Lo necesitamos.

—¿Pero la gente iría?

—¿Por qué no? Yo iría. Nuestros amigos también. Y ahora, con la democracia, aunque detengan a la gente, no habrá prisiones políticas a donde tirarnos para siempre. Unos días en la cárcel, hasta unos meses, es bien diferente a una vida entera. —Sus propios días en la cárcel relampaguearon en su cabeza, qué cerca había estado de pasar años encerrada. Tuvo mucha más suerte que tantos...

—Pero todavía está el miedo —dijo la Venus—. De ser expuesto a tu jefe, a tu familia. Eso va a seguir. Si te descubren, perdés el trabajo, te morís de hambre.

—Ta, claro. Pero mi boliche no expondría a la gente, haría lo contrario.

—¿Y eso sería...?

—La protegería.

La Venus pareció considerar esas palabras. Y sonrió. —Ya entiendo tu idea.

—Menos mal —dijo Paz—, porque necesito tu ayuda.

—No seas boluda.

—¿Quiere decir que no me la vas a dar?

—Quiero decir que siempre la tenés.

*

Marzo de 1985. El presidente Sanguinetti prestó juramento sin golpe de Estado, sin líos, y cumplió con su promesa de sancionar una ley de amnistía: la mayoría de los presos políticos serían liberados.

Romina temblaba, fijada en el portón del Penal de Libertad a lo lejos. El temblor la avergonzaba, pero no lo podía detener. Una revolucionaria se mantenía fuerte cuando encaraba desafiante las puertas del poder y ¿en un día como este temblaba? ¿No se abrirían los portones? ¿No habían ganado? Pero la multitud alrededor de ella no parecía triunfante, solo terca en su presencia sobre la banquina y derramada por la calle. Terquedad. Anhelo. Dolor. Y silencio. Estaba parada entre cientos que solamente querían de vuelta a sus seres queridos y se mantendrían de pie en el aire fresco, silenciosos como ratoncitos si eso era lo que se requería para recibirlos. El régimen nos convirtió en una nación de ratones, pensó. Se apretaban contra las barreras de control que los separaba del área vigilada por ese miserable lugar que nunca miraba sin ganas de escupirlo y quizás que ahora algún día lo hiciera. Su madre a la izquierda, su padre a la derecha, Malena justo detrás de ella. Le irritaba que Malena se quedara detrás y no directamente con ellos, pero ¿qué podía hacer? Era un momento familiar, ¿verdad?, y dentro de la realidad de sus padres Malena era solamente una amiga, no parte de aquello, no parte de ellos. No de la forma en que lo sería un marido, y Romina había fallado en la búsqueda de uno. Sin embargo, Malena había insistido en acompañarlos aunque significara pararse detrás de ella como una ocurrencia tardía. Romina estaba alegre de que hubiera ido. Su calidez era un bálsamo en la nuca.

Los expresos se acercaron por la calle y un revuelo agitó a la multitud. Se empujaron. Murmuraron. Gritaron nombres: *Joaquín, Tomás, Alberto,* como si los nombres fueran imanes que pudieran jalar a los hombres hacia su lado. Pero ¿cuántos Albertos había en la prisión? ¿Y los guardias no anunciarían quién llegaba? Seguramente habría una fila, papeles, algún procedimiento... Pero no hubo nada. Tal vez ya lo habían realizado adentro. No había forma de saberlo, los guardias no dijeron palabra, la calle ahora se salpicaba de prisioneros, o más bien de "exprisioneros" que iban saliendo y, si no podían encontrar a sus familias, ¿qué importaba?, a los guardias no les importaba un carajo, podrían haber dejado que la muchedumbre se acercara al edificio, ¿no? Pero no, los hijos de puta tenían que dejar a la ciudadanía afuera, lejos, en una calle, como para decir: *Todavía controlamos todo por acá, hoy por lo menos, y que no se les olvide, y si eso quiere decir que se tienen que parar en la ruta, donde un auto los podría atropellar, ese no es nuestro problema,* aunque la verdad era que ningún conductor en su sano juicio manejaría por allí ese día. Aquel día no les pertenecía a los autos sino al pueblo, que se desparramaba en una inundación tan incuestionable como el tiempo, y ahora había voces que indicaban que habían visto lo que buscaban en la distancia, *Tomás* se convirtió en *¡Tomás! ¡Tomás!* y luego se disolvió en sollozos, mamá empezó a decir *Felipe, Felipe,* primero vacilantemente, Romina trató de unirse a ella pero su garganta estaba tan seca que no podía hablar, le ardía, y entonces los exprisioneros empezaron a alcanzar a sus familiares y se abrieron brazos, cayeron lágrimas, la multitud se sacudió y, para evitar separarse, Romina agarró la mano de su madre y la mano de su padre (¿dónde estaba Malena?, nadie tomó su mano, la perdieron en el caos) y en una cadena avanzaron, avanzaron, por lo que pareció una eternidad hasta que su hermano surgió del borrón de cuerpos y se disolvió en el abrazo de su familia.

La primera noche festejaron. Mamá había cocinado durante tres días para preparar un banquete de todas las comidas favoritas de Felipe: milanesas, chorizos, buñuelos de espinaca, montañas de tallarines, canelones, alfajores, torta de chocolate glaseada con dulce de leche, pebetes, las comidas de un cumpleaños infantil, lo suficiente como para alimentarlo por los doce años que no había estado. No comió mucho, pero sonrió y lloró, la mayor parte del tiempo ambas cosas a la vez. Llegaron tíos y tías y primos a saludarlo, y también llegó Malena y no parecía enojada por haber estado perdida entre la muchedumbre, lo que alivió mucho a Romina mientras cargaba bandejas y vertía Coca-Cola y trataba de sonreír.

Pero, después de una semana, Felipe se puso silencioso. No había plan. Tenía treinta y tres años y no había terminado la universidad, jamás había trabajado, no podía dormir ni una sola noche sin pesadillas, ¿qué iba a hacer con su vida?

Era una pregunta que aplicaba a todos: los prisioneros recién liberados, los miles que habían pasado los años malos tras las rejas. Fantasmas arrojados de vuelta al reino de los vivos. Antes, Romina había enfocado toda su energía en la lucha por las elecciones, y ahora se dedicaba a juntar las historias de los expresos políticos. Nadaba contra la corriente, en realidad, porque, a diferencia de Argentina, donde se había creado una comisión para destapar la verdad sobre los desaparecidos y dar voz y espacio a las atrocidades, allí en Uruguay la democracia estaba acompañada de una promesa de impunidad para los perpetradores. Existían rumores de que los generales habían insistido en obtenerla antes de entregar el poder. *Prometan que no nos harán nada y les devolveremos el país.* Y, entonces, los militares no podían ser juzgados por los peores crímenes cometidos durante la dictadura cuando esas acciones, después de todo, habían sido parte de sus trabajos, así que cállense acerca de la tortura, las picanas eléctricas, las violaciones, los encarcelamientos sin juicio, el abuso y la inanición, las desapariciones, el dolor de gente rota ahora de retorno en el mundo, los querían de vuelta, ¿no? Bueno, acá están, ya se acabó, como ustedes querían, váyanse ya, dejen de joder. Otra vez los líderes de la izquierda se encontraron divididos. La democracia era frágil y algunos pensaron que convenía aceptar el olvido, únicamente mirar hacia delante, dejar atrás el pasado terrible para que no los lastimara más. Pero a Romina y también a otros, el pasado los acompañaba, lo invitaran o no. ¿Cómo podían exigir silencio a los que más habían sufrido? Cierto, muchos de los exprisioneros preferían no hablar. Felipe, entre ellos. Se limitaba a negar con la cabeza cuando ella trataba de abordar el tema del pasado, no le devolvía la mirada. Pero había otros que sí querían contar sus historias, que solamente al contarlas podían encontrar el camino al mundo exterior, y fue a quienes Romina visitó. Ella reunía y reunía sus historias hasta cuando la destrozaba oírlas, hasta cuando se llenaba de ganas de gritar que no soportaba ni un minuto más y que no podía ser que volvieran por ti *otra vez,* que te hicieron eso y también *eso,* y llegaba agotada a casa cada noche, tiritando, expuesta como si le hubieran pelado la piel, como si el mundo hubiera reventado en tantos pedazos que ya no se podía caminar sin destrozarse los pies. Ahora que Malena vivía en una casa donde podía ser abiertamente ella misma, Romina dormía allá con más y más frecuencia, a pesar de la obvia incomodidad de sus padres con la noción de que durmiera en cualquier casa que no fuera la suya, dado que las mujeres grandes no dormían en los hogares de otras mujeres grandes —ni las solteronas lo hacían—, pero se detenían antes de preguntar demasiado, como si evitaran rozar por accidente algún dato que no querían conocer.

Romina lloraba en los brazos de Malena.

—Hay tanto dolor —dijo una noche—. Nunca lo limpiaremos todo, nos va a ahogar para siempre.

—Tal vez —dijo Malena—. Tal vez no. Siempre ha habido dolor.

—No así.

—No exactamente así, ta. ¿Pero qué tal los nazis?

—Pero hablo de acá, en Uruguay —dijo Romina—. Acá nunca lo hemos tenido.

—Mirá que los nazis están más cerca de lo que la gente cree.

—¿A qué te referís?

—A que yo conocí a uno.

—¿Querés decir "un simpatizante"?

—No. Quiero decir "un nazi".

Romina se incorporó. —¿Dónde?

Malena se tensó, vaciló. —Cerca de acá.

Esperó a que Malena dijera más, pero no llegó nada.

Luego, por años, por décadas hasta los últimos días de su vida, Romina se arrepentiría de no haber sondeado más, ni esperado más, ni escuchado con toda la ternura y amplitud posible. En su lugar, sintió una ráfaga de irritación hacia su amante, que no era judía y ahora mencionaba a los nazis para descartar el dolor uruguayo. —Mirá, en todo caso, a *mí* no me tenés que explicar nada sobre qué malos eran los nazis. Lo que digo es que hay gente muy herida, miles de ellos, y todo el mundo quiere lavarse las manos nomás.

—Yo no soy así —dijo Malena, rígida.

—¡No dije que fueras tú! ¡No te pongas tan a la defensiva!

—No estoy... Ta, no importa. —Malena se giró hacia la pared y le dio la espalda—. Perdón. Soy tarada. Debería escuchar con la boca cerrada nomás, como acostumbro hacer.

—¿Y eso qué significa?

—Nada.

Romina extendió una mano y tocó la espalda de Malena. —No nos peleemos. No lo aguanto.

Fuera del cuarto oscurecido, unas carcajadas estallaron y bajaron, la Venus y Paz contaban cuentos y coqueteaban con una chica, armaban sus escándalos como si en el mundo todavía quedara alegría para sacarle.

—Ya lo sé —dijo Malena.

*

El sótano se transformó, ladrillo por ladrillo. Tenía el ambiente apropiado, techo bajo sin ventanas, era imposible de espiar desde afuera, como una mazmorra, pero la pared del frente daba a la calle y era de la altura justa para instalar una puertita, una puerta para duendes, una puerta para cantoras y trolos, para invertidos, una puerta (dijo Paz con tono triunfante) para nosotros. Tenía poca plata para construir el boliche, así que hizo tanto como pudo con sus propias manos. Quitó revoque. Excavó tierra del sótano. Excavó el hueco que antes había escondido subversivos, que una vez escondió a Puma, una cueva que ahora se exponía a la luz. Habían pasado años ya y las moléculas del aire serían completamente diferentes; sin embargo, Paz se quedó parada un momento mientras cavaba e inhaló lo más profundamente posible, como absorbiendo partículas del pasado. Luego siguió. Había tanto para cavar y raspar y cortar y enyesar... El lugar era frío y húmedo, pero había suficiente espacio como para formar una pieza larga. Le llevó más de un año y la ayuda de todas las amigas excavar el espacio, cablear la electricidad, canalizar agua para un baño sencillo al fondo, revocar las paredes, embaldosar el piso y colocar una puerta en la pared del frente, donde construyó unos escalones de ladrillos y argamasa rebuscados de forma que uno entraba de la calle e inmediatamente descendía, agachado, a un micromundo alternativo.

Por ese entonces, ya había vuelto a Cabo Polonio y aprendido más, a través de los nuevos amigos argentinos, sobre el boliche allá en el norte, en Nueva York, donde los llamados "putos" y "maricas" se habían resistido contra la policía que los acosaba, hacía años, en 1969, cuando ella tenía ocho años. En un local llamado Stonewall. *Pared de Piedra.* Se volvió famoso en Norteamérica por esa revuelta, durante la cual —le dijo el argentino mientras se deslizaban por el agua— los maricones y los travestis y los parias le arrojaron piedras a la policía, y a partir de esa noche empezaron a cambiar. ¿Cambiar cómo?, preguntó ella mientras se mecía en las olas oceánicas. Se volvieron más ruidosos. Paz pensó seriamente en esas palabras. Ella y sus amigas no eran ruidosas, a no ser que estuvieran completamente a solas. Resistirse abiertamente contra la policía en Uruguay en el 69, y sobre todo unos años después, cuando cayó el gobierno democrático, podría significar el fin de la integridad, el fin de la seguridad. Hasta el día de hoy, exponerse significaba el fin de la vida que te hubieras construido. Por lo tanto, dijo, acá no podemos ser ruidosos, no de esa forma. Pero el argentino dijo, no, mirá que ellos tampoco estaban a salvo, no te creas. La gente nuestra nunca está a salvo, ni en un lugar como Nueva York, el corazón del imperio. La seguridad nunca está garantizada. El "a salvo" se crea con las propias manos.

Paz llamó su boliche La Piedrita.

No hubo cartel, por supuesto, ni timbre. Había que estar al tanto y tocar a la puerta con el ritmo de una canción infantil, *arroz–con–le–che,* antes de que alguien lo examinara a uno por la mirilla y le permitiera entrar.

Dejó expuestas tres de las cuatro paredes de piedra. Instaló estantes similares a los del ranchito y los llenó de piedritas y caracoles recolectados en el Polonio, eso sí era esencial porque La Piedrita representaba, de muchas formas, una extensión de La Proa, un traslado de aquel refugio a una sola sala subterránea en la ciudad. Lobo se entusiasmó por ayudar a Paz en la creación de su propio negocio y le regaló huesos de foca y lobo marino, limpiados de carne por el Atlántico y por el tiempo, y la Venus los pintó con adornos fantasiosos y los montó, con figuras elaboradas, sobre la pared. El hueso de la cadera se abría como alas de mariposa. Un sol central irradiaba costillas. Paz también encontró tesoros para las paredes en la feria de Tristán Narvaja: cucharas y vasos, postales envejecidas, imágenes curiosas de animales silvestres, incluso libros amarillentos que misteriosamente habían sobrevivido a las purgas para renacer sobre nuevos estantes. Ese era su boliche y habría libros en cada rincón, amontonados y embutidos como un tesoro de piratas. Había más bienes usados que nunca en Tristán Narvaja, quizás porque la gente ahora tenía menos miedo de revelar lo que había tenido, pero también porque la economía era un desastre y, con los exiliados que volvían a la ciudad sin trabajo, más personas cada día revisaban sus casas en busca de lo que pudiera dejarles algunos pesos. Una vez, en una pila de discos viejos, encontró una foto de Rosa Vidal, una famosa cantante uruguaya de la Guardia Vieja del tango que ahora vivía su vejez en alguna parte de la Ciudad Vieja y que, en su época, había tenido fama de dar conciertos vestida de hombre, lo cual era de conocimiento general, pero hasta ese momento Paz nunca había visto una foto suya con aquella apariencia: allí estaba, con traje de hombre, sombrero inclinado, parada contra la pared con una sonrisa de seductor masculino. Paz no podía respirar. Miró mucho tiempo la imagen mientras los demás compradores se apretaban a su alrededor. Compró la foto, la encuadró a mano con madera de un rescate y la colgó en la pared del fondo, detrás de la barra rústica que ella presidiría, pensó, como hacía Lobo en su mostrador del Polonio: con la serenidad de un viejo capitán de barco.

Y así fue.

Abrió el local en febrero de 1986, todavía en pleno verano, cuando el carnaval llenaba la ciudad de canciones, brillo, tambores, noches encendidas. Empezó con sus amigas y sus parejas y sus exparejas, más las nuevas parejas de las exparejas, y algunos montevideanos que habían conocido en Polonio y se emocionaron al enterarse del lugar. Grupitos desperdigados. Algunas noches fueron bulliciosas, otras vacías. No importaba. La gente iba cuando iba. Paz pasaba música y bailaban mujeres con mujeres, hombres con hombres. Si pedían a gritos tangos, tocaba tangos. Samba brasilera, Sandra Mihanovich, la más-querida-que-nunca Mariana Righi, los sonidos nuevos de Madonna y Michael Jackson: ella cumplía. Después de un par de meses, construyó sobre un lado una plataforma que pudiera servir de escenario algunas noches, y con el paso del tiempo los intérpretes llegaban sin esfuerzo: hombres vestidos de mujer, mujeres vestidas de hombre, y cantaban las viejas canciones e incluso algunas nuevas, porque allí en La Piedrita se podía hacer lo que a uno le diera la gana: un hombre podía usar un sostén reluciente y la pollera emplumada de una bailarina de candombe y menearse para estremecer los cielos, y una mujer se podía poner un sombrero de fieltro y cantar los viejos tangos de Rosa Vidal, de Azucena Maizani, de aquellas cantantes que en los años 20 y 30 habían invadido tan eufóricamente el terreno de los hombres.

La Venus se hizo famosa por su versión de "El terrible"; llevaba la ropa femenina de siempre y un sombrero de viejo que vivía tras el sofá (el cual acechaba en el rincón cerca del baño y nunca recibía luz y se quedaba escondido tras una cortina sujetada al techo supuestamente para mantener el baño fuera de la vista, pero en realidad era porque Paz sabía lo que les costaba a los invertidos encontrar privacidad, ella misma había tenido relaciones sexuales en baños públicos y, si no proveía de un sofá a sus clientes, a lo mejor estos no podrían hacer pis nunca). El sofá estaba permanentemente ocupado por cuerpos apretados y todo el mundo respetaba el código tácito de desviar la mirada mientras se esperaba el baño; era algo andrajoso ese sofá manchado, desgastado, un espacio sagrado. Y, mientras cantaba, la Venus inclinaba el sombrero sobre los ojos de tal manera que arrojaba flechas de lujuria y maravilla a los corazones de todas las mujeres presentes.

El dinero no llegaba fácilmente a La Piedrita. Nadie tenía mucho. Sin embargo, los clientes llegaban aunque tuvieran que hacer durar un único trago para quedarse varias horas o no ordenaran nada y se quedaran sentados en un rincón de luz tenue ante una mesa construida con cajas de madera recicladas, para observar la realidad poniéndose de revés por una noche. No importaba cuánto o cuán poco pagaran. Paz estaba determinada a mantenerse a flote, a aguantar todo el tiempo posible. Trabajaba en el local cuatro noches por semana, la Venus cubría otras dos noches y Flaca una. Flaca, por supuesto, no precisaba el dinero, la carnicería les proveía lo necesario para ella y su padre, pero no soportaba que la dejaran afuera en un proyecto como este. Allí florecía. Su turno en La Piedrita era un bienvenido alivio del duro trabajo en su vida; se dedicaba al cuidado de la carnicería y la casa, y de su padre, quien, después de un ataque cardíaco, precisaba ayuda adicional y, aunque resultaba agotador, le contó Flaca a Paz, a la vez era hermoso pasar tardes en casa con él charlando de una forma que no habían hecho en años.

—Así nos ponemos al día, es realmente increíble, Paz, no solamente me acepta a mí, sino también a mi pareja, estos días Virginia se queda a dormir y él no dice ni pío, todo lo contrario, la trata como a una nuera o hasta como a una hija, le ruega que le lea sus poemas, se ríen juntos como cómplices , y es una sensación tan rara, completamente foránea, ni sé que nombre darle a lo que experimento; integridad, tal vez, o solidez, no sé, me siento bien hija de puta por hablar del tema porque sé bien que la mayoría de nosotras nunca sabrá lo que se siente, pero contigo puedo ser honesta, ¿verdad que sí?, cuando mis hermanas traen a los nietos los domingos, somos todos una gran familia y la alegría es feroz, concentrada, como si estuviéramos recuperando todos esos años perdidos.

Una noche, a mediados de 1986, mientras el invierno aporreaba las calles con vientos helados que empujaban clientes a La Piedrita por el abrigo del whisky y de las caras sonrientes, mientras los grupos se apiñaban alrededor de las mesas y la sala sin ventanas se espesaba con aliento y calor humano, Paz clavó la mirada en la puerta cuando otra mujer, una desconocida, bajó los escalones. *¿Es ella, es...?* El pensamiento la conmocionó. Que surgiera tan rápido y tan intensamente en su propia cabeza. La mujer no era ella, la que esperaba o para la cual se preparaba o ambas cosas, sin saberlo. Puma. Puma, como un trozo de madera de deriva retorcida que podía llegar a su orilla. Puma, a quien nadie salvo Paz entendía. ¿Iría alguna vez a un lugar así? ¿Lo encontraría? ¿Desearía verlo? ¿Se reconocerían? ¿Habría todavía una chispa? ¿Se acordaría de ese preciso sótano y entendería que era el mismo lugar donde...? Puma. Paz se moría por saber cómo le había ido. Si había sido encarcelada, si había escapado al exilio, si había sobrevivido a los años del Proceso o no y, en caso de que hubiera huido al exterior, si había decidido volver a casa o quedarse en su nueva vida trasplantada, como hacían ahora muchos exiliados, porque volver no era tan sencillo. En aquel entonces, cuando Puma se escondió en ese sótano en 1974, no existía un lugar semejante a La Piedrita, ningún lugar donde poder verse, encontrarse o mostrar la cara sin peligro. ¿Todavía era el tipo de mujer que buscaría un lugar así? No quedaba claro que alguna vez hubiera sido ese tipo de mujer; no quedaba claro qué clase de mujer era entonces. Era la mujer del sótano. Paz ahora lo veía más claro: qué quebrada estaba, qué anhelante. Paz ahora tenía veinticinco años, más de los que tenía Puma en aquel entonces. Puma era una guerrillera osada, pero también una chica aterrada de más o menos veintiún años. Torturada, huyendo para salvar su vida. ¿Había vertido ese terror en amar a Paz? ¿Hizo algo que luego recordaría con vergüenza u horror? Quizá. Imposible de saber. La desconocida que acababa de entrar a La Piedrita se bajó del último escalón y alcanzó el suelo subterráneo, y bajo la luz débil de las lámparas observó el ambiente. No era Puma, pero ahí estaba, viva, y necesitaba una sonrisa o un cigarrillo o una amiga. Paz esperó hasta que la mirara para poder comunicar su bienvenida y pensó: Lo que no le puedo dar a Puma, se lo daré a las Pumas del mundo.

*

—¿Oyeron el chisme? —dijo Romina—. Ariela está de vuelta en Uruguay.

La Venus no alzó la mirada de su pintura, pero su mano se tensó en el pincel. —No, no me había enterado.

—Tiene un concierto el mes que viene.

La Venus apuñaló la punta del pincel en la pintura roja. La revolvió. Fuerte, demasiado fuerte. No era la idea de Ariela lo que la hería, sino la de Mario. Qué alto estaría ahora. Lo imaginó de rostro más delgado y ojos igualitos que antes. No podía pelar una naranja sin pensar en él, el deleite de su cara cuando la cáscara salía entera, como una víbora perfecta. Nunca dejó de doler el pensar en él en casa de su abuela, al otro lado de la ciudad, a un viaje en ómnibus de distancia y, sin embargo, fuera de alcance. —Bien por ella.

—¿Estás siendo sincera? —dijo Flaca, mientras llenaba el mate.

—¿Y lo tengo que ser?

—No. Para nada.

Estaban en el *living* de la casa de Paz, que en realidad todas trataban como casa propia. Era un domingo de noche a las once, casi la hora de abrir el boliche. A Flaca le tocaba trabajar y disfrutaba una última ronda de mate antes de bajar la escalera. Estaban todas juntas: Romina, Malena, Paz, Flaca, la Venus y Virginia, la pareja de Flaca, y se sentían un poco aletargadas después de disfrutar una parrillada en el patio chiquito del fondo donde, como ya sabían todas, Paz y su madre habían quemado libros una vez en otro mundo, en otra vida. Los platos sucios se amontonaban en la pileta de la cocina. La casa todavía olía a humo y carne asada. El vino y la compañía las mantenía en calor y reacias a dispersarse.

—¿Vas a bajar esta noche, Venus? —preguntó Flaca.

—Ay, no sé. Me llama la pintura.

—Bueno, la pista de baile también —dijo Paz—. Siempre vendemos más bebidas cuando bailás.

—Venus, diosa de la noche —cantó Flaca.

La Venus sonrió. —Ya veremos. —Sabía que cuando bailaba abajo se convertía en el foco de atención del lugar o tal vez del universo, y eso la entusiasmaba. Pero también la cansaba. Porque lo que más quería era pintar. Ser la que miraba, no siempre la que era mirada, un rol que le llegaba con demasiada facilidad, sin pedirlo. La gente le regalaba sus miradas. Tenía que proteger su poder de mirar, de crear, de ser la que formaba y no solamente la formada. Durante mucho tiempo, solamente pintó para sí misma, colgaba las obras en la casa y abajo en La Piedrita. A las galerías del centro no les servía una mujer que pintaba mujeres desnudas, así que no la tomaron en serio hasta que en los meses recientes empezó a ofrecerles paisajes inspirados en el Polonio —el océano, la orilla, las rocas del faro— realizados sobre objetos urbanos desechados, como ladrillos, tablones de madera, ollas de cocina desgastadas. Usaba su arte para expresar el anhelo por la naturaleza que formaba parte de la vida urbana o quizá la forma en que la mente podía llevar océanos dentro, sin importar dónde estuviese uno. En cualquier caso, le convenía que los objetos resultaran más baratos que el lienzo y más fáciles de encontrar. Esa serie acababa de ser exhibida en una galería minúscula de Ciudad Vieja, la única que ella conocía con dueña en vez de dueño: doña Erminia, la viuda rica de un pintor famoso. Las obras casi no ganaron nada de plata, por supuesto; la economía estaba tan mal que nadie tenía dinero para comprar arte, pero fueron bien recibidas y tuvieron reseñas positivas en dos diarios menores que habían sido reabiertos en la época democrática.

—Bueno —dijo Virginia— yo, por lo menos, quiero ver lo que pintás.

—Ah, gracias, Virginia. —La Venus sonrió—. ¿Y tú? ¿Tenés nuevos poemas?

Virginia negó con la cabeza. —Nada listo para compartir.

—Ay, dale —dijo Paz—. Por favor. Tus poemas son hermosos.

Virginia se dirigió a Paz. —¿Y cuánto hace desde que *tú* nos leíste un poema?

—Eso es diferente.

—¿Por qué?

Paz negó con la cabeza. Escribía a veces, pero eran fragmentos solamente; su amor por los libros nunca se tradujo del todo a la escritura de palabras propias. Llegó a creer que su obra creativa, su arte más auténtico, se encontraba en tres cosas: las noches con amantes, el ranchito en la playa y el boliche del sótano. Todas perversiones, según el mundo. Pero eso no podía expresarlo. Seguro que sonaría risible en cuanto lo dijera. —No soy una verdadera poeta.

—¡Ay, dale!

—Escuchame, ¡si a ti te nombraron en honor a una poeta!

—¿Y? ¿Qué tiene?

Se quedaron mirando, Virginia y Paz. Una mirada compartida, breve, no mayor de lo que dura un aliento, pero Romina la observó y también Flaca, quien contuvo la respiración hasta que Paz bajó la mirada al mate que tenía en la mano. Paz nunca, ni una vez, le había robado una pareja a Flaca. Eran amigas profundas y fieles, no había nada que temer. Pero... A la misma vez... Esa mirada. Como si ya compartieran una lengua secreta. La poesía. Capaz que la chispa se trataba de eso y nada más. Flaca no era una lectora refinada, nunca había podido terminar los primeros capítulos de *Don Quijote*, ni cuando eran lectura obligatoria en la escuela. Virginia, en cambio, era muy leída, una erudita autodidacta de la literatura latinoamericana cuyo nombre honraba a Virginia Brindis de Salas, quien, le contó a Flaca, había sido la primera mujer negra en publicar un volumen de poemas en toda la historia del Uruguay y posiblemente de Sudamérica. Sus padres le leían los versos de Brindis de Salas intercalados con las canciones infantiles; soñaban una vida para su hija que trascendiera la pobreza apretada del conventillo donde vivieron hasta que el gobierno militar los echó a la fuerza y casi sin aviso —desplazaron a la comunidad de un solo golpe—, empujándolos hacia la periferia de la ciudad, donde ella vivió hasta que un año atrás finalmente volvieron a su viejo vecindario del barrio Palermo. *Pero la mayoría de nosotros*, le dijo Virginia en ese entonces, *no ha vuelto; nos dispersaron del barrio sin razón, nomás para romper nuestra comunidad, nomás para deshacerse de la gente negra, y hasta el día de hoy, a ver, decime, ¿quién habla de nuestro desalojo en el informativo o en la Intendencia?* Tenía tanta pasión política como Romina, hacía trabajo voluntario en un periódico de la comunidad afrouruguaya llamado *Voz Negra*, que había revivido después del fin de la dictadura y frecuentemente publicaba sus artículos y poemas. También le prendía velas a Iemanjá, la diosa africana del océano, y se sabía de memoria todos los ritmos tradicionales de los tambores del candombe. Los podía golpetear contra su pecho o muslo con perfecta precisión; y cuando los tambores del barrio tomaban vida rítmica con la fuerza de treinta, la fuerza de sesenta, ella bailaba como si el sonido se encontrara en lo profundo de sus huesos desde antes del Uruguay, antes de los barcos, antes del tiempo mismo. A Flaca las escrituras de Virginia le parecían brillantes, intimidatorias. Ahí estaba una mujer que limpiaba casas para mantenerse y cuya mente ardía ferozmente como el sol. Se habían conocido en la feria de Tristán Narvaja mientras elegían zapallitos en un puesto de verduras y se comunicaron todo lo esencial a través de la lentitud de las manos sobre las curvas de ese vegetal verde.

Ahora llevaban casi dos años juntas, más tiempo del que Flaca había pasado jamás en una relación, y sabía que Virginia tenía el poder de convertirse en la tercera mujer que le rompiera el corazón.

—Y bueno —dijo Paz—, hay gente que escribe y luego los demás, que garabateamos nomás.

—Eso no lo creés de verdad, ¿no? —dijo Virginia.

Paz se encogió de hombros y trató de no sonreír.

—Hacen falta todo tipo de garabateos, no solamente poemas —dijo Romina. Pensó en la cantidad enorme de artículos y comunicados que había escrito en los meses recientes abogando por los derechos de los exiliados, de los expresos políticos, de los que luchaban contra la impunidad de los perpetradores de crímenes. El trabajo continuaba, esencial, infinito, sin pago, sin reconocimiento. Escribía artículos para las páginas de opinión de parte de los líderes del partido, hombres cuyos nombres recibían crédito por las frases que ella escribía. Hacía lo que servía al movimiento. ¿Quién querría leer una opinión con su firma? Ahora a veces asistía a reuniones con Felipe, quien empezaba a salir de su cueva. Era bueno verlo un poco mejor y un alivio también porque sus padres ahora se enfocaban en él, lo inundaban con sus preocupaciones y su atención, y, en consecuencia, había menos escrutinio para ella. Alcanzó la mano de Malena, pero, cuando la estrechó, Malena no le devolvió el gesto. Los dedos flojos la alarmaron. Malena había estado distante últimamente, con idas y venidas de malhumor, y bebía más que nunca. Se peleaban con más frecuencia. *Tú no me controlás,* le dijo Malena la última vez que discutieron sobre el alcohol. Y a lo mejor tenía razón. A lo mejor debería dejar de molestar y darle más espacio. Y más atención. Debería dedicarle más tiempo a Malena (aunque tan solo la noción de hacerlo agotaba a Romina; una carga apilada sobre tantas otras cargas...).

—Hablando de eso —dijo la Venus— tengo una noticia. El Ministerio de Educación y Cultura invitó de visita a una pintora paraguaya, y ¿se acuerdan de doña Erminia, la dueña de la galería que mostró mis obras?

—¿Cómo nos olvidaríamos de doña Erminia? —dijo Flaca—. Nunca en mi vida vi tantos adornos en un solo sombrero.

—Bueno, pues va a dar una recepción para la paraguaya. Y quiero que vengan todas a conocerla. Se llama Diana Cañeza y apostaría mil pesos a que es como nosotras.

—¿Cómo *nosotras*?

—¡No!

—Dejate de joder.

—¿Cómo podés estar tan segura?

—Vi dos de sus pinturas...

—A ver, dejame adivinar: ¿pinta como si lamiera cotorra?

—¡Pero dejala hablar!

—Gracias, bueno, como decía: no tiene marido. Y la forma en que pinta los cuerpos de mujeres, no sé, tiene algo sensual. No sé cómo expresarlo.

—La deseás. ¡Le viste las pinturas y ahora la deseás!

—No dije eso.

—Ja, no es necesario que lo digas.

—Lo que pasa, Venus, es que tú decís que todas son cantoras.

—¡A lo mejor es porque ella podría darle ganas de cantar a cualquiera!

—Ja, ja...

—Perá, eso no es justo —dijo la Venus—. No *todas.* Por ejemplo, nunca lo he dicho de doña Erminia.

—¡Aja, eso *sí* sería interesante!

—Ay, Dios, no quiero pensar en eso.

—¿Y por qué no? Mirá que todas vamos a ser viejas algún día. ¿No querés que alguien ame tu cuerpo desnudo y arrugado...?

—¡Ay, ya basta!

—No, no basta, yo sí quiero oír lo que le hacen a su cuerpo desnudo y arrugadito.

—Yo también.

—Y, ta, debe ser lo que la viejita misma quiera.

—Cumplir sus deseos, es lo que siempre digo yo.

—Acá nadie duda eso de *ti*, Flaca.

—Bueno, por mi parte, cuando sea viejita y arrugadita, yo sí tendré un montón de chucu-chucu.

—¿Y cómo podés estar tan segura?

—¡Hay que creer en una misma!

—Tal vez a esa altura podamos besarnos en pleno día sin arriesgar la vida.

—¡Ja, ja! ¡Seguro que estás borracha!

—No he tomado ni una gota.

—Y qué... ¿también vamos a tener orgasmos en la plaza?

—Parece que sí.

—Lo que menos desearía es que los hombres de Montevideo me vieran en el acto.

—Estoy contigo. Prefiero que seamos delincuentes pervertidas para siempre.

—¿Una octogenaria delincuente y pervertida?

—¿Por qué no? Es más de lo que nuestras antepasadas pueden haber soñado.

—¡Epa!

*

La recepción para Diana Cañeza fue un asunto elegante en la galería que Doña Erminia tenía en Ciudad Vieja. Flaca buscó a la misteriosa paraguaya entre el muchedumbre. Las pinturas eran voluptuosas, lienzos grandes llenos de colores cálidos, algunos de imágenes estilizadas de animales brotando de estrellas cósmicas y fértiles, mientras que otras más realistas retrataban a mujeres tomando café, tendidas desnudas en un barco sobre un río, mirando por una ventana la vista de un muro de ladrillos. Las mujeres eran hechizantes, y Flaca entendió por qué la Venus quedó prendada de aquella artista; parecían compartir una obsesión por los sujetos femeninos, por intentar recrear sus vidas internas sobre el lienzo. O quizá solamente se proyectaba en ellas. No sabía nada de arte. Había sido un sacrificio asistir a la recepción; ¿por qué el aprecio por el arte le exigía ponerse un vestido? Se sentía disfrazada, falsa, a pesar de que el vestido que llevaba era muy simple, el mismo que se había puesto para ir a la ópera con la Venus aquella noche desastrosa de años atrás. Su único vestido. Regalo de su hermana de entre su arsenal de vestidos. Le fastidiaba la sensación de que faltara tela entre las piernas. Las cosas que hago en nombre del arte, pensó, aunque en realidad lo hacía por su amiga.

Y para ver a la paraguaya misteriosa. Si la Venus trataba de coquetear con ella y si el coqueteo resultaba mutuo, quería presenciar el espectáculo, no quería perderse nada.

Pero fue Romina quien vio primero a la paraguaya.

No la buscaba. Tampoco buscaba que le cambiara la vida.

Estaba parada en un rincón con Malena, cada una absorta en sus propios pensamientos. Malena tomaba tragos largos de su cóctel y la mente de Romina deambulaba por el discurso que estaba escribiendo para un candidato a intendente, un hombre de ideas políticas izquierdistas excelentes y un amor propio sobredimensionado. Tenía que captar la voz perfecta para ocultar su arrogancia, para facilitar su conexión con la gente. Había mucho ruido en la sala, estaba demasiado concurrida; a lo mejor la gente se iba pronto. No quería conocer a la pintora, a pesar de que sus cuadros la dejaban atónita, tal vez *precisamente porque* la dejaban atónita; estaba harta de la gente brillante y de sus egos. Había pasado todo el día dando clases, y todavía la esperaba en casa el trabajo voluntario, aquel discurso incompleto. Lo que más quería era terminar aquellas páginas y meterse en la cama.

Y entonces la vio.

Diana, la pintora. Le sonreía a un hombre que le hablaba sin parar sobre quién sabría qué. Y como si sintiera la atención posada en ella desde el otro lado del local, se giró y miró directamente a Romina.

Romina no podía respirar.

El mundo se colapsó, se contuvo en el momento del encuentro con los ojos de esa mujer. Una mujer cuya mirada captaba todo, tranquila y completamente sólida. Era mayor que Romina, a fines de la treintena quizá; llevaba un vestido verde y era imponente de una manera contradictoria con su tamaño, una mujer pequeña con una presencia enorme y el cabello negro suelto sobre los hombros, tan exuberante que a Romina le hizo pensar en las selvas tropicales de países vecinos, sobre las cuales había oído pero que nunca había visto, lugares llenos de seres silvestres, laberintos ocultos, vida húmeda e implacable.

Sintió pánico de que la pintora a lo mejor se acercara y le hablara. ¿Qué diría entonces? ¿Qué haría? Pero no se acercó. Romina decidió quedarse en la fiesta, después de todo, y durante la hora siguiente estuvo intensamente consciente de los movimientos de Diana, de dónde estaba y quién la rodeaba, como si un hilo se estirara entre ellas, un hilo de araña, reluciente e inagotablemente fuerte.

Cuando llegó el momento en que la Venus encontró a Romina entre la multitud para presentarle a la invitada de honor, sintió que casi compartían un secreto, que no precisaban presentaciones porque trascendían de ellas, que la categoría de desconocidas era para ambas una clase de farsa.

Flaca lo vio.

Vio la primera mirada mutua y también vio a Romina cuando cruzaba la sala con la Venus, no podía ser, no era posible, no podía estar observando el comienzo de un desastre en cámara lenta mientras Malena iba detrás de su amante y sonreía porque no veía nada, nada en absoluto.

*

Dos días después, se encontraron en secreto en la rambla. Romina había buscado el número de doña Erminia en la guía telefónica, sabía que Diana se hospedaba allí. Diana no sonó sorprendida de recibir la llamada. Fue breve, justo el tiempo necesario para acordar una hora y un lugar. Romina quedó estremecida. ¿Qué hacía? No lo sabía. Desde el día de la recepción, había pasado cada minuto del día con una fiebre encendida desde adentro. Hacía años que no se sentía así. Nunca había sido así con Malena. Aun al principio, Malena había sido un consuelo y un ungüento, una mujer acogedora como nido abrigado, mientras que esto era algo diferente. Combustible. No se había sentido así desde Flaca, una idea casi risible porque ahora sentirse así por Flaca sería como hacerlo por su propio hermano. Pero en aquel entonces había sido puro fuego. Años atrás, al principio. Antes de los Solo-tres. Antes del golpe de Estado. Antes de que el mundo se cerrara. Pensaba que ese aspecto suyo se había disuelto en cenizas para siempre. No se había dado cuenta de que las brasas de una lujuria más aguda resplandecían bajo tierra, que todos estos años habían aguardado su momento.

Las dos llegaron a la orilla del río exactamente a tiempo.

—¿Tomás mate? —Romina extendió el mate y el termo hacia ella. Era un saludo torpe, pero no se le ocurría nada más que decir.

—¿Qué te parece? Soy paraguaya, por supuesto que tomo mate.

—Me alegro...

—El mate viene de la gente guaraní, ¿sabes?

Romina se sonrojó. —Sí, lo sé.

—Mis antepasados, ellos fueron los primeros.

Empezó a pedir disculpas, pero entonces vio la sonrisa en la cara de Diana. Vertió agua y le ofreció el mate. Diana la estudió atentamente mientras lo aceptaba. Las puntas de sus dedos se rozaron y Romina lo sintió como un impulso eléctrico.

Comenzaron a caminar lentamente por la orilla.

Diana demoró lo suyo en tomar el mate, luego se lo devolvió. —¿Nunca tomas tereré tú?

—¿Qué es eso?

—Mate, pero servido frío, con hielo.

—No. Nunca. El mate para nosotros es siempre caliente, hasta en verano.

—En Paraguay el calor se pone tan intenso que desearías el tereré.

Romina pensó en el calor, en Diana en el calor intenso, bañada en sudor. —Me gustaría probarlo algún día.

—Te lo podría preparar.

Romina esperó a que agregara *antes de que me vaya*, pero no lo hizo.

Caminaron en silencio por la rambla.

Diana fue la primera en romper el silencio. —Qué extraño el Río de la Plata.

—¿Por qué?

—No parece un río. Es que es tan ancho...

—En realidad, es un estuario, pero no es el océano.

—Yo nunca he visto el océano.

La meticulosidad sutil de sus palabras. Había que silenciarse internamente para crear espacio para recibirlas, para que aterrizaran dentro de ti. El español no era su único idioma; en casa, de niña, hablaba guaraní. Romina se preguntó en cuál lengua pensaba Diana, si sus pensamientos existían en el espacio entre las lenguas como un río que no pertenece a ninguna orilla.

—Yo... nosotras... mis amigas y yo tenemos una casita de un ambiente en una playa por la costa, sobre el Atlántico. Vamos allí desde hace muchos años.

—¿Cómo se llama la playa?

—Cabo Polonio.

—Cabo. Polonio. —Cada sílaba, saboreada—. Me gustaría ver ese lugar.

¿Qué quería decir? ¿Coqueteaba? Imposible saberlo. Las señales eran completamente diferentes. Romina solamente había estado con dos mujeres: la Flaca joven y audaz, y Malena. Esto era otro universo. Una mujer ni atrevida ni dócil. Una mujer dueña de sí que parecía conocerse tan profundamente que su esfera de conocimiento se extendía hasta ti, hasta quién eras, hasta lo que querías, hasta lo que ni sabías que contenías dentro. Una mujer de un país enormemente diferente, de un mundo de ricas selvas tropicales, pobreza desoladora, un melodioso guaraní.

—¿Qué otros lugares te gustaría ver?

Diana se detuvo y se giró a mirarla. El río se extendía detrás de ella, abierto, punzado por la luz. Romina pensó que sus ojos no necesitaban nada en el mundo que no fuera Diana. —¿Qué es lo que deseas mostrarme?

—Todo.

Se miraron el tiempo suficiente para desvanecer todos los velos, desvanecer la duda, y le pareció increíble a Romina que pudiera ser tan simple, tan directo, que el camino a lo prohibido en realidad se encontrara plenamente abierto justo delante de ella y que poner un pie en él pudiera llegar a ser lo correcto, una vitalidad más potente que el temor.

—Entonces, hazlo.

*

Fue solo después de registrarse y entrar en el cuarto que Romina se dio cuenta de que había estado en ese hotel años atrás, antes del golpe, cuando tenía dieciocho años y buscaba privacidad para ella y Flaca. Ahora ahí estaba otra vez, suspendida dentro de su propio deseo como si el deseo no viviera dentro de ti, sino que eras tú la que vivías dentro de tu deseo, como si las ganas de una mujer pudieran ser oceánicas, suficientemente vastas como para nadar, para sumergirse. Vagamente recordó una manera de pensar según la cual estaba mal llegar allí con una mujer que no fuera Malena, pero esa manera de pensar parecía antigua, decrépita, completamente desprendida de la realidad, y su señal fue ahogada por la pasión de Diana, que se desplegó con una intensidad tal que tomó a Romina por sorpresa. Se entregó. Se disolvió. Estaba en todos lados y en ninguna parte, desnuda e inexorablemente viva.

Después se quedaron tendidas en una cinta de luz que se filtraba por las persianas cerradas.

—Te podrías quedar —dijo—. Acá, en Uruguay.

Diana se mantuvo en silencio por mucho tiempo. —¿Se puede?

—No sé. Podríamos averiguar. Tengo contactos que han ayudado a los exiliados a volver del extranjero. A lo mejor te podrían ayudar a ti también. —Vaciló—. ¿Te gustaría vivir acá?

Diana la miró por un largo rato, un intervalo de tiempo en el cual Romina se perdió y se encontró de nuevo. —Ustedes no están en dictadura. Ustedes están de vuelta en la luz. Mientras que nosotros hace más de treinta años que sufrimos bajo Stroessner y ¿cómo podemos saber qué más nos espera? —Acarició el brazo de Romina—. Pero, por otro lado, mi familia está en Paraguay. Mi madre, mis hermanos, mis sobrinos. Y ya sé lo que diría mi hermano mayor: me acusaría de abandonar nuestra tierra por una nación que trató de destruirnos.

—¿Qué?

—La guerra.

¿La Segunda Guerra Mundial?, pensó Romina. Pero no podía ser... ¿La guerra de Corea? Uruguay había vendido lana a Estados Unidos para los uniformes de los soldados, pero eso ¿qué tenía que ver con Paraguay?

—La guerra de la Triple Alianza. Es algo muy vivo para nosotros. Nunca hemos sanado.

Querés decir la Guerra del Paraguay, pensó Romina e inmediatamente se llenó de vergüenza. Daba clases sobre esa guerra a sus alumnos, por supuesto, pero en forma de historia distante, una guerra que había terminado hacía más de un siglo, en 1870; Uruguay unió fuerzas con Argentina y Brasil para invadir Paraguay y, sí, hubo devastación, los libros de historia lo reconocían con frases generalizadas, pero igual. Que fuera algo muy vivo. Que Uruguay fuera visto a través de su prisma. Paraguay era un país mucho más pobre que Uruguay; ¿los paraguayos le echaban la culpa de eso a la guerra? Y si era así, ¿tenían razón?

—Claro, es bien conservador mi hermano. Siempre exagera.

—Ah.

—Y después, estás tú.

Romina aguantó la respiración.

—Tú, la deliciosa.

—¿Soy deliciosa?

—Sí. —Su tono se aligeró—. Pero la fruta no se queda dulce por siempre.

—¿Me voy a pudrir?

—No. No es lo que quiero decir. Te podrías cansar de mí. ¿Y entonces? Dejé mi país, a mi familia, ¿y después?

—Nunca me podré cansar de ti.

—Tienes una mujer ahora.

Desvió la mirada, avergonzada. —Sí.

—Te cansaste de ella.

—Eso es diferente. Con ella nunca fue como esto. —Acarició el muslo de Diana—. Empezamos la relación hace mucho, cuando yo era joven y estaba dolorida, más de lo que entendía. Me llevaron tres noches nomás... —Su garganta se cerró.

Diana la miró un largo rato. —Noches, años. No importa eso. Nos pueden quebrar en un instante. —Posó la mano sobre la de Romina—. Pero tú sobreviviste.

Su modo de expresarse era tan cuidadoso, delicado en su sencillez, como si la lengua indígena guaraní fluyera bajo la superficie de todas sus palabras, de todos sus pensamientos. Su español era otro, un español viviente, de tierra y ríos y huesos antiguos. A Romina la tranquilizaba y la deslumbraba a la vez, como un río cuando lo envuelve a uno por primera vez. —Mi hermano fue torturado durante meses. Encarcelado doce años. Todos los demás sufrieron más que yo.

—El sufrimiento no tiene medida. No existe la balanza para pesarlo. Solamente hay tristeza tras tristeza.

Fue la primera vez que alguien hizo algo así por su pena: rescatarla de la comparación, darle espacio y alcance. Romina sintió un dolor ardiente por dentro y pensó que se disolvería en lágrimas, pero en vez de eso hubo otra cosa, un surgimiento, un tallo verde de posibilidades. Vislumbró un futuro renovado que consistía en una serie de caminos en potencia y solo uno de esos caminos parecía iluminado por la felicidad. —Quedate conmigo —dijo en una voz muy baja—. Por favor. Por siempre.

*

Se lo informó a Malena durante el descanso del almuerzo, en la plaza donde a veces se juntaban para comer empanadas mientras Romina estaba en vacaciones de verano. Así se habían conocido años antes, con sus empanadas en la plaza, ¿cuánto hacía ahora? Diez años, casi diez, aunque parecía mucho más tiempo, una vida entera. El sol brillaba fuerte, el banco carecía de sombra. Apartó la mirada del rostro de Malena.

Cuando terminó, Malena clavó los ojos en las palmas de sus manos y se quedó muda un largo rato.

Cuando finalmente habló, lo que dijo fue lo último que Romina esperaba oír.

—Nunca me preguntaste lo que hice por La Proa.

—¿Qué? ¿A qué te referís?

—La plata adicional que aporté para que pudiéramos comprar la casa. ¿Te acordás? ¿De dónde pensás que la saqué?

Romina se desconcertó por el viraje repentino al pasado. Esperaba lágrimas, sufrimiento, posiblemente súplicas o gritos, pero no se había preparado para esto. —No tengo idea, pero escuchame...

—No, escuchame *tú*. No tenés idea porque en todos estos años jamás me preguntaste. —La cara de Malena estaba firmemente cerrada y había retrocedido, era un animal cazado, listo para atacar o huir—. Nunca quisiste conocerme.

Esta mujer es Malena, se dijo Romina, no una desconocida, ¿de qué carajo habla? Pero, a la vez, se llenó de náuseas, de un tipo de vértigo, y para estabilizarse se aferró del asiento del banco con las dos manos. —Eso es injusto.

Malena soltó un ruido, un ladrido agudo. —¡Justo!

—Por favor, no grites.

—Aléjate de mí —dijo Malena y se marchó antes de que Romina pudiera formar una respuesta.

*

—No. Romina, no —dijo Flaca, demasiado fuerte; se olvidó por un instante de que había llamado a Romina desde la carnicería y un cliente podría entrar en cualquier momento.

—¿Y qué más puedo hacer?

—Respaldar a nuestra amiga, eso es lo que podés hacer.

—Es lo que pretendo. Por eso se lo dije.

—No sabés lo frágil que está.

—No me tenés que decir a *mí* que ella es frágil. Ya lo sé, no lo dudes.

—¿Y no te importa un carajo?

—¡Flaca! ¿Qué más podía hacer?

—¿No coger con otra mujer? —dijo Flaca, y se arrepintió de las palabras tan pronto como salieron de su boca. No podía distanciar a Romina si quería servir de puente entre sus amigas y facilitar que las cosas se recompusieran. Ella, Paz y la Venus estaban preocupadas por Malena. Se quedaba encerrada en su cuarto hasta en las noches que le tocaba a la Venus usarlo (y no era normal que ignorase un acuerdo hecho con una amiga) y solamente salía para ir al trabajo o al baño. Dejó de bañarse, dejó de comer, solo bebía. Las botellas de whisky se multiplicaron por el piso. Las cosas no podían seguir así, pero Flaca no sabía qué hacer.

—¿Cómo te atrevés? ¿Cuántas veces le has metido los cuernos a una mujer? ¡Y luego te ha llevado mil años sincerarte!

—No hablamos de mí. Y no es lo mismo.

—Por supuesto que no, a ti te tocan reglas especiales.

—Pero calmate, Ro...

—Nunca en tu vida has estado con alguien el tiempo que yo llevo con Malena, así que, ¿qué sabés tú?

—Ya no engaño como antes.

—¿Qué me importa? Lo has hecho y yo no.

—Ta. Pero esto es diferente.

—¿Por qué?

—Tú significás todo para ella. Y está sufriendo, pero en serio.

—¿Y qué debo hacer, entonces? ¿Negar mi propia verdad? ¿Lastimarme para evitar que se lastime ella?

—No, pero... no sé. —Flaca se fijó en las vitrinas llenas de carne en pilas rojas y prolijitas, cortadas por sus propias manos expertas. Le palpitaba la cabeza. La noticia de Romina desgarraba una parte profunda de su ser, de ese círculo de amigas que era, aparte de ese negocito abarrotado, la obra más importante de su vida. Formaban un refugio, cada una para las demás. Se brindaban todo. Parecía una traición profunda, no el acto sexual sino el abandonar a Malena en su peor momento. Malena, su Malena, la Malena que les pertenecía a todas, que formaba parte del pacto hecho años atrás alrededor de un fuego bajo la luz del faro.

—Siempre les hemos dado prioridad a las amistades. Sobre todo lo demás. Somos una familia, ¿te acordás?

—Malena sería la primera en decirte que no les debemos la vida a nuestras familias. Ni a nuestras familias de sangre. Siempre ha dicho que las familias no nos poseen, que merecemos ser libres.

Tenía que probar otro ángulo. Suavizó la voz tanto como pudo. Después de todo, Romina no sabía; no había visto a Malena en aquel estado. Había que explicárselo de alguna manera. —Ro, querida, escuchame...

—No, esperá, Pilota, escuchame tú.

Al oír *Pilota,* su apodo de los primeros días, la voz de Flaca se atoró en su garganta.

—¿Qué sentido tiene vivir de la forma en que hemos vivido todos estos años, rompiendo todo, las reglas, los corazones de nuestros padres, nuestro lugar en la sociedad, como si todo fuera vajilla, nomás para volver a aferrarnos ahora a una idea antigua de obligación? ¿Una idea de "qué horrible es ser una rompehogares" o "traicionar un matrimonio" o algún bolazo semejante? ¡Si yo ni tengo matrimonio! Nunca hubo un contrato para firmar. —Romina respiró en forma audible, voraz, y siguió, disparada—. Tú antes decías que los contratos matrimoniales embaucaban a las mujeres, que existían para oprimirlas. ¿Te acordás de eso? Has dicho todo tipo de mierdas de que solamente las mujeres como nosotras podían ser libres. Sí, ya sé que estabas borracha como una cuba cuando lo dijiste, pero igual lo dijiste, Flaca. Así que, si ni mujeres como nosotras pueden seguir sus corazones, si hasta las cantoras tienen que encadenarse y si hasta la gente que se pasó toda la vida sacrificando todo por la resistencia no puede saborear la jodida felicidad cuando finalmente le llega, entonces, ¿en qué planeta de mierda vivimos?

Una pausa.

Le tocaba a Flaca. Su mente corría acelerada. Existían infinitas respuestas posibles a las palabras de Romina, suficientes para sobrecargar la mente. —No te pido que te encadenes —dijo finalmente—. Nomás te pido que seas amiga de Malena.

—Traté de ser su amiga.

—Seguí tratando. Por favor. Tú sos la que mejor la conoce, la que tiene más chance de llegar a ella.

—¡Ja! Dejate de joder. Se niega a hablarme.

—Bueno, eso es porque todavía estás con la paraguaya.

—Andate a la mierda, Flaca.

—Por favor, calmate...

—Sos tan hipócrita.

—Ya sé, ya sé. Soy flor de puta. Pero Malena es de nuestra familia. Y necesita que la respaldemos... necesita... —¿Qué necesitaba? ¿Cómo decirlo? ¿Qué sacaría a Malena del pozo? Flaca, Paz y la Venus lo habían intentado, pero nada funcionaba.

—Necesito que tú me respaldes a *mí*, Flaca. ¿No tengo nunca ese derecho?

—Por supuesto que lo tenés, solo es que...

—Entonces no me pidas que abandone a Diana; nunca más.

Durante el silencio tenso que sucedió, Flaca entendió que la lucha había sido siempre en vano.

*

Dos semanas después, cuando Romina ya había empezado el papeleo de Diana y decidido buscar un apartamento para ambas porque finalmente lo llevaría a cabo, se mudaría de la casa de sus padres para estar con su amor, llamó Paz para decir con voz temblorosa que Malena ya no estaba. Había desaparecido de la casa y dejado la mayoría de su ropa y de sus libros, y también la cama prolijamente arreglada como siempre, y nadie —ni su jefe ni sus amigas ni los vecinos— tenía idea de dónde estaba.

8

Aguas rotas

Durante sus últimos días en Montevideo, Malena no podía parar de recordarse a sí misma a los catorce años (cómo se había partido en dos, por qué se había partido, la vida intacta precedente), tan ferozmente que parecía que el tiempo mismo se había derrumbado, la había enterrado bajo escombros. Catorce. Una chica fogosa, Malena de fuego, así había sido ella al principio, una niña cautivada por la ilusión espectacular de que el mundo se abría delante de ella. Tanto tiempo atrás... Hacía siglos, o así parecía. Qué mentira la de que el tiempo sana todas las heridas. Qué mentira tan despiadada. Hay tajos que nunca sanan bien y lo mejor que se puede hacer es cubrirlos de capas de ruido, de días, de amor como una falsa piel; desviar la atención a cualquier otro lugar.

Trató de evadirlo todos estos años. El dolor, pero también el brillo que lo había antecedido, aún más cortante porque mostraba el tamaño de lo perdido.

Qué lleno de posibilidades parecía el mundo. Qué nítido. Los catorce y, antes de eso, desde el principio de los recuerdos. A los cuatro años, corrió por una playa y al viento le fascinaron sus cabellos; a los ocho, tomó un helado de cucurucho sentada en el banco de un parque y se sintió viva de la forma más deliciosamente animal: se maravilló de las palomas y de sus propias piernas, de cómo podía estirarlas mientras que aquella estatua de un hombre destacado no podía: era grande, varonil, importante, todo lo que no era ella, pero sin embargo era ella quien se encontraba viva y patearía y patearía justamente por esa razón. A los once años, la conmovió hasta las lágrimas un libro triste del que no recordaba el título ahora, solo que se trataba de una niña enferma con sueños grandes y un futuro trágico. Por varios días lloró y pensó en el libro, y después de eso sus propios sueños se cristalizaron: algún día sería doctora y descubriría una cura para el cáncer. ¿Por qué no? Era buena en matemáticas y tenía un apetito voraz por la vida. Sus padres siempre parecían temerle un poco, esa cualidad salvaje de su hija que no encajaba con las ideas estrictas de ellos sobre cómo debía actuar una niña, pero aprobaban su meta de ser doctora, siempre y cuando también fuera una buena esposa. Por lo tanto, era feliz, era normal, estaba completa.

La primera señal de problemas llegó a los doce años.

Estaba en la iglesia, aburrida por el sermón, con la mirada fija en una pintura de la Virgen de la Anunciación. Su familia era más devota que otras; su madre llevaba a los hijos a misa todos los domingos y desde muy chiquitos les había enseñado a rezar, a querer a la Virgen y a ser humildes delante de ella. La Virgen era pura. Era sagrada. Sin embargo, al mirar aquella pintura, Malena pensó que la Virgen además era hermosa y se sonrojaba por una pasión que presuntamente era para Dios, quien, según acababa de aprender, estaba por meter su semilla en el cuerpo de ella. Tenía las manos cruzadas sobre el pecho, los ojos medio cerrados de placer mientras el ángel Gabriel le relataba la noticia. Malena quería ser el ángel Gabriel, aquel que causaba ese calor en las mejillas de la Virgen, el arrobamiento en su rostro. Vagamente entendió que esa no era la forma correcta de querer a la Virgen, pero ya era demasiado tarde. De noche soñaba con desarrollar alas y volar a la casa de la Virgen para contarle de la semilla que ingresaría en ella, para verla rendirse lentamente a ese ingreso.

Luego, a los catorce años, Malena conoció a Belén.

Era un año mayor que Malena, tenía quince, pero era tan tímida que parecía lo contrario. Vivía a tres casas de distancia. Un día,

Malena miró furtivamente a Belén y la captó mirándola a su vez. El zumbido entre ellas creció lentamente, con el ritmo delicioso de una miel que se extiende por una mesa áspera. El primer beso fue apurado y eléctrico, en el dormitorio de Belén, con la puerta abierta mientras los padres miraban tele a unos metros de distancia. La segunda vez fue en el *living* de Malena. Calor abierto. Tan natural como cantar a los árboles. Tan imposible como que los árboles repitan la canción para ti. Era obvio que esas eran cosas que se suponía que no debían hacer, pero Malena las sintió tan correctas que no las cuestionó, no se detuvo, porque hubiera sido como detener el aliento. La piel de Belén estaba llena de canciones, Malena tocaba música con los dedos y se suponía que estaban perfectamente a salvo porque era noche de cartas y su madre siempre regresaba tarde cuando jugaba a la canasta en casa de su hermana, la casa de tía Carlota, y su padre trabajaba hasta tarde, su hermano estudiaba en la universidad, así que la casa era suya —o eso creían—, el mundo no debería haberse acabado esa noche, su madre no debería haber llegado a casa inesperadamente para encontrar a su hija desnuda de la cintura para arriba con la mano bajo la pollera de la chica vecina. Luego, el hermano de Malena le explicaría que tía Carlota había mandado a casa a sus invitadas antes que nunca porque su hija Angelita había tenido la mala educación de mostrar síntomas de gripe, es decir, había vomitado directamente en el bol de aceitunas verdes. Por esa razón, la madre de Malena había vuelto a casa temprano, disfrutando de un paseo sin prisa por las calles oscuras. Era el año 1965 y en ese entonces no había nada sospechoso en las caminatas nocturnas o en congregarse un grupo de personas para disfrutar de un juego de cartas. En aquel entonces, uno podía caminar simplemente o juntarse y jugar, y a nadie se le ocurría siquiera pensar en aquellas libertades como condiciones preciosas que se pudieran perder. Durante aquella caminata nocturna, la madre de Malena todavía no sabía sobre los guerrilleros tupamaros, ni sabía nada de chicas que ponían las manos bajo las polleras de otras chicas; una de esas formas de inocencia acabó destruida cuando se topó con su hija en el *living*. Años después, como una mujer de treinta y cinco años que trataba de huir de la vida que se había construido, Malena recordaría aquella noche y se preguntaría vehemente lo que habría pasado si su prima Angelita no hubiera vomitado en el bol de aceitunas y puesto en marcha así un cambio sutil pero violento del destino. ¿Ella (Malena) habría seguido siendo la chica curiosa y expansiva de antes? ¿Habría seguido con las reuniones secretas con Belén el tiempo suficiente como para llegar al tesoro entre sus piernas sin esa telita fina de algodón que obstruía sus dedos y los excitaba a la vez? ¿Habría llegado a ser doctora? ¿Habría sido feliz? ¿Hubo alguna vez posibilidades de que alcanzara algo semejante a la felicidad?

Su madre en la puerta. Una inhalación aguda. Una bocanada como si luchara contra el ahogo. *No,* pensó Malena y luego, irracionalmente: *no estás acá.* Apartó la mano de Belén y Belén retrocedió alejándose de ella, una retirada doble, pero era demasiado tarde.

—Tengo que irme a casa —dijo Belén. Tomó su saco como si fuera un bote salvavidas, la cabeza gacha por la vergüenza y, cuando mamá no dijo nada, Belén pasó deprisa junto a ella y se fue.

Su madre no le habló esa noche y a la mañana siguiente la despertó para la escuela, con cara seria. Malena podría haber pensado que todo había sido un sueño, de no ser por los movimientos bruscos de su madre mientras preparaba el mate y el pan tostado, y por el hecho de que su padre se negó a mirarla. Él también sabía. Fijó los ojos en su pan tostado. Su estómago era un nudo.

—¿Y por qué no habla nadie? —preguntó el hermano. Y se inclinó hacia ella con complicidad—. Pero, a ver, Malena, ¿qué hiciste?

Sus palabras jocosas cayeron como plomo en el centro de la mesa.

Ese día en la escuela no pudo concentrarse. No podía comer. Belén no estaba en clase. ¿Qué les diría a sus padres esa noche si le dieran la oportunidad de hablar?

La oportunidad llegó después de la cena, mientras lavaba platos, con mamá de espaldas. —¿Cómo puede ser? ¿Cómo hiciste algo tan... asqueroso?

Sus manos tiritaban. —Perdón —dijo, inundada de vergüenza, no por lo que había hecho sino por esta mentira, la traición a Belén, y a ese algo con alas de mariposa que fugazmente habían sido.

—Así no te criamos.

Ruega por nosotros, pecadores, decía el avemaría; a veces su madre lo murmuraba mientras revolvía la salsa de tomate o empanaba la carne para las milanesas.

—Prometeme que nunca más harás algo así.

Malena se paralizó. Su boca no se movía para configurar las palabras. Boca terca, se rebelaba contra la mente e insistía en sus propias formaciones.

Su madre se giró para mirarla a los ojos por primera vez aquel día.

Malena trató de devolverle la mirada. Esa expresión. La repugnancia más profunda. No sabía que su madre era capaz de hacer semejante mueca. Dejó colgar la cabeza y se fijó en los azulejos del suelo.

—Malena. —La voz de su madre temblaba—. Me lo tenés que prometer.

—Mirá lo que le estás haciendo a tu madre. —Su padre, desde la puerta. ¿Cuánto tiempo hacía que estaba allí?—. Está tratando de darte una última oportunidad.

Una grieta en el azulejo. Finísima, allí nomás delante de sus pies. Nunca la había visto antes. La trazó con los ojos. Grieta silenciosa. Malena silenciosa. ¿Una última oportunidad para qué? ¿Una última oportunidad o qué?

Su madre empezó a llorar.

—Ya te dije, Raquel —dijo su padre. Su cuerpo corpulento parecía tenso como un alambre, como una flecha en un arco—. El pecado la tiene agarrada, es inútil. —También su voz era desconocida—. Dale, vámonos a la cama.

Se fue.

Su madre lo siguió.

Dos noches después, Malena y su madre se encontraban en un barco rumbo a Buenos Aires.

Su madre no le dijo nada acerca de por qué cruzaban el río ni por cuánto tiempo y Malena no se atrevió a preguntar. Se deslizaron por el Río de la Plata toda la noche y Malena no durmió, su madre tampoco, mantuvo los ojos cerrados, pero Malena conocía muy bien a su madre, la manera en que su pecho y sus párpados se aquietaban y se ponían pesados cuando dormía, con un ritmo como de fondo de mar, y entendió que esa era otra manera de cerrarse. Un sueño fingido. El barco cortó el agua negra, bebió la luz de las estrellas. Malena no tenía ni chaqueta ni gorro. *Tengo frío,* pensó en decirle a su madre al oído sacudiéndole el brazo, pero no osó hacerlo. Después del modo en que su madre la había mirado en la cocina, era mejor enfrentar la mordida del aire nocturno.

En Buenos Aires cruzaron la ciudad en taxi y Malena miró las calles orgullosas que se desdibujaban por la ventana. Parecía una gran ciudad, majestuosa y vasta, un lugar improbable para buscar expiación. Quizá su madre iba a visitar a una amiga de la escuela que se había ido a vivir allí con su marido diplomático. Quizá quería hacer compras en las tiendas de moda que, como todo el mundo sabía, ofrecían mucho más que lo que se encontraba en Uruguay —prendas finas de París, algo para distraerla del dolor horrible de tener una hija asquerosa—, pero entonces, ¿por qué llevó a su hija asquerosa con ella? ¿Para que no se metiera en problemas? ¿Para olvidar? Limpiá el lienzo, empezá de vuelta, acá no pasó nada. Quizá.

El taxi se detuvo enfrente de un edificio anodino en una calle bordeada de árboles. Solo después se daría cuenta Malena de que no se había fijado en el nombre de la calle ni en el del barrio, no tenía idea de dónde estaba en esa ciudad laberíntica. ¿Cómo sería posible escaparse si uno ni sabía dónde estaba? Todo era grande en la ciudad, imponente. Más grande que cualquier cosa en Uruguay. Pensaba que sabía de ciudades grandes porque se había criado en la capital de su país, pero Buenos Aires dejaba chiquita a Montevideo, casi como una ciudad de juguete. Entraron al edificio y una enfermera prolija y cortés las guio por un pasillo a una oficina. Malena la siguió y pensó: ¿Por qué una enfermera? ¿Su madre estaba mal de salud? ¿Y no le había dicho? De ser así, había agobiado a su madre enferma con más problemas. Se moría de vergüenza. Sería una mejor hija, buscaría la manera de ayudarla.

—Por acá —dijo la enfermera bruscamente, con los ojos clavados en Malena.

Malena entró y colocó la valija en el piso. Le dolía el brazo de cargarla.

—Sentate allí hasta que llegue el doctor.

Malena obedeció. Justo cuando su peso llegó al asiento, oyó que la puerta se cerraba y la llave giraba desde afuera en la cerradura. Estaba sola en el cuarto. Y atrapada. Su madre no había entrado con ella. ¿Por qué no? Mamá, ¿dónde estás?

*

Sabía lo que estaba por hacer, hasta sabía que no era culpa de Romina ni de la paraguaya; en realidad, no; era todo más complicado de lo que cualquiera quisiera saber. Incluso ella misma. Estaba cansada de oír su propia mente. Se registró en un hotel soso en la periferia de la ciudad y dejó la valija en el cuarto para buscar un bar. Caminó. No demoró mucho en encontrar uno. Pidió un whisky y ahuecó las manos alrededor del vaso en postura de oración. Un rosario líquido, pensó mientras bebía. ¿Qué dirían sobre el tema las monjas del Convento de la Purísima?

La democracia había elevado a todos los demás, les había permitido expandir de alguna forma los límites de sus vidas. Los prisioneros políticos estaban libres. Los exiliados volvían. Los periodistas ejercían el derecho de quejarse. La Venus había tomado el pincel, el padre de Flaca la quería justamente como era, Paz había abierto un boliche para cantoras e invertidos, un milagro de mierda tras otro, y ahora esto, Romina enamorada, todo el mundo descubría espacio para respirar. Todos menos ella. El mundo le pesaba insoportablemente. Al principio, se sorprendió de sentir que cuanto más se atenuaba la dictadura por la distancia, más angustiada se sentía ella por dentro, mientras el resto del Uruguay parecía nadar en la dirección contraria. Como si ella fuera arrastrada por corrientes que nadie más experimentaba. Cuando la batalla se libraba por todas partes, cuando la angustia los rodeaba, por lo menos podía conectarse con otros en las mismas aguas. Cargar a Romina le había dado sentido a su vida, una forma de moverse por el mundo. Romina la había necesitado y aquella necesidad significaba que Malena importaba, le brindaba un rincón del mundo para cuidar. No era solamente eso. Habían unido sus almas, o por lo menos así lo pensaba antes. En todo caso, ella había entregado el alma a esa unión. Amar a Romina la había completado, le había dado refugio, había pintado sus días con bendiciones. En brazos de Romina, se había sentido en casa. Con Romina y en La Proa: las únicas dos casas que había conocido jamás. Con todo eso esfumado, perdió su ancla y no existía reemplazo; nadie quería cargar a Malena como ella había cargado a las demás, nadie quería ver lo que ella había visto; era inútil, estaba agotada, era una carga para el mundo, cada día una lucha por no ahogarse.

Un hombre se sentó a su lado, le pagó un trago. Sí, pensó. Basta de pensar. Tratá de ser normal, ¿no es justamente lo que haría una puta normal? Era de mediana edad, lo encorvaban los años de trabajo de oficina y no parecía antipático. Irradiaba tristeza. Anhelo también. Si ella fuera una mujer normal, ¿lo desearía a su vez a él? ¿Fingir el deseo podía convertirla en algo normal?

No hablaron mucho.

Fue todo muy fácil.

Le permitió que la acompañara al cuarto del hotel. Pareció bastante bondadoso, pero mientras daba empujones hacia el clímax, ella vio que la pregunta que le hacía a su propio cuerpo solo tenía una respuesta posible. El asco que sintió por él fue leve, teñido de lástima, pero el asco que sintió por sí misma fue tan intenso que la dejó sin aliento. El hombre aceleró, confundió la reacción de ella con excitación. Debería haber sido más sensata. Cómo se le había ocurrido. Que jamás podía dejar. De ser. Lo que era. Mañana, pensó. Mañana se embarcaría en un ómnibus hacia el noreste.

El hombre colapsó sobre ella como una pila sudorosa y le acarició el hombro con una ternura o gratitud que a Malena le provocó una profunda tristeza.

*

Le sacaron el nombre. Se lo desgarraron. *Te daremos el nombre de vuelta,* dijo el Dr. Vaernet, *cuando estés lista para el alta.*

No estoy enferma, dijo, pensando todavía que su madre irrumpiría en el cuarto en cualquier momento y explicaría el error, aunque para ese entonces ya la habían sujetado tres enfermeras para inyectarle quién sabía qué, a pesar de estar atada a una cama con cintos en ese momento en un cuarto blanco y vacío.

Sí lo estás.

No me siento enferma.

Sus ojos eran azules, fríos. Tenía un acento pesado que ella no podía identificar. *Ese, niña, es exactamente el problema.*

Llame a mi madre. Por favor.

Basta, Catorce noventa y uno.

Ese era su nombre ahora: 1491. Los pacientes llevaban los números en el lado interior de sus antebrazos, escritos con marcador permanente que las enfermeras refrescaban cada mañana junto con el desayuno y los medicamentos. A pesar de la estación, hacía calor en la clínica porque las ventanas estaban firmemente cerradas y el aire era espeso, así que todos los pacientes vestían mangas cortas que dejaban los números expuestos. Los primeros días no vio a los otros pacientes porque estaba sujeta en su cuarto, pero escuchó sus pasos arrastrándose por el pasillo. Luego vería que la mayoría eran hombres, solo una muchacha. Estaba prohibido hablar con los demás pacientes. Su cabeza era una bruma densa, le costaba más y más aferrarse al tiempo, pensar en su madre, formular frases que pudieran insistir en su liberación, acordarse de las razones para patear y luchar contra los cintos. El mundo se desdibujó. Las enfermeras la llamaban 14-91 y quería su nombre de vuelta, quería que su nombre le llenara los oídos, se lo coreaba a sí misma en voz baja por la noche, Malena, Malena, pero no durante el día porque, cuando lo decía con las enfermeras en el cuarto, la cacheteaban y decían: 14-91. El tiempo se derritió y, por lo tanto, no sabía si era el tercer día o el quinto o el décimo tercero cuando la llevaron en camilla de ruedas al Cuarto por primera vez. El Cuarto tenía paredes grises y máquinas negras.

La luz era tenue. Dos doctores esperaban en la penumbra, el del primer día y uno más joven, con los mismos fríos ojos azules. Su cabeza era una bestia torpe, no entendía, ¿por qué conectaban cables a su frente, sus axilas, su entrepierna? ¿Por qué extendían ellos los brazos bajo su bata como se haría con una bolsa de papas? Los dedos que colocaban los cables se detuvieron allí y serpentearon por el lugar donde nadie la había tocado salvo ella misma para limpiarse después del pis. La mano sudada del doctor... No podía cerrar las piernas, estaban separadas y sujetas. Comenzaron las corrientes eléctricas. El tiempo se hizo añicos. Escombros por todos lados. Trató de gritar. Algo sobre su boca. Resiste. Esquirlas de sí misma, agárralas. Soporta este momento. Ahora este. Este. Segundos demasiado largos, minutos impensables. Por fin llega una pausa y aparece la voz. *Vas a contestar nuestras preguntas. Estamos aquí para repararte.* Su boca regresa. Dice *llamen a mi madre llamen a mi padre.* La voz del hombre dice *tus padres nos pidieron hacer esto, es su voluntad,* y se ríe un poco antes de decir *un poco más.* Dice *No* dice *no no no,* pero la pared le traga la voz y el dolor le corta la piel, la desmenuza.

Luego aprendería que la peor parte de los electrochoques era la forma en que hurgaban la carne y permanecían allí, listos para estallar sin aviso horas después, cuando estabas sola en tu cuarto, en el medio de la cena, en el medio del sueño. Electricidad, intrusa. Un polizón en el barco herido de su carne.

Luego vería muchas cosas.

Tenían que cambiarla.

La plagaba la aberración.

Tenían que eliminársela.

Los doctores sabían hacerlo.

Tenían métodos. Máquinas. Cirugías de las que hablaban a veces en tonos triunfantes.

Su madre la había llevado allí. Su padre la mandó. Era su voluntad.

Tenía que ser quebrantada.

Estaba tan mal construida que había que quebrarla.

Luchó por superar esos pensamientos, trascenderlos hacia otro lugar, el que conocía antes, donde podía estar viva, donde tenía nombre.

Pero no lo alcanzaba. Estaba rota en demasiados pedazos y, antes de que pudiera juntarlos, salían despedidos de nuevo.

La abandonaron allí.

No había otro lugar donde estar.

Intentó gritar.

Intentó rogar.

Intentó rezarle a un dios en el cual no podía creer, un dios que seguramente la odiaba, pues la había lanzado muy lejos de lo que él consideraba bueno; le rezó a la nada, rezó al vacío que se extendía a su alrededor.

Intentó someterse, se hizo maleable como la superficie de un lago. Serenidad externa, que la acompañaría muchos años.

Un psicólogo llegaba a su cuarto dos veces al día. Le hacía preguntas leídas de una lista acerca de sus pensamientos impuros: cuándo habían empezado, su frecuencia, qué conllevaban. Nunca sabía lo que respondía. Lo que su voz haría a continuación.

Los doctores tenían el mismo apellido. Padre e hijo. El hijo ya se estaba quedando calvo. Iba a su cuarto de noche, sin la tabla sujetapapeles. Tenés que aprender a ser mujer, decía, pero muy bajo, como si no quisiera que nadie fuera del cuarto lo oyera, y luego metía su mano bajo la bata de hospital y la tocaba en partes que habían recibido electrochoques y partes que no, y luego le tomaba la mano y la posaba sobre su miembro y la movía de un lado a otro hasta que acababa en el camisón, que se pegaba a ella cuando él ya no estaba.

Te orinaste por la noche, decían las enfermeras por la mañana, asqueadas. Y ella no tenía respuesta.

Pero, una mañana, una de ellas se quedó parada con la mirada fija en la mancha por un largo rato. Tenía ojos como lunas en una cara tierna y, cuando alzó la mirada hacia Malena, su expresión fue lo más triste que Malena había visto jamás.

La noche siguiente, la enfermera con los ojos como lunas apareció en el cuarto. —Catorce noventa y uno. ¿Estás despierta?

Asintió con miedo de hablar.

—¿Estás... bien?

Se encogió de hombros. No era una respuesta completa, pero parecía peligroso decir más.

La enfermera suspiró. Su voz se volvió baja, secreta. —Para ser honesta, no pareces una muchacha mala.

Las sábanas ásperas le picaban las piernas, pero no se atrevía a rascarlas.

—Esa chica mayor a lo mejor te presionó. Oí tu historia. Pobrecita.

No podía respirar. Hubo una chica. Su nombre. Su nombre. Belén. Un mechón de pelo castaño en la oscuridad. Dolor.

—Escuchame. Hay algo que te tengo que decir. Estás en la lista de cirugías. Para el procedimiento del cerebro, la lobotomía.

Procedimiento del cerebro. No es algo. Pensá, carajo. No es algo bueno.

—Tus padres no te pueden ayudar, no están informados. El doctor Vaernet está ansioso de probarlo en una mujer, ¿sabés?... —Se detuvo—. Pero sos demasiado joven, ¿no te parece?, quién sabe, tal vez podrías cambiar tú sola, con la dirección adecuada, pero no si de noche... —Pausó. Sacó una caja de cigarrillos, encendió uno torpemente—. De todas formas, no puedo dejarlo pasar, ¿verdad?

No podía ver la cara de la enfermera. Su silueta era una oscuridad lujosa en el sencillo cuarto. Tenía que pensar. Le gritó a su propia mente que despertara. Despertá. Podía ser una trampa, un engaño complicado iniciado por los doctores. Fijate qué paciente acepta la rebelión y reportalo. Una espía. Pero ¿si no lo era? ¿Y si esta enfermera, que también era una mujer joven que vivía en alguna parte de Buenos Aires y que también era —tratá de verlo— un ser humano, si esta enfermera sinceramente deseaba ayudar? El humo de cigarrillo llenó el cuarto, el olor del mundo de afuera, y Malena abrió la boca para tragar lo que pudiera.

—Para serte franca —siguió la enfermera—, él solamente quiere seguir haciendo cirugías. Ni sabe si funcionarán. Para él todo son experimentos, como lo fueron con aquella pobre gente en los campos... —Se tapó la boca con la mano—. Estoy hablando demasiado. ¿Sabías eso? ¿De los campos de concentración?

Negó con la cabeza, aunque la oscuridad cubrió el gesto. El horror empezó a trepar por su cuerpo.

—Claro que no lo sabías, ¿por qué habrías de saberlo? —Dio otra pitada, exhaló humo. Sus manos temblaban—. El doctor Vaernet fue nazi. Es un nazi. Trabajó en los campos de concentración en Europa, operó a homosexuales, lo dejaron hacer lo que quisiera... lo dejaron... —Se fijó en la pared como si esta contuviera las palabras que le faltaban.

Sus extremidades. No las sentía. El cuerpo frío contra la cama. Su mente recuperó la lucidez y entendió dos cosas: primero, que estaba en un peor lugar de lo que había pensado; segundo, que cuanto más tiempo durara la visita de la enfermera, menos probabilidades habría de que el joven doctor Vaernet llegase esa noche. Seguí hablando, pensó. Dale, dale, aunque me dirigís hacia una pesadilla.

—Después de la guerra, le iban a hacer juicio por crímenes de guerra, pero se fugó y vino acá y entonces esos hijos de puta del Ministerio de Salud Pública, ¿qué hacen? ¿Lo mandan de vuelta? No, ¿por qué hacer eso cuando se le puede dar plata a un monstruo para que siga macheteando gente? —La enfermera ahora lloraba—. No saben que soy mitad judía. No debería decírtelo. Mi madre... su familia... se escapó de niña, pero ellos...

Malena nunca había visto a un adulto llorar así. Con sollozos y un control feroz, todo a la misma vez.

—No lo sabía cuando tomé este trabajo, juro que no. Solo después lo sospeché. Y entonces busqué entre sus papeles y... Ay, niña, lo lamento. Tenemos que llevarte fuera de acá antes que... —Pausó otra vez.

Dirigió la cara hacia la enfermera. Una palabra que había dicho colgaba suspendida en el aire como una soga. *Fuera.* Se obligó a hablar.

—¿Qué tengo que hacer?

El viaje en ómnibus a la pequeña ciudad de Treinta y Tres fue verde y abierto, bordeando campos y cerros bajos salpicados de ranchos. Malena no conocía Treinta y Tres y no pensaba quedarse mucho tiempo allí. Quería ver a Belén. La Belén de treinta y seis años. No sabía qué haría si lograba verla. Ni estaba segura de que Belén todavía estuviera allí. Hacía más o menos un año, poco después de que empezara la democracia, Malena se había topado en el almacén con una compañera de clase de la infancia y durante la breve charla (Malena siempre trataba de limitar esas conversaciones para evitar demasiado interrogatorio) se había enterado de que Belén ahora estaba casada con un gerente de hotel en Treinta y Tres. Malena guardó la información en un compartimiento profundo de su mente. Pero a veces surgía sin aviso y la empujaba al tercer o cuarto trago de la noche. ¿Cómo era Belén ahora? La última vez que Malena la vio, salía corriendo avergonzada por la puerta principal. Y en ese momento, el momento de Belén-corre-a-la-puerta, Malena todavía estaba íntegra, no perdida, no partida en dos, era todavía la semilla de una mujer futura que Malena ya no sería nunca. Una mujer que nunca había ido a Buenos Aires, excepto tal vez para ver teatro o disfrutar de la arquitectura, los cafés, las luces brillantes de la avenida Corrientes, las librerías que nunca cerraban, los famosos placeres de aquella ciudad. Una mujer que solo conocía la electricidad como fuente de luz (y sí, esa mujer que pudo haber sido aún vería la electricidad convertirse en fuente de horror en su país, pero incluso eso era diferente a la clínica porque por lo menos la tortura del gobierno un día sería expuesta para conocimiento del pueblo, las personas como Romina recopilarían testimonios, los sobrevivientes serían venerados, las historias serían contadas y condenadas, y ese contar y esa condenación darían espacio a los horrores en la tela del mundo). La mujer que Malena nunca podría ser hubiera terminado la secundaria e ido directamente a la universidad. Habría sido doctora. Habría realizado los sueños de la chiquilina entera. De la chiquilina perdida. ¿Y dónde estaba ahora la chiquilina perdida? ¿La que tocó los muslos de Belén con una alegría pura? Quería encontrarla. Quería buscarla en el rostro de esta Belén, casada y mayor.

Treinta y Tres era una ciudad sencilla, aletargada. Malena se había preparado para indagar, pero había solo un hotel, el cual, según se enteró, se encontraba en la plaza principal. Caminó hasta allí, cargó la única valija que traía, llegó bañada en sudor. No hubo problema para obtener un cuarto. Esa noche se sentó en la plaza y se sintió agradecida de que ningún lugareño tratase de hablar con ella para así poder mirar en paz la estatua en el centro, que homenajeaba a los treinta y tres hombres que se honraban en el nombre de la ciudad y que habían luchado valientemente por la independencia del Uruguay. Héroes revolucionarios. Sus caras paralizadas en expresiones de valentía y orgullo. Solo había cinco en la estatua para simbolizar a los treinta y tres porque, claro, pensó, el país por el cual lucharon todavía era pobre y un monumento más grande quedaba fuera de alcance. Cinco, para el Uruguay, no estaba tan mal. La escultura cantaba de acción paralizada en el tiempo, brazos alzados en todas las direcciones. Aunque los hombres eran todos del mismo color verdoso y soso, notó que uno era negro por la forma de la nariz y los rulos apretados de su pelo, y oyó lo que diría Virginia, *nos han borrado de las historias escritas,* lo que le hizo a Malena pensar en su viejo *living* y en Flaca abrazada de Virginia, y Paz pasándole a alguien el mate, y la Venus pintando y cloqueando la lengua por las historias no escritas; y el dolor la punzó, el dolor de estar apartada de ellas ahora, de la única familia verdadera que había conocido en la vida, y probablemente ni se habían dado cuenta, ¿verdad?, pregunta que disolvió en un largo trago de su botella de whisky.

No vio a Belén esa noche en la plaza ni en los pasillos del hotel, la mañana siguiente ni la posterior. Finalmente, al tercer día, con indiferencia fingida, le dijo al hombre de la recepción mientras renovaba el cuarto por otra noche: —¿Y usted es el gerente?

—No, señora.

Le irritó lo de "señora", la hizo sentirse vieja y desgastada. ¿Cuándo había dejado de ser señorita? —¿Se podrá hablar con él?

El hombre pareció preocupado.

—Nomás para hacer elogios.

—Ah, claro. Resulta que está de viaje por asuntos de negocios.

—Ya veo.

—Puedo darle el mensaje.

—Gracias.

—Vuelven pasado mañana.

—¿"Vuelven"?

—Es que viajó con la familia.

—Seguro. —La familia. Así que ella tampoco se encontraba allí—. Qué bueno que tiene familia. ¿Viven cerca?

—Aquí mismo, en el edificio, señora.

—Qué lindo.

Dos días más en Treinta y Tres, y no existía el anonimato en esa ciudad chiquita, pero nadie le había preguntado qué hacía allí ni cuánto tiempo se quedaría, aunque a esas alturas ya conocía cada arruga en las caras de los mozos del hotel del restaurante y del mesero del bar de la otra cuadra y del vendedor de la tiendita de la esquina que ahora le cobraba las botellas de grapa con una sonrisa rápida, y ella podía adivinar lo que pensaban de la mujer triste de treinta y pico que ya no era señorita y que no sonreía porque, ta, carajo, no lo tenía que hacer; y también conocía cada arruga en las caras de los cinco héroes revolucionarios paralizados en la plaza de Treinta y Tres.

En la tarde señalada, se sentó en el desvencijado vestíbulo con un libro en la falda y fingió leer. Los poemas de Sor Juana Inés de la Cruz. El libro era un regalo de Paz y por esa razón no soportaba enfocarse en las páginas. Las letras negras eran simplemente un sitio para posar la vista. Esperó. Dobló la página. Sor Juana fue una monja de México, siglos atrás. Un verso de amor por una mujer. ¿Qué significaba? ¿Qué decía la poeta? ¿Qué sabía esa Sor Juana sobre las mujeres y el amor? Una pregunta absurda, no sabía nada, estaba muerta. La gente muerta no sabe nada. La gente muerta descansa. Por fin se abrió la puerta y entró una familia. El hombre al frente, una mujer y tres niños detrás. La mujer era rolliza, de rostro severo y cubierto tras abundante maquillaje, estaba agotada por el viaje o por lo que la vida le había arrojado, y supervisaba a los niños como un capitán de barco determinado a aplastar cualquier motín. Parecía dura y capaz, como tantas matronas que se encontraban por todo Uruguay, y su infelicidad solo se veía en la tensión de la mandíbula y el vacío de los ojos.

Los niños se peleaban alegremente, sabría Dios por qué. La madre le pegó a uno levemente, alzó la vista y vio a Malena. Se miraron.

No era ella.

Era una mujer que se llamaba Belén, pero en los ojos no perduraba nada de la chica de quince años que había sido.

Malena sintió frío dentro, luego calor. ¿Qué hacía allí?

La mujer seguía fija en Malena como si tratara de completar un rompecabezas cuyas piezas se habían esparcido por el viento.

—¡Mamá! ¡Ella no me deja tranquilo!

La mujer se dirigió a la hija y en ese momento Malena cerró el libro de un golpe y se escapó del vestíbulo antes de que la mujer se pudiera acercar, porque el ansia de comunicarse con ella había desaparecido, reemplazada por la urgencia de fugarse.

Alcanzó el cuarto y cerró la puerta con el corazón latiendo fuerte en su pecho.

Se derrumbó en el piso sin prender la luz.

La alfombra olía a moho y lluvia y limones artificiales.

Casi un alivio. Saber que estaba hecho. No existía escape del túnel, tan solo el pasaje a través de él.

Se quedó tendida en la oscuridad durante mucho tiempo. Por la pérdida del tiempo. Por un largo y oscuro tiempo derretido. Parte de ella esperaba ver si tocaban a la puerta, si llegaba una pregunta del pasado, pero no pasó nada. Grapa. La botella en la mesa de luz. Gateó hasta allí, se incorporó, bebió. Mañana iría. Anhelaba ir. Ya estaba harta de todo y de todos.

Sin embargo, esa noche a las cuatro de la mañana se encontró con el teléfono en la mano, lista para llamar a Flaca, marcando números tan conocidos como su propio nombre.

*

El plan era tan simple como peligroso. La noche siguiente, a las 2:30 de la mañana, Adela (así se llamaba la enfermera renegada) visitaría la puerta del cuarto de 14-91 y la dejaría cerrada pero sin llave. Catorce noventa y uno esperaría por lo menos media hora y luego se deslizaría por el pasillo y pasaría al guardia adormilado y por una puerta más, que Adela secretamente dejaría sin llave, y saldría a la noche, donde Adela se encontraría con ella a dos cuadras de distancia. A partir de allí, no sabía qué pasaría. No podía pensar más allá de esa noche. Su futuro entero quedó comprimido en las horas siguientes de oscuridad y la imagen de dos puertas. Dos puertas en espera.

Se quedó tendida despierta, no se atrevía a dormitar y perderse la señal. No fue difícil mantener los ojos abiertos. El desafío era no sucumbir a la niebla. El Dr. Vaernet más joven no llegó. No había forma de saber por qué algunas noches no lo hacía y otras sí. Se llenó la mente de imágenes de las dos puertas y la idea de un cerebro cortado sin posibilidades de reparación. Antes y después. Clic. La llave giró. Unos pasos ligeros se alejaban. ¿Lo habría oído alguien? Un rayo de electricidad en sus extremidades, en su centro. Tanta electricidad había pasado por ella que ya podía generarla. Surgía sin que la llamara. Choque. Choque. Silencio en el pasillo. A salvo por ahora. Media hora, a esperar. No tenía reloj, tampoco había ninguno en las paredes, ¿cómo sabría? El tiempo se había derretido y vuelto pegajoso en ese lugar. Tiempo viscoso. Trató de pensar. Trató de contar. Un minuto. ¿Otro? ¿Qué tal si esperaba demasiado? ¿Qué tal si Adela se rendía, abandonaba la esquina indicada y la dejaba sola en ese laberinto al que llamaban "ciudad" con nada más que una bata anodina en su posesión? Se incorporó. *Andá*. A la puerta y por el pasillo, sobre pies a los que les exigía flotar.

La enfermera nocturna sí estaba dormida (rebosaba de agradecimiento) y Malena fluyó lentamente por las escaleras, ardía de ganas de correr, se controló para mantener silencio. Alcanzó la perilla, que le enfrió la mano, la giró suavemente y, *¡empujón!*, ya estaba en la calle. Descalza en la vereda. Aire nocturno, un látigo dulce. Nunca había estado tan feliz de sentir el frío. Las dos cuadras pasaron rápidamente, como si sus piernas fueran mandíbulas que se abrían y cerraban con voracidad.

Adela estaba en la esquina, abrigada con saco y bufanda. La cubrió con un saco y le dio un par de zapatos que eran demasiado grandes, pero de todos modos un alivio, y entrelazó brazos con Malena.

—Vámonos.

Caminaron en silencio por mucho tiempo. Las calles estaban silenciosas a esa hora; era un barrio tranquilo, residencial, con árboles majestuosos y pequeños almacenes, panaderías y carnicerías dispersas entre los edificios de apartamentos y las casas ornamentadas. Toda la gente dormía y soñaba a solo unos pasos de distancia de la pesadilla. No podían saber de ella y, si lo sabían, ¿les importaría? Empezó a cansarse. Electricidad, llamala de vuelta. Gritala por el cuerpo. Despertate.

—¿Cómo te llamás? —dijo Adela.

Sintió una punzada de miedo cuando su nombre se volcó de nuevo en su lengua. —Malena.

—Malena. —Siguieron caminando—. No te puedo llevar a casa conmigo. Entendés, ¿no?

—Sí —dijo, aunque en realidad no entendía nada, ni su propio aliento.

—Si te encuentran allí, pierdo mi trabajo y, peor, te llevarían de vuelta a la fuerza.

Sus pasos retumbaron. Un coche gruñó.

—Tenés que salir de Buenos Aires.

—Claro —dijo Malena, aunque no había pensado a tan largo plazo. Fuera, estaba fuera, era todo lo que podía vislumbrar.

Doblaron hacia una calle más ancha: autos, cafés, música que se desparramaba a las veredas. Adela paró un taxi y metió a Malena en él junto con ella. Se dirigieron al puerto, donde todavía estaba oscuro. La terminal de transbordadores aún estaba cerrada. Un cartel indicaba que no abriría hasta las seis de la mañana.

—Tu barco sale a las seis y veinticinco —dijo Adela. Le dio a Malena la bolsa que cargaba, un boleto y un fajo de billetes—. No es mucho —dijo con tono de disculpa—, pero es todo lo que pude hacer. Mi ropa te quedará grande, me parece. Pero estarás bien, pronto vas a estar en casa.

Malena clavó los ojos en los billetes, avergonzada, inundada de pánico. En casa. ¿Dónde sería eso? Si volvía a la casa de sus padres, ¿la enviarían de regreso a la clínica? Vio el rostro de su madre aquella noche en la cocina, bañado en asco. Oyó la voz otra vez: *Tus padres nos pidieron. Su voluntad.*

Adela le devolvió la cédula, robada de los archivos de la clínica.

—¿No te importa si te dejo acá? —Miró su entorno de reojo—. Nadie nos puede ver juntas.

Parecía tan nerviosa que de repente Malena pensó que la enfermera podía cambiar de idea, arrastrarla a la clínica, denunciarla. Mientras permaneciera en esa orilla y Adela supiera cómo encontrarla, no estaba a salvo. —Claro. Estaré bien.

Adela asintió, abrió la boca como si quisiera expresar algo. Pero entonces se dio vuelta y se fue sin decir más.

La terminal de transbordadores abrió, el abordaje comenzó y Malena todavía veía a Adela corriendo hacia ella gritando como loca, o a policías en hordas rabiosas o a los dos doctores Vaernet con los guardapolvos levantados en el aire como alas pálidas, pero nada de eso sucedió. Pisó el barco. Por un cartel en la pared, se enteró de que era miércoles y habían pasado cuatro meses. El desenganche de la dársena le estremeció el vientre. El agua se plegó a su alrededor, negra y lisa como el cielo nocturno. La observó desde la ventana hasta que el sueño subió y acometió a Malena desde adentro.

Se despertó con el sonido del parloteo de los demás viajeros a su alrededor. Era la tarde; el viaje casi terminaba.

Tan pronto como vio su ciudad o, más precisamente, la ciudad que una vez había sido suya, el pensamiento le perforó el pecho: no tenía a dónde acudir. El puerto rebosaba de gente. Algunas mujeres esperaban al borde de la dársena y buscaban algún posible trabajo entre los hombres que desembarcaban. Mujeres de la calle, pensó. Así había oído hablar de ellas. Se paraban cansadas y erectas en la oscuri-

dad creciente. No debería mirarlas, en cualquier momento se dirigi-
rían hacia ella, debería apartar los ojos, pero antes de lograr hacerlo
una idea se le cruzó como una exhalación.

Podrías convertirte en una de ellas.

Era una forma de vivir, ¿no?

Un lugar a donde acudir.

La mano del más joven Dr. Vaernet alcanzándola siempre...

Se apuró para pasarlas, desvió la vista.

Esa noche caminó y caminó por toda la ciudad pensando en llamar a sus padres, temiendo llamarlos, temiendo ser enviada de vuelta
a la clínica. Tenía solamente dos metas: mantenerse viva y mantenerse libre de los doctores Vaernet. Si iba a su casa, no podría realizar
la segunda meta. Lo que significaba no poder realizar ninguna de las
dos. Recorrió su ciudad, Montevideo, eludió las miradas de los desconocidos. Era una chica de catorce años y sola. Mostrame, le gritó
silenciosamente a la ciudad. Mostrame que hay un trozo de espacio
para mí en algún lugar.

El único edificio que le respondió fue la iglesia. Las puertas se
abrieron justo antes del alba. Mirá, decía. Mirá mis puertas, qué altas
y qué anchas son cuando tantas puertas permanecen cerradas.

Entró y se santiguó con agua bendita, como había aprendido a
hacer. Se sentó en un banco del fondo. Sus piernas estaban cansadas
y el descanso era bienvenido. Pero, a la vez, el miedo la tensaba. La
casa de Dios. Y ella, con tanta vergüenza y tantos pecados que no
podía mencionar...

¿Pero qué otro lugar?

Al fondo de la iglesia había un convento. Lo había visto desde la
calle y, a través de una ventana, al pequeño grupo de monjas; eran
como el grupo de mujeres del puerto, pero al revés. Les mentiría.
Mientras formulaba su plan, se fijó en el crucifijo sobre el altar, en la
sangre pintada de Cristo. Les contaría que había sido empujada a la
prostitución y que se había fugado del cuarto donde la habían dejado
con su primer hombre. Se mostraría vaga y llorosa en cuanto a lo que
había o no había sucedido en ese cuarto. Sería pecadora y sufrida,
manchada e inocente, todo a la misma vez. Les diría que tenía dieci-

séis años, un poco más que en la realidad, y que siempre había sentido un amor ilimitado por Dios. Esa última mentira era escurridiza y la atravesaba un nuevo horror, porque ¿no seguían el cristianismo los nazis? ¿No había un crucifijo en la pared de su cuarto en la clínica y hasta en el Cuarto de las máquinas? Pero tendría que buscar la forma de hacer creíble la mentira. De imbuir a la palabra *Dios* de suficiente pasión para que las monjas la recibieran. Se inclinó adelante y estudió el tajo rojo en el torso de Cristo. Cuando dijera la palabra *Dios*, la remplazaría en su cabeza. Colocaría otra palabra por debajo, como el forro que se cose bajo la superficie de un vestido. Cada vez que dijera *Dios* o *Cristo* o *Espíritu Santo*, en secreto, en su propio código privado, diría en realidad la palabra *olvido*. *Oh, Olvido, oíd nuestra plegaria.*

*

Flaca contestó con voz espesa, atontada. —¿Hola?

—Antes siempre estabas despierta a esta hora.

—¿Qué? ¿Quién habla?

El cuarto de hotel se arremolinó. Tenía otra botella de grapa abierta. Un trago más. —¿No me conocés?

—¿Malena? Malena. —Crujidos. Aliento audible—. ¿Dónde estás? Te hemos buscado por todos...

—No estoy en Montevideo.

—¿Entonces dónde?

En Treinta y Tres, un lugar tranquilo y aburrido pero a la vez más dulce de lo que te imaginarías, estoy pasando la noche en el mismo edificio que el primer amor de mi vida, pero, ja, ja, no es lo que pensás.

—Fuera.

—Estamos todas preocupadísimas por ti.

—¿Ah sí? —Se avergonzó de la amargura en su propia voz—. ¿Romina llora todo el día?

—Ella está preocupada también, Malena, por supuesto que sí. Lo estamos todas. Por favor. Volvé a casa.

Se aferró a la cuerda del teléfono. —No puedo.

—¿Estás en problemas?

Le dieron ganas de reír. ¿Qué significaba eso: "en problemas"? ¿Dónde empezaban y terminaban los problemas? —¿Te importa?

—¡Nena! ¡Por supuesto que sí!

Malena esperó. Desgarro interior. De repente se imaginó a Flaca irrumpiendo a gritos por la puerta del cuarto del hotel, *¡ya está, vendrás conmigo!*, para cargarla en sus brazos todo el camino hasta Montevideo. Si eso era un pavor o un deseo, no sabría decirlo. Le picaban los ojos. Pestañeó.

—Malenita, ¿estás borracha?

—Andá a cagar, Flaca, que tú también tomás.

—No así.

—¿Y qué importa?

—Malena, por favor. Decime dónde estás.

Malena se agachó contra la pared, era un gato acorralado. —No es cosa tuya.

—*Sí* es cosa mía.

—¿Por qué?

—Porque te adoro, Malena.

—No jodás.

—Vení a casa.

Pero no había casa a la cual volver y había sido una idea terrible llamar. Ahora Flaca sollozaba en el teléfono, decía algo a través de las lágrimas, pero estaba en un lugar lejos de Malena y todavía más lejos de a donde iría; y no existían las palabras o carreteras uruguayas que pudieran cerrar la distancia. —Adiós, Flaca —dijo, con el dedo en la horquilla, y tan pronto como las palabras salieron de su boca, la oprimió para colgar. Cuando la soltó, el tono resonó. Lo escuchó durante largo tiempo.

*

Las monjas la trataron bien y después de dos años en el convento la vida empezó a sentirse ocasionalmente aguantable, pero al fin y al cabo no pudo forzarse a tomar los hábitos. Existían demasiadas capas de mentiras sobre mentiras y sabía que su Dios no era el mismo que el de ellas. Amaban a la Virgen y Malena también, pero su propio amor por la Virgen ahora estaba manchado de temor, enredado en peligro, no bastaba para cargarla una vida entera bajo el velo. Las monjas la ayudaron a encontrar su camino fuera del convento, la recomendaron para su primer trabajo en el mundo secular, como asistente en un cementerio cercano que mantenía registros manuales de los difuntos. Malena tenía una letra prolija y elegante y le fue bien en la oficina polvorienta del fondo, donde podía pasar horas en silencio. La paga era poca, pero el encargado le permitió dormir en el cuartito trasero de la oficina hasta que ahorrara lo suficiente como para alquilar una pieza. Se apiadó de ella porque creyó lo que le dijeron las monjas, que era una huérfana rescatada de las calles y, de hecho, eso no era precisamente cierto pero tampoco completamente mentira. Sus padres vivían, pero no podía regresar con ellos. Durante esos años solamente llamó a casa algunas veces. La primera vez tuvo lugar dos meses después de huir de la clínica, que fue lo más pronto que osó hacerlo. Tuvo que esperar hasta que todas las monjas estuvieran dormidas para ir a hurtadillas por el pasillo hasta la oficina de la madre superiora y allí marcó el número con manos temblorosas. Su madre contestó. Su madre se acostaba mucho más tarde que las monjas y sonaba normal, despierta. *Soy yo,* susurró al teléfono, y su madre vaciló como si se preguntara quién podría ser aquel *yo*.

Dónde demonios estás, gruñó su madre.

En un lugar seguro.

No sabés lo que nos has costado. En plata, en humillación.

Lo lamento.

Vení a casa.

El tirón de la obediencia y la idea de ver otra vez la casa de su infancia, de ablandarse en los brazos de su madre. *¿Prometés no mandarme de vuelta a ese lugar?*

¿Cómo te atrevés?

No puedo volver, mamá. ¡No puedo!

El doctor no terminó el tratamiento. Dice que sos un caso terriblemente difícil.

¿Todavía te comunicás con él?

Claro que sí. Es tu doctor.

Es un nazi.

¡Ya basta! ¡Malena!

¿Dónde está papá?

Afuera. Y entonces, *no sabés cómo nos has hecho sufrir.* Su voz subió de tono, llena de dolor.

Malena colgó rápido. Se quedó en la oscuridad de la oficina de la madre superiora hasta que pudo respirar normalmente otra vez y volver a hurtadillas a su celda.

*

La ruta de Treinta y Tres a Polonio era complicada; requería una parada de una noche en la ciudad costeña de Rocha, donde pasó unas horas en un café escribiendo una carta larga que dejó con el conserje del hotel a la mañana siguiente para que saliera con el correo ese día. Cuando llegó a la parada de ómnibus de Polonio, esperó otra vez una carreta que la llevara por las dunas porque no tenía energía para caminar hasta su destino y, en todo caso, ya no había razón para tacañear. Caminó hasta La Proa y se detuvo afuera, pero no entró. Si entraba, podría perder la determinación.

Allí permanecía La Proa, achicada por el crepúsculo creciente.

Una choza en el fin del mundo.

Envuelta por el océano.

Todavía desvencijada, todavía hermosa.

Un hogar perfecto.

Tantos destellos de felicidad a través de los años, como puntitas minúsculas de luz.

Pero aun así, cuando miraba La Proa también se acordaba de lo que había hecho por ese lugar. De que no les alcanzaban los pesos entre las cinco y ella prometió encargarse. Y se fue a las dársenas. No fue tan difícil como había pensado, pero ganó menos de lo que esperaba y el trabajo fue más laborioso que lo que había imaginado. Igual lo llevó a cabo cada vez. Las otras mujeres de las dársenas la fulminaron con la mirada por invadir su territorio, pero no la echaron. No iba más de una vez por semana porque no lo aguantaba; le llevaba toda la semana sentir la piel de nuevo suya. Y trató de disimular, de esconderse, para que nunca conectaran a la mujer de las dársenas con la Malena de su vida común y corriente. Ahora tenía muchas capas: la chica de la clínica, la chica fugitiva, la chica que había entrado al convento para eludir las dársenas y porque no tenía otro lugar a donde ir, la mujer que había vuelto a las dársenas para abrirse un lugarcito en el mundo con las uñas mismas, y no solamente un lugarcito para ella sino también para sus amigas. Un lugar para amar. Un lugar para el amor. Por años temió ser reconocida, descubierta como puta. En un país chiquito eso siempre era un riesgo. Los hombres que ponías en tu boca deambulaban por las mismas calles que tú. Pero tuvo suerte, salvo por aquel terrible día en el café con sus amigas del Polonio, cuando el hombre la tocó en el hombro y dijo que le parecía conocida. Ella también lo reconoció. No se había ido con él; quería un precio más bajo del que ella aceptaba y él la manoseó con brutalidad y se fue indignado. Cuando la reconoció enfrente de sus amigas, Malena sintió un pánico agudo, seguido por un intenso alivio al ver que ellas no sospechaban nada.

Siempre quiso que no sospecharan nada.

Oh, Olvido, oíd nuestra plegaria.

Tal vez había hecho todo mal en aquel proyecto de vida, pero ahora era demasiado tarde. Estaba cansada y no le quedaba nada. Dio la espalda a La Proa y se dirigió hacia las rocas. Había caído la noche, pero tenía suficiente luna como para ver el camino. Su última victoria había sido llegar allí. No terminar su historia en Treinta y Tres, en Rocha, en un insípido cuarto de hotel. Casi lo había hecho; pero la llamada del Polonio era fuerte. Había pensado en esto tantas veces a través de los años...; había contemplado el agua y visualizado cómo la tragaría entera. Tantas veces había caminado por estas mismas rocas, había imaginado el brinco, lo había medido.

Y por eso ahora llegaba al sitio indicado con una rapidez sorprendente. El faro se cernía detrás de ella, pero no había nadie allí, nadie la veía, estaba sola. A una gran altura en un afloramiento rocoso. Debajo, las olas chocaban con violencia. Parecían sobrenaturales a la luz de la luna, surgían con ferocidad, se estrellaban contra las rocas una y otra vez. Sin vergüenza. Sin cansancio. Sin detenerse. El agua podía romperse y dividirse a sí misma y en un instante volver a unirse.

O alejarse y nunca volver.

No podía postergarlo. No podía cambiar de parecer.

En el último momento antes del salto, vio la cara de su madre, torcida, con el ceño fruncido de asco (y su padre, detrás de su madre, miraba más allá de Malena, como si su hija no estuviera, como si no existiera ni jamás hubiera existido), y vio también a Romina con los ojos vacíos, indiferente, sus caras desdibujándose y uniéndose en una sola verdad, una tesis confirmada, esto es así y no asá, nunca lo va a ser. Saltar, soltarse, lejos de todo aquello, al océano, al océano viviente, a los grandes brazos azules del único ser que sabía que jamás la odiaría, y lo había planeado durante tanto tiempo que no tenía derecho a sorprenderse por la tensión colaboradora en las rodillas, el brinco hacia adelante, las piernas obedientes y listas. Aun así, la asombró el aire cuando estaba en alto, suspendida con tanta gracia que por un instante pareció haberse liberado de la ley de gravedad y que después de todo no caería, que esa noche suntuosa la sostendría en su abrazo para siempre; y en ese instante el deseo de vivir se rebeló en su pecho y martilló criminalmente su corazón justo cuando empezó a caer, con los ojos abiertos, lo suficientemente abiertos como para ver la infinidad en cada segundo mientras la noche negra colapsaba lentamente a su alrededor.

*

El cuerpo fue descubierto a la tarde siguiente por Javier, el nieto adolescente de Lobo, mientras fumaba un cigarrillo a escondidas entre las rocas. La identificación del cuerpo no fue difícil, gracias a la billetera en el bolsillo de sus vaqueros. Paz fue la primera en recibir la noticia porque la dirección compartida estaba junto a la cédula y, aunque ella no tenía el número de teléfono de los padres de Malena, sabía sus nombres y pudo encontrarlos en la guía telefónica y comunicarle la información a la policía. Para alivio de Paz, no insistieron en que fuera ella quien hiciera la llamada. Por el policía de Castillos, supo que la muerte había sido declarada o bien un accidente o bien un suicidio. —Pero cómo se le puede creer a la policía de Castillos —dijo Paz entre fuertes sollozos, y todas se acordaron del tiempo que había pasado en aquella cárcel chiquita en la misma jurisdicción. Volvió a llamar a la estación de policía al día siguiente y se quedó atónita cuando escuchó que los padres de Malena se habían negado a trasladar el cuerpo a Montevideo para enterrarlo, que ni siquiera pagarían una placa recordatoria para su nicho.

—Pero eso es imposible —dijo Paz—. Tiene que irse a casa, yo le pago el traslado si es necesario.

—Usted no puede, señorita.

Por un momento fugaz, Paz pensó en qué extraño sería si hubiera conocido a este hombre cuando era prisionera, o quizá qué inusual, porque, ta, no podía haber tantos policías en Castillos y ¿a qué otro lugar irían? Enfocate. Mantené la calma. —¿Y por qué no?

—Porque usted no es familia. Solamente los familiares cercanos pueden autorizar un traslado.

Paz fue a Castillos y defendió su reclamo, habló con los superiores, trató de llevar a Malena a casa. Fue inútil. No era nada más que una amiga y compañera de hogar. La Venus y Flaca estaban con ella, y la Venus probó su estrategia clásica de mostrar el escote y hablar con voz seductora, pero hasta eso falló, no obtuvo nada, salvo un descuento para una placa de la marmolería más cercana, que por lo menos era mejor que un nicho sin marcar a donde hubiera sido relegada de faltar esa intervención. Asistieron al sepelio las tres juntas más el sacerdote y alguna buena gente del Polonio: Benito, Cristi, Lobo, Alicia, Óscar, Javier, Ester, y Lili. Los padres de Malena nunca llegaron y tampoco el hermano, que vivía en algún lugar del exterior:

Suecia o posiblemente Suiza, nadie recordaba bien. Lo que más hirió a Flaca fue la ausencia de Romina. La noche antes del entierro, había llamado a Romina desde la posada deslucida que servía de hotel en Castillos y una vez más le rogó que fuera.

—Fuimos su familia, Ro. Éramos todo lo que tenía.

—Lo sé. Lo sé.

—¿Y no te importa?

—¿Cómo me podés preguntar eso? —Romina sonaba estrangulada, pero también podía deberse a una mala conexión telefónica—. Claro que me importa. ¿Pero qué tal si aparecen los padres?

—No lo van a hacer. No quieren tener nada que ver con esto.

—Pero no lo sabemos seguro. Y no seríamos bienvenidas.

—¿Qué importa...?

—En todo caso, no tengo que asistir, es nomás un cuerpo en un cajón, Malena ya no está presente allí.

—¿Nomás un cuerpo? Un cuerpo que tú amaste.

Romina lloraba ahora, pero de forma apagada; luchaba por sofocar el sonido. —Sí, yo sé.

—¿Cómo podés ser tan cruel?

—Por favor, pará.

—¿Yo?

—Sí, no lo aguanto, Flaca.

—Estás contenta de que falleciera.

La línea se silenció. Flaca pensó que sentía a Romina al otro lado formando un arma con su rabia. Pero en lugar de eso, estalló en gemidos. Era el sonido más terrible que jamás hubiera oído. Quería consolar a Romina, pero a la vez, por un instante, tuvo la idea demente de que si Romina sufría, Malena quizás volvería. Se quedó paralizada, con el auricular contra el oído. Esperó a que los llantos de Romina se sosegaran. Esperó a que el dolor cesara. —Por favor, vení —susurró.

—Cómo te atrevés —dijo Romina, justo antes de que el tono del teléfono se la tragara.

Por segunda vez en sus vidas, Flaca y Romina no se hablarían durante un año.

Tres semanas después del entierro, llegó la carta de Malena: una misiva escrita por una muerta, un desafío al río del tiempo. Había gateado por el sistema postal desde Rocha hasta la casa de Paz (que también era la casa de la Venus) y la casa de La Piedrita, e incluso la casa de Malena antes de que ella desapareciera. El sobre nombraba a Paz como destinataria, pero la carta dentro empezaba simplemente con una palabra.

Amigas:

Tercera Parte

2013

9

Criatura mágica y radiante

Era el vigésimo sexto aniversario de la muerte de Malena, aunque Flaca no estaba segura de que las demás se acordaran, y no era por eso que se dirigían a Polonio, que volaban por las dunas en su esplendor, las mismas dunas de siempre, las dunas de hoy transformadas en únicas a cada momento por las ondas irrepetibles del viento. Aquello era una celebración, así que mejor ni mencionar nada de Malena.

Todavía le resultaba extraño llegar a Polonio en un *jeep* comercial de dos pisos, apretada entre turistas emocionados por ver los restaurantes y hostales bohemios pintados con colores vivaces, sacar fotos de sí mismos con el faro de fondo, comprar collares de caracoles locales y colgantes con el símbolo de la paz fabricados en China. Cabo Polonio ahora era un destino turístico, mencionado en las guías brasileras y argentinas como una joya imperdible, como un refugio de gente gay y bohemia, y también como un refugio de lobos marinos, una confluencia de léxico que a Flaca la hacía sentirse parte de una especie sometida a medidas protectoras y miradas embobadas. Además de eso, la playa Sur se había vuelto popular entre los veraneantes de lujo, y las cabañas de estuco blanco brotaban por las rocas, con generadores particulares, esculturas de hueso de ballena y cortinas diáfanas, detrás de las cuales la gente rica presumiblemente gozaba de las delicias eróticas del paraíso. Nada que ver con La Proa, que permanecía tan obstinadamente desvencijada como siempre, aunque el mural de la Venus de criaturas marinas enmarañadas en lo que parecía ser amor le daba al frente su propio carácter vibrante. A pesar de su aspecto humilde, La Proa generaba ahora un alto alquiler en los meses de verano, cuando ellas mismas no la ocupaban, un ingreso por el cual se sentían agradecidas en esos tiempos.

La Venus se hallaba sentada a su lado y tomaba fotos del paisaje que pasaban como si fuera una turista más que nunca hubiera visto ese lugar, pero en realidad estaba desarrollando una obra de fotografía sobre las dunas. A Flaca le parecía imposible capturar las dunas con una cámara, ni siquiera la faceta más mínima de su poder o esencia. Pero ella no era artista, tal vez —pensó— precisamente por ideas así. Las artistas no se rinden en el esfuerzo por retratar las cosas solamente porque retratarlas es imposible. Romina estaba enfrente, con su cabello suelto en el viento. Le sonrió a Flaca, quien le devolvió la sonrisa y se preguntó si ella también recordaba travesías anteriores por ese terreno o si el presente y el futuro la cautivaban más. Romina viajaba apretadita junto a Diana, todo el mundo ahí se apretaba, hasta los desconocidos, porque el *jeep* desbordaba de gente, pero igualmente los dos cuerpos parecían tararear juntos, puerto y barco, barco y puerto. Tomadas de la mano a la vista de todos. Recién casadas. Flaca aún no lo podía creer y se esforzó por asimilar la idea. Romina y Diana casadas. Dos mujeres casadas. Cada idea excepcionalmente loca, arrancada del borde de lo posible. Intentó imaginarse explicándoselo a sí misma, a la versión de ella que había besado a Romina por primera vez en el baño de un boliche, cuando eran adolescentes profundamente metidas en ese estado ahora llamado "armario". Cuarenta años atrás. No lo hubiera creído ni por un segundo. Sin embargo, ahí estaban, recién salidas del Registro Civil, una de las primeras parejas en aprovechar la nueva ley. Esposa y esposa. Romina lo tomó con tranquilidad, a lo mejor porque a través de su vida profesional había visto durante mucho tiempo el cambio que se avecinaba. ¿Por qué no intercambiar votos, firmar un formulario legal, recibir la bendición de un funcionario del Estado si ya pensaban estar juntas para siempre?

Muerte y matrimonio. Matrimonio y muerte. Hacía veintiséis años hoy... No se acordarían, por supuesto, y ¿por qué tendrían que acordarse? No se los recordaría. Estaba feliz por Romina y Diana. Celebraba su matrimonio con la misma alegría y estupefacción que todas. Aun así, no pudo evitar la sensación de que faltaba alguien entre la multitud de gente apiñada en el Registro Civil, que había un hueco con la silueta de Malena, que Malena debería estar allí para llorar con rabia o celos o tristeza, o quizá para estremecerse como lo hicieron todos los demás en presencia de aquella maravilla: la luz que caía sobre dos novias en Uruguay cuando se tomaban de la mano.

*

Ahora Flaca y la Venus vivían juntas en la casita donde se había criado Flaca, arriba de la carnicería. Después de que falleciera su padre, vivió sola unos años pero, cuando cumplió cincuenta, la soledad creció a su alrededor como una marea sutil y fue un alivio que la Venus le preguntara si podía mudarse con ella. Se instaló en el dormitorio que había sido de los padres de Flaca, y menos mal que lo hizo, porque precisaba cada centímetro de espacio y lo llenó de lienzos en varias etapas de creación y de objetos que pintaba porque todavía le alegraba hacerlo, a pesar de que ahora le resultaba más fácil comprar lienzos gracias a su puesto dando clases de arte en una escuela secundaria y a la cantidad decente de muestras en galerías y encargos que le llegaban.

Una tarde reciente, unas semanas antes de este viaje a Polonio, abrieron una botella de vino y se maravillaron de sus extraños destinos.

—Míranos, solteras en la vejez...

—Pero hablá por ti, ¡si yo no soy vieja!

La Venus alzó una ceja. —Ja, ja. Como decía. Solteras, en esta época en que empezamos a tener, ah, bueh, nomás algunas arrugas en nuestros rostros impecables.

—Ahora sí. Vos todavía llamás la atención donde vayas, Venus, lo sabés bien.

—¿Ah, sí?

—No te me vengas con falsas modestias.

La Venus sonrió de manera seductora. —Es uno de mis superpoderes.

—Y bien que me lo sé. —Flaca vertió más vino en las dos copas—. Lo más gracioso es que yo antes soñaba con envejecer junto a ti.

—No jodas.

—En serio. Antes de que me dejaras por una diva glamorosa que te llevó a Brasil.

—¿Qué diva glamorosa? De eso no recuerdo nada.

—Si se te va la memoria, estás vieja de verdad.

Se rieron. Y en ese momento la Venus pensó, no en Ariela, sino en Mario, el niño que tanto había amado, el niño que había vuelto a su vida convertido en un hombre hermoso. Se había comunicado con ella diez años atrás. Cuando le dijo su nombre por teléfono, con aquella voz profunda y adulta, la habitación se derritió a su alrededor, se volvió líquida, se llenó de brillo. Quedaron en encontrarse para tomar un café. Ella se cambió de ropa seis veces antes de salir, finalmente, con un vestido modesto, para no correr riesgos. En el café se acomodaron torpemente en una mesa e intercambiaron miradas furtivas mientras esperaban el café. Tenía veintisiete años, la misma edad que ella cuando fue al Polonio por primera vez y empezó a desmantelar su vida matrimonial (*una edad de fénix,* pensó la Venus, *por lo menos para mí*) y era abrumadoramente buenmozo, pero la cara del niñito estaba allí mismo, bajo la superficie de sus rasgos, abierta, tierna. Volvió como una riada: un amor tan intenso que hubiera desgarrado un edificio con las manos.

Llegó el café. Agregó azúcar, revolvió, esperó. Trató de respirar.

—Pensé que no ibas a venir —dijo él finalmente.

—¿Por qué?

Se encogió de hombros, los ojos clavados en el café. —Pensaba que no querías verme.

No se lo podía imaginar. Después de todo, él había sido criado por una abuela que seguramente le enseñó a odiarla, a olvidarse de ella o ambas cosas. Bebió un sorbo de café y trató de calmarse. —Y yo pensaba que no te acordarías de mí —dijo y casi añadió: *todo el tiempo pienso en vos.*

—¿Lo qué? —Pareció sinceramente confundido. Sus ojos no habían cambiado nada, eran los mismos ojos que todavía guardaban al Mario de tres años, al Mario de seis años, a todos los Marios preservados—. Para mí, fuiste como una madre.

No podía respirar.

—Todo el tiempo pienso en ti.

Sus palabras. Sus propias palabras tragadas.

—Mi abuela... No puedo perdonar lo que te hizo. Es horrible lo que te dijo.

—Así que te acordás.

—Claro. Me acuerdo de todo. No pude entenderlo hasta muchos años después. Fue un tiempo confuso la partida de Brasil. Y después, la vida con mi abuela... bueno. No fue bondadosa.

La miró, expectante, pero ella se quedó muda. Él no merecía oír veneno sobre la mujer que lo había criado.

—Ya veo que no te sorprende —dijo. Y se rio. No tenía la arrogancia del resto de su familia. Parecía cálido, estudioso, como un bibliotecario tímido pero amoroso, poco preparado para un mundo lleno de espinas—. En fin. No puedo creer que realmente estemos acá.

—¿Cómo me encontraste?

—Hace años que sigo tu carrera. Tu obra es una belleza, me encanta. —Se sintió algo avergonzado—. Hasta compré una pintura.

Se moría por saber cuál pintura. Pero... una cosa a la vez. —Sin embargo, no trataste de llamarme.

—Todavía no. Fui cobarde.

Su cabeza se atestó de un sinfín de cosas que anhelaba decir; no las podía organizar. Posó su mano en la de Mario. Él estudió las manos unidas en silencio por un buen rato.

—¿Así que podemos mantenernos en contacto? —dijo en voz baja.

—Claro que sí.

—Me gustaría que conocieras a mi hija.

El aire quedó atrapado en sus pulmones. ¿Una hija? ¿Cómo había volado tanto el tiempo como para que Mario fuera padre en vez de hijito? —¿Cuánto tiene?

—Dos. Se llama Paula.

—Tengo ganas de conocerla —dijo, y luego, antes de poder frenarse—: Ya la adoro. —Y en las semanas y los meses y los años que siguieron, esas palabras se comprobaron una y otra vez.

Ahora, diez años después, sentada en la cocina, observó a Flaca encender otro cigarrillo. Había tratado de dejar de fumar varias veces a lo largo de los años. La Venus extrañaba muchísimo los cigarrillos, pero estaba determinada a resistir; miró el humo enroscándose indolentemente entre ellas.

—Supongo que sí somos viejas —dijo. Cuando nos conocimos, yo consideraba sesenta y tres viejísimo. —El mes pasado apenas, Paula le había dicho: *Abuela, cuando sea vieja como vos*, como lo más natural del mundo, y la Venus quiso reírse del asombro por lo de *vieja*, pero también por aquel nombre que aún ahora le hacía cantar el cuerpo: *Abuela*—. Pero aquí estoy y todavía me siento la misma.

—¿Salvo las rodillas?

La Venus abrió las manos en gesto de rendición.

—Lo que pasa es que mi fantasía de envejecer juntas era un poquito diferente.

—¿Ah?

—Se trataba de chucu-chucu cada día.

—Suena lindo.

—¿Te parece? —Flaca miró a la Venus. Era cierto que todavía era llamativa, mujer bombón vuelta mujer elegante, y, por supuesto, la Venus lo sabía; se aplicaba el lápiz de labios y se arreglaba el pelo detenidamente. De vez en cuando, a Flaca se le cruzaba por la cabeza la pregunta de qué podría suceder entre ellas, pero rápidamente se esfumaba. Ya había corrido mucha agua bajo el puente. Sería como tener sexo con una hermana—. No sé. Con estos achaques en la cadera, no creo que aguantara tanta agitación.

—¡Ay, dale! ¿Qué tal lo de la Teresita?

Flaca sonrió. No podía evitarlo. Se topó con Teresita unas semanas antes, en la Feria de Tristán Narvaja. Teresita. Después de Romina, la segunda mujer con quien había hecho el amor, justo después del golpe de Estado. En aquel entonces, Teresita era un ama de casa inquieta, atrapada en su apartamento y en el temor de la represión creciente, y la asustó lo que relucía entre ellas, confesó allí nomás entre los puestos llenos de zapallos y antigüedades y la ropa barata de China que llevaba a la quiebra a los artesanos locales, me aterrorizaste, Flaca, tenía tantas ganas de tener hijos y una vida normal, y no estaba en mi sano juicio, *no lo estaba nadie,* interpuso Flaca, y Teresita hizo un gesto de estar de acuerdo y siguió a toda velocidad: pero nunca me olvidé de ti. Ni por un día. Se miraron en silencio bajo el fuerte sol. Flaca pensó en la joven Teresita, en sus muslos ágiles, su pasión acrobática. Los colores brillaron más en los puestos abarrotados. Hablaron más. Teresita tenía cuatro hijos y cinco nietos. Ya llevaba una década como divorciada. Nunca fue un matrimonio bueno, dijo tranquilamente, como si evaluase verduras podridas en una época de abundancia. Te ves bien, agregó. Flaca se lo agradeció. Quiero decir, muy bien. Más lento esta vez, y Flaca miró con más detenimiento a la abuela rolliza frente a ella, el temblor insistente de sus canas en la luz.

Arreglaron verse nuevamente unos días después, en la plaza de los Bomberos. Teresita llevó mate. Se quedaron charlando hasta que cayó la noche y Teresita tuvo que irse a ver a sus nietos; había prometido cuidarlos mientras sus padres salían a disfrutar una película.

—No ha pasado nada entre nosotras —le dijo Flaca a la Venus mientras apagaba el cigarrillo—. Quién sabe lo que pasará...

—Ay, dale, Flaca. Quiere acostarse contigo y ¿por qué no? La hacés sentirse joven.

Flaca pensó en Teresita como la conoció, grácil y tentativa, luego feroz y ávida de deseo en la oscuridad. Cuánto habían cambiado todas, cómo se deslizaban implacablemente sus cuerpos por las corrientes del tiempo.

—Y la hacés sentirse sexi.

—Ya veremos.

—Nomás avisame si decidís echarme, ¿ta?

—¡¿Qué?! Venus, no seas ridícula. Somos familia y esta es tu casa.

La Venus se fijó en una grieta en las baldosas de la pared. Flaca no podía descifrar su expresión.

La palabra *familia* se enroscó entre y alrededor de ellas como una clase de dragón traslúcido, una criatura mágica y radiante creada por ellas mismas.

*

Romina se inclinó hacia Diana mientras el *jeep* las llevaba hacia adelante, hacia adelante, a través de las dunas hacia aquel distante pulgar de tierra que era su segundo hogar. Flaca y la Venus estaban enfrente de ellas, ensimismadas. De todos modos, no era fácil hablar con el rugido de ese vehículo lleno de turistas que retumbaba por la arena. Ella y Diana no intentaban hablar, aunque por primera vez en su memoria se tomaban de la mano en el viaje, sin esforzarse por ocultar su vínculo. La asombraba que Diana no le soltara la mano todavía. En lo que tenía que ver con la visibilidad en espacios públicos, Diana tenía aún más miedo que Romina. Pero ahí estaban, de la mano, con los dedos entrelazados y hablándose, euforia entrelazada con temor. Un temor decreciente. Recién se habían casado y esa era su luna de miel, y de ninguna manera soltaría la mano de su esposa para apaciguar a los demás pasajeros, las familias, los *hippies*, los brasileros o argentinos o montevideanos, todos ellos podían ir al Polonio si querían, pero no le robarían ese día.

Lo que no significaba que le importara a nadie. Eran dos viejas tomadas de la mano, y ¿qué? ¿A quién le importaban las manos de las viejas?

Llevaban veintiséis años juntas. Pero también estaban recién casadas. Una pareja desde siempre y, a la misma vez, una nuevita. Todavía le asombraba a Romina que hubiera ocurrido, la ceremonia en el Registro Civil, una sala como aquella en la que sus propios padres se habían casado setenta años atrás, ahora abarrotada de gente. Por supuesto, Diana no tenía a nadie de su familia paraguaya presente y les contaría en algún momento, quizás, cuando se sintiera preparada. Ya algunos de sus hermanos, los convertidos al evangelismo, la consideraban una desertora que se había pasado al Uruguay, tierra de izquierdistas y pecadores y pervertidos, y solo les hablaba cuando visitaba el Paraguay. No volvía por ellos, sino por su madre, a quien quería sin límites y con quien solamente hablaba en guaraní, idioma que caía en cascada de su boca, como un arroyo cristalino e indómito, durante las llamadas a casa. A Romina le encantaba oírlo y trató de aprender palabras con Diana, una maestra paciente que nunca se burlaba de Romina a pesar de que le costaba retener aquellas palabras nuevas y dúctiles que se deslizaban entre los dedos de su mente. Las únicas palabras fiables eran *Te amo*. Se vertían de la boca de Romina, surgían siempre y nunca bastaban. *Rohayhú. Rohayhú eterei.*

Todos los parientes de Romina asistieron a la boda: Felipe y su esposa e hijos, que ahora ya eran jóvenes adultos, y los padres de Romina, que tenían noventa y noventa y un años: apoyados en los brazos de sus nietos, caminaron despacio hacia su hija, quien por fin (y de una manera que nunca hubieran soñado) se casaba. Habían aceptado a Diana mucho tiempo antes. Tras la muerte de Malena, Romina empezó a ver el ocultamiento como un veneno que consumía a la gente desde adentro, sobre todo cuando degeneraba en vergüenza. De todos modos, le costó unos años más contárselo a su familia. Al principio hubo pistas por aquí y por allá, cositas sobre Diana que sus padres dejaban sin tocar como si fueran cebos en el agua llenos de pinchitos y anzuelos (mejor no morderlos). Cuando por fin se los dijo directamente, sintieron alivio casi, y la madre hasta rezongó por los años de secretos. ¿Por qué?, dijo. Romina intentó explicárselo, habló de la obligación, de no decepcionarlos, pero su madre se encogió de hombros y dijo: *Tu abuela no sobrevivió a todo lo que le pasó para que tú vivieras a escondidas.* Romina tardó varios días en recuperarse del asombro. Poco a poco se le ocurrió que su madre había contado con muchos años de sospecha para acostumbrarse silenciosamente a la idea, para elaborar una manera de asimilarla. Felipe lo tomó peor que nadie. No lo aceptaba. Había tenido sus sospechas. Esperaba que no fuera una de aquellas mujeres que trataban de distraer al movimiento político de los temas serios con, pues, ese tipo de cosas. ¿Cosas como qué?, preguntó ella, firme. Mariconadas, repuso él. Hubo tensión entre ellos a partir de entonces por muchos años, aunque, por el bien de sus padres, ambos trataron de mantener la urbanidad en las reuniones familiares. Recién cuando ella se presentó como candidata para el Senado y ganó, él se comunicó con ella otra vez. De repente, estaba orgulloso de su hermana, victoriosa líder del partido. Mantuvieron una tregua frágil. Y ahora aquí estaba él, en compañía de su familia, sus hijos de veintipico que consideraban la actitud de su padre atrasada y embarazosa, y que se jactaban del matrimonio de su tía en las redes de internet, la cual navegaban con impresionante facilidad. Romina estaba feliz de que Felipe hubiera ido, a pesar de que durante la ceremonia tenía el aspecto de alguien que acababa de perderse en una jungla llena de bestias que no podía nombrar. La madre de Romina, mientras tanto, lloraba de alegría. Las cámaras destellaban, las de amigos y las de periodistas que asistían para retratar la boda de una diputada que había votado por el matrimonio gay, que había ayudado a materializar la ley y que luego había anunciado públicamente su intención de casarse. Era una nueva época para el Uruguay, el Frente Amplio izquierdista gobernaba la nación desde la presidencia hasta el parlamento, pasando por la intendencia de la capital y otras, y aquí estaban ellas, una de las primeras parejas gais en casarse legalmente en Uruguay, dirían los artículos, e inevitablemente agregarían: Uruguay es el tercer país de América que legaliza el matrimonio gay después de Canadá y Argentina, y antes que EE. UU. Los diarios de la izquierda lo dirían con orgullo, los diarios conservadores a regañadientes. Y las fotos de ellas lucirían en los diarios. Razón de más para escapar de la ciudad. Después de la ceremonia hubo un almuerzo simple en casa, con familiares y amigos apretujados y ningún lugar para sentarse y un ambiente alegre y animado, y esa noche, mientras Romina recogía platos y secretamente deseaba que se fueran los últimos invitados para poder terminar de empacar para Polonio, sonó el teléfono. Era el presidente Mujica, que llamaba para felicitarla por su matrimonio. La llamada fue breve, cálida y jocosa, como frecuentemente eran las comunicaciones con "el Pepe". Un hombre que había estado encarcelado durante toda la dictadura, que había sobrevivido a la tortura e intentado derrocar al gobierno cuando era un joven tupamaro, no se convertiría en líder de aquel mismo gobierno sin un robusto sentido del humor.

A la mañana siguiente, Romina se despertó al lado de Diana y la observó un rato mientras dormía: un milagro. Esa mujer que había fundido su vida con la suya, quien todas las mañanas le pedía que contara sus sueños. *Tú,* Romina quería decir siempre, y a veces lo hacía: *Tú sos mi sueño.* O podía decir: *Soñé con una hermosa mujer paraguaya que me permitía besarle los pechos. Ah, ¿y debo sentirme celosa? No,* contestaría Romina: *halagada.* Y Diana protestaría, *los sueños son potentes, amor, no te estás tomando esto en serio,* pero el rechazo de las manos era juguetón y frecuentemente se convertía en otra cosa. Después los sueños emanaban de la boca de Romina a borbotones y ella siempre se sorprendía de los comentarios perspicaces de Diana.

—Buen día —dijo Diana, sin abrir los ojos.

—Buen día, esposa.

—¡Esposas! Una palabra tan extraña... Mujeres casadas y también esposas de mano.

—Sí, lo sé. Es por el patriarcado.

—¿Nos hemos sumado a eso, entonces? ¿Al patriarcado?

—No lo siento así para nada.

—Yo tampoco. —Los ojos de Diana ahora estaban bien abiertos.

Había tanto para hacer, prepararse, llegar a tiempo a la parada para tomar el ómnibus a Cabo Polonio. Con el paso de los años, a Romina le llevaba cada vez más tiempo hacer cualquier cosa y, ahora que tenía cincuenta y ocho, entendía bien lo imprudente que era quedarse en cama en vez de empezar a prepararse. Sin embargo, deseaba permanecer donde estaba, saborear la piel de Diana bajo sus dedos, captar ese momento en la parte más profunda de su ser. ¿Por qué demonios había planeado una luna de miel en grupo?

Pero sabía por qué.

Diana se entregó al placer de las caricias de Romina y Romina pensó *carajo, llegaremos tarde, bueno ta, sí, ¿qué importa?,* hasta que Diana dijo: —Estás pensando en ella.

—¿Qué?

—¿No es cierto?

—¿Cómo lo adivinaste?

—Te conozco, querida.

—Lo siento.

—No lo sientas. ¿Cómo voy a ponerme celosa de los muertos? —Lo dijo de modo chistoso, pero, cuando vio la expresión de Romina, agregó—: Siempre la querrás. Y así debe ser. Es parte de lo que te hace deseable, parte de lo que atesoro de ti: que no podés sacar a una mujer de tu ser después de que se metió en él.

Romina apretó la mano de Diana mientras pensaba en eso ahora, muchas horas después. Estaban a punto de llegar a la Playa de las Calaveras a bordo del *jeep* de siempre, una especie de autobús todoterreno de dos pisos para los turistas que quisieran visitar aquellas tierras lejanas. El Polonio se vislumbraba en la distancia. El paisaje todavía la dejaba atónita. Podría morir feliz en ese instante. A veces pensaba así cuando la belleza la acometía desde adentro: si aquello fuese lo último que viera, no tendría razón para quejarse. La muerte ahora planeaba cerca, a cada hora del día y a pesar de su buena salud, una presencia que no tenía que seducirte para deslizarse entre sus sábanas. Una presencia que rozaba el cuerpo como una promesa, la única que decididamente sería cumplida. Rápido o lento, llegaría por ella, como lo hacía por todo el mundo sin importar que uno huyera corriendo o se arrojara en su dirección como había hecho Malena, como había logrado Malena cuando Romina falló en impedir que lo hiciera. La arena y las olas rugían mientras las pasaban, rápido, más rápido, ya doblaban hacia el cabo mismo y se acercaban al centro del Polonio, al cruce que ahora tenía la calidez y el trajín de una plaza de pueblo. El *jeep* se detuvo. Los turistas empezaron a desencaramarse de sus asientos; miraban el entorno, los puestos llenos de joyería de caracoles, los carteles de colores alegres, los restaurantes que se jactaban de sus empanadas de pescado y sus cervezas, la playa y el océano y más allá el faro. Las expresiones de los viajeros parecían satisfechas, como si pensaran: *sí, es cierto, es el paraíso.* Pero mientras descendía del segundo piso, agarrada cuidadosamente de la escalera, Romina pensó en la primera vez que había llevado a Diana a aquel lugar, solo ellas dos, poco después de hacerse pareja. Fueron días embriagadores: la primera vez que Diana vio el océano, la primera vez que se sumergieron en las olas juntas, una tranquila liberación para ambas. En ese viaje se enteraron de que Benito, el náufrago, había fallecido de un paro cardiaco y su hijo se encargaba ahora de El Ancla Oxidada.

—Imaginate esa vida —dijo entonces Romina—. Vivir en un lugar porque tu padre fue náufrago.

—Pero, mi amor —dijo Diana con los dedos en el cabello de su amante—, ¿no somos todos hijos e hijas de náufragos?

*

Paz las recibió en la puerta de La Proa; un libro en una mano, un cuchillo de cocina en la otra.

—¿Y Virginia? —preguntó la Venus.

—Se metió al agua. Le dije que yo iría después; quería darles la bienvenida.

—¡Brrr! ¿Un baño? —Flaca hizo una mueca—. ¿En octubre?

—Mirá que para ser octubre hace un buen calorcito.

—El cambio climático —dijo Romina. Le dio a Paz un beso de saludo.

—Allí va ella —dijo Paz con una sonrisa—. Hasta en su luna de miel, no para de preocuparse por el mundo.

—No paro de *luchar* por el mundo —aclaró Romina.

—Qué romántico —dijo Paz.

—La verdad que sí —dijo Diana, y todas se rieron juntas.

—Estoy ansiosa por meterme al agua —dijo la Venus—. Fría o no. ¿Vamos todas?

Pronto ya caminaban hacia la playa por un rumbo que esquivaba el centro del pueblo, todavía repleto de turistas del *jeep* recién llegado, que se tomaban fotos y toqueteaban mercancía y comían empanadas de pescado. Imposible, pensó Paz, que ninguno de ellos pudiera amar jamás ese lugar como lo amaba ella o verlo de manera clara, pero, por otro lado, alguna vez ella misma había sido una forastera arrojada allí desde otra parte. Cada vez que en silencio se quejaba demasiado de los chicos *hippies* con sus rastas rubias y sus guitarras y sus rompevientos de marca, o de los empresarios que miraban a los *hippies* con desdén, pensaba en Lobo, oía su voz, *vuelve y te cuento la historia*. Lobo ya no estaba. Polonio todavía era un lugar tranquilo cuando él falleció. Ahora su nieto, Javier, manejaba un hostal detrás del almacén y las camas permanecían ocupadas todo el verano.

Alcanzaron la orilla, por todos lados el azul, majestuosamente extendido delante de ellas. Las olas estaban frías, pero Paz recibió sus chicotazos de buena manera mientras se adentraba en el agua. Flaca aulló y protestó por el frío, Romina la amenazó con salpicones, Diana se deslizó y se metió hasta el cuello. Paz había visto eso un tiempazo atrás... Malena sumergida del todo, la primera en entregarse, aquella primerísima vez, y allí estaba, el dolor, siempre dolor. *Malena, el agua hoy está fría, me voy a sumergir aún más, fría, ¿ves, Malena?* Si se quedaba cerca de sus amigas, le podrían leer los pensamientos, algo que le parecía incorrecto. Aquello era una luna de miel. Buscó a Virginia y, cuando la vio por las rocas, nadó hacia ella.

—¿Cómo están las recién casadas?

—Felices —dijo Paz—. Resplandecientes.

—Igual que ayer —dijo Virginia—. Fue una ceremonia hermosísima.

—Todavía no lo puedo creer —dijo Paz. Cuando un grupo de activistas por los derechos gais empezó a tener reuniones en La Piedrita, pensó: ¿Derechos gais? ¿Qué derechos? El matrimonio le parecía ridículo, una idea importada, nacida en el primer mundo y que no tenía nada que ver con el Uruguay, donde las parejas gais no les contaban ni a sus compañeros de trabajo ni a sus familias lo que eran. La generación más joven pasaba mucho más tiempo en internet que Paz y sabía bastante más sobre lo que existía para gente como ellos en otras partes del mundo y que, por lo tanto, era posible. Los ayudó con gusto, les ofreció un espacio en el cual organizarse, al principio conmovida por su sinceridad y pronto asombrada por su poder colectivo, por la tenacidad con la cual luchaban por sus sueños, sin el peso de los recuerdos de lo que había conllevado sobrevivir durante la dictadura porque, claro, nunca habían tenido que hacerlo—. Un matrimonio gay... suena raro todavía.

—Lo sé.

—Como un experimento estrambótico. El monstruo de Frankenstein.

—¡Ja, ja! ¡Que no te oigan las recién casadas!

Al reírse, Virginia alzó la cara al cielo. Paz se acercó, le besó el cuello.

—Mmmm, podrían vernos.

—¿Y?

—Sos terrible —dijo Virginia, con un mordisco a la oreja de Paz.

Las olas las abrazaron, las sostuvieron; Paz se maravilló de que no importara cuánto cambiara su propio cuerpo. Tenía cincuenta y cinco años, estaba más grande, más pesada, más redondeada en algunas partes y plana en otras, pero estable de un modo nuevo, como si el tiempo la hubiera arraigado a la tierra de la verdad. El cuerpo del océano permanecía tan fresco como siempre, tan antiguo como siempre, sabía exactamente cómo rodearla. Cómo envolverla. Apretarla con la fuerza más tierna. Apretarlas a ella y a su pareja, juntas en un abrazo exquisito. Oía las voces de sus amigas en la distancia, aullaban por el frío, se peleaban divertidamente sobre cuánto lo aguantarían.

—¿Te da lástima que no nos hayamos casado también? —preguntó.

—No, lástima no.

—¿Pero lo querés hacer? Porque ya sabés que lo haría.

—Lo has dejado claro.

—Ta.

Virginia se calló un rato. —Paz —dijo finalmente—, sos mía. Estamos entrelazadas. Y lo que nos entrelaza es sagrado. Pase lo que pase.

Paz ardió por dentro. Tres años juntas y nunca se cansaba de la forma en que Virginia decía la palabra *sagrado*. Después de que Flaca y Virginia se separaran, años atrás, perdieron el contacto y Paz no vio a Virginia por casi veinte años. Luego se toparon en la playa Ramírez, en el festival anual de Iemanjá, donde miles de montevideanos se amontonaban para dar ofrendas a la diosa yoruba del mar. En agujeros cavados en la arena brillaban velas, oraciones relucientes. Flores blancas brotaban y se mecían en las olas. Las sandías rodaban hacia el agua, pegajosas de melaza y esperanza. Se lanzaban barquitos cargados de ofrendas, empujados por creyentes vestidos enteramente de blanco. Las canciones estallaban por la orilla. Las sacerdotisas brindaban limpiezas a gente desconocida que esperaba turno en fila, mientras que los comerciantes vendían pororó, velas y estampitas de oración decoradas con una imagen de Iemanjá surgiendo del agua y derramando estrellas desde sus manos. Paz se sumó para mirar las luces sobre el agua y oír los cantos de los devotos, cuya fe encontraba conmovedora, a pesar de que no la compartía. Divisó a Virginia, de vestido largo y blanco y pañuelo en la cabeza, sentada al borde de un hueco donde había prendido velas con unos amigos. Charlaron. Siguieron charlando. Paz supo inmediatamente que quería quedarse al borde de aquel agujero tanto tiempo como Virginia lo permitiera, que resultó ser un tiempo muy largo. Semanas después, cuando estaban tendidas y desnudas, Virginia le dijo lo que Iemanjá significaba para ella: *Sagrada y femenina y negra, sin separación, toda vasta como el océano, todo sagrado, todo unido. Como la energía que ahora recién generamos juntas, que pertenece a los dioses.* Y Paz en ese momento pensó en el océano de Polonio, en lo vasto que era, lo insondable. En cómo la primera vez que lo vio, a los dieciséis años, fue la primera vez que se sintió libre. El océano como iglesia, pensó. El cuerpo de una mujer como iglesia. Tenía tantas cosas para decirle a Virginia entonces, pero solamente se las dijo con las manos.

—Vos —dijo ahora, abrazada a Virginia dentro del cuerpo del océano—. Vos sos lo sagrado.

—No necesito ese pedazo de papel —le dijo Virginia al oído.

—Bueno, si lo querés... —Pero Paz misma tampoco lo deseaba. Deseaba solamente la palabra *sagrado* o *sagrada* pronunciada por la voz de esa mujer, y a la mujer misma envuelta por aguas que se extendían hasta el horizonte y más allá.

*

Esa noche armaron un banquete de bodas: Flaca asó chorizos, cordero, pescado, berenjenas, morrones y boniatos, mientras que las demás prepararon la ensalada, el arroz y la sangría. La Venus había hecho alfajores el día anterior, en la ciudad, y los llevó de postre. Mientras comían, el rayo del faro se abatía sobre ellas como lo había hecho durante tantos años.

—Che —dijo Flaca—, ¿soy la única que piensa que los turistas están más maleducados que nunca?

—No, es cierto. Polonio ha cambiado tanto...

—Se creen dueños de la playa.

—Pero en otros aspectos no ha cambiado nada. El océano está igual.

—¿Se acuerdan de cómo era cuando teníamos toda la playa para nosotras?

—¿Se acuerdan de cómo era cuando podíamos quedarnos en la playa toda la tarde porque no había agujeros en la capa de ozono?

—Ahora tendremos suerte si el agujero de ozono resulta ser nuestro único problema ambiental —dijo Romina, a pesar de que a ella también le fastidiaba permanecer adentro y evitar los rayos del sol entre el mediodía y las cinco de la tarde todo los días. Las advertencias sobre los rayos ultravioletas habían empezado con un bloqueo de tres horas que ahora era de cinco. Se habían esfumado los ritmos irrestrictos de antes, cuando se tomaba sol y se nadaba cuando a uno le daba la gana—. El nivel del mar sube por todas partes. Es posible que un día Polonio se inunde del todo.

—¿Te parece que nuestro ranchito podría terminar bajo el agua? —preguntó Paz—. Sería como esos naufragios que están allá en el suelo marino ahora. ¿Se imaginan a las generaciones del futuro buceando en busca de nuestras cosas, llamándolas "tesoros"?

—A mí me asusta imaginar a esas generaciones futuras —dijo Romina; pensaba en el debate en el Senado sobre cómo responder ante el cambio climático, la impotencia de una nación minúscula azotada por nuevos patrones climatológicos desatados en otro hemisferio. *Ellos causaron el problema,* decían algunos de sus colegas senadores, *así que ellos tienen que pagar para resolverlo,* una lógica que los dejaría ideológicamente puros pero al borde del desastre. Los sueños de Romina se llenaban de riadas violentas y tormentas de intensidad creciente.

—Nuestra casa no estará nunca bajo agua —se mofó Flaca—. Está demasiado alta.

—Todo el cabo es vulnerable.

—No puedo aceptarlo.

—No importa, pasará, lo aceptes o no. Ese es el tema en cuanto al cambio climático.

—Ay, pero por Dios, chicas —dijo la Venus—, ¿no podemos hablar de otro tema? ¡Ya basta con el fin del mundo! ¡Esta noche debe ser feliz!

—Bueno, ta, dejemos de hablar de lo deprimente que es el futuro.

—A mí el futuro me parece bien prometedor —dijo la Venus—. Es decir, miren esto: ustedes dos están *casadas.*

—¡Eso! ¡Eso mismo! —dijo Paz—. Ahora sí.

—Si solo nuestras versiones más jóvenes pudieran verlo... —dijo la Venus—. ¿Piensan a veces qué pasaría si pudiéramos hacer colapsar el tiempo y charlar con nuestros seres del pasado?

—Solo después de un buen porro —dijo Paz.

—¡Hablo en serio! Las versiones de nosotras de otras épocas podrían estar en este mismo cuarto, escuchando.

—Seguro que lo están —dijo Virginia.

—No lo creerían —dijo Flaca—. Lo del matrimonio. Jamás.

—Se los contaría nomás para verles las caras —dijo la Venus.

—Cantoras atónitas.

—De cuando éramos cantoras —dijo Flaca—. Cuando no existían las otras palabras. Ahora tenemos todas estas palabras y ya nadie es cantora.

—Así es —dijo Paz pensando en los activistas jóvenes en La Piedrita, con sus *gay* y *lesbiana* y *bisexual* y *trans,* y en cómo se divirtieron cuando ella les comentó sobre la palabra *cantora,* como si fuera una curiosidad, un broche del cajón de la tía abuela que una misma nunca se pondría—. ¿Pero no te parece mejor tener más palabras? ¿No tener que hablar de quiénes somos en códigos?

—Claro que es bueno. Claro que es mejor. Nomás que... —Flaca trató de pensar—. No sé. ¿No se sienten a veces como si desapareciéramos?

—No somos las que desaparecieron —dijo Romina. Y entonces agregó—: Malena.

Un silencio se extendió por La Proa.

—Esta noche —dijo Romina, con la mirada clavada en Flaca—, hace veintiséis años que no está.

Flaca luchó por encontrar palabras, pero pareció insumirle horas.

—Te acordaste.

—¿Pensabas que no lo haría?

Flaca no podía hablar.

—Siempre me acuerdo de la fecha. —Romina se fijó en la pared rústica—. Me destruyó no asistir al funeral, ¿sabés?

—Lo sé —dijo Flaca rápidamente, a pesar de que no lo sabía. En todo ese tiempo, nunca habían hablado directamente de ello. Su cuerpo entero se sentía expuesto, como carente de piel—. Lo entiendo.

—¿Segura?

—Sí —dijo Flaca, aunque lo único seguro para ella era que el pasado no se podía reescribir, que este consuelo era un acto de bondad que ella podía ofrecer.

En el silencio que siguió, el rayo del faro llegó para lavarlas con tanto sigilo y persistencia que casi parecía que la luz podía convertirse en sonido.

Diana estaba detrás de Romina, la abrazaba, le masajeaba la espalda.

Flaca las miró y pensó en los primeros años, en cuánto tiempo le había llevado perdonar a Diana por lo que había catalizado, el tiempo que le había llevado ver su corazón formidable. Diana nunca la culpó por su rencor; mantuvo abierta la puerta de la amistad hasta que Flaca finalmente estuvo lista para entrar. Si la situación hubiera sido al revés, Flaca dudaba haber sido capaz de hacer lo mismo.

La Venus rompió el silencio. —¿Se acuerdan de la primera vez? ¿Cuando nomás empezábamos a ser *nosotras*? ¿Cómo ella nadó más lejos que ninguna?

—Ella era así. Silenciosa, pero siempre parecía ver más lejos que las demás.

—Veía el centro de las cosas.

—Exacto.

—Pero, a la vez, hubo tanto que nunca nos contó...

—Eso es lo que me mata —dijo la Venus—. Que no hablaba, que no confiaba en nosotras.

—Tal vez no era que no confiaba —dijo Paz—, sino que no podía hacerlo, nomás. Si hubiéramos sabido... —Pero se detuvo, pensó en la carta, donde había salido todo a la luz, todos los horrores, todos los secretos, la clínica y la dársena, los nazis y Belén, el ocultamiento y el anhelo y el dolor, todo en un rugido caótico que llegó demasiado tarde. La palabra más importante, la primera, todavía despertaba a Paz de noche como una lanza: *Amigas*.

—¿Cómo íbamos a saber? —dijo Romina en voz muy baja—. Yo también me lo he preguntado. Yo le fallé más que nadie. Era la que estaba allí, a su lado. Trataba de ayudarla aconsejándole que se comunicara con sus padres. Ahora eso me avergüenza muchísimo. No me imaginaba... no podía saberlo. Pero, mirá, nunca quise matarla. Tenés que creerme, Flaca.

—Sí, te creo —dijo Flaca. El cuarto se balanceaba, giraba, sintió temor de caerse, aunque estaba sentada en el suelo.

—No puedo volver al pasado y cambiar lo que pasó —dijo Romina. Se inclinó hacia Diana, ancla estable—. No puedo pasar la vida con los ojos clavados en el cañón de revólver del pasado.

—No —dijo la Venus—. No podés.

—Yo también me sentí culpable, por años —dijo Paz—. Vivía con ella. Traté de llegar a ella. Pero no pienso que la hayas matado, Ro, ni que yo tampoco lo haya hecho. Creo que fue el silencio lo que la mató.

—Sí —dijo Diana. Era la primera vez que hablaba desde que había surgido el tema y su voz resonaba clara—. Así actúa el silencio.

—¿A qué te referís? —dijo la Venus, suavemente; sabía que había más bajo la superficie. Con Diana, siempre lo había.

—Que el silencio de la dictadura, el silencio del armario, como lo nombramos ahora, todo eso crea capas y más capas como mantas que te amortiguan hasta que ya no podés respirar. Para mucha gente, eso pesa demasiado. En Paraguay lo hemos visto. Así que aquí ninguna de ustedes debe cargar con la culpa.

Flaca luchó con esas palabras. Tuvo el pensamiento terrible, el pensamiento nuevo de que, en el fondo, todos esos años se había aferrado a la idea de la culpabilidad de Romina y ello había sido un escudo para no culparse a sí misma. Flaca, la Pilota, la creadora del grupo, debió haber salvado a Malena. Fue la última en hablar con ella y repetiría la llamada en su cabeza durante veintiséis años en busca del agujero por el cual su amiga se había escabullido. Pero abrumar a Romina con todo eso. Romina, su corazón. Romina, su primer amor, con quien había transformado los mapas del mundo.

—Sin embargo —dijo Virginia—, la historia no tiene que terminar allí. Ella está al otro lado, pero todavía está con nosotras.

—A veces voy a las rocas detrás del faro —dijo Paz— e intento hablar con ella.

—¿En serio? —dijo Flaca—. ¿Con Malena?

—Sí. Quién sabe si me oye o no, pero me ayuda. —Fue Virginia quien originalmente lo sugirió. Hablaba con sus ancestros todo el tiempo, como era normal en su tradición espiritual. Al principio, Paz se sintió ridícula, pero pronto el acto se convirtió en un consuelo suficientemente fuerte como para continuarlo sin preocuparse por lo que significaba, por si creía en él o no.

—No he ido allá —dijo Flaca— desde que... —Y entonces no pudo hablar más.

La Venus la envolvió entre sus brazos, limpió sus lágrimas y mocos con la manga.

—¿Saben lo que pienso? —dijo Virginia—. Debemos ir a las rocas. Juntas.

—¿Qué? —dijo Flaca.

—¿Cuándo? —dijo la Venus.

—Esta noche —dijo Virginia—. Ahora mismo. Para recordarla. Nuestra propia ceremonia.

—Pero esta noche les pertenece a Romina y Diana —dijo Flaca—. Esta es su luna de miel. Me parece mal.

Romina tanteó la mano de Diana antes de responder. —En realidad, a mí me parece bien. Tenemos este triunfo, pero no sin pérdidas.

—No todo el mundo sobrevive a los peligros de los túneles —dijo Virginia.

—Y sí —dijo Romina, asombrada por una expresión que nunca había oído, pero que no precisaba explicación—. Exacto.

—¿Entonces? —dijo la Venus—. ¿Vamos?

Flaca las miró a todas: a la Venus y a Paz, que asintieron; a Virginia, a quien siempre amaría (tres exparejas suyas en el cuarto y las amaba a todas, eran la vida, eran la sangre, eran zafiros en la corona de los años acumulados); y luego a Romina y finalmente a Diana. —¿Te parece bien a ti?

Diana sonrió. —¿Qué es el amor —dijo—, si no puede contener todos los cauces del espíritu?

*

En las rocas estaba ventoso, pero no hacía frío, y se cerraban las chaquetas más por consuelo que para abrigarse. No había nadie cerca. No sabían bien lo que harían, al principio se detuvieron, indecisas.

Paz se fijó en el océano y pensó en Iemanjá, en fruta y flores, en todas las ofrendas que no habían llevado. Se aferró de la mano de Virginia. Romina se acercó a Diana y la Venus posó un brazo en la espalda de Flaca, quien metió las manos en los bolsillos de la chaqueta y palpó la pelusa que encontró. Rocas. Eran rocas nomás. Igual que siempre. En alguna parte por acá había habido un último paso, un brinco, pero era un lugar normal como cualquier otro, ahí no la esperaba ningún fantasma, deberían irse ya.

Y en ese momento, Paz pronunció el nombre de Malena. También lo hizo la Venus. También Virginia. También Romina, Flaca, Diana. El sonido de su nombre se convirtió en cántico, en melodía serpenteante, espontánea, cantada al viento. Surgieron cuentos, narraciones, recuerdos, deseos, confesiones, elogios. No se apuraron. Menguaron y fluyeron con su propia marea. Las voces se superponían, no había plan ni regla ni existía la interrupción. Juntas crearon un tapiz de sonido que nunca antes había sido oído y que nunca más se oiría. Cuando disminuyó, cuando finalmente terminaron, se quedaron un tiempo más y escucharon el océano que pulsaba su propio ritmo contra las rocas.

De regreso al ranchito, tomaron un camino enrevesado para esquivar el centro, donde la música tronaba y las risas estallaban porque la noche apenas daba inicio. El compás suntuoso de un bandoneón se elevaba desde el restaurante de Cristi; probablemente había un espectáculo de tango, estrategia que nunca fallaba en conseguirle clientes. Hacía un buen negocio con los turistas esa Cristi. Alguna otra noche irían a visitarla y seguramente las recibiría con un grito de alegría y vino gratis para las recién casadas. Pero por ahora todas, sin decir nada, sabían que querían permanecer juntas, quedarse tranquilas, tenderse cerca la una de la otra en la oscuridad. Solo había una delgadísima astilla de luna. La belleza destartalada de La Proa no se veía, pero las acompañaría. Las sostendría, pensaron, mientras emprendían el largo camino a casa.

Agradecimientos

Por la existencia de este libro, debo las gracias a muchísima gente.

Vaya mi profunda gratitud a mi formidable y visionaria agente, Victoria Sanders, y a su equipo extraordinario, que incluye a Bernadette Baker-Baughman, Jessica Spivey y Allison Leshowitz. Su tenacidad, habilidad y fe en mí son una maravilla. También estoy sumamente agradecida con el equipo de Knopf, del que forma parte Carole Baron, editora excepcional que ha viajado conmigo a lo largo de cinco libros, todos mejorados por su trabajo incansable, su óptica brillante y su buen sentido de humor; con Sonny Mehta, por creer en mí y apoyar mis obras durante tantos años; con Genevieve Nierman, por su compromiso y sus aportes incisivos; y con toda la gente que realiza milagros tras bambalinas en Knopf, Vintage, Vintage Español y todas las editoriales internacionales que tuvieron la gentileza de brindarles un hogar a mis libros.

En cuanto a esta edición en español, le agradezco de todo corazón a Cristóbal Pera, editor de Vintage Español, por creer en este libro y dedicarse a traerlo al mundo hispanohablante con sensibilidad, diligencia y visión. También le debo unas gracias profundísimas a Marcelo de León, hermano, amigo, compatriota, historiador de Uruguay, intelectual formidable, docente magnífico de español y *word nerd* incansable. Sin sus consultas, me hubiera resultado imposible traducir mi propia novela al español y presenciar la transformación de este texto para un idioma que también le pertenece, el cumplimiento de un ciclo, un largo camino a casa. Gracias.

En Uruguay, estoy inmensamente agradecida con mucha gente que compartió historias, tiempo, pensamientos, alegrías y hospitalidad mientras yo juntaba los materiales que inspiraron este libro. Hace diecinueve años que empecé a escuchar relatos de la historia cultural de Cabo Polonio. Gabi Renzi fue la primera en llevarme allí, en 2001, cuando yo era una joven mujer gay de la diáspora que buscaba su propia conexión con el Uruguay. Desde entonces, he visto una y otra vez que Gabi es una de las personas más generosas que haya pisado la tierra jamás y que sus conocimientos y percepciones no tienen par. Leticia Mora Cano y *la Figu* también fueron increíblemente generosas, a través de los años, con su tiempo, sus ideas, sus cuentos, sus milanesas caseras y sus recuerdos notables. Zara Cañiza compartió percepciones, visión, su hogar, su tiempo, su arte trascendente, sus hermosas raíces guaraníes y su cosmovisión única. Estas mujeres no son solamente fuentes para mí: son amigas, inspiraciones, mi corazón. Este libro no existiría sin ellas y por eso mi gratitud no tiene límites.

La investigación para este libro tuvo muchas facetas, desde largas noches de mate y conversación bajo las estrellas hasta el estudio de pilas de libros. Debo mucho a la Biblioteca Nacional del Uruguay y a la Biblioteca de la Universidad de California en Berkeley por sus imprescindibles colecciones. Las obras que consulté son demasiadas como para nombrarlas todas, pero sí quiero extender mi agradecimiento particular a Juan Antonio Varese, cuyos estudios de la costa de Rocha han sido esenciales; a Tomás Olivera Chirimini, guardián de la historia y la herencia afrouruguaya; a Silvia Scarlato, biógrafa del Zorro de Cabo Polonio; los muchos sobrevivientes de la dictadura uruguaya que valientemente han dado testimonios; y a Peter Tatchell, por su rol clave en exponer los crímenes de Carl Vaernet en los campos de concentración de los nazis y también después, en Argentina.

Gracias enormes y sinceras a todos los que ofrecieron comentarios a mi borrador, el tan necesario ánimo u otras formas de generosidad que ayudaron a moldear este libro, entre ellos, Chip Livingston, Raquel Lubartowski Nogara, Achy Obejas, Aya de León, Reyna Grande, Jacqueline Woodson y Sarah Demarest. Cada uno de ustedes es magnífica y magnífico. Y también a San Francisco State University por el Premio Presidencial, que me brindó tiempo valioso para terminar este libro, y a todos mis fabulosos colegas y estudiantes por la gentileza de proveerme de una fuente continua de aprendizaje e inspiración.

La gratitud que le debo a mi esposa, Pamela Harris, no tiene medida, así como el amor no tiene límites. No intentaré siquiera contenerla en una frase. Nuestros hijos, Rafael y Luciana, transforman el espectro de lo que es posible y expanden nuestro mundo; por lo tanto, sin ellos este libro no existiría. Mi familia me sostuvo en las buenas y en las malas mientras trabajaba en la novela. Todavía oigo a mi suegra, Margo Edwards, enviándome a mi estudio de escritora con las alegres palabras: "¡A ver si rompés el lápiz!". Incluyo a la demás parentela, especialmente la de Uruguay y Argentina, donde la hospitalidad, el amor y la paciencia con unas indagaciones que a veces parecían estrambóticas han sido inmensurables: gracias.

Al narrar realidades que en gran medida están ausentes de las historias formales o de la gran batahola de la cultura dominante, nunca me olvido de que hay miles —si no millones— de personas cuyos nombres quizá nunca aprendamos, cuyos nombres se perdieron en el tiempo, que facilitaron nuestras vidas contemporáneas a través de actos de valentía extraordinarios. Con demasiada frecuencia, sus historias no están registradas, pero yo estoy acá hoy con capacidad de hablar gracias a ellos, a ellas, a elles. Y, finalmente, a cualquiera que lea esto y que haya luchado a través de una crisálida para realizar su ser auténtico y ser ella misma, él mismo, elle misme: te veo, te agradezco, me alegra que estés acá, este libro también te pertenece a ti.